VENGEFUL

A SUPER-POWERED COLLISION OF EXTRAORDINARY MINDS AND VENGEFUL INTENTIONS—V. E. SCHWAB RETURNS WITH THE THRILLING FOLLOW-UP TO VICIOUS.

超能生死鬥Ⅱ

V. E. SCHWAB

復仇

V. E.舒瓦
著

全映玉
譯

獻給媽媽，還有荷莉與蜜莉安，

我所知兩位最堅強的女性。

尋求報復時，要挖兩座墳——一座是給你自己的。

——道格拉斯・霍頓（Douglas Horton）

源起

六星期前
梅瑞特郊區

瑪賽拉死的那晚，她為丈夫做了他最喜歡吃的晚餐。

倒不是某個特別日子，而且正因為不是——自然興起，大家都堅稱那才是愛情祕密所在。瑪賽拉不知道自己是否相信這種說法，但她願意試試親手為老公做一頓家常菜。並不是什麼太精緻的——一塊好牛排，邊緣佐以黑胡椒烤成微焦，配著慢烤出來的地瓜，加上一瓶梅洛葡萄酒。

可是六點鐘都過了，馬可斯還沒有回家。

瑪賽拉把食物放在烤箱內保溫，然後藉走道上的鏡子檢視一下口紅。黑色長髮綁成的髮髻已經鬆散，她把它解開再梳回，刻意露出幾綹髮絲，再將A字裙撫平。別人都說她天生麗質，但所謂天生也僅止於此。事實上，瑪賽拉每星期有六天要花兩小時在健身房，調和伸展五呎十吋（約一七八公分）的窈窕身形上每一處精瘦肌肉，而且一定細心化妝打扮好之後才離開臥房。這不是容易的事，但有馬可斯．安多佛．瑞金斯——一般多稱為「鯊魚馬可」，東尼．赫奇的左右手——這樣的老公也不容易。

不容易——但是值得。

媽媽喜歡說她是出去釣魚，不知怎麼釣回一隻大白鯊。但媽媽不知道的是，瑪賽拉將餌繫到鉤上時心裡就在想著要釣什麼。結果釣到的正是她想要的。

她的櫻桃紅高跟鞋喀嗒喀嗒踩在木地板上，然後被絲地毯吞沒。飯桌已經擺好，門框邊兩對枝狀鐵燭台上的二十四根細長蠟燭也已點亮。

馬可斯討厭它們，但這一點瑪賽拉倒不在乎。她喜歡那對燭台，有著長長的腳柱與分枝——看起來就像法式城堡裡用的。給家裡添加一種豪華感，讓暴發新貴感覺像貴冑世家。

她看看時間——七點了——卻忍住打電話的衝動。熄滅熱情最快的方法就是不給空間，讓它窒息。再說，馬可斯如果有事情，總是會處理正事優先。

瑪賽拉給自己斟一杯酒，背靠著吧檯，想像著他有力的雙手勒住某人的脖子，把人頭按到水裡，捏住下頷往旁邊扭斷。有一次他回家的時候手上還沾著血，她當場就跟他在廚房的大理石中島上嘿咻起來，他的槍套裡硬硬的金屬槍柄直頂著她的肋骨。

別人以為瑪賽拉不管老公做什麼工作還是愛他，其實她是因為他的工作才愛他。

但是等到七點變成八點，八點又變成快要九點時，瑪賽拉的興奮情緒慢慢變成了氣惱，而等到前門終於打開時，那種氣惱已強化成憤怒。

「對不起，親愛的。」

他每次喝過酒聲音就會放緩，變成一種懶洋洋的慢聲慢氣，只有這一點讓他洩底。他從來不會跌跌撞撞東倒西歪，手也不會不穩。沒錯，馬可斯．瑞金斯就是有這個比人強的優點——但也不是沒有缺點。

「沒關係，」瑪賽拉說道，很不喜歡自己帶刺的語音。她轉身要進廚房，但馬可斯抓住她的手腕，用力一拉使得她失去平衡。他雙臂環抱住她，她抬頭望著他的臉。

確實，她的腰肢漸細，她老公的腰卻變粗了一點，健美的泳將身材逐年微微發福，但他夏天較褐的頭髮並未變稀，眼睛也依舊是如灰岩或深水似的灰藍色。馬可斯向來俊帥，不過她不確定那有幾分要歸功於剪裁得宜的服裝，或者是他昂然前行，一副無人可擋的架式。通常確實都是無人可擋。

「妳真是美呆了，」他細聲說道，瑪賽拉可以感覺到他頂著她下腹的飢渴部位，但是瑪賽拉沒有心情。

她抬起手，指甲順著他滿是鬍碴的臉頰。「你餓了嗎，甜心？」

「一直都很餓，」他貼著她的頸間低吼道。

「很好，」瑪賽拉說道，然後身子退開，理平裙子。「晚餐好了。」

✦

一滴紅酒像汗珠一樣沿著舉起的玻璃杯外緣滑下，一直落向白色的桌布。瑪賽拉把酒倒得太滿，心情越來越不好也使得她的手握不穩。馬可斯似乎沒有注意到酒漬，他似乎什麼都沒注意到。

「敬我的漂亮老婆。」

馬可斯從來不做飯前禱告，但一定會敬酒，從他們初見的那一晚就如此，不管是有二十個聽眾在場還是只有他們兩人共餐皆然。她在第一次約會時覺得很有意思，近來卻覺得這種姿態很空洞，像是經過演練的。刻意討好而非真心。他從來不曾忘記說這句話，或許這就是一種愛的表示，也或許馬可斯就是習慣成自然的那種人。

瑪賽拉舉起酒杯。

「敬我的高雅老公，」她不自覺地應聲說道。

杯子還沒碰到嘴唇時，她注意到馬可斯的袖口有一抹痕印。起先她以為只是血漬，但是那顏色太鮮，太粉紅。

是口紅。

她想起每次與別人老婆在一起時的談話內容。

他的目光有沒有開始亂飄？

讓他那一根保持常濕？

天下男人一般黑。

馬可斯忙著切牛排，一面隨口聊著保險的事，瑪賽拉卻沒有聽進去。她眼底彷彿看見他的拇指撫過兩片紅唇，指節探進去將雙唇分開。

她的手指握緊酒杯。即使胃裡彷彿有一塊冰冷的巨石沉沉下壓，她的皮膚卻直冒熱意。「真是他媽的老套，」她說道。

他還在嚼著食物。「妳說什麼？」

「你的袖子。」

他的視線慢悠悠地往下移到那一塊粉紅色。他連故作驚訝狀的風度都沒有。「一定是妳的。」他說道，彷彿她用過那種顏色的口紅，買過那種顏色俗豔的東西——

「她是誰？」

「說真的，瑪賽拉——」

「她是誰？」瑪賽拉咬牙逼問道，一副完美的牙齒狠狠磨搓著。

馬可斯終於停止進食，身體往椅背上一靠，藍眼睛盯著她。「沒人。」

「噢，所以你是跟一個鬼打炮？」

他翻一下白眼，顯然不想再談這個話題，這倒挺諷刺的，因為通常他都很喜歡話題繞著他打轉。「瑪賽拉，嫉妒真的不適合妳。」

「十二年了，馬可斯。十二年。而現在你還管不住你的褲子？」

他的臉上閃過一絲訝異之色，真相使她有如遭受重擊——當然這不是他第一次出軌。這只是他第一次被逮著。

「多久了？」她冷冷問道。

「放手吧，瑪賽拉。」

放手——彷彿他出軌就像她手上的酒杯，可以隨手拿起來，可以輕鬆放下。

並不是背叛這件事本身——如果是為了她自己打造的生活著想，她能原諒很多事情——但問題在其他女人的眼神讓瑪賽拉總以為是嫉妒，還有那些大老婆教她要堅忍的警告，嘴角顯現的笑意，以及如今才領悟到她們全都知道，老早就知道，天知道有多久了，而她——渾然不知。

放手。

瑪賽拉放下酒杯。然後拿起牛排刀。而她拿起刀的時候，她老公竟然有膽露出嘲笑之色。彷彿笑她不會知道怎麼用它。彷彿笑她從未聽說過他的事情，不曾追問細節。彷彿他喝醉後就不再繼續工作。彷彿她不曾拿一個枕頭練習過，或者一袋麵粉，一塊牛排。

馬可斯揚起一邊眉毛。「妳現在打算怎麼辦？」他問道，聲音帶著高高在上的意味。

她握著刀子，手指甲精心修剪過，刀柄上還刻有花式字母，此刻在他眼中一定是一副蠢相。

「娃娃臉，」他哄道，這個字眼令瑪賽拉怒火中燒。

娃娃臉。寶貝。親愛的。這麼些年來，這就是他真正對她的看法嗎？一個無助的，渾身帶刺，軟弱的裝飾，一個玻璃娃娃，只是用來擺在架子上閃閃發亮，好看而已嗎？

見她沒有放手，他的眼神變暗了。

「別把刀對著我，除非妳打算用它……」

也許她真是玻璃做的。

但玻璃只有在破碎以後才會帶刺。

變得非常尖銳。

「瑪賽拉——」

她撲向前，看見老公的眼睛訝然瞪大，抽身退開時把波本威士忌灑了出來，她一時竟感到興奮。但瑪賽拉的刀子只是從他的絲領帶上面擦過去，馬可斯就已出手打到她的嘴。她的舌頭滿是血，淚眼一片模糊，身體踉蹌退後撞上橡木桌，瓷盤匡噹作響。

刀子仍在她的手上，但馬可斯緊抓住她的手腕用力按在桌上，她的手骨都擠壓在一起。

他從前對她用過狠，但都只是一時激動，也許是出於某種默契引發，而她通常是引發的一方。

這次不同。

充滿蠻力的馬可斯體重兩百磅（約九十一公斤），維生的本錢就是破壞東西，破壞人。此刻他用舌頭嘖嘖出聲，彷彿認為她荒謬不講理，不分輕重。彷彿是她在逼他出手。逼他跟別的女人上床。逼他毀掉她苦心經營的一切。

「啊，瑪賽拉，妳總是知道怎樣惹火我。」

「放開我，」她咬牙說道。

馬可斯湊近她的臉，一手插入她的髮際，然後捧起她的臉蛋。「只要妳肯乖乖的。」

他在微笑。笑。彷彿這又只是一場遊戲。

瑪賽拉吐一口血到他的臉上。

她的丈夫發出一聲憋了很久的長嘆。然後把她的頭用力往桌上一撞。

瑪賽拉的世界突然變成一片白。她不記得自己倒下去，但是等視力恢復時，她已經身在椅子旁邊的絲地毯上，腦袋一陣陣劇痛。她想站起來，但是房間猛烈晃動著。她的喉間湧出苦汁，不禁翻身嘔吐著。

「妳應該放手的，」馬可斯說道。

鮮血流進她的一隻眼睛裡，把眼前的飯廳染紅了。她的丈夫握住最近的一座蠟燭台。「我一直很討厭這東西，」他說著就把燭台推倒。

燭台觸地之前，火苗碰到了絲幔。

瑪賽拉掙扎著用雙手撐起身子跪在那裡。她感覺像在水底，動作好慢，太慢了。

馬可斯站在門口，看著。只是看著。

牛排刀在硬木地板上閃閃發亮。瑪賽拉努力站起身在濃煙中走過去，就快走到時她的後腦勺遭到一擊。是另外一個燭台被馬可斯推倒，鐵支架將她釘在地板上。

火蔓延速度之快令人心慌。火焰從簾幔跳到打翻的一灘威士忌酒上，再跳到桌布與地毯上，轉眼已經到處都是。

馬可斯的聲音在煙霧中傳來。「我們有過一段好時光，瑪賽拉。」

這話他媽的有如針扎。彷彿有過什麼都是他的主意，他的作為。「沒有我你什麼都不是，」她說道，字字發顫。「是我造就了你，馬可斯。」她用力推著燭台，但是它動都不動。「我也會毀了你。」

「每個人死前都會說很多話，甜心。我都聽過了。」

熱氣瀰漫整個房間，充滿她的肺，她的腦袋。瑪賽拉咳嗽著，但是喘不過氣。「我會毀滅你。」

沒有回應。

「你聽見我說的沒有，馬可斯？」

什麼都沒有，一片安靜。

「我會毀滅你！」

她尖喊出這句話，直到喉嚨燒灼，直到濃煙蓋住她的視線與聲音，而即使這時候這些字句仍在她腦子裡迴響，這最後的念頭跟著她一起墜落，墜落，墜入黑暗。

我會毀滅你。

我會毀滅。

我會。

我——

✦

派瑞．卡森警員困在「槍焰派對」第二十七關大半個鐘頭了，這時候他聽見引擎發動聲。他及時抬起頭，看見馬可斯．瑞金斯晶亮的黑色轎車駛離宅邸的半圓形石板車道。車子沿路快速駛去，至少比郊區規定速限超過三十英里，但派瑞開的不是巡邏車，而且就算是，他這三個星期吃一堆油膩膩的外帶食物也不是只為了抓瑞金斯的小小違規。

不是的，梅瑞特警方需要有黏著力的東西——不是只釘住「鯊魚馬可」。他們需要一網打盡。

派瑞靠回破皮椅背上，繼續玩他的遊戲，剛突破第二十七關的時候，他聞到了煙味。

無疑是某個混蛋在游泳池邊未經許可就燃起營火。他斜瞄窗外——已經很晚了，十點半，從梅瑞特這邊望過去天空一片漆黑，黑煙看不出來。

但是火光可以。

火光照亮瑞金斯那座宅邸的前窗時，這名警員下車穿過街道。他走到前門，朝裡面喊著。門沒有上鎖——謝天謝地沒有上鎖——他把門推開，腦子裡已經在想著怎麼寫報告。他會說門是半開的，說他聽見有人求救，儘管事實上他什麼都沒聽到，只有木頭燃燒的嗶剝聲，火焰在甬道爬升發出的嘶嘶聲。

「我是警察！」他隔著濃煙喊道：「有人在嗎？」

他先前見到瑪賽拉．瑞金斯回家，可是沒見她離開。剛才那輛轎車開得很快，但是並沒快到不留疑點——乘客座上沒有人。

派瑞以袖掩口咳嗽。遠處已經傳來消防警笛聲。他知道自己應該回到外面等著，外面的空氣乾淨涼快，也安全。

但這時候他繞過牆角，看到一個人形困在衣帽架大小的鐵架下面。蠟燭都已經融化，但派瑞認清那是一座燭台。現在還有誰用這種枝狀大燭台？

派瑞伸手去抓柱架又立即縮開——摸起來好燙。他暗咒一聲。瑪賽拉衣服接觸到金屬支架的部分已經燒穿，裡面的皮膚紅腫，但是那個女人並未哭喊，也沒有尖叫。

她沒有動，眼睛緊閉，頭旁滲血，被血濡濕的黑髮黏附在頭皮上。

他摸著她的脈搏，感覺微微跳一下，但是再摸之下似乎就沒了。火越來越熱，煙越來越濃。

「可惡可惡可惡，」派瑞咕噥道，然後掃視整個房間，屋外警笛聲大作。一塊餐巾被一個傾倒水罐裡的水弄濕，所以沒有燒著。他用餐巾裹手再去抓燭台，用盡全力舉起鐵架，濕布嘶嘶作響，熱意直透他的手指。舉起來以後再從瑪賽拉的身上推開。人聲在大廳內響起，消防員湧入屋內。

「這裡！」他喘吁吁地喊道，嗓子被濃煙嗆到。

兩名消防員穿過煙霧，緊跟著天花板就開始呻吟，一個吊燈崩落下來，砸到餐桌上摔碎，桌子也裂開冒出火焰，接下來派瑞只知道自己被往後拖出房間與燃燒的宅邸，來到清涼的夜色中。

另一個消防員緊跟在後，肩上扛著瑪賽拉的屍體。

屋子外面，消防車在修剪整齊的草坪上一字排開，救護車的燈在石板車道上閃爍。

整個房子都在烈焰中，他的手陣陣劇痛，肺部灼熱，而派瑞全不在乎。此時此刻他在乎的只是要救瑪賽拉・瑞金斯的命。總是對跟蹤她的警察揮揮手微微一笑的瑪賽拉，從來不會、絕對不會出賣黑道老公的瑪賽拉。

但是憑她頭上的創口、著火的房子以及快速離開的丈夫來判斷，有那麼一絲機會她已經改變立場。派瑞可不打算浪費那個機會。

水管噴出水柱到火焰中，兩名醫護員將瑪賽拉抬到擔架上，派瑞啐一下口水，但是避開遞過來的氧氣面罩。

「她沒有呼吸，」一個醫護員說著把她的衣服剪開。

派瑞跟在醫護員後面跑著。

「沒有脈搏，」另外一個醫護員說道，開始給她壓胸。

「那就把它找回來！」派瑞跳上救護車喊道。他不能要一具屍體站上證人席。

「血氧急降，」第一個醫護員說道，同時把供氧口罩繫在瑪賽拉的口鼻上。她的溫度太高，醫護員取出一包冰袋將封條解開，一個個貼在她的太陽穴、頸部和手腕上，然後把最後一個遞給派瑞，後者勉強接了過去。

一個小螢光幕上出現瑪賽拉的心跳狀況，是一條直線，平平的不動。

救護車開走，從車窗口看見那座燃燒的宅邸快速縮小。派瑞在那裡守了三個星期。他花了三年的時間想逮住東尼・赫奇那一夥。現在命運將一個完美的證人交給他，他若試都不試就把她退還那才該死。

第三個醫護員想處理派瑞手上的燙傷，但他抽開手。「專心救她，」他命令道。

警笛聲一路劃過夜間，醫護員努力著，試著逼迫她的肺呼吸，逼心臟跳動，試著誘導她起死回生。

但是沒有用。

瑪賽拉躺在那裡，癱軟的身體毫無生命跡象，派瑞的希望開始消退，開始熄滅。

然後，就在一次次壓胸之際，那條可怕的靜止線突然跳一下，接著又晃一下，最後開始嗶嗶起來。

第一部

復活

1

四星期前

海洛威

「我不會再問你了，」維克多．韋勒說道。機械工在修車廠的地板上倒爬幾步。退後——彷彿幾步的距離能夠有所不同。維克多緩緩跟著，步伐平穩，看著那個人退到角落裡。

傑克．林登四十三歲，長滿鬍碴，指甲底下沾著油漬，他具有修理東西的能力。

「我已經告訴你了，」林登說道。他的背碰到一個組裝一半的引擎，緊張得身體震一下。

「我沒辦法——」

「別騙我，」維克多警告道。

他握槍的手指鬆縮一下，空氣間響起能量迸裂的聲音。

林登驚縮一下，強忍住尖叫。

「我不是的！」機械工喊道。「我修理車子，我把引擎拼裝好。人不行。汽車很容易，只是螺絲帽和栓子。人就複雜得多了。」

維克多不相信。從來就不信。或許人是比較複雜，比較精密，但基本上還是機器。是會運作或者沒運作，會壞掉然後可以修理的東西。能夠修理好的。

他閉起眼睛，估量著體內的電流。已經到了他的肌肉，連結了骨頭，充滿了胸腔。這種感覺很不舒服，但還不像電流到達高峰時那麼不舒服。

「我發誓，」林登說道：「如果我能我一定會幫你。」但維克多聽見他在動，聽見一隻手碰到扔在地板上的工具。「你一定要相信我……」他說道，手指同時握住一個金屬東西。

「我相信你，」維克多說道，眼睛倏然睜開，正逮到林登握著扳手衝過來。但是衝到一半，機械工的身體動作放慢，彷彿被人突然拉住。維克多舉起槍，射向林登的頭部。

槍聲在整個廠房迴響，在水泥與鋼鐵結構間反彈，機械工倒了下去。

真讓人失望，維克多想著。鮮血開始在地板上流開。

他把槍歸套，轉身走開，但才走三步就是一波劇痛襲來，來得又快又猛。他步子踉蹌，靠著一具空車殼撐住，挺過穿膛劇痛。

五年前，他可以輕而易舉關掉體內的開關，撲滅神經的力量，逃脫任何感覺。

但是現在——無路可逃。

他的神經迸裂，痛感像轉盤不斷升高。空氣裡響著能量發出的嗡嗡聲，上方的電燈忽明忽滅。維克多勉強離開車體架，繼續朝著寬敞的修車廠金屬門走出去。他努力試圖只想著症狀，將之歸納為事實、統計、可測量的數據，以及——

電流如電弧穿透他，他一陣顫慄，好不容易及時從外套裡掏出一個護齒墊塞到牙間，然後就單膝跪下，緊繃的身體沉沉彎下去。

維克多奮力抗拒著——他向來都會奮戰——但幾秒鐘後他已經躺在地上，電流到達高峰時肌肉抽搐，他的心臟顫抖一下，失去了律動——

於是他死了。

2

五年前
梅瑞特公墓

維克多睜開眼睛，接觸到冷空氣與墳土，看到雪德妮的金髮襯著一輪月光。

他第一次死是很暴力的，他的世界縮減成一座冰冷的金屬桌，生命變成一道電流與調節高低的儀表轉盤，灼熱的電力穿過每一根神經，直到他終於崩潰碎裂，瓦解成一片濁重的液態虛無。逝去的過程需要長久歲月，但死亡本身只是瞬間，一口氣的長度，所有能量從他的肺部擠出，然後他才從黑水中冒出來，整個人彷彿每一部分都在尖叫。

維克多的第二次死亡就比較奇怪。沒有電力激湧，沒有至極的痛苦——他在終結之前就早已把那個開關扔掉了。只有維克多雙膝下不斷擴大的一灘血，以及艾里把刀刺進去時肋間的壓力，然後世界就向黑暗屈服，他再也把持不住，滑入如睡眠般溫柔的死亡。

接著是——什麼都沒有。時間縮成單一的一秒。一組由完美的寂靜合成的和弦。無限。然後，就被打斷了。像是一顆石子擾亂了水塘。

然後就是他在那裡。呼吸著。活著。

維克多坐起來，雪德妮張開小手臂抱住他，他們就這樣在那裡靜坐許久，一具復活的屍體和一個跪在棺材上的女孩。

「成功了嗎？」她細聲問道，他知道她不是指復活本身。雪德妮每次救活一個特異人都有未預料到的後果。他們活過來了，卻發生了錯誤，他們的能力走偏，出現裂痕。維克多小心翼翼地試探自己的每一絲能力，搜尋脫線部位或者中斷的電流，但是覺得——毫無改變。沒有斷裂。很完整。

這是一種讓他欣喜得難以抑制的感覺。

「是的，」他說道：「成功了。」

米契出現在墳墓旁邊，光頭冒汗發亮，刺青的前臂因挖過土而髒髒的。「嘿。」他將鏟子插到草地上，先幫雪德妮再幫維克多爬出墓穴。

度兒的歡迎方式是重重靠在他身側，大黑頭貼著他的手掌，默默歡迎著他。

他們這一夥的最後一名成員無力地靠在一塊墓碑上。杜明尼帶著癮君子的受驚神情，不知吃了什麼壓抑慢性疼痛的東西而瞳孔渙散。維克多可以感覺到這個傢伙的神經已經破損，像電線短路直冒火星。

他們做了一個交易——這名除役士兵出力協助來交換消除疼痛。維克多不在的時候，杜明尼顯然無法做到自己的交易條件。現在……維克多伸手像關燈一樣把那個人的疼痛關閉。對方立即往後癱倒，緊繃的感覺像臉上的汗珠一般滑落。

維克多拿起鏟子，遞給這名士兵。「起來。」

杜明尼乖乖聽話，轉一轉脖子就站起來，然後他們四人開始給維克多的墳墓填土。

✦

兩天。

這是維克多死亡持續的時間。

這樣久的時間令人不安。久得足以出現第一階段腐敗。他們一直躲在杜明尼住的地方，兩個男人、一個女孩，還有一隻狗，在那裡等著他的屍體下葬。

「沒什麼東西，」此刻杜明尼打開前門說道。確實——一間又小又擠的單人房，有一張破沙發、一座水泥陽台，還有一間廚房，裡面有一小疊髒盤子——但這只是應付較長期困境的暫時性解決之道，維克多的狀況還不能面對未來，至少以他褲子上還沾滿墳土，死亡的氣息仍在口內的狀況而言。

他需要沖一下澡。

杜明尼帶他穿過房間——狹窄黑暗，一層書架，獎章平擺，相片朝下反放，窗台上有太多空酒瓶。

這名前士兵挖出一件乾淨的長袖襯衫，上面有一個樂隊標誌圖案。維克多揚起一眉。「我只有這一件多的，」他解釋道。

他打開浴室的燈然後退出，留下維克多一人。

維克多開始寬衣，甩掉下葬時穿的衣服——那身衣服他不認得，不是他買的——然後站在浴室的鏡子前面，檢視著自己袒露的胸口和手臂。

他並不是毫無疤痕——差得遠了——但這些疤都不是在「獵鷹展值」那晚留下的。槍聲迴響在他腦海中，在未完工的牆壁上反彈，水泥地上滿是黏滑的血。有的血是他的，大部分是艾里的。他記得那晚造成的每一處傷口——腹部刀割的淺傷，如剃刀般鋒利的鐵絲在手腕上的勒痕，以及艾里的刀子劃破他肋骨留下的——但都沒有留下痕跡。

雪德妮的天賦真是了不起。

維克多打開淋浴龍頭，站在滾熱的水底下，把皮膚上的死亡氣味沖去。他順著自己異能走向摸下去，讓注意力專注於體內，正如多年前那樣，那時他剛入獄，在那段隔離期間，他無法拿別人測試自己的新能力。維克多本來是用自己當對象，盡量了解疼痛的限度，以及神經的精密脈絡。此刻，他振作起精神，扭開心中的儀表盤，先往下轉，直到他毫無感覺，然後再往上，直到每一滴水落在赤裸的皮膚上都宛如刀割。他咬牙挺住疼痛，再把轉盤扭回原先的位置。

他閉上眼睛，低頭靠在瓷磚牆上，露出了笑容。艾里的聲音在他腦海中迴響。

你贏不了。

但是他贏了。

✦

整個公寓很安靜。杜明尼站在外面的窄陽台上抽菸。雪德妮蜷縮在沙發上，像小心摺起來的一張紙，狗狗度兒在她旁邊的地板上，下巴搭在她手旁。米契坐在桌前把一副撲克牌洗了又洗。

維克多收容了他們。

還在蒐集流浪動物。

「現在呢？」米契問道。

簡單的三個字。

單音節的字從未如此沉重過。這十年來，維克多一心只想復仇。他從未真正打算看看事情的另一面，但是現在，他達到了目的——艾里在牢房裡變臭——而維克多還在這裡，依然活著。復仇本來是讓人全心全力追求的事，如今此心不再，維克多剩下的只有不安，不滿足。

現在呢？

他可以離開他們。消失。這是最聰明的方向——一群人，尤其是他們這麼奇怪的一群，容易引人注意，單獨行動就極少可能。但維克多的能力可以讓他轉移周遭人的注意，可以靠著如迴避、難以捉摸、抽象但有效的一些方式影響他們的神經作用。而就史泰爾所知，維克多．韋勒已經死亡且下葬了。

他認識米契六年了。

他認識雪德妮六天。

他認識杜明尼六小時。

他們每個人都像一塊重擔纏住維克多的腳踝。最好解開腳鐐，拋棄他們。

那就離開吧，他想著。他的雙腳並沒有朝門口前進。杜明尼不是問題。他們才剛認識——只是因需要與狀況使然而形成的一種同盟。

雪德妮是另一回事。他對她有責任。當初維克多殺死賽蕊娜而造就了她。這不是感情——只是一種過渡性的平衡等式，從一個商數轉移到另一個的因子。

米契呢？米契背負一種詛咒，這是他自己這麼說的。沒有維克多在身邊，這個大塊頭下獄只是時間早晚的問題，很可能就是他與維克多一起逃出來的那座監獄，為了維克多而逃出來的那座。而儘管認識她不到一個星期，維克多確信米契不會遺棄雪德妮。雪德妮那方面呢，似乎也相當依戀他。

然後呢，當然，就是艾里的問題。

艾里關起來了，但是他還活著。以那個傢伙的再生能力而言，這一點是維克多無能為力的事。但是萬一他出來了——

「維克多？」米契追問著，彷彿看得出他的思緒轉換，看得出往哪個方向轉。

「我們要離開。」

米契點點頭，想掩藏卻藏不住自己明顯放寬心的樣子。他一直就像一本攤開的書易於解讀，即使在牢裡也如此。沙發上的雪德妮伸直身體翻身坐起來，冰藍的眼睛在黑暗中搜尋著維克多的目光。她沒有睡著，他看得出來。

「我們要去哪裡？」她問道。

「我不知道，」維克多答道。「但我們不能留在這裡。」

杜明尼已經溜進屋，帶進來一股冷空氣與菸味。「你要離開？」他問道，臉上閃現惶恐之色。「我們的交易怎麼辦？」

「距離不是問題，」維克多說道。這話嚴格說並不真確——杜明尼一旦走出範圍，維克多就無法改變他所設定的門檻，但他的影響力應該撐得住。「我們的交易仍有效，」他說道：「只要你仍為我工作。」

老杜連忙點頭。「你需要什麼都行。」

維克多轉頭看米契。「幫我們找一輛新車，」他說道：「我希望黎明時離開梅瑞特。」

他們果如所言。

兩小時之後，第一道曙光劃破天際，米契開了一輛黑轎車過來。老杜站在他的房門口，雙臂抱胸，看著雪德妮坐上黑車，接著是度兒。維克多則溜上前面的乘客座。

「你確定沒事？」米契問道。

維克多低頭看自己的手，屈伸一下手指，感到皮膚底下的能量微微刺痛。若要說有什麼不同，就是他感覺比較強了。他的異能新鮮、清晰、專注。

「更勝以往。」

3

四星期前
海洛威市

維克多在冰冷的水泥地上一陣顫慄，恢復生命。

有那極度痛苦的幾秒鐘，他的腦子一片空白，思緒破碎。就像脫離強烈毒品時的情形。他拚命想抓住一絲邏輯與秩序，整理破亂的感覺——銅的金屬滋味，汽油的氣味，破窗外面黯淡的路燈——直到周圍的場景終於變清晰。

機械工的修車廠。

傑克．林登的屍體，變成黑黑一團，倒在散落的工具間。

維克多取出口中的護齒套，坐起身，四肢動作遲鈍地從外套口袋裡掏出手機。米契曾把它加裝一個突波保護器，如今那個小組件已壞，手機本身無恙。他重新開機。

有一則杜明尼發的簡訊。

三分鐘，四十九秒。

這是指他死了多少時間。

維克多輕咒一聲。

太久了。太太久了。

死亡是很危險的。缺氧或血液停止流動的每一秒鐘，損害程度就以幾何級數加倍。器官能維持幾小時穩定，但腦子很脆弱。雖依個人狀況與創傷性質而定，但大多數醫生都認定大腦衰退的關鍵是四分鐘，也有人說是五分鐘，極少人說六分鐘。維克多並不想測試上限。

但不理會那無情的曲線圖也無用。

維克多現在比較常死，死的時間也比較長，而損害程度……他低下頭，看見水泥地上的電力燒灼痕跡，還有上頭電燈破裂掉下來的碎玻璃。

維克多站起來，扶著最近的一輛車等到房間不再晃動。至少目前，那嗡嗡聲不見了，代之以一種慈悲的安靜——但幾乎立即就被急促的電話鈴聲打破。

是米契。

維克多嚥一下喉頭，嚐到血味。「我要回去了。」

「你有沒有找到林登？」

「找到了。」維克多回瞄一眼屍體。「但是沒有用。再開始找下一個線索吧。」

4

五星期前

帕興市

他復活兩星期後，嗡嗡聲開始響起。

起初還可以忽視——耳邊微微的哼哼聲，像細弱的耳鳴，一開始讓維克多以為是電燈泡用太久，或者是汽車引擎，隔幾個房間的電視聲。但那聲音一直沒有消失。

差不多一個月以後，維克多發現自己在環視旅館大廳，努力想找出可能的聲源。

「什麼？」雪德妮問道。

「妳也聽到了？」

雪德妮困惑地皺起眉頭。「聽到什麼？」

維克多才發覺她不是在問那個噪音，只是在問什麼讓他分心。他搖搖頭。「沒什麼，」他說著又轉回頭注意櫃檯。

「史托克布里吉先生，」那個女人對維克多稱呼道：「我看到你們在本飯店有三晚的預約。歡迎您大駕光臨。」

他們從來不待很久，從一個城市跳到另一個城市，有時候會挑旅館，有時候則賃屋而居。他們的旅途從來不走直線，停留的地方沒有規律性，也沒有特別順序。

「你們要怎樣付費？」

維克多從口袋掏出皮夾。「付現。」

錢不成問題——根據米契的說法，錢只是一串一與零，是虛構銀行裡的數位貨幣。他最喜歡的新嗜好就是把現金化整為零，以小賺大，將獲利集結至數百個戶頭。他不是不留下足跡，而是創造出太多足跡讓人追蹤。這樣的結果就是大房間、鬆軟的床鋪，以及寬敞的空間，是維克多在牢裡所缺少所渴望的東西。

那個聲音一點點變大。

「你還好嗎？」雪德妮問道，一面打量著他。她從在墓地那裡就開始打量他，審視他的每一個動作、走的每一步，彷彿他可能突然碎裂化成灰。

「我很好，」維克多說著謊。

但那個噪音跟著他進電梯，跟著他上樓進房間，那是一個高雅的套房，有兩間臥室與一張沙發。噪音跟著他上床又起床，微妙地變換著，從單獨的聲音升級至聲音加上感覺。四肢有一種輕微的戳刺，不盡然是疼痛，但是一種不甚愉快的感覺。噪音持續著，尾隨著他，而且越來越大聲，越來越猛，直到後來維克多一陣厭惡之際，就把自己的電路關掉了，將轉盤扭至全無，完全麻木。戳刺感消失了，但嗡嗡聲只是變弱成為遙遠的靜電，一種他幾乎能夠不理會的聲音。

幾乎。

他坐在床緣，覺得發燒不舒服。他上次生病是什麼時候？他根本不記得了。但隨著時間一分一秒過去，維克多感覺越來越糟，直到他終於起身穿過套房去拿外套。

「你要去哪裡？」雪德妮問道，她正窩在沙發上看書。

「呼吸一點新鮮空氣，」他說道，人已經走出門去。

還沒走到電梯前，情況發生了。

痛。

劇痛無由冒出來，像利刃刺進胸膛。他驚吸一口氣，靠牆努力站直，又是一波劇痛襲遍全身，來得又急又猛，而且不可想像。轉盤依舊是扭到最低點，他的神經仍然在靜音狀態，卻似乎一點關係都沒有。

某種東西覆蓋過了他的電路，他的異能，他的意志。

眩目的燈光照下來，在他的模糊視線中形成光環，整個走道在搖晃。維克多勉強經過電梯走向樓梯間。剛進門他的身體又開始痛，雙膝發軟，重重跌跪到水泥地上。他試著站起來，肌肉卻開始痙攣，心臟猛地一跳，他就倒在平台上。

劇痛傳遍全身，他的下頷卡緊，這種感覺他多年未曾有過。十年。在實驗室，牙關用皮帶束緊，躺在冰冷的金屬桌台上，那種難以忍受的痛楚，電流燒灼他的神經，撕扯他的肌肉，使他的心臟停止跳動。

維克多必須動起來。

但是他無法起身，無法說話，無法呼吸。一隻隱形的手將轉盤往上扭，再上，再上，最後終於慈悲大發，一切都變黑了。

✦

維克多在樓梯間的地上醒過來。

他第一個感到的是寬慰——寬慰的是世界終於安靜下來，地獄般的嗡嗡聲消失了。第二個感到的是米契在搖晃他的肩膀。維克多側翻過去，將苦汁、血以及不堪的記憶吐在樓梯間平台上。

這裡很暗，上方的電燈已經短路熄滅，他只能隱約看到米契臉上的寬心神情。

「老天，」他說著往後坐倒。「你剛才沒有呼吸，沒有脈搏。我以為你死了。」

「我想我是死了，」維克多抹一下嘴巴說道。

「你是什麼意思？」米契問道：「發生了什麼事？」

維克多緩緩搖頭。「我不知道。」他竟然不知道，這不是會讓維克多安心的事，當然更不是他願意承認的。他站起身，勉力靠著牆。他那樣刪除所有感覺實在太傻，他應該研究那些症狀的發展，應該測量強弱升高的程度，應該知道雪德妮似有所感：感到他即使還沒破損，也已出現裂痕。

「維克多，」米契開口道。

「你怎麼找到我的？」

米契舉起他的手機。「是杜明尼，他打給我，嚇壞了，說你把力量收回去了，說就像從前你死的時候一樣。我試著打給你，可是你沒接。我要去搭電梯時看到樓梯間的燈燒壞了。」他搖著頭。「有一種不祥的感覺——」

手機又響了。維克多從米契的手中接過來答話。「杜明尼。」

「你不能就那樣對我，」那名除役士兵脫口罵道。「我們有協議的。」

「我不是故意的，」維克多慢慢說道，但杜明尼仍繼續講下去。

「前一分鐘我還很好，下一分鐘我就跪到地上，好不容易沒昏過去。什麼警告都沒有，我的體內沒有任何止痛防護，你不知道那是什麼感覺——」

「我跟你保證，我知道，」維克多說道，仰頭頂著水泥牆壁。「但你現在沒事了吧？」

一陣顫巍巍的呼吸聲。「嗯，我又上線了。」

「時間有多久？」

「什麼？我不知道。我有點分心。」

維克多嘆一口氣，閉起眼睛。「下次要注意。」

「下次？」

維克多掛斷電話，睜眼看見米契在瞪著他。「以前有過這樣嗎？」

以前。維克多知道他指什麼。那晚在實驗室，他的生命被一切為二。以前，是一個人類。以後，是一個特異人。現在，再順著他復活的生命線劈裂開。以前，是特異人。以後——是這樣。這表示是雪德妮造成的。這是她的異能之中無可避免的缺陷，是他的異能之中的裂縫。維克多終究沒有避開，只是不予理會。

米契咒一聲，抬手搔著腦袋。「我們得告訴她。」

「不行。」

「她會發現的。」

「不行，」維克多又說一遍。「還不行。」

「那要什麼時候？」

等維克多明白是怎麼一回事，知道如何修復以後。等他有了計畫，有一個解決之道以及一個問題。「等事情有所不同的時候，」他說道。

米契的肩膀垮下來，整個人洩了氣。

「也許不會再發生了，」維克多說道。

「也許，」米契說道。

他們誰都不相信。

5

四年半前

富爾騰

又發生了。

然後又是一次。

不到六個月之內發作三次，每次的間隔變短一點，死亡的持續時間也久一點。是米契堅持要他去找專業。是米契找到一位亞當．波特醫生，小個頭，鷹臉，是國內聲譽卓著的神經科專家。

維克多從來不喜歡醫生。

即使在從前他想當醫生的時候，也從來不是為了拯救病人。吸引他的是醫學領域的知識、權威與掌控力。他想做一個拿手術刀的人，不是刀下的血肉之軀。

此刻維克多坐在波特的辦公室裡，已是下班時間，他腦袋裡的嗡嗡聲剛開始滲入四肢。他知道，這樣等候發作轉移是在冒險，但精確的診斷需要有症狀出現。

維克多低頭看病人調查表。他可以說出症狀，但說細節就比較危險。他沒有拿筆，直接將表放回桌上滑過去。

醫生嘆一口氣。「馬丁先生，你付了相當可觀的一筆酬金要我服務。我建議你要好好利用。」

「我付酬金是要求隱私。」

波特搖搖頭。「好吧，」他說道，手指交握在一起。「大概是什麼問題呢？」

「我不完全確定，」維克多說道：「我一直有這些發作情形。」

「什麼樣的發作？」

「神經的，」他答道，小心守住省略與說謊之間的界線。「一開始是一種聲音，腦袋裡有一種嗡嗡聲。後來越來越大，直到我可以感覺滋滋聲直透骨頭。像是……一股電流。」

「然後呢？」

我就死了，維克多想著。

「我就昏過去了，」他說道。

醫生皺起眉頭。「這情形有多久了？」

「五個月。」

「你有沒有受過什麼創傷？」

有。

「就我所知沒有。」

「生活方式改變？」

「沒有。」

「你的四肢有沒有什麼缺陷？」

「沒有。」

「過敏？」

「沒有。」

「你有沒有注意到有什麼特定刺激引發？偏頭痛可能是由咖啡因引發，癲癇可能是由光亮、壓力，或者缺少——」

「我不管是什麼引起，」維克多說著，耐心漸失。「我只想知道是什麼問題，以及怎樣修復。」

醫生身體前傾。「那麼好吧，」他說道：「讓我們做一些化驗測試。」

✦

維克多看著螢光幕上的線條圖，一波一波像地震前的小震動。波特在他的頭皮上接了十幾處電極，研究著旁邊的腦波圖，眉頭蹙起來。

「怎麼樣？」維克多問道。

醫生搖搖頭。「活動水平不正常，但這模式並不表示有癲癇。你看見這些線條有多密集嗎？」

他輕敲螢光幕。「那種神經刺激的程度，幾乎像有太多神經傳導……電力脈衝過度。」

維克多打量著線條。那可能是思想在作怪，但螢光幕上的線條似乎隨著他腦袋裡的聲音起伏，隨著皮膚底下的嗡嗡聲節奏升至高峰。

波特切斷程式。「我需要比較完整的圖像，」他說道，一面取下維克多頭皮上的電極。「我們來給你做MRI核磁共振。」

這個房間裡只在中央擺著一座掃描機——有一張活動平台可以滑入機器的艙道。維克多緩緩躺在平台上，頭部枕著一個淺型箍架。一個線圈框橫移到他的眼睛上方，波特把框架固定，將維克多鎖定在裡面。他的心跳加快，機器呼呼作響，平台移動起來，室內景象消失，代之以距離非常接近的機器艙頂擋在維克多的臉前。

他聽見醫生離開，房門喀嗒一聲關上，然後醫生的說話聲又響起，透過對講機顯得很細弱。

「絕對保持靜止。」

有整整一分鐘，什麼動靜都沒有。然後整座機台響起重重的敲打聲，一陣重低音掩蓋過他腦袋裡的噪音。淹沒了一切。

機器的敲打與呼呼聲繼續著，維克多試著讀秒，想撐過這段時間，但總是會失控。時間一分一分過去，帶走更多他的控制力。現在嗡嗡聲出現在他的骨頭內，第一波刺痛——他無法按捺住的痛楚——順著他的皮膚爆裂。

「停止測試，」他說道，語聲被機器吞沒。

波特的聲音經由對講機傳來。「就快做完了。」

維克多拚命穩住呼吸，但是沒有用。他的心臟怦怦跳，視線出現複影。恐怖的電流嗡嗡聲越來越大。

「關掉——」

電流貫穿維克多整個人，明亮又刺眼。第一股電波襲遍他全身，他的手指抓緊桌台邊緣，肌肉尖聲嘶喊著。在緊閉的眼底，他看見安姬站在電流儀表旁邊。

「我要你知道，」她說著，同時開始將感應器固定在他的胸部。「我永遠，永遠都不會原諒你那麼做。」

警鈴聲大作。

掃描器呻吟著顫動一下，然後停了下來。

波特出現在機器的一側某處，急切地低聲說著話。平台開始退出。維克多抓耙著固定頭部的皮帶，感到皮帶鬆開了。他必須起來。他必須——

電波再度襲到他身上，力道猛得整個房間都碎裂成片片——他的口裡冒血，心臟亂跳，波特的筆燈把周遭照亮，接著是一個悶聲尖叫——然後疼痛抹滅了一切。

✦

維克多在檢查台上醒來。

MRI機器上方的燈未亮，開口處有一道一道的焦黑痕跡。他坐起身，一陣天旋地轉，然後視覺焦點恢復，周遭漸漸清楚。波特躺在幾步之外，身體扭曲，彷彿困在痙攣發作之際。維克多不需要去摸那個人的脈搏或者感應他空無反應的神經，就知道他已經死了。

屬於另一個時空的某段記憶中，在另外一個實驗室裡，安姬的屍體也是以同樣不自然的方式扭曲著。

該死。

維克多站起來，檢視著房間。見到屍體，以及破壞。

此時他的理智穩定下來，感覺恢復冷靜，腦袋清晰了。就像風暴過後暫歇片刻，惡劣天氣再恢復前的平靜空檔。這只是時間問題——也正是為什麼每一秒的安靜都很重要。

波特的手邊有一根針筒，上面的套子還在。維克多將它塞入口袋，走到門廳，他的外套在那裡。他取出手機，杜明尼的訊息傳來。

一分鐘，三十二秒。

維克多呼吸一下讓自己穩定下來，然後環視空蕩的辦公室。

他循原路回到檢查室，收起波特所做的每一份掃描與列印圖。在醫生的辦公室裡，他刪除了約診與數位資料，撕掉醫生的筆記用紙，連下面一張也撕去以策安全，有系統地抹除他曾在這個建築內的所有徵象。

每一個徵象，死屍除外。

這一點他無能為力，除了放火把這地方燒掉——他考慮過這個選項，結果又擱置了。火是捉摸不定的東西，難以預測。最好還是讓這裡看起來像是本來那樣——心臟病發作，一場詭異的意外。

維克多套上外套然後離開了。

旅館套房那裡，雪德妮與米契癱在沙發上看一部老電影，度兒趴在他們的腳邊。維克多走進門，米契與他目光相接，揚眉表示疑問，維克多微微搖頭，動作細微得幾乎看不出來。

雪德妮翻身坐直。「你去哪裡了？」

「伸伸腿，」維克多說道。

雪德妮皺起眉頭。這幾個星期以來，她的目光從單純的擔心轉變為比較接近懷疑的樣子。

「你走了好幾個鐘頭。」

「我被關了好多年，」維克多反駁道，同時自己倒了一杯酒。「那會讓人焦躁不安。」

「我也會不安，」雪德妮說道：「所以米契才想到要玩撲克牌。」她轉頭看米契。「為什麼維克多不必玩？」

維克多揚起一眉，啜一口酒。「怎麼個玩法？」

雪德妮拿起桌上的那副牌。「如果你抽到數字牌，就得待在屋子裡學什麼東西，但如果你抽到人頭牌，就可以出去。多半是去公園或者電影院，但總比關起來好。」

維克多瞄一眼米契，但那個傢伙只是聳聳肩，起身走向浴室。

「你試試看，」雪德妮說著遞出紙牌。維克多打量她一會兒，然後抬起一隻手。但他沒有抽牌，而是把雪德妮手上的整副牌拿過來，將牌攤在地板上。

「嘿，」雪德妮說道，只見維克多跪下去考慮他的選項。「這是作弊。」

「妳沒說我得公平競爭。」他挑出地上面朝上的黑桃國王。「拿去，」他說著把牌遞給她。「把它放在妳的袖子裡。」

雪德妮望著那張牌許久才接過去，跟著米契回來了，眼睛來回瞄他們。「這是怎麼一回事？」

「沒什麼，」雪德妮毫不遲疑地說道：「維克多只是在逗我。」

她說謊是這麼輕易，讓人感到有一點不安。

雪德妮坐回沙發上，度兒爬到她旁邊，維克多走到外面陽台上。

一分鐘後，他背後的門滑開，米契出來跟他站在一起。

「如何？」米契問道：「波特怎麼說？」

「他沒有答案，」維克多說道。

「那我們再找別人，」米契說道。

維克多點點頭。「告訴雪德妮說我們明天早上離開。」米契又進屋去，維克多把酒杯放在欄杆上。他從口袋掏出針筒，看看上面的標籤。「安定文」。一種抗癲癇發作的藥。他原希望得到診斷，得到治療，但目前他找到了一種應付症狀的方法。

「我通常下班後不看病。」

維克多與這位年輕醫生隔桌對坐。她身形纖細，黑膚，鏡片後的目光犀利。但不管她是否有興趣或懷疑，她的開業地點是在開普斯通，這個城市與政府關係緊密，這種地方保密至上，絕對謹慎。嘴巴不緊就可能終結事業生涯，甚至終結性命。

維克多將現款隔桌滑過去。「謝謝妳為我開先例。」

她收下錢，打量著他填寫的寥寥幾行資料。「我能為你效勞什麼……萊希特先生？」

腦袋裡的聲音越來越大，維克多試著保持專注。她問著同樣的問題，他也給她同樣的回答。他列出症狀——噪音，疼痛，抽搐，暈厥——盡可能省略，必要時也說謊。醫生聽著，思考的時候筆在本子上畫著。「可能是癲癇，重症肌無力，肌張力障礙——神經失調有時候很難診斷，出現合併症症候群。我會安排一些化驗——」

「不要，」維克多說道。

她停下筆記，抬起目光。「不知道究竟怎樣——」

「我做過化驗，」他說道：「結果都沒有定論。我來是因為我想知道妳要開什麼處方。」

柯雷頓醫生在椅子上坐正。「我不會沒有診斷就開藥方，也不會沒有可信服的證據就做診斷。我無意冒犯，萊希特先生，但單憑你自己說的不夠。」

維克多吁一口氣，身體趴向前。趴向前也就是在威脅她，不是用雙手，而是用感官意識，一種接近疼痛的壓力，一種微妙的不安感，他也是用同樣的方式讓陌生人讓開，讓維克多在不受注意的情況下穿過人群。但柯雷頓無法輕易脫身，因此這種不安在她感覺就是——一種威脅。一種非戰即逃的裝置，很簡單又具獸性，像捕食性動物與獵物。

「城裡有很多黑心醫生，」維克多說道：「但他們開藥方的意願常常跟醫術成反比。這就是為什麼我要來這裡，來找妳。」

柯雷頓乾嚥一下喉頭。「錯誤的診斷，」她沉穩地說道：「以及錯誤的藥可能有害無益。」

「這種風險，」維克多說道：「我願意承受。」

醫生顫巍巍地輕吐一口氣。她搖搖頭，彷彿想讓腦筋清楚一點。「我給你開一種抗癲癇的藥與乙型阻斷劑。」她的筆在紙上寫畫著。「如果要強一點的，」她說著把紙撕下來。「你就必須接受強制觀察。」

維克多接過紙條後站起身。「謝謝妳，醫生。」

兩個小時後，他把藥丸放到手上，不用水就吞下去。

過了不久，他感到心跳放慢，嗡嗡聲靜下來，於是他想著，說不定他找到了答案。接著兩個星期，他覺得比較好了。

然後他又死了。

6

四星期前
海洛威市

維克多遲到了，他知道。

林登的事花的時間比預期久——他得等到修車廠沒人了，等到只剩下他們兩人。然後，當然，還要等他知道必然會來臨的死亡，要等到結束，它才不會跟著回到他們住了九天的房子。那裡是租的，也是一種可以短期停留的地方，租一天或者一個月都行。

那是雪德妮挑選的，她說因為它看起來像一個家。

維克多走進去，迎來的是一股融化的乳酪味道，以及大電視裡的一個爆裂巨響。雪德妮坐在沙發扶手上丟爆米花給度兒，米契則站在廚房工作台前將蠟燭插在一個巧克力蛋糕上。

這一幕實在是異常地……正常。

狗先看見他，搖著尾巴在硬木地板上跑過來。

米契與他目光相接，關切地蹙起眉頭，但維克多揮手打發他。

雪德妮回頭瞄過來。「嘿。」

五年了，雪德妮．克拉克在許多方面看起來仍然未變。她依舊嬌小，圓臉與大眼睛跟他們第一天在路邊看到她時一樣。不同之處多半是表面的——她的彩虹緊身褲換成上面有白色小星星的黑褲，金色鮑伯頭短髮經常被各種假髮蓋住，髮色隨心情而變，今天晚上是淡藍色，與他的眼睛同色。

但是在其他方面，雪德妮的改變就跟他們一樣多。她的聲調，堅定的眼神，翻白眼的模樣——顯然是她努力想強調自己年齡而刻意做出來，因為年齡的表徵並不明顯。身體仍像小孩子，態度則完全是青少年一般。

這時候她瞄一眼維克多空空的雙手，他看出她眼中的疑問，像似在懷疑他忘記了。

「生日快樂，雪德妮，」他說道。

說也奇怪，雪德妮的生日總跟她進入維克多的生活一事聯結在一起。每年此刻不僅表示她的年齡，也代表她與他，與他們在一起的時間。

「準備要我點蠟燭了嗎？」米契問道。

維克多搖搖頭。「給我幾分鐘換衣服，」他說著就沿甬道走開。

他把身後的門關上，沒有開燈，繼續穿過臥室。這裡的擺設其實不適合他——藍色與白色的墊子，牆上的田園風光畫。架子上的書純屬裝飾而無實用性，不過至少他找到一個用途。一本漂亮的歷史書攤開來擺著，上面一支簽字筆。目前左頁已經完全塗黑，右頁塗到只剩最後一行，彷彿維克多在找一個字可是還沒找到。

他褪下外套，走進浴室，捲起袖子。他扭開水龍頭，將水拍到臉上，水龍頭流出的白色水花噪音配合著已經開始在他腦袋裡響起的靜電雜音。這些日子他擁有的安靜要以分鐘而非幾天計算。

維克多用手指理一下金色短髮，審視著自己的鏡中影像，憔悴的臉上一雙如狼一般的藍眼睛。

他的體重減輕了。

他向來很瘦，但如今他抬起下巴，光線從額頭與顴骨照下來，由下頷到頸部的凹陷處形成一片暗影。

一小列藥瓶在洗手台後面一字排開。他拿起最近的一瓶，將一顆瓦利姆鎮定劑放在手掌心。維克多從來不喜歡吃藥。

沒錯，脫離疼痛的預期是有一點吸引力，但他一直無法克服失去控制的反應。從前在洛克蘭，他第一次買毒品的時候，根本沒想著要什麼快感，只是試圖自盡，好讓自己醒來會變好。

實在是再諷刺不過，維克多想著，一面將藥片乾嚥下去。

7

四年前
德勒斯登市

維克多不曾在脫衣舞俱樂部待過太久。

他從來不明白那有什麼吸引力——半裸的身體塗滿油扭動著，這從來不會令他興奮——但他來「玻璃塔」也不是為了看秀。

他要找一個特別的人。

他掃視著煙霧瀰漫的俱樂部，努力不去吸入香水、菸味與汗臭，一隻精心修剪過指甲的手在他的肩胛骨上游移過來。

「哈囉，蜜糖，」一個甜蜜蜜的聲音說道。維克多斜瞄過去，看見一雙暗黑眼睛與鮮紅的嘴唇。「我敢賭我們能讓這張臉上出現笑容。」

維克多懷疑這一點。他渴望很多事情——力量，復仇，控制——但性愛從來不在其中。即使對安姬……當然，他想要她，希望得到她的注意、忠誠，甚至她的愛。他關愛她，會想盡辦法討她歡心——或許也因此讓自己開心——但對他而言，那從來與性愛無關。

那名舞者上下打量維克多，誤以為他缺乏興趣是出於謹慎，或者假設他的性向在比較不女性化的地方。

他把她的手指撥開。「我要找馬康姆．瓊斯。」自稱企業家，專精所有非法事物，武器，性，毒品。

舞者嘆一口氣，指向俱樂部後面的一扇紅門。「樓下。」

他朝那裡走過去，就快到的時候一個嬌小的金髮女子撞到他身上，引發一串腔調甜美的高音道歉，他伸手扶住她。兩人目光相接，她臉上閃過一絲神色，顯現極為短暫的興趣——他本來想說認得，但又確定他們從未見過。維克多抽開身，她也站開然後鑽入人群，他則走到紅門前面。

門在他背後關上，擋住了俱樂部。他活動一下雙手，順著一道水泥台階走進這棟建築的深處。下層的甬道很窄，牆壁漆成黑色，空氣充滿雪茄臭味。盡頭的一個房間裡傳出笑聲，但維克多的前進之路被一個穿著貼身黑襯衫的大塊頭擋住。

「要去哪裡嗎？」

「是的，」維克多說道。

那個人打量著他。「你看起來像緝毒的。」

「是有人這麼說過，」維克多說道，張開雙臂請他搜查。那個人上下拍拍他身體，然後領著他走下去。

馬康姆．瓊斯坐在一張大辦公桌後面，穿著一身昂貴西裝，手肘旁邊一疊鈔票上面放了一把發亮的銀色手槍。三個人各坐在不同的家具上，一個在看牆上的平板電視幕，一個人在玩手機，第三個人在觀看瓊斯給桌上的古柯鹼加料。

他們似乎沒人特別關切維克多進門。

只有瓊斯勉強抬起頭看。他不年輕，但有著地位正在提升的人所具飢渴如狼的神情。「你是誰？」

「新客戶，」維克多簡單說道。

「你怎麼聽說我的？」

「話會傳開。」

瓊斯聞言頗得意，自己惡名開始遠播顯然讓他覺得受寵若驚。他朝桌前那張空椅比手示意。

維克多在椅子上坐下。「藥品。」

瓊斯打量他一下。「呵，還以為你是要武器的。我們是在說海洛因嗎？古柯鹼？」

維克多搖搖頭。「處方藥。」

「啊，這樣的話……」瓊斯揮揮手，一個手下起身打開一個置物櫃，展示出一堆塑膠藥瓶。「你要找什麼？」

「我們有疼始康、吩坦尼、苯二氮平、阿得拉……」瓊斯一一說著，那個手下把藥瓶在桌上一字排開。

維克多打量著選項，不知從何開始。

他的發作症狀開始多樣化，不管他怎麼做似乎都沒有用。他嘗試過避免使用異能，理論上那應該像一種電池，靠使用來充電。那樣不見效之後，維克多改變策略，試著多用異能，所根據的理論是或許那是一種他得讓它發散的電力。但這種作法結果一樣——嗡嗡聲變大，繼而影響到身體，然後維克多又死了。

維克多研究著那堆藥。

他可以將電流的發展狀況做成圖表，卻似乎無力改變。

從科學觀點而言，那是必然的毀滅。

從心理學觀點而言，那是惡化。

疼痛部分他可以控制至某一程度，但疼痛只是神經系統的一個方面。大多數鴉片類鎮靜劑也只作用在一方面，是抑制劑，用來抑制疼痛，但也抑制了感覺、心跳、意識——如果一種不夠，那麼他就需要雞尾酒式混合用。

「這些我要，」他說道。

「哪幾種？」

「全部都要。」

瓊斯冷笑。「慢來，陌生人。我們的店規只限一瓶——我不能把所有存貨都給你。不然我知道接下來就會在某處以三倍價——」

「我不是要拿去賣，」維克多說道。

「那你就不需要太多，」瓊斯說道，笑臉繃緊了。「現在，關於付款——」

「我說我要。」維克多往前俯身。「我可從沒說過付錢什麼的。」

瓊斯大笑，聲音凶狠毫無笑意，也引發手下一陣哄笑。「如果你打算搶劫我，至少也得帶一把槍吧。」

「噢，我帶了，」維克多說著伸出一隻手，動作很慢，像在變戲法似地，他屈起三根手指，拇指向上，食指伸直。

「看到了嗎？」他說道，食指對準瓊斯。

瓊斯不再覺得有趣。「你是某種——？」

「砰。」

沒有槍響——沒有震耳的回音或者空彈殼掉落或者硝煙——但瓊斯喉間發出尖叫，像中槍一般倒到地上。

另外三人紛紛掏槍，但震驚之餘他們的動作嫌慢，還未開槍就被維克多擺平。沒有動轉盤，沒有微調，只是直接的力量，發自疼痛之外的神經繃折，保險絲熔斷。

他們像繫繩斷掉的小狗癱倒在地，但瓊斯仍有意識，仍抓著胸口，狂亂地摸索槍彈傷口，流出的血，或者神經告訴他的某種身體傷害。

「我操……我操……」他咕噥著，眼睛亂轉。

疼痛，維克多早就明白，會把人變成動物。

他把藥收好，發現一個皮製公事包靠在桌旁，就將袋子與瓶子丟進去。在地上發抖的瓊斯掙扎著打起精神，注意力轉到桌上發亮的槍管，正要衝過去拿，但維克多的手指微彎一下，瓊斯就癱下去，不省人事地靠在後面牆上。

維克多拿起剛才瓊斯想抓的槍，在手上掂掂重量。他對槍並沒有特別好感——既有了異能，多半的時候都不需要槍。但以他目前的狀況而言，有個什麼……身外之物……也許有用。再者，有一個看得見的唬人東西也無妨。

維克多把槍塞進外套口袋，將公事包喀嗒一聲關上。

「很高興跟你交易，」他對著安靜的房間說道，然後轉身走出去。

✦

在此同時……

瓊恩調整一下馬尾，穿過絲絨帷幔，進入私人舞蹈室。哈洛德．謝爾頓已經在裡面，粉紅色的雙手搓著大腿充滿期待。

「我好想妳，金妮。」

金妮食物中毒臥病在家。

瓊恩只是借用她的身體。

「你有多想我？」她問道，努力擺出柔軟嬌喘的聲音。這聲音並不完美，從來不會。畢竟，講話聲音是天生加上培養而成，還有生物與文化因素。瓊恩可以鎖定音高——這是與身體相關——但她真正的腔調，微微帶著音樂性，總會偷偷冒出來。倒不是說哈洛德會注意到。他正忙著色瞇瞇地窺看金妮藍白色啦啦隊服底下的乳頭。

這其實不是瓊恩喜歡的風格，但也不必喜歡。

只要他喜歡。

她圍著他緩緩繞一圈，粉紅色指甲順著他的肩膀劃過去。手指擦過他的皮膚時，她看見他的人生閃現——不是全部，只是留有痕跡的片段。她讓那些片段溜過腦海但不作停留。她知道自己絕對不會借用他的身體，所以不需要知道更多。

哈洛德抓住她的手腕，把她拉到懷裡。

「你知道規矩，哈洛德，」瓊恩說著一面想掙脫。

俱樂部的規矩很簡單：只看不碰。手放在你自己的身前，你的膝蓋上，在你的屁股底下，那都沒關係，只要不碰女孩。

「妳真是他媽的在說笑，」他惱怒地咆哮道。他仰起頭，眼神呆滯，口氣厭煩。「我付錢是幹嘛的？」

瓊恩走到他的背後，雙臂環抱他的肩膀。「你不能碰我，」她輕柔地低聲說道，湊上前讓嘴唇擦著他的耳朵。「但是我可以碰你。」

他沒有看見她手上的一截金屬線，根本沒注意，直到金屬線繞住他的脖子。哈洛德開始反抗，但帷幔很厚，音樂很吵，而且一個人反抗越厲害，消耗空氣越快。

瓊恩向來喜歡勒死人，那樣比較快，有效率，有觸感。哈洛德浪費了太多精力，拚命抓扒金屬線而不抓她的臉。也不是說，那會讓結果有所不同。

「非關私人恩怨，哈洛德，」瓊恩說道，他拚命頓足想扭開身體。

這是實話——他不在她的名單上。純屬公事。

他往前癱倒，沒有了氣息，張開的嘴裡冒出一道白沫。

瓊恩直起身子，輕吁一口氣，把金屬線收好。她打量自己的手掌，不過這不是她的手。手掌上有深深的細線痕印，是金屬線勒出來的。瓊恩感覺不到，但知道真正的金妮醒來會帶著這些勒痕，以及隨之而來的疼痛。

對不起，金妮，她心裡想著，同時穿過帷幔，把它在身後拉好。哈洛德是大金主，花了一大筆錢買下金妮一小時的少女熱舞，因此瓊恩有足足五十分鐘盡可能離屍體越遠越好。

她揉著手上的勒痕，一面沿著甬道走下去。

至少金妮的室友在家——可以為她作證脫嫌。沒有人見到瓊恩進入哈洛德的房間，也沒人看見她離開，所以她只需要——

「金妮，」一個聲音喊道，離她太近，就在背後。「妳不是在工作嗎？」

瓊恩低咒一聲。也在此時，她變身了——四年來她蒐集了每個接觸到的人，擁有大量備用「服裝」。眨眼之間，她就擺脫了金妮，換上別人，另一個金髮，同樣的膚色，同樣的身材，但乳頭較小，圓臉，穿著比較短的藍裙。

這樣變身是一種精采的藝術，那名保鑣眨眨眼，神情困惑，但瓊恩憑經驗得知——一個人看到無法理解的事時，就無法堅持下去。我看到變成我以為我看到再變成我不可能看到然後又變成我沒有看到。視覺變化無常，人心脆弱無定。

「只有舞者與客戶才能去那裡，女士。」

「我不是要偷看，」瓊恩說道，讓自己的腔調結巴含糊。「只是在找女生洗手間。」

麥克斯朝右邊一扇門點點頭。「妳走原路出去，穿過俱樂部。」

「多謝，」她說著又眨一下眼。

瓊恩腳步保持平穩自在，一路穿過俱樂部。她此刻只想洗澡。脫衣舞俱樂部就是這樣，鹹濕味與臭汗味，廉價飲料與骯髒的錢，濃重得沾滿妳的皮膚，跟著妳回家。這只是心理作祟——畢竟，瓊恩感覺不到，聞不到，也嚐不到。借來的身體就是這樣——借來的。

走到半路，她碰上一個男人，瘦瘦的，金髮，穿得一身黑。在這種地方並非不尋常，生意人可以與單身漢互拋媚眼的地方，但這接觸使瓊恩一震——她擦到他的手臂時，她看到……什麼都沒有。沒有細節，沒有記憶。

那個人根本沒注意她就走開了。他進入俱樂部後面的一道紅門，瓊恩硬逼自己也繼續走下去，儘管剛才感覺起來她的整個世界都霍然定住了。

機會有多大呢？

很小，她知道——但並非全無。曾有一次，幾年前的一個夏夜，一個年輕人，她在街上撞到的，真正地撞到——她的頭正往後仰，而他低著頭。兩人相觸時，她感到那種同樣的一股寒意，記憶也是同樣黑暗一片。經過幾個月努力回想每次接觸的相貌與身形，完全得不到一點資訊，這情形令她吃驚與不安。瓊恩當時不知道那是什麼意思——是否那個人或者她已經殘缺破損，是否那是一種特徵或者差錯——一直到她跟蹤著那個傢伙，看到他用手摸一輛車的車蓋，聽到引擎在他觸摸之下就呼呼起動，她才恍然明白他與眾不同。

不是像她這樣不同，但還是與正常人差得很遠。

從那之後，她就開始尋找他。

瓊恩對偶遇或不請自來的接觸從來不是很感興趣，如今卻想盡藉口觸碰人手，親吻臉頰，搜尋那種捉摸不定的黑暗部分。她從未再找到過。

直到現在。

瓊恩躲到一根柱子後方，甩脫金髮女孩的模樣，變成一個臉孔很容易忘記的男人。她在吧檯點了一杯酒，等著那個陌生人出現。

十分鐘後，他出現了，拿著一個黑色公事包。他走到外面的黑暗中。瓊恩跟在後面。

街上並非毫無人跡，但也不是擠得足以掩藏跟蹤者。每次離開街燈範圍後，她就變換一次身形。

萬一那個黑衣人注意到她，瓊恩要怎麼辦？

若是他沒有注意到，她要做什麼？

瓊恩不知道自己為什麼要跟蹤那個人，或者他停下來以後她打算怎樣。是直覺引她跟下去，還是只是好奇？兩者她通常不一定分得清。從前……

但瓊恩不喜歡想從前。不想，也不需要。死亡的記憶不一定糾纏不放，但她死亡本身真實不過，沒必要再撬開棺材蓋。

瓊恩——這也不是她的真名。她把名字一起埋葬了。

她只保留一樣東西，就是口音。保留這個字眼有很強的意味——是不想離開的頑固東西。在異地興起的一縷思鄉之情。一段綠色與灰色的記憶，懸崖與海洋……她可能已經擺脫，跟著其他一切，所有構成她的東西一起拋去。但是她現在只剩下這個，藕斷絲連的最後一點連結。

太多愁善感了，她罵著自己，然後加快腳步。

最後，瓊恩不再變身，只是跟隨著那個陌生人的腳步。

說來奇怪，其他人都以微妙的方式從他身旁繞過去，側身讓路給他。

他們看見他了，從他們往旁邊移開的樣子她看得出來。但他們實際上並未注意到。

就像磁鐵，瓊恩想著。每個人想到磁鐵就想到它們有吸力，會拉近，但翻轉過去就會排斥。你可以花幾百年拚命想把兩塊磁鐵硬放在一起，眼看就要成功了，但到頭來它們卻滑開了。

她懷疑那個人對周遭的世界就有這種影響，彷彿那就是他的法力。

不管是什麼，她都感覺不出來。

但是話說回來，她本來就什麼都感覺不到。

你是誰？她猜想著，那個人不可看透的這件事令她氣惱。她向來被自己的異能寵壞了，輕易就知道那帶給她什麼。不是說她無所不知——那樣很快會讓她永遠發瘋——但她看到的已經足夠。名字。年齡。還有記憶，但只有真正留下痕跡的才行。

一個人，可以蒸餾出那麼多點點滴滴。

現在這個能力被剝奪了，使她有挫敗感。

前方，那個人在一棟公寓外面停下來。他穿過旋轉門進入大廳，瓊恩在大樓屋簷下的暗處，看著他進電梯，看著電梯顯示到九樓停下。

她咬唇想著。現在很晚了。

但不是那麼晚。

瓊恩搜索著腦海中的人物庫存。或許外送太晚了，但快遞不會。她挑了一個年輕女人——比較讓人不設防，尤其是在夜間——穿著海軍藍單車裝，順手抓起擺在大廳的一個還未送出的信封袋，按下電梯鈕。

九樓有四戶人家。

四個機會。

她把耳朵貼在第一扇門上，聽見裡面一片死寂，是沒有人住的空戶。第二扇也一樣。

到了第三扇門，她聽見腳步聲，於是敲敲門，但開門的不是那個黑衣男人，而是一個女孩，身邊一隻大狗。

女孩身形嬌小，有著淡金色頭髮與冰藍色的眼睛。看到她令瓊恩一時失措。她看來十二歲，也許十三歲。跟美黛琳同年。美黛琳屬於從前——從前，瓊恩有家，有父母，還有兄弟姊妹，一個比她大，三個比她小，最小的那個也有同樣的草莓式髮捲——

「有什麼事嗎？」女孩問道。

瓊恩發覺自己一定找錯地方了。她搖搖頭，轉身要退開。

「是誰？」一個溫煦的聲音問道，只見一個大塊頭，雙臂刺青，笑容和善。

「快遞，」女孩說道。她伸手接過包裹，手指差一點擦到瓊恩的手，這時候他出現了。

「雪德妮，」那個黑衣人說道：「我跟妳說過不要應門。」

女孩退回屋內，大狗跟在後面。那個男人走上前，垂下冰冷的暗藍色眼睛瞄一下瓊恩的手。

「地址錯了，」他說著就把門當她面關上。

瓊恩站在甬道上，心思亂轉。

她原預期他是一個人住。

像他們這樣的人，應該都是孤單一人。

另外那兩個是普通人嗎？那個大塊頭與年輕女孩？還是他們也有異能？

次日瓊恩再度回來，把耳朵貼在門上聽——什麼都沒有。

她跪在門鎖前，幾秒鐘後門就開了。公寓裡面是空的。沒有那個女孩的影子，沒有狗、大塊頭，或者那個陌生人。

他們就這樣——離開了。

8

三年前
州首府

又發作了。再一次。又是一次。

維克多撐著矮櫃，面前擺著馬康姆．瓊斯供給的藥丸，腦袋裡無時無刻不在響的嗡嗡聲變成高音哀鳴。他再次搜尋著標籤，想找自己不曾試過的——疼始康、嗎啡、吩坦尼——但全部都試過了。每一種排列，每一種組合，結果都沒效。沒有一種有用。

他按捺住挫敗的吼聲，將檯面打開的藥瓶揮手一掃。藥丸如雨落到地板上，維克多衝到寓所的外間。他必須在蓄能升至高峰之前離開。

「你要去哪裡？」維克多穿過房間時雪德妮問道。

「出去，」他聲音緊繃地說道。

「可是你才剛回來。而且今天晚上是電影之夜。你說要跟我們一起看的。」

米契伸手搭著她的手臂。「我相信他等下就回來。」

雪德妮來回看看他們，彷彿看出其間沒有說出的話、謊言以及真相被挖走的空白。「怎麼一回事？」

維克多取下掛衣鉤上的外套。「我只是需要一點新鮮空氣。」此時蓄能已經溢出，散到他周邊的空氣中，四肢爆裂出能量。度兒嗚咽著，米契神情驚縮一下，但雪德妮沒有退縮。

「在下雨，」她抗議著。

「我不會融化。」

但雪德妮已經伸手拿她的外套。「好吧，」她說道：「那我跟你一起去。」

「雪德妮——」

但是她搶在他前面擠到門口。

「不要擋我，」他咬牙說道。

「不行，」她回嘴駁道，嬌小的身軀撐著木頭門框。

「讓開，」維克多說道，聲音裡透出一種奇怪的絕望意味。

但雪德妮堅持不讓。「除非你告訴我這是怎麼一回事。我知道你在隱瞞什麼事情。我知道你在說謊，這不公平，我應該——」

「讓開，」維克多命令道。然後，他未經思索——高漲的蓄能之外沒有多餘的空間，只有時間一秒一秒流失，以及脫逃的需要——維克多抓住雪德妮一推，沒有碰她的神經，只是碰她的身體。她往旁邊踉蹌跌倒，彷彿被打到一般，維克多從她旁邊朝門口衝過去。

就要衝到的時候痙攣發作了。

維克多蹣跚地撐著牆壁，咬緊的齒縫間擠出低低的呻吟。

雪德妮趴跪在旁邊，見他癱靠在牆上，她臉上所有怒容消失，代之以恐懼。「怎麼一回事？怎麼了？」

維克多垂下頭，吃力地呼吸著。「把她——帶走——」

米契終於過來，把雪德妮往後拉，離開維克多的身旁。

「他怎麼了？」她嗚咽著想掙脫米契的手。

維克多打開門，好不容易踏出一步，疼痛就如怒潮將他淹沒，他倒了下去。

他最後看到的是雪德妮掙脫米契的雙臂，雪德妮朝他奔過來。然後死亡就抹去一切。

✦

「雪德妮？」

維克多勉力淺吸一口氣。

「雪德妮，妳聽得見我嗎？」

是米契的聲音，低低懇求著說出這些字。

維克多坐起來，看見他跪在地上，俯趴在一個嬌小的身形上。雪德妮。她平躺在那裡，淺色頭髮散在頭邊，皮膚雪白如瓷，身體靜止不動。米契搖晃著她的肩膀，耳朵貼上她的胸口。

這時維克多爬起身，頓覺天旋地轉。他的頭好重，思路緩慢，每次發作醒來就是這樣。他把自己的感覺轉盤調高，使神經敏銳到感覺疼痛的程度。他需要這樣，讓自己的腦筋清楚起來。

「讓開，」他說道，同時單膝跪在她旁邊。

「想想辦法吧，」米契求道。

雪德妮的皮膚很冷——不過話說回來，她一向都是冷的。他摸索著脈搏，經過什麼都感覺不到的幾秒鐘痛苦之後，他感到她微弱的心跳。簡直不算心跳。他再檢查她的呼吸，也只是同樣緩慢。

維克多把一隻手平貼在她的胸口。他試探著她的神經，盡可能輕輕地將自己的轉盤調高。不太多，只要足以刺激反應。

「醒來吧，」他說道。

什麼動靜都沒有。

他再把轉盤調高一絲絲。

醒來吧。

沒反應。她好冷，好靜。

維克多抓住她的肩膀。

「雪德妮，快醒，」他命令著，一面發出一股電流傳遍她的嬌小身軀。

她抽一口氣，眼睛倏然睜開，然後側身咳嗽著。

米契衝上前安撫她，維克多往後跌坐，癱靠在門上，心臟在胸膛裡猛跳。

但雪德妮設法坐起來後，她望向米契身後的維克多，眼睛睜大，神情不是生氣而是悲傷。他看得出她臉上的疑問。他自己的腦子裡也是迴響著同樣的問題。

我幹了什麼好事？

✦

維克多坐在陽台上，看著雪花飄落，黑暗中一朵朵白點飄下。他快凍僵了。他可以加上一件外套，可以把神經的轉盤調低，減弱寒冷的感覺，可以抹消所有的感覺。反之，他品味著冰霜，看著呼出來的氣在黑夜中形成羽狀白煙，依戀著這短暫的安靜。

燈又亮起來，但維克多不想走進去，不忍看見雪德妮的臉。或者米契的臉。

他可以離開。

應該離開。

距離救不了他，但是可以保護他們。

背後的門拉開，他聽見雪德妮輕輕的腳步聲走到陽台上。她跌坐在他旁邊的椅子上，抬腿將雙膝頂在胸前。接著幾分鐘，兩人都沒有說話。

曾有一度，維克多向雪德妮承諾過他不會讓任何人傷害她——說他會先傷害他們。

他違反了承諾。

他打量著自己的雙手，回想著先前那時候——他逼雪德妮讓開的時候。那時他並沒有接觸她的神經，或者至少沒有動轉盤。但他還是動了她。維克多由椅子上站起身，想著其中的含意。還沒走到門口，雪德妮打破了沉默。

「會痛嗎？」她問道。

「現在不會，」他說道，試圖迴避問題。

「可是在發作的時候，」她堅持問道：「那時候會痛嗎？」

維克多吁一口氣，吐出了白霧。「是的。」

「會痛多久？」她問道：「會糟到什麼程度？那感覺怎樣，當你——」

「雪德妮。」

「我想知道，」她說道，聲音有點卡住。「我需要知道。」.

「為什麼？」

「因為那是我的錯。因為是我害你這樣的。」維克多搖著頭要說話，但是被她打斷。「告訴我。告訴我真話。你一直在說謊，現在至少你能做的就是告訴我那感覺怎樣。」

「感覺像要死了。」

雪德妮的呼吸卡住，彷彿挨了一擊。維克多嘆一口氣，走到陽台邊緣，欄杆上結冰變得很滑。他用手撫過表面，寒氣刺痛他的手指。

「我有沒有告訴過妳我是怎樣獲得異能的？」

雪德妮搖搖頭，金色短髮左右晃著。他知道自己沒說過。他對她提過他最後在想什麼，但是沒有再多說。這並不盡是信任不信任的問題，比較像是他們兩人都已經把過往拋到腦後，因為其中有些事情他們想記住，也有更多不想記得。

「大多數特異人都是意外造成的結果，」他說道，一面打量著雪花。「但艾里跟我不同，我們的出發點是想影響變化。附帶提一下，那是非常困難的事。要刻意死去，藉由控制來復活。想辦法終結生命，但是維持在可觸及的範圍內，而且全然不致造成身體無法再使用。更甚的是，你需要有法子剝奪受試對象足夠的控制力，要讓他們害怕，因為你需要恐懼引發的化學物質以及腎上腺素來刺激體質變化。」

維克多仰頭打量著天空。

「那不是我第一次嘗試，」他靜靜說道：「我死的那天，我已經試過一次但是失敗了。我吸毒過量，結果反而給我太多控制力，不足以產生恐懼。於是我想再試一次。艾里已經成功了，所以我決心跟他比。我創造了一種讓我無法撤回控制的環境，其中別無其他，只有恐懼。還有疼痛。」

「怎麼做？」雪德妮細聲說道。

維克多閉起眼睛，看到了安姬，她的一隻手擱在控制台上。

「我說服一個人對我用酷刑。」

他背後的雪德妮抽一口氣。維克多繼續說著。

「我被綁在不鏽鋼桌上，接上電流。有人可以調整儀表盤，轉動就能使疼痛程度升高，我叫他們不要停，要一直等到我的心跳停止。」維克多的手掌用力壓在結冰的欄杆上。「很多人對疼痛都有一種想法，」他說道：「他們以為自己知道疼痛是什麼、感覺如何，但那只是一種想法，實際上是非常不同的事情。」他轉身面對她。「所以妳問我發作時感覺如何——感覺就像一再死亡。像我體內有人把轉盤調高，直到我整個崩潰。」

雪德妮的臉色發白。「是我，」她細聲說道，手指抓緊膝頭。「是我害你的。」

維克多走過去跪在雪德妮的椅前。

「雪德妮，因為妳我才活著，」他堅定地說道。淚水滑下雪德妮的臉頰。維克多伸手摸她的肩膀。

「妳救了我。」

她這才望著他的眼睛，冰藍色與紅色的目光相接。「可是我把你弄壞了。」

「不是的，」他說著又打住，腦子裡閃過一個念頭。思想一開始冒出火花，明亮但脆弱。他保護著那絲脆弱的熱度，想誘哄它變強，當它燃亮時，他恍然明白了——

他一直找錯了地方，想找尋平常的解決之道。

但維克多並不平常。他遭遇的事情並不平常。

一個特異人的異能受損。

他需要一個特異人來修理。

9

兩年前

南布勞頓

太神奇了，這也能算音樂。

維克多靠著吧檯，舞台上音樂大作，一群人狠命敲著樂器。往好的方面看，他猜想著，是他們把他腦袋裡越來越大的聲音蓋過去。壞的方面是疼痛代之而起。

「嘿！」酒保喊道：「給你弄一杯喝的？」

維克多轉身面對吧檯。面對吧檯後面的那個人。

威爾・康奈利身高六呎三吋（約一九一公分），下頷方正，一頭濃密黑髮，還有著準特異人的所有標記。

維克多做過功課，指示米契重建一個搜尋矩陣，跟艾里與警方用來找特異人的那種一樣，也是讓維克多找到杜明尼的那種。

他們花了兩個月的時間追蹤到第一個線索——南部有一個女人能夠反轉年齡，但是無法反轉傷害——又花三個月找到第二個——一個男人能把東西拆開再還原，可惜這種技術對活東西派不上用場。

要找其他特異人實在夠難。

要找到特定的特異人，有復原能力的，更是難上加難。

他們最新的線索是威爾．康奈利，他剛離開病床，未獲准就出院，那是出意外才兩天後的事。醫生都很驚愕。

那表示一種療癒的能力。

問題在他能否療癒維克多。

到目前為止，沒有一個人能夠。

「如何？」康奈利大聲壓過音樂喊道。

「格蘭．阿杜赫威士忌，」維克多回喊道，同時朝後面牆邊的一個瓶子點點頭。瓶子是空的。

「我得再去拿，」康奈利說道，他朝另外一個酒保示意，然後從吧檯下方鑽出來。維克多等了片刻後跟過去，跟著那個人沿甬道走下去。康奈利的手剛碰到打開的儲藏室門，維克多就已趕上前。

「我要改別的。」

酒保猛然轉過身來，維克多用力一推，就把康奈利掀下台階。

台階不高，但底下沿牆有一排金屬桶，酒保撞到它們，聲音大得本來應該會引人注意，如果上面沒有樂團吼聲的話。

維克多跟著下去，腳步輕鬆地走下台階，那個人站起來，一手抓著手肘。「你他媽的弄斷了我的手臂！」

「好吧，」維克多說道：「我建議你把它修好。」

康奈利表情一變。「什麼？你在說什——」

維克多一彈手指，酒保踉蹌幾步，咬牙忍住尖叫。

沒有需要讓他安靜下來。俱樂部上面的貝斯音量已大得足以壓過殺人的聲音。

「好吧！」康奈利喘著說道：「好吧。」

維克多鬆開控制，酒保直起身子。他吸幾口氣讓自己穩住，然後全身一震，動作又小又快，看起來只像是微微一抖而非顫動。彷彿在倒帶。短短一秒鐘後，他的手臂就自在地垂在身邊，臉上疼痛表情盡消。

「很好，」維克多說道：「現在，把我修好。」

康奈利困惑地垮下臉。「我做不到。」

維克多彈彈手指，那個人又踉蹌撞到條板箱與酒桶上。「我——做不到——」他喘著說道：「你以為——如果我能夠幫助別人——我難道不會幫嗎？見鬼了——我會成為一個——他媽的救世主。沒有用——只淪落到這個狗屎酒吧裡。」

這一點也有道理。

「這只能用在——我身上。」

他媽的，維克多想著，就在這時他的電話響起來。他從口袋裡掏出手機，看到螢光幕上面是杜明尼的名字。

老杜，只在有麻煩的時候才打電話給維克多。

他接起電話。「什麼事？」

「壞消息，」這名除役軍人說道。

儲藏室裡，在他背後康奈利抓起架上的一個瓶子，朝維克多撲過來。或者是要撲過來。但維克多舉起一隻手，康奈利的神經就被他釘住，整個身體猛然停下。從那天晚上碰過雪德妮之後，他就一直在練習。他知道了疼痛與動作是控制力的一體兩面。傷害身體很簡單，要讓身體定住比較難——但維克多越來越能掌握了。

「繼續，」他對老杜說道。

「好，你知道很多軍隊出來的傢伙都到私人企業工作，保全，特遣小組，用到體力之類的工作。有的是光明正大的，有的不是。但總有某些特定領域需要人，只要你有意願也有能力就行。」

康奈利仍在抗拒維克多的控制，用盡全力像在比腕力。彷彿這是在比肌肉而非意志。

「所以我在跟一個軍中老友喝酒，」老杜繼續說著：「嗯，他在喝波本威士忌，我在喝蘇打水——」

「說重點，」維克多說道，一面逼酒保跪下去。

「好，對不起。總之他跟我說到一個新職缺，是很低調的——沒有公開列名，沒有報紙廣告也沒有在網路上張貼，只憑口傳。沒有細節，什麼都沒有，只有一個名字，實際上只有字母。EON。」

維克多皺起眉頭。「EON？」

康奈利試圖喊出來，但下頷被維克多箝住。

「對，EON，」老杜說道：「就是ExtraOrdinary Observation and Neutralization『特觀組』，特異人觀察與滅除。」

維克多整個人一僵。「那是監獄。」

「或者類似的。他們在找警衛，但也訓練人員來追捕我們這種人。」

維克多在腦子裡消化這個情報。「你朋友還告訴了你什麼？」

「不多，可是他給我一張名片，什麼密探之類的狗屁。一面只有那三個字母，反面就是一個名字和電話號碼。別的什麼都沒有。」

「誰的名字？」維克多問道，儘管他知道自己已經知道答案。

「約瑟夫．史泰爾主任。」

史泰爾。這個名字像在維克多的皮膚上刮擦出刺耳的聲音。安姬死後第一個找上他的警察，是他在牢裡單獨監禁四年又在一般牢房六個月的原因，也是十年後追查艾里追到梅瑞特的同一人，到頭來也淪陷了。

陷入賽蕊娜．克拉克的迷咒影響之下。史泰爾就像撿到骨頭的狗——牙齒咬住就不放。而現在呢——變成這個。一個專門獵捕特異人的組織。

「我想你會想知道，」老杜說道。

「你是對的。」維克多掛斷電話。

真是一團糟，他搖搖頭想著。維克多．韋勒死了，葬在梅瑞特公墓，但只要憑一點直覺——見鬼了，想把屍體挖出來可以有幾十種理由。他留下一具空棺材，那就是追蹤痕跡之始。不是很明顯的線索，但足以引起麻煩。從那裡開始，特觀組要花多久就能理解？就能趕上？

「放我走，」康奈利由齒縫間吼道。

「好吧，」維克多說道，鬆開了控制。酒保踉蹌著，因突然恢復自由而失去平衡，身子還未完全站直，維克多拔出槍射向他的腦袋。

上面的音樂繼續吼著，沒有中斷，沒有受到打擾。

✦

「五顆棉花糖，」雪德妮坐在廚房的料理台上說道。今天晚上她的頭髮是一團紫色。

「那太多了，」在爐邊的米契說道。

「好吧，三顆，」雪德妮說道。

「四顆怎麼樣？」

「我不喜歡偶數——嘿，維克多。」雪德妮心不在焉地晃動雙腿。「米契在做熱巧克力。」

「真是家常味，」他說著脫去外套。他們沒有問他今天晚上如何或者康奈利的事，但維克多可以感覺到空氣中的緊張氣氛有如繃緊的弦。他對這個話題保持沉默就回答得夠多了。

他逮住米契的視線。「我需要你去盡量找所有關於特觀組的東西。」

「那是什麼？」米契問道。

「一個麻煩。」維克多轉述了杜明尼的情報，看著雪德妮的臉色刷白，米契的神情由驚訝轉換成關切。講完之後，他轉身走向自己的房間。「開始打包。」

「我們要去哪裡？」雪德妮問道。

「富爾頓、開普斯通、德勒斯登、首府……」

米契皺起眉頭。「那些地方我們都已經去過了。」

「我知道，」維克多說道：「我們要回去。我們需要清掃。」

雪德妮的臉上閃過暗影。「你要去殺他們，」她說道：「你見過的所有人……」

「我沒有選擇，」他簡短說道。

「有，你有的，」雪德妮說道，雙臂交抱胸前。「你為什麼一定要——」

「有的人只知道我的情況，有的人只知道我的超能力，但每個人卻都看過我的臉。從現在這裡開始，我們絕對不要留下痕跡，這表示我們在往前走之前就必須先回頭。」

不是要留下屍體，就是留下目擊者讓人追蹤——那就是他們要面對的選擇。沒有一個選擇是理想的，但至少屍體不會說話。維克多的解決之道很合理，但雪德妮不能接受。

「如果你殺死所有見過的特異人，」她說道：「那你又比艾里好多少呢？」

維克多一咬牙。「我並不高興這樣，雪德妮，但如果特觀組找到他們，就會離找到我們更近一步。妳希望那樣嗎？」

「不希望，可是——」

「妳知道他們會怎麼做嗎？首先他們會殺死度兒，然後抓住妳，然後我，然後米契，然後我們會永遠不見天日，更不用說見到彼此，再也不會。」雪德妮睜大眼睛，但維克多繼續說下去。「如果妳運氣好，他們會把妳關在籠子裡，只有妳一個人。如果運氣不好，他們會拿妳去做科學實驗——」

「維克多，」米契警告著，但他只是走近一點。雪德妮抬眼瞪他，雙拳握緊。他跪下去讓兩人眼睛平視。

「妳以為我的行為跟艾里一樣嗎？妳以為我在扮演上帝？好吧，妳來演吧，雪德妮。妳決定，現在就決定，誰應該活下去。是我們，還是他們。」

她的睫毛上掛著淚水。她眼睛沒有看他，只是瞪著他的襯衫前襟，嘴唇動了一下，很短暫而且無聲。

「什麼？」他問道。

這次，他聽見了。

「我們。」

10

四星期前

海洛威市

維克多撐住臉盆，等候藥力接觸他的神經系統，懷疑著效果至此是否只是安慰作用。藥效變低，錯誤的希望變多。只是安撫，給一點時間，給一點控制。

他推身離開洗手台，回到臥室，回到鏡桌前，回到上面擺著的一小堆紙張前，傑克・林登的臉孔在最上面一張紙上瞪著。一道道黑線劃過簡介，把字一行接一行消去，最後只剩下幾個字，凌亂地散布於頁面。

修理我

維克多瞪著三個字良久，然後把紙揉成一團扔掉。

他們快沒有線索了。

而他快沒有時間了。

三分鐘，四十九秒。

「維克多！」雪德妮不耐地喊道。

他直起身子。

「來了，」他喊道，然後從上方抽屜裡取出一個藍色扁盒子。

客廳裡是暗的。

雪德妮跪在咖啡几前，蛋糕旁邊有一小堆禮物等著拆。蛋糕上點著十八支蠟燭，尖端冒著彩色火花。米契雙臂抱胸，神情愉快。

「許一個願，」他說道。

雪德妮的視線從蛋糕移向米契，然後才落在維克多身上。

就在她吹熄蠟燭之前，一道暗影掃過她的臉。

✦

十八支蠟燭——雪德妮把它們輕輕推到吃了一半的蛋糕旁邊排齊，這個數字令她感到驚異。十八。度兒想去舔掉落桌上的一小塊巧克力碎片，維克多把狗的臉推開，米契把雪德妮的第一份禮物遞給她。她接過盒子，帶著狡笑輕輕搖晃一下，然後把紙撕開，取出一件紅色飛行員短夾克。

她在住的幾個城市之前某家店櫥窗裡見過它，當時曾駐足欣賞，喜歡那瘦長的模特兒看起來的酷樣，S形的身體曲線，一雙手插在腰側的深口袋裡。

雪德妮當時沒有說她想要那件衣服，也想要那模特兒的身材。這件夾克穿在她身上太大——袖子比她的手臂足足長了六吋。

「對不起，」米契說道：「這是他們最小的尺寸了。」

她擠出笑容。「沒關係，」她說道：「我會長大到穿得下。」

她想自己可能會。最終。

米契遞給她第二個盒子，標籤上面退貨地址是在梅瑞特市。杜明尼。她很想念他——維克多常常跟那個除役士兵講電話，但是自從離開梅瑞特之後他們就不曾真正見過他。只有那座城市他們一直沒有回去過。

太多骨骸了，她猜想是這樣。

此刻，雪德妮掂著杜明尼的禮物盒重量。裡面是一雙鋼頭戰鬥靴，每隻鞋底三吋厚。她把靴子放到地上，綁好鞋帶，站起來之後要米契與她平視，讓她知道自己有多高。結果她高到他的胸骨而非肚子，他逗趣地撫弄一下她的假髮。

最後，維克多遞過來那個藍色扁盒子。

「別搖晃，」他警告著。

雪德妮跪在桌邊，屏住呼吸掀開盒蓋。裡面，絲絨墊上放著一副死鳥的小骨骸。沒有羽毛，沒有肌肉——只有三十六根細小的骨頭，完美地排在藍色細褶上。

米契看到，神情驚縮一下，雪德妮卻站起來，像祕密一樣把盒子抓緊貼在胸前。

「謝謝你，」她笑著說道：「非常完美。」

11

五年前
梅瑞特

維克多死的那晚，雪德妮無法入睡。

杜明尼拿了一把藥，就著威士忌吞下然後倒在沙發上，而幾分鐘後在一千英里之外，弄得全身瘀青與血跡的米契也打起瞌睡來。

但雪德妮坐在那裡，度兒在腳邊，她心裡想著維克多的屍體在停屍間，賽蕊娜的焦屍在「獵鷹展值」的工地，最後她完全放棄睡眠，穿上靴子溜到外面。

就在天亮之前，雪德妮抵達了「獵鷹展值」建案工地。那是夜晚最黑暗的時候，賽蕊娜常這麼說，是怪物與鬼魂出來的時候。

工地外面圍起犯罪現場的紙帶。

雪德妮縮身鑽過合板圍籬，進入有著碎石地面的工地。警察已經離開，噪音與燈光都沒了，紛亂的一夜消退成為滿是數字標示、乾血以及一頂白色塑膠帳篷。

帳篷裡面，是賽蕊娜的屍體，殘餘的部分。先前的火太熱——熱得足以把她姊姊的大部分燒成焦黑的皮膚與脆骨。雪德妮知道火已經熄滅，但她伸手去摸焦黑的殘骸時，依然有點預期會被骨骸燙到。但是沒有熱意，沒有溫度，沒有生命跡象。一半的骨頭已經碎了，其他部分則可能一碰就斷，但還剩幾塊仍有硬度。

雪德妮開始挖掘。

她只想要一個紀念物，讓她記得姊姊的東西，讓她保有的一點東西。直到她挖到手肘深入焦黑碎骸間，她才悟到自己真正在做什麼。

在找辦法讓賽蕊娜復活。

✦

雪德妮開始死去，但只在她的夢裡。

夢魘始於他們離開梅瑞特之後。夜復一夜，她閉上眼睛就發現自己回到那個結冰的湖上，三年前冰裂開將她與姊姊吞沒的那個湖。

夢裡，賽蕊娜是遠處岸上的一個影子，雙臂抱胸等著，看著，但冰上不是只有雪德妮一人。一開始不是。度兒在近處舔著冰面，老杜、米契與維克多鬆散地圍在她旁邊。

而遠處有一個人穿過湖面朝他們走來，他的肩膀寬闊，暖褐色的頭髮，步伐輕鬆，笑容友善。

艾里，從來不變老，從來不改變，從來不死。

艾里使她的頸後寒毛直豎，低溫寒冷卻從來不會如此。

「沒關係，孩子，」老杜說道。

「有我們在，」米契說道。

「我不會讓他傷害妳，」維克多說道。

到頭來他們在說謊。

不是因為他們想要說，而是因為他們無法實現。

湖發出像林子裡樹枝斷裂的聲音。他們腳底下的冰開始碎裂。

「退開！」她喊道，不知道自己是在對他們還是艾里講話，但是那不重要。沒有人聽。

艾里穿過湖面，朝他們走來，朝她走來。他腳下的冰平滑結實，但是他每走一步，就有一個人消失。

一步。

杜明尼腳下的湖面裂開。

一步。

米契像石頭一樣沉下去。

一步。

度兒倒地，落到冰下。

一步。

維克多栽了下去。

一步。

他們一個接一個淹沒了。

一步。

然後只剩她一個人。

跟艾里在一起。

「哈囉，雪德妮，」他說道。

有時候他拿著一把刀。

有時候是一把槍。

有時候是一截繩子。

雪德妮卻總是兩手空空。

她想反抗，想堅不屈服，想面對怪獸，但身體卻背叛了她。她的靴子總是轉向岸邊，她跑的時候一邊滑一邊絆倒。

有時候她幾乎跑到了。

有時候連接近都不行。

但不管她怎麼做，夢的結果都一樣。

12

四年前

德勒斯登

雪德妮驚吸一口氣坐起身。

她被冰破裂聲與湖面裂開的嘶嘶聲驚醒。一會兒之後才發覺那些聲音並沒有跟著她一起離開夢境，而是來自廚房。

是蛋殼破裂的聲音。

嘶嘶聲則是平底鍋裡的培根劈啪在響。

雪德妮的父母從來不做早餐。食物總是有的——或者至少，水槽邊的一個罐子裡總會有買食物的錢——但是沒有全家人共同進餐——那樣他們得在同一時間在家裡——也不像電影裡那樣，從來不會有人被早餐的香味喚醒，耶誕節的早晨不會，生日也不會，當然更不會在隨隨便便的一個星期二。

每次雪德妮醒來聽見培根滋滋作響或是烤吐司彈起來的聲音，她就知道賽蕊娜在家。賽蕊娜總會做早餐，名副其實的盛宴，多得讓她們吃不完。

「餓了嗎，貪睡蟲？」賽蕊娜總會這樣問，同時倒給她一杯果汁。

儘管一時仍是頭腦昏昏，整間屋子還沒看清楚，雪德妮就跳下床去廚房突襲姊姊。

雪德妮的心跳變快。但她隨即看見這個陌生公寓房間的牆壁，還有不熟悉的床頭几上擺著一個紅色金屬罐，那裡面裝的是賽蕊娜．克拉克的殘骸，現實立即回復眼前。

度兒在床邊低聲呻吟，顯然對雪德妮的忠誠與最愛的狗食難以取捨。

「餓了嗎，貪睡蟲？」她揉揉狗的兩耳之間輕聲問道。牠放心地噴一口氣，轉身用鼻頭把門頂開。雪德妮跟著牠走到外間。這裡是租的，他們已經換了五個城市，這是第十一個棲身處。這個地方不錯——每個地方都不錯。他們在旅途上——逃命——將近六個月，她還是隨時小心屏息，微微預期維克多會打發她走。畢竟，他從來沒說以後雪德妮可以跟著他們。他只是從來沒叫她離開，她也從來沒要求離開。

米契在廚房，做著早餐。

「嘿，孩子，」他說道。只有米契能這樣稱呼她。「要吃嗎？」

他已經開始把蛋分裝兩盤，三個給他，一個給她（但她總會分到一半的培根）。她從盤子裡挑出一片培根，分給度兒，然後環視這間租來的寓所。

她不是在想家，不盡然。

雪德妮並不想念父母。她知道自己應該覺得這樣不好，但事實上，她覺得像早在自己消失之前就已經失去他們——她最早的記憶就是收拾好的行李箱與長期保姆，最後的記憶則是意外之後兩個父母樣的身影把她留在醫院裡。

現在她所擁有的，感覺起來比從前有父母時更像一個家。

「維克多在哪裡？」

「噢……」米契臉上出現那種神情，小心擺出面無表情的樣子，大人想讓妳相信一切都很好的時候就會那樣。他們總認定如果不告訴妳一件事，妳就不會知道。但事實並非如此。

賽蕊娜常說她看得出一個人說謊，因為所有未說出口的事都懸在空中，使空氣變重，就像暴風雨前的氣壓。

雪德妮也許不知道維克多的謊言全部範圍，但其中的錯處仍存在，不容忽視。

「他只是出去走走，」米契說道：「很快就會回來。」

雪德妮知道米契也在說謊。

他把自己的空盤子推到一邊。

「好，」他說著準備掏他的牌。「抽吧。」

這是離開梅瑞特之後的頭幾天他們常玩的遊戲，用來化解保持低調的需要與想要外出的衝突，維克多不在家使得雪德妮與米契在一起的時間變多（而且這個本性善良的前科犯顯然沒有概念要怎麼應付一個可以讓人起死回生的十三歲小孩）。

「妳會想做什麼，」他問道：「如果妳回……」他這個問題尾音不見了。

雪德妮知道他想的是回家，但她說道：「回布萊通？我大概會去學校吧。」

「妳喜歡學校嗎？」

雪德妮聳聳肩。「我喜歡學東西。」

米契聞言精神一振。「我也是。但我從來沒在一個地方待很久。都是寄養家庭照顧之類的，所以我不太喜歡學校……可是妳不需要上學也可以學。我可以教妳……」

「真的？」

米契的臉微微紅起來。「嗯，有很多事情我不知道。不過也許我們可以一起學習。」這時候他把口袋裡的牌掏出來。「這樣如何——紅心是文學。梅花是科學。方塊是歷史，黑桃是數學。這應該讓我們有個好的開始。」

「人頭呢？」雪德妮問道。

米契狡笑一下。「人頭，我們就出去。」

於是雪德妮屏息從中間抽出一張牌，希望是國王或者王后。

她抽到一張梅花六。

「下次運氣會比較好，」米契說道，然後把他的筆電拉過來。「好吧，我們來看看在這個廚房裡有什麼實驗我們可以做……」

他們的自製熔岩燈做了一半，門開了，維克多走進來。他的神情疲倦，面容緊繃，彷彿很痛苦的樣子。她感覺空氣重重壓在肩上。

「餓嗎？」米契問道，但維克多揮手不答，跌坐在廚房的一張椅子上。他拿起自己的平板，開始心不在焉地滑著。米契將一杯黑咖啡放到他的手肘旁。

雪德妮坐到料理台上打量著維克多。

每次她救活一隻動物，或者一個人，她都想像那裡有一條線，一個漂浮在黑暗中的某個東西。她想像著抓住那條線，把它朝她拉過來，拉回光明之中。但是完成之後，她未曾真正放開那條線。其實是不知道怎麼做。所以維克多在家時，她可以感覺到那條線，而他出去在城裡晃的時候，不管他走多遠，她仍然可以感覺到，彷彿他的精力，他的壓力，都在那條隱形的線上顫動，直到顫動傳到她的手上。

因此，即使沒有沉重的空氣，即使米契沒有那樣看著維克多，維克多沒有那樣看她，她還是知道有什麼不對勁。

「什麼事，雪德妮？」他頭也不抬地問道。

告訴我真話，她想著。只要告訴我真話。

「你確定你還好吧？」她問道。

維克多冷冷的藍色雙眼抬起來，與她目光相接。

他的嘴擠出笑容，就像每次他說謊時那樣。「再好不過。」

13

三年前

首府市

雪德妮繞著一棵樹底下轉，太陽在她的皮膚上照出點點光影。

她抽到一張人頭牌——方塊王后——但是天氣實在太好，她只想要維克多塞給她的黑桃以求溜出公寓。

維克多。

在她的眼底，雪德妮彷彿看見他彎腰靠著門，看見他拚命忍住尖叫，身體蜷縮在地板上。也還有疼痛，某種震撼直透她的胸膛，然後就是一片黑暗，但那一部分沒有困擾她。

是維克多困擾她。他的痛楚困擾她。他的死困擾她。

因為那是雪德妮的錯。

他仰仗她，而她讓他失望了。

她讓他復活的方法錯了。

損壞了。

那就是祕密。謊言。

「覺得像要死了。」

雪德妮踱著步子，眼睛盯著青苔地。如果有人看過來，大概會以為她在找花，但現在是晚春，是小鳥離巢，希望展翼的時候。不是每隻成功。雪德妮在找能讓她救活的東西，讓她練習用的對象。

雪德妮已經知道怎樣讓力量進入一個屍體，把它的生命拉回來。但若是那個東西已死很久了呢？若是屍體並不完整呢？需要多少才能讓她找到那條線？多麼少？

度兒在附近的草地上嗅著，米契在草地的另一頭靠著一片斜坡，膝蓋上攤著一本平裝書，鼻子上架著一副太陽眼鏡。

他們在首府市，不像富爾騰是平地，這裡是丘陵地，公園與摩天樓一樣多。

她喜歡這裡。希望他們能留下來。也知道他們不會。

他們來這裡只因為維克多要找一個人。另一個特異人。一個能修理她弄壞的東西的人。

一個東西在雪德妮的腳下破裂了。

她低頭看，見到一隻壓扁的小燕雀屍體。這隻幼鳥在地上已經有一陣子了，久得足以使牠的小身體陷入青苔裡，足以使羽毛脫落，一邊翅膀也分家了，細骨像蛋殼散在她的鞋子下。

雪德妮屈膝下去，蹲在這個小屍體旁邊。

她已經學到了，讓一個屍體回復生命是一回事，要重建屍體又完全是另一回事。你只有一次機會——雪德妮以辛苦的方式學到這一點，把線頭解開，細骨經她一碰就碎成灰——但能力要強只有一個辦法，就是要練習。雪德妮希望變強——她需要變強——於是她彎起手指輕輕覆在鳥的殘骸上，閉起眼睛，讓力量伸展出去。

一波寒意穿透她全身，她在黑暗中搜尋著一根線，一條纖維，一絲光明。就在某處，黯淡得看不見，還看不見。她得改用感覺。她的肺部發痛，但她仍繼續著，知道自己就要，幾乎就要——

雪德妮感到手掌下的鳥抽動一下。

噗噗一下，像是脈搏。

然後——

雪德妮的眼睛猛然睜開，一小根冰涼的羽毛擦過她的嘴唇，小鳥搖晃著翅膀站起來，努力一衝就到了樹枝上。

雪德妮往後跌坐，顫巍巍地吐一口氣。

「好吧，那一招可是相當不錯。」

她猛抬起頭，一時間——只是一瞬間——她以為自己瞪著一個鬼。淡金色頭髮，冰藍的眼睛，心形臉蛋上一副燦爛的笑容。

但那不是賽蕊娜。

再仔細看，這個女孩的顴骨比她姊姊高，下頜比較寬，眼裡閃爍著調皮的光彩。度兒嘴唇微咧，露出牙齒，但這個陌生人伸出手，狗兒小心嗅了嗅就安靜下來。

「乖孩子，」這個不是賽蕊娜的女孩說道。她的聲音帶著一點腔調，一種音樂性。

她抬眼看雪德妮。「我嚇到妳了嗎？」

「沒有，」她喉頭緊縮，好不容易擠出話來。「只是妳看起來——像一個人。」

這個陌生人帶著期待對她一笑。「希望是一個好人。」她指向上方的樹枝。「我看到妳剛剛做的事，對那隻鳥。」

雪德妮心跳加速。「我什麼都沒做。」

女孩笑起來，聲音清揚。然後她走到樹後面，等她在另一邊出現時，已經是另外一個人了。只是過了一秒鐘，走開一步，那個金髮女孩不見了，然後雪德妮發現自己瞪著米契的熟悉面孔。

「世界很大，孩子，」他說道：「並不是只有妳一人天賦異稟。」

她知道這其實不是他。不只是因為真的米契還在草地另一邊看書，也因為他聲音裡透露著一種腔調，現在還在。

陌生人朝雪德妮走一步，走的時候，她的身體又開始變化。米契消失了，代之以一個身形瘦長的年輕女人，穿著農婦式長裙，金色卷髮梳成一個蓬亂的髻。

女孩垂眼看她。「這是我最喜歡的樣子，」她說道，有一點像在自言自語。

「妳怎麼做的？」雪德妮問道。

陌生人揚起一眉。「我什麼也沒做，」她說道，重複著雪德妮的話。然後她一笑。「妳看？

我們都知道真相還說謊，這不是很傻嗎？」

雪德妮乾嚥一下喉頭。「妳是EO。」

「EO？」

「特異人。他們是這樣叫——我們。」

女孩沉思一下。「特異人。我喜歡。」她低頭看著，然後愉快地輕呼。「來，」她說著又從草地上撿起一個小小的鳥頭骨。「妳已經看過我的招數了。妳再讓我看一次妳做的。」

雪德妮接過頭骨，那還沒一個戒指大，沒有破碎，相當完整——但是不夠。

「我做不到，」她說著把它遞回去。「缺的部分太多了。」

「雪德妮？」米契喊道。

陌生人從後面口袋裡抽出一張摺起來的書籤，又從髮捲上取下一支筆。她在上面草草寫了一點東西，然後把它遞過來。

「如果妳想要交交朋友，」她湊近一點。「我們這樣的女孩子喜歡一起混，」她擠一下眼睛又補上一句。

米契又喊一次雪德妮的名字。

「妳最好過去了，」陌生人說道：「不要讓那個大塊頭擔心。」她用手指摸摸度兒的嘴。

「你要好好照顧我們的這個女孩，」她對狗說道。

「再見，」雪德妮說道。

「一定會。」

米契在草地另一邊等她。「妳在跟誰說話？」他問道。

雪德妮聳聳肩。「只是一個女孩，」她說道，這才發覺自己未曾問她名字。她再轉回頭，看到那個陌生人仍靠著樹幹，把那顆白色小頭骨舉到陽光下。

那天晚上，雪德妮把那個電話號碼記在手機上。

第二天晚上，她發一個簡訊給那個女孩。

我忘了告訴妳，我的名字是雪德妮。

她屏息等著。

回覆幾秒鐘後就傳來了。

很高興認識妳，雪德妮，回覆是這麼說的。

我叫瓊恩。

14

四星期前
海洛威市

雪德妮在幫著米契解決蛋糕時，感到後面口袋裡的手機在震動。

她找藉口離開，溜回自己房間，把身後的門關上，然後開始看簡訊。

瓊恩：生日快樂，雪德妮xoxo

她感到自己笑了。

瓊恩：收到好東西了嗎？

雪德妮把一張自己穿短夾克的照片寄給她。

雪德妮：不合身。

瓊恩：復古好貨永不過時。:)

雪德妮轉身對著衣櫥上的鏡子，打量自己的影像。

十八歲。

正式說來已是成人，儘管看起來不像。

她審視著靴子。藍色頭髮。短夾克——真的對她嫌太大。要等多久才會合身？十年？二十年？

維克多認為雪德妮的年齡增長——從缺——與她死的方式有關係，冰冷的水凍僵了她的四肢，使她脈搏停止。從那以後，她的生命跡象依舊緩慢，皮膚摸起來仍然冰涼。別人都在改變——維克多逐年變瘦變酷，米契的眼睛旁邊出現皺紋，度兒的口鼻邊緣也出現白色。

只有雪德妮看起來仍然一樣。

還有艾里，她想著，全身竄起一股寒意。但是他已經死了。她必須不要再召喚他，不要再請他進入她的腦海。

雪德妮跌坐在床緣。

雪德妮：妳在哪裡？

瓊恩：剛到梅瑞特。

雪德妮的脈搏變快。

雪德妮：真的？妳要待多久？

瓊恩：出差。只是經過。

雪德妮：真希望能跟妳一起去那裡。

瓊恩：妳可以。:)

但她們兩人都知道沒那麼簡單。

雪德妮不想離開維克多，而對維克多而言，梅瑞特——以及那裡的一堆骨骸——都屬於過往。

15

兩年前
南布勞頓

雪德妮的書桌上有一隻死老鼠，蜷縮的身體擱在一條擦碗用花毛巾上。顯然牠曾淪為一隻貓的嘴上肉——東缺一塊西缺一塊，剩下的老鼠超過半隻，但是不到整隻。現在是夏末，雪德妮把窗戶往上撐開好讓臭味散去。

她工作的時候，度兒把下巴靠在窗框上，嗅著消防梯上的空氣。她已不止一次讓小動物復活，結果牠們只是立即從她手上竄開，跑到寓所外間，鑽到沙發底下或者碗櫥後面。也不止一次，她得找米契來解救。維克多注意到她在練習，甚至還鼓勵她，但是有一個規矩：她不能收留救活的動物。必須把牠們放生，或者處置掉。（當然，度兒是例外。）

甬道那頭，一扇門開了又關上，狗豎起耳朵。

維克多回來了。

雪德妮屏息聽著，希望從他的聲音裡，或者是米契的回應聲中，能聽出好消息。但不到幾秒鐘她就聽出來了——又是死胡同。

她的胸口一緊，連忙把注意力轉回死老鼠身上，手掌覆蓋著毛茸茸的小屍體。她的背包放在桌旁的床上，上面擺著紅色小罐。雪德妮朝那裡瞄一眼，這個動作幾乎有一點迷信——像把鹽從肩頭撒過去，或者敲敲木頭——然後她閉起眼睛，把力量伸展出去，穿過屍體，進入黑暗，搜尋那根線。隨著時間一秒一秒過去，寒意爬上她的手指，傳過手腕，上升至她的手肘。

然後，終於，她的手指擦到一根線，手心感到一下抽動。

雪德妮抽一口氣，訝然眨眼，只見老鼠活了過來，身體完整無缺，正爬出她的手心，穿過桌面。

她撲過去抓住小老鼠，把牠放到逃生梯上，關起窗戶以防牠又跟著跑回來。她轉身走向甬道，很興奮地要把這項成績告訴維克多與米契，儘管只是一個小小的成就。

但走到半路，雪德妮放慢腳步，停了下來，米契的聲音裡有一點什麼令她駐足。

「……真的有必要嗎？」

「那經過估算，」維克多冷冷答道。接著停了一會兒。玻璃杯裡冰塊晃動的聲音。「你以為我喜歡殺人嗎？」

「不是……我不知道……我總覺得，有時候你會選擇輕鬆的路，而不是正確。」

一個帶著嘲意的冷哼聲。「如果你還記掛著發生在賽蕊娜身上的事……」

聽見這個名字使雪德妮屏住氣。幾乎三年沒有人說出這個名字了。

「可能還有別的方法，」米契說道。

「沒有別的，」維克多吼道：「你也知道，即使你想假裝不知道也沒用。」

雪德妮摀住嘴巴。

「就算我是那天晚上的惡人吧，米契。你自己可以洗清所有罪過。但不要表現得好像賽蕊娜只是一個受害者或者只是那種情況下的受害者。她是一個敵人，一個武器，殺死她不僅僅是明智之舉或者因為比較容易——而是因為正確。」

維克多順著甬道走過來，腳步聲在硬木地板上響起。

雪德妮溜回自己的房間。她走到窗口把窗子打開，爬到外面的逃生梯上。她的手肘靠在鐵欄杆上，想假裝自己在夢遊般俯瞰城市，而不是雙拳緊握得手指發痛。

但維克多經過雪德妮的門口時腳步根本沒有放慢。

他走開後，她跌跪下去，低頭抵著欄杆。

那天晚上的一段段記憶湧現。雪德妮想起賽蕊娜的聲音在耳邊響起，叫她不要跑，想起她聽到命令就思緒停滯，手腳發軟。想起冰冷的停車場，以及抵在她頭部的槍。想起一陣很久的停頓，然後是姊姊的命令——叫她走。去找一個安全的地方。一個地方，一度是一個人。維克多。

可是維克多——

她腦子裡某一部分已經知道。

一定知道了。

雪德妮覺得自己要尖叫出來。反之，她離開了。一次跨過兩級消防梯，顧不得腳步聲匡噹響，一層樓一層樓跑下去。

她來到街上，仍繼續走下去。

一個街口，三個街口，五個——雪德妮不知道自己要去哪裡，只知道不能轉回頭。不能看維克多的眼睛。

她從後面口袋裡掏出手機，打電話給瓊恩。她們一直傳簡訊傳了將近一年，交換短短記事，講所在地的趣聞，說他們在做什麼，但雪德妮從未打過電話。

電話鈴響了，又響，再響。

但是沒有人接。

雪德妮放慢腳步，起初的一波震驚沉澱為一種沉重的感覺。她環視四周。她在一條窄街上，不盡然算是巷子，但也不是大路。很多人說城市裡的街道都不睡覺，但現在確實很安靜。也很暗。

轉回頭，她腦子裡一個聲音在說著，但聽起來像維克多，所以雪德妮繼續走著。

這是一個錯誤。

所謂的錯誤有一個問題是，它們通常不很大，也不明顯。

有時候它們很單純，很小。決定繼續走下去。往左轉而不是右轉。往錯誤方向多走幾步。

雪德妮正想再打電話給瓊恩的時候，她看到了他們——兩個男人。一個穿著黑色皮夾克，另一個脖子上掛著一條領巾。

她停下腳步，猶豫著要轉回頭，也就是背對著那兩人，還是繼續前行，也就是會經過他們伸手可及的地方。他們一開始沒注意她，或者至少假裝沒注意，可是此刻在看著她，露出笑容。

他們看起來並不危險，不像雪德妮與米契看的電影裡那樣，但她知道那不表示什麼——每個傷害過她的人看起來都很安全。而她停步的時間越久，就越感到他們身上的邪氣像廉價古龍水一般散發出來。她聞得到也嚐得到。

「嘿，小女孩，」一個人說著朝她走來。「妳迷路了嗎？」

「沒有，」雪德妮說道：「我也不是小女孩。」

「我們生活在不同的時代，」第二個人說道：「她們長得好快。」

雪德妮不知道他們怎麼變得離她這麼近，這麼快，但就在她拖著腳後退，轉身要走的時候，一隻手抓住了她的衣領。穿皮夾克的那個傢伙把她揪回去貼著他，一隻手臂攬住她的雙肩。「哦，好了，不要無禮。」

「放開我，」她吼道，但他把她抱得太緊，她無法呼吸，無法思考。她感覺到一個硬的東西抵著肋間，明白那是一把槍。她在他的鐵爪下拚命扭動，試圖抓住槍。

「小心，」另外一個人說道，一面朝他們逼近。「她挺有勁的。」

雪德妮想用腳踢那個傢伙，但他往後跳開，對她晃晃手指。她的手指擦到槍，但無法搶過來。

第一個男人吐到她臉上的氣又熱又酸。「得了吧，好啦，給我們一點樂子。」

雪德妮用力把頭往後撞他的鼻子——或者試圖去撞，結果只碰到他的下巴。但她還是撞到骨頭，聽見一顆牙斷裂，她得以脫身，趴跪在地上，那個人腳步踉蹌，槍從腰帶間掉出來。雪德妮撲過去伸手要抓槍柄，但就在這時候其中一人抓住她一邊腳踝用力拉。

她的手肘撞到路面，皮膚刮破，她一扭身舉起槍，槍管直對著那個人的心臟。「放手，」她吼道。

「噢見鬼，」戴領巾的那個人說道，但另一人對著她冷笑，嘴裡流出血。

「那槍對這麼一個小女孩也嫌太大了。」

「放手。」

「妳連怎麼用都不會吧？」

「會。」雪德妮說著就扣扳機，硬起心準備承受反彈力與震耳的聲音。

但什麼事都沒有。

那個人大笑，聲音像短促的狗吠，然後把她手上的槍打掉。槍在地上滑開了。

「小賤人，」他說道，同時抬起靴子彷彿當她是一隻蟲子要踩扁。他用力往下一踏。或者至少正要往下踏，但他的腿似乎定在半空，然後他就倒下去，咬緊的牙關擠出一個恐怖的聲音。轉眼之間，第二個人也倒下，四肢抽搐，只見維克多走向他們，領口翻起以擋寒風。

她大鬆一口氣，同時夾雜著震驚。「你來這裡做什麼？」

地上那兩個人無聲地痛苦扭動，鼻子冒血，眼睛血管破裂。

維克多跪下去撿起槍。「表現一點感激也好。」

她晃悠悠地站起身，怒意開始往上升。「你跟蹤我。」

「別想高調講道德，雪德妮。妳偷溜出來的。」

「是我選擇要走。我不是俘虜。」

「妳是小孩，我承諾過要保護——」

「不能保持的承諾就只是謊言，」她反駁道。她聽厭了每個人的謊言。

米契騙她說維克多沒事。艾里騙她說不會傷害她。賽蕊娜騙她說她永遠都不會離開。而維克多活過來以後每天都在說謊。

「我不要你救我，」雪德妮說道：「我要自己救自己。」

維克多掂掂手上的槍。「好吧，」他說著把槍遞給她。「第一步是要拉開保險。」

雪德妮接過武器，訝然發覺拿在手上有多重。比她預期的重。也比她預期的輕。她的拇指移到旁邊的卡榫上。

「如果妳想要的話，」維克多說道，一面轉身朝巷口走。「我可以教妳用槍。」

雪德妮沒準備要跟他走開。

「維克多，」她抓緊槍喊道。「你做了嗎？」

維克多放慢腳步然後停下，轉回身。「我做了什麼？」

雪德妮盯住他的眼睛。「你殺了賽蕊娜？」

維克多只是嘆一口氣。這個問題似乎不讓他驚訝，但他也沒有回答。

雪德妮舉起槍，對準他的胸膛。「你做了嗎？」

「妳怎麼想呢？」

雪德妮的手握緊。「我要你說。」

維克多緩緩朝她走近，腳步平穩。「我們認識的時候我就警告過妳，我不是好人。」

「快說，」雪德妮命令道。

維克多走到離她一臂之處停下，只因為槍已抵在他的肋間。他低頭看她。「是的，我殺死了賽蕊娜。」

這句話讓她痛心，但這種痛是一種隱約的痛。不像刀傷，也不像沉入冰水中，而是一種深沉的痛，如恍然明白一種恐懼，懷疑變成了真相。

「為什麼？你為什麼要做？」

「她性情不穩定也無法度量，對每個擋路的人都有危險。」

他說到她的樣子，說到每件事的樣子，都彷彿他們只是一個等式的因子。

但賽蕊娜不是一個因子，不是需要解決的難題。

「她是我的姊姊。」

「她會殺死妳。」

「不會，」雪德妮低聲說道。

「我要是不殺她，警察就會仍然受到她控制。艾里永遠都逮不到，他會依然逍遙法外。」

雪德妮顫抖著，手上的槍也在抖。「你為什麼要燒她的屍體？」

「我不能冒險讓妳把她救活。」維克多的手移到槍上，手指輕輕握住槍管，不夠緊得阻止她扣扳機，只是足以讓槍拿穩。「這就是妳想要的嗎？殺死我也不能讓她復生。如果我死了，妳會覺得比較安全嗎？好好想吧，雪德妮。我們活著都得接受自己的選擇。」

雪德妮打一個顫。

然後她鬆開槍。

維克多在槍落地之前把它接住。他彈出彈匣，然後跪下來與她平視。

「看著我，」他冷冷說道，一手抓住雪德妮的下巴。

「下次妳拿槍對準人，要確定自己準備要扣扳機。」

他站直身子，把槍放在旁邊一個木板箱上，然後就走開了。

雪德妮雙臂抱胸，跌跪在地上。

她不知道自己在那裡坐了多久，電話終於響起來。她用發抖的手從口袋掏出手機接聽。

「嘿，小鬼頭，」瓊恩說道，聲音聽起來有點喘。「對不起，我的工作剛做完。什麼事？」

十分鐘後，雪德妮坐在一家通宵營業的小館內——手上握著一杯紅茶。這是瓊恩的主意。

雪德妮對面的位子是空的，但如果她眼睛一直盯著茶，耳朵聽著手機，就可以想像另外一個女孩坐在這個雅座的對面。另外一個城市的另外一間小館內的聲音——可以領餐的鈴聲，調羹在咖啡杯裡攪動聲——在電話上形成一層輕軟的噪音。

「妳說妳在工作，」雪德妮閒聊著說道：「妳在做什麼？」

電話上靜默一下。「妳真的想知道嗎？」

「想。」

「我殺人。」

雪德妮乾嚥一下喉頭。「壞人？」

「當然，大多時候。」

「妳喜歡妳的工作嗎？」

一個輕輕的聲音，介於吁氣聲與笑聲之間。「如果我說喜歡，妳會怎麼看我？」

雪德妮抬眼看看空座位。「我會認為至少妳很誠實。」

「今天晚上出了什麼事？」瓊恩問道：「跟我講講。」

於是雪德妮講了。那些話很自然就輕吐出來。她無法相信跟瓊恩談話會這麼容易，感覺這麼好，在那麼多祕密之中分享一些真相。她跟別人在一起不曾感覺過這麼自在，從賽蕊娜死後就不曾有過。就像從水底冒出來以後深吸一大口氣的感覺。

跟瓊恩講話讓她覺得自己像正常人。

她跟瓊恩講到維克多，以及米契。講到她姊姊，講到她們溺死那天，她們怎樣復生，她比較慢，賽蕊娜則是立刻。她講到賽蕊娜的異能，也講到艾里。

「他像我們嗎？」瓊恩問道。

「不像，」雪德妮用吼的。她深深吸一口氣。「我是說，他是特異人，但是不像我們。他認為我們是錯誤的，我們不應該存在。所以他開始殺我們。他殺了幾十個人以後才被維克多阻止。」雪德妮的聲音一沉，變得幾乎像耳語。「我姊姊……她和艾里……」

但那不完全是賽蕊娜的錯。

她姊姊已經迷失了真的很長一段時間，艾里才找到她。雪德妮也曾迷失，但是維克多找到了她。

雪德妮得到獵人，而她得到狼，這並不是賽蕊娜的錯。

「我知道賽蕊娜怎麼了，」瓊恩說道。

雪德妮在位子上一僵。「什麼？」

一聲嘆氣。「為了取得別人的相貌，」瓊恩說道：「我得接觸他們。觸到的時候，我會看見事情。不是所有事情——我的腦袋沒有空間容納那麼多無用的記憶——只是讓他們變成那樣的人，對他們最重要的點點滴滴。愛，恨，重要的時刻。米契——那天在公園裡我碰過他的手臂，就在妳我認識之前——我看見他站在一堆火前面。火裡有一個女孩的屍體。但我感覺到的都是他的悔意。」

雪德妮閉上眼睛，喉頭用力吞嚥一下。「米契沒有殺死賽蕊娜，」她說道：「是維克多殺的。」

「他為什麼那麼做？」瓊恩問道。

雪德妮顫巍巍地吸一口氣。「我姊姊能夠控制人，掌控他們，能讓他們做任何她想要的事情，只要說出來即可。她很強，有很大能力。可是……她就像艾里一樣。她認為我們這樣的人都迷失了，損壞了。」

「也許她是對的，」瓊恩說道。

「妳怎麼能——」雪德妮說著。

「聽我說完，」瓊恩逼著說道：「也許我們是損壞了。但我們把自己補回來。我們存活下來。正是這樣讓我們這麼強。至於家人——嗯，血濃於水，但家人並不一定有血緣關係。」

雪德妮感到空虛，耗盡。「妳呢？」她問道：「妳有家人嗎？」

那端停了好久。「沒有，」瓊恩輕聲說道：「沒有了。」

「他們怎麼了？他們死了嗎？」

「沒有，」瓊恩說道：「但是我死了。」又停了許久。「妳要知道，他們不會認得我。」

「但妳一開始是妳自己。妳不能就……變回去嗎？」

「很複雜。我能做的，」她緩緩說道：「會讓自己隱形。但那只要我是別人才行。」瓊恩遲疑著。「我埋了某個人。我的家人也一樣。沒有墳墓，但我還是消逝了。必須保持那樣。我復活後，就決定再也不讓人傷害我。我放棄了一切——每個人——用來交換。」

雪德妮皺起眉頭。「值得嗎？」

很長一段沉默。

然後瓊恩說道：「是的。」接著是咖啡杯在桌上移動的聲音。「可是，嘿，就像我說的，不是所有親情都像血那麼濃，對吧？有時候我們得找一個新家。有時候我們運氣好，他們找到我們。」

雪德妮低頭看自己的茶。「我真高興我們認識了。」

「我也是。」

接下來幾分鐘她們都沒有說話，所在的兩家小館內的噪音打破了彼此的距離。瓊恩輕輕哼著歌，雪德妮希望自己真的在那裡，與她隔桌而坐。

雪德妮閉起眼睛。「嘿，瓊恩？」

「什麼，雪德妮？」

她的聲音沙啞。「我不知道要怎麼辦。」

「妳可以離開。」

她想過。她已經好厭倦搬家，揹著背包過活，追逐一個接一個線索，到頭來發現只是一條死胡同。厭倦看著維克多受苦，知道那是她害的。但那正是為什麼他不能離開。維克多殺死了賽蕊娜，沒錯，但雪德妮在殺他。一次又一次。她不能拋棄他。她不願意拋棄米契。他們是她的家人。他們是她僅餘的一切——他們收留她，給了她希望。

「雪德妮？」

「我不能。」

「好吧，那麼，」瓊恩說道。雪德妮聽見銅板落到桌上，瓊恩推開椅子。「我建議妳回家。」

16

一年前

埃奇菲爾德市

以萬聖夜而言實在太熱了。

他們在南方某處一個大學城，空氣濕黏，街上都是去開趴的成群青少年，雪德妮決定也出去。

她站在臥室的鏡子前，調整一下暗褐色的短髮，塗上她所能找到最深色的口紅，兩眼周圍畫上黑線條。但是她越想讓自己看起來比較大，就越覺得荒謬。雪德妮扯下假髮，倒在床上。

她拿起手機，看著瓊恩傳的最後幾封簡訊。

瓊恩：那就出去吧。

雪德妮：我不能。

瓊恩：誰說的？

瓊恩：妳十七歲了。

瓊恩：妳可以自己決定。

瓊恩：他們不能攔阻妳。

雪德妮翻身站起來，再度開始打扮。

前一天她跟米契去戲服店，找到一套普通的動漫女學生服。如果要裝老沒有用，也許她可以假裝成一個試圖裝年輕的人。

雪德妮梳好金髮，穿上褶裙，調整一下頸間的蝴蝶結。她把槍——這些日子以來，她到哪裡都帶著——放到小背包裡，然後走到寓所外間。

維克多坐在廚房的桌子上，專心看著資料。度兒在他腳邊睡覺，米契在沙發上看大學足球賽。他看見她就坐起身。「妳打扮好了。」

「是呀，」她說著就要往門口走去。「我要出去。」

米契雙臂抱胸。「妳一個人不行。」他已經在往後面褲袋裡掏撲克牌。看見牌，雪德妮一陣怒氣往上冒。

「這不是什麼蠢遊戲，」她說道：「這是我的生活。」

「雪德妮，」米契說道，語氣前所未有地堅定。

「別再把我當小孩。」

「那妳就別再表現得像小孩，」維克多頭也不抬地說道。

米契搖搖頭。「妳是哪裡不對勁了？」

「沒事，」她駁道。「我只是煩了，不想被關起來。」

「讓她去吧，」維克多說道：「她讓我頭痛。」

米契轉頭看他。「你這可不是在幫忙。」

「她可以照顧自己。」他與她目光相接。「對不對，雪德妮？」他的挑激語氣讓她更怒。

「好吧，」他輕蔑地說道：「妳還等什麼？」

雪德妮怒沖沖走出去，把門在身後用力一關。她下樓要往街上走過去卻突然停步，在台階上彎下腰。

妳是哪裡不對勁了？

她不知道——但她知道自己受不了在那個公寓裡再待一分鐘。那間牢房。那個人生的假面具。不只是因為天熱，也不是由於經常搬家，更不是必須看著維克多的生命力像蠟燭漸漸燒盡。

雪德妮只想有一晚*感覺正常*。像人。

一輛車飛馳而過，一個青少年半身掛在車窗外，露出骷髏咧嘴的笑容。一群女孩笑著從旁邊晃過去，穿著超短的裙子與超高的高跟鞋。對街有一群人戴著狼頭面具，仰頭長嗥著。

雪德妮站起身，走到街角，電線桿上貼了十幾張傳單，宣傳著哪裡有俱樂部與兄弟會開趴。*怪物舞會！*有一張上面寫的。*尖叫盛宴*，另外一張寫著，每個字底下還滴著血。*英雄與惡棍*，第三張這麼宣告著。底下括弧裡特別聲明：*配角禁入*。

雪德妮撕下電線桿上那最後一張傳單，開始走下去。

✦

她可以聽見街上傳來音樂。

重低音由敞開的前門內湧出，一個穿斗篷的傢伙在那裡跟一個戴尖角面具的女孩親熱。後面的屋裡滿是頻閃燈，斷音與閃光配合著音樂節奏，使整個地方看起來像在晃動。

這種派對是她姊姊必來的地方。她會把這種群眾控制於指掌間。賽蕊娜就是那樣。在她獲得異能時，她已經習慣了操控一切。賽蕊娜不向世界屈服，是她讓世界臣服於她。

但雪德妮爬上台階的時候，她的決心開始動搖。她不曾一下子置身於這麼多人之間，從上次去賽蕊娜的大學找她以後就不曾這樣。就在所有事情出差錯之前。

雪德妮閉上眼睛，彷彿看見姊姊靠在門口。

妳長大了。

彷彿感覺到賽蕊娜雙臂攬住她。

我要妳見見艾里。

她的手上拿著一杯冰汽水。

妳可以信任他。

彷彿聽見林間的槍響。

「卡哇伊。」

雪德妮抬頭環視，看到一個穿競技鬥士涼鞋的黑膚女孩坐在前門廊欄杆上抽菸，長腿晃盪著。

「或者應該說chibi[1]？」她又說道，一面朝雪德妮的裝扮點點頭。「我從來記不得……」

那個女孩把香菸遞過來，雪德妮伸手接過。她從來沒抽過菸，但是看賽蕊娜抽過。

祕訣是要把菸含在嘴裡，像這樣。

香菸頭亮著紅光。賽蕊娜用手指數著一、二、三，然後吐出一股完美的羽狀白煙。現在，雪德妮也照樣做。

煙充滿她的嘴巴，又熱又辣，刺激得她鼻子發癢，又竄到她的喉頭，她連忙趁自己開始咳嗽之前吐出來。

她感覺腦袋昏昏，神經卻平定下來。

她把香菸遞還，走入派對。

屋子裡都是學生。跳舞，喊叫，走動，癱躺著。太多人。太多活動。她感到被手肘推擠著，還有肩膀、斗篷、翅膀，絆到一堆身體與動作。

---

❶「chibi」在英文中源自日文「ちび」，意思是「小個子」或「小東西」，通常帶有親切、可愛的意味。這個詞在流行文化中指代可愛的迷你化角色，特別是在動漫和漫畫中，角色常被畫成頭大身小、比例誇張的「chibi」風格，以顯示其天真、活潑或俏皮的一面。

雪德妮往後退，想脫離這陣波濤，結果撞到一個戴黑色眼罩面具的男人。她的心臟猛然一跳。艾里。她的手指迅速摸向背包——但那不是他。當然不是他。這個男孩太矮，太胖，他拖著腳從她旁邊擠過去，朝人群後面的一個朋友喊著，那聲音也太高。

雪德妮正要鬆一口氣，有人抓住了她的手腕。

她猛然轉身，看見一個高個子，頭戴金屬頭盔，穿著彈性緊身裝。「妳怎麼進來的？」他舉起她的手臂，聲音也同時拉高。「誰把這個小妹妹帶進來的？」

眾人轉過頭來，雪德妮感到自己臉紅了。

「我不是小孩，」她掙脫手臂吼道。

「是啊，當然，來吧，」他說著就把她朝前門推過去。

此時此刻，雪德妮真希望能有維克多那種異能而不是自己的這種。

這個大學男孩把她推到門檻外面。「去別的地方要糖果搞怪吧。」

雪德妮站在前面門廊上，臉孔發熱，身後有更多男男女女擠著從小路走進屋子。淚水眼看就要奪眶而出。她努力忍住。

「嘿，妳還好吧？」一個穿斗篷的傢伙跪在她旁邊問道：「妳要打電話給誰——」

「滾開，」雪德妮說道，然後大步走下台階，臉頰火燙。

她不能回家——還不能。她也不能勉強再傳訊給瓊恩，於是雪德妮獨自在城裡又晃了一個小時，濕黏的熱氣終於變涼，穿戲服的人群漸稀。她把背包拿在手上，拉鍊半開，裡面的槍伸手可及，以防萬一有人試圖不軌。

沒人動她。

等她終於回到公寓，燈已全關。

她脫下鞋，聽見沙發上有人輕輕移動身體，她轉回頭看，以為會看到米契。但是是維克多，伸直身子躺在沙發上，一隻手臂橫放在眼睛上，睡著的胸膛平緩起伏。度兒趴在他旁邊的地板上，醒著，聽見她回家，牠的眼睛在黑暗中發亮，尾巴輕搖。

雪德妮赤足穿過外間，狗兒起身跟在後面，順著甬道啪啪走進她的房間，未經受邀就跳到她的床上。雪德妮把門輕輕關上，仰身躺在牠旁邊。

一會兒之後，她聽見家具輕輕摩擦聲，維克多起來了，輕手輕腳地經過她的房門口，然後關上他自己的房門。

他沒有睡著，她這才發現。

維克多只是在等雪德妮回家。

17

四星期前
海洛威市

很晚了，但雪德妮還不累——血液裡有太多糖，腦子裡想太多——而且，她得把生日從頭到尾過完。

這是傳統。

像一根刺一般，記憶中的片段——時間一分鐘一分鐘接近午夜，雪德妮努力保持清醒。每次她開始打瞌睡，賽蕊娜就戳她的肋間。

好啦，雪德妮。就快過了。睡著會運氣不好。起來跟我跳舞。

雪德妮搖搖頭，想把姊姊的聲音趕走。她在鏡子前面緩緩轉一圈，讓藍色頭髮在臉旁散開，然後又把假髮扯掉，解開下面的夾子。她本來的頭髮——像一道淡金色布幕直洩——披散開來，幾乎快垂到肩膀。

雪德妮又瞥見鏡子裡的影像，但這次是從眼角瞄到。

有時候，如果她斜眼瞄一下，幾乎可以，幾乎會看到鏡子裡是別人。

一個顴骨比較尖，嘴唇比較豐滿，嘴巴帶著狡笑。那是她姊姊的鬼魂，一個回聲。然後幻影就會晃動，雪德妮的眼睛恢復對焦，接著她所能看到的就只是一個女孩在試玩各式衣服。

✦

雪德妮脫下紅色短夾克，解開鋼頭靴的鞋帶，注意力轉到維克多的禮物上。她拿起藍盒子，走過去放到房間的小書桌上。度兒從地板上看著她小心翼翼掀開盒蓋檢視內容。鳥的骨骸完整無缺，看起來就像是從自然史博物館拿來的——她了解維克多，所以八成沒錯。

雪德妮坐下來，若有所思地用手指撫摩鳥翅，猜想著它這樣有多久了。她已經得知，一個東西死去的時間越久，就越難讓它復生。殘骸剩得越少，生命也越脆弱。所以就可能破碎，或者斷裂，而那時候就永遠死了。沒有第二個機會。

沒有什麼可讓它抓附。

雪德妮瞄一眼床邊的紅色金屬罐，然後拿起一支鑷子，開始將骨頭取出，一次取出一塊使原來的鳥身變小，直到只剩下幾塊。一隻翅膀上端的長骨。一截脊柱。一隻腳跟。

她深吸一口氣，閉上眼睛，將一隻手放在這一部分骨骼上。

然後，她接觸到了。

除了手心底下的骨頭外，起先她什麼都沒感覺到。但她想像自己延伸更遠更深，透過鳥與盒子以及書桌，讓手探入冰冷空無的空間。

她的肺開始痛。凜冽的寒意穿透她的手指直傳手臂，呼氣的時候可以感到嘴唇上如霧般的冷煙。光線——遙遠而微弱——在她眼底舞動，然後她的手指擦到什麼東西，一絲絲的線頭，雪德妮小心翼翼地輕輕拉動。她的眼睛一直閉著，但她可以感到小小的骨骸開始重建，肌肉波動，還有皮膚，泛紅的羽毛。

幾乎——

然後她拉得有一點太用力了。

那根線消失了。

她眼底的脆弱光亮滅掉了。

雪德妮眨眨眼，手縮回，看著剩下的鳥骸，現在它的脆弱骨骸已經無法修復。那些骨頭——那麼小心擺放在絲絨墊上——已經碎裂，她放到旁邊的那一堆坍陷下去，壓成一堆。

她還不夠強。

還沒準備好。

她伸手去摸那些骨頭，它們散開了，藍絲絨襯底上面只剩下一堆灰燼，她書桌上的一堆灰塵。

崩毀，雪德妮想著，一面把剩下的骨灰掃進垃圾桶。

18

四年前
梅瑞特中央醫院

我會毀滅你。

我會毀滅。

我會。

我——

瑪賽拉睜開眼睛。

迎面而來的是無菌日光燈、擦拭桌面的消毒水氣味，以及白紙般的醫院床單。瑪賽拉知道自己不應該在這裡，根本不應該還活著。但她的脈搏在記錄著，頭旁邊機器上的綠色波狀線條就是無可改變的證明她活著。她深吸一口氣，然後痛縮一下。她的肺與喉頭感覺腫痛，腦袋劇痛，儘管有最高級的止痛藥正在輸入她的血管。

瑪賽拉試著活動手指與腳趾，左右搖搖頭，動作小心精準而且——她也必須自誇一下——驚人地冷靜。她很久以前就學會區隔自己的感覺，把不便與不適的部分推到心裡的最後面，就像把舊衣服塞到幽暗的櫥櫃裡。

她的手指沿著床單移動，試著撐起身子，但只是最輕微的動一下她就遭到自己的身體攻擊——瘀傷與折斷的肋骨，皮膚上的燒傷與水泡。瑪賽拉也早已學會接受為了維持外貌隨之而來的種種扎刺、疼痛與燒灼。

但是與那些整容手術、那些自找的不便比起來，這種痛楚令之相形失色。這種痛楚在她的皮膚與骨頭裡生根，像熔岩流過血液與四肢。但瑪賽拉並不退縮，反而專心面對。

她曾有一位瑜伽老師把心比喻為一個房子。瑪賽拉當時翻白眼表示不信，但現在她想像自己從一個房間走到另一個房間，把裡面的電燈關上。這裡是恐懼，關上。這裡是驚慌，關上。這裡是困惑，關上。

這裡是疼痛。

這裡是憤怒。

這裡是她的丈夫，那個不忠的混蛋。

這裡是他抓她的頭用力撞桌子。

這裡是他的手臂把蠟燭推倒。

這裡是她的嗓子破啞，肺裡充滿煙。

這裡是他背對著她轉身走開，丟下她等死。

這盞燈，她讓它開著。她訝然發現它在腦子裡越來越亮，溫度越來越高，一波波穿透皮膚。她的手指握緊病床欄杆，手掌下的欄杆變軟，光滑的金屬變鏽蝕，一片紅色鏽跡沿著鐵管散開。等她注意到的時候把手抽開，一截差不多她前臂長度的欄杆已經壞了，碎屑掉落到床上。

瑪賽拉無法理解地瞪大眼睛。

她來回看看手再看看那截金屬，感覺熱意仍由皮膚散發出來。她改抓著醫院的床單，結果床單也碎了，布料瞬間鏽裂，剩下一片綠灰。

然後瑪賽拉舉起雙手，不是要投降，而是為之著迷，她把手掌向上攤開，尋找可解釋之處，有沒有基本的改變，結果只發現自己修剪整齊的指甲受損，手腕上有一圈熟悉的綠色手形瘀青，還有一個白色的醫院用手環，上面印著一個錯誤的名字：**梅琳達．皮爾斯**。

瑪賽拉皺起眉頭。其他的資料都對——她認出自己的年齡、生日——但似乎有人給她用假名輸入系統。那表示他們不想讓馬可斯知道她在這裡，或者知道她還活著。她心想，如果考慮到那晚稍早發生的事情，這是很合理的選擇。或者是明天嗎？她的時間感模模糊糊的。

身上的還是新傷。

沒有了床單，她可以看到繃帶順著兩腿往上纏到腹部，肩膀也有，燭台的鏡像被烙印在她的肌膚上——

一個警用無線電發出聲音，尖銳的靜電雜音在其他幾十種醫院裡的聲音之間顯得很突出。瑪賽拉的注意力移向門口。門是關著的，但隔著玻璃窗孔她看到一件警察制服。

慢慢地，瑪賽拉設法從床上爬起來，顧不了有許多管線把她與病房連在一起。她伸手去抓點滴架，才想起那截鏽蝕的鐵管與碎裂的床單。她猶豫著，但感覺手心又變涼了，指頭握住塑膠線時並沒有可怕的事情發生。她小心翼翼地把線拉開，為了避免扯下心電圖監測器，就繞過去改從後面拔下電源線。

機器安靜下來，顯示幕變黑。

瑪賽拉的醫院病袍很寬大，這是好心不讓它接觸到她敏感的皮膚，但也造成妨礙：她不能只穿著像床單一樣的袍子溜出去。

角落有一個無菌衣櫥，她不耐地走過去，希望能找到自己的衣服、皮包與鑰匙，但當然裡面是空的。她聽見門外響起一個粗啞的聲音。

「……還沒醒……沒有，我們沒有發新聞……我已經申請證人保護計畫……」

瑪賽拉冷笑。證人保護計畫。她這輩子可沒打算那樣，辛辛苦苦白手起家，到頭來只能躲躲藏藏。如果要就此從丈夫面前消失，那才該死呢。瑪賽拉轉身打量病房，但什麼都沒有，只有一扇門，還有一扇窗戶從六樓高俯瞰梅瑞特市。

一個房間，一扇門，一扇窗戶。

還有兩面牆。

瑪賽拉選中床對面的那堵牆，附耳聽著，什麼都沒聽到——只有更多醫療設備的嗶嗶聲。

她用手指摸向石灰牆面，就差一點點碰到。

什麼事都沒有。

瑪賽拉慢慢把手掌平貼牆面。什麼都沒有。她怒瞪著自己的手，指甲裂了，因為那時候她拚命抓著絲織地毯，扒著木地板——她的手開始發光。瑪賽拉看著手指下的牆壁彎曲腐壞，乾牆壁耷拉下來，彷彿因為潮濕，或者重力，或者時間關係，直到兩個病房中間形成一個洞，大得足以伸腿跨過去。

這時候瑪賽拉也為自己造成的破壞深感驚異。原來這跟力量無關，而是跟情緒感覺有關。那很好。

瑪賽拉有一堆感覺。

她把力量收回胸膛內，彷彿呼吸一樣。它在裡面燃燒，不是導火線而比較像是火種，在那裡穩穩等著。

瑪賽拉穿過破牆，進入隔壁房間。

房門開著，床上的那個女人——根據病歷夾板上所寫，愛麗絲．托倫斯基——比瑪賽拉矮三英寸，足足胖了三十磅。

她的衣服掛在醫院配發的小衣櫥裡。

瑪賽拉皺起鼻頭，打量著平底懶人鞋、領口有褶的印花襯衫，鬆緊腰牛仔褲。

但乞丐是沒得選的。瑪賽拉穿褲子的時候很感激這條牛仔褲的大空間。牛仔布摩擦到繃帶時她憋住氣，然後再把注意力轉回衣櫥內。

一個仿名牌皮包趴在架子上。瑪賽拉翻查一下內容，找到一張百元鈔與一副眼鏡。

她著裝完畢，把頭髮在頸後結成髻，戴上眼鏡，走到外面的廊道上。她病房門前的那個警察在檢查自己一隻手上的繃帶，他沒有抬頭看瑪賽拉轉身離開。

一排計程車在醫院外面等著。

她爬上最近的一輛。

「地址？」司機咕噥道。

「高地山莊。」這是她第一次開口說話，吸入濃煙使得嗓子沙啞，聲音比較低，還帶著許多小明星渴求的磁性。「在格蘭路。」

車子開走，瑪賽拉往後靠在皮椅背上。

她一向善於應付壓力。

別的女人可以驚慌，但是當一個黑幫分子的老婆就需要相當程度的鎮定。那表示要保持冷靜。或者至少假裝冷靜。

此刻，瑪賽拉不覺得自己在假裝任何事情。沒有恐懼，沒有懷疑。她沒有頭昏，沒有覺得迷失。如果要說有什麼，她現在走的這條路感覺很直，鋪得很平，盡頭有一盞亮眼的燈。

燈的下面站著馬可斯・安多佛・瑞金斯。

第二部

啟示

1

十四年前
梅瑞特大學

每個人都臭著一張臉。

瑪賽拉坐在廚房的流理台上，心不在焉地用鞋跟敲著櫥櫃，看著他們東倒西歪地走過去，手上的飲料濺灑出來，喊叫著給大家聽。屋內充滿音樂、人體、酒臭與廉價古龍水味，一票瘋子困在一個大學兄弟會的派對上。朋友勸服她來的，以薄弱的理由說學生都是這樣，還有免費啤酒與性感帥哥，而且會很好玩。

勸她來的那些女孩混在一堆人中間某處。她不時以為自己瞥見一個熟悉的金色短髮，或者梳得高的褐色馬尾。再一轉眼，有十幾個都是那樣。千篇一律的大學小鬼，只在乎打混而不在乎特立獨行。

瑪賽拉．蕾內．摩根一點也不覺得好玩。

她啜著玻璃瓶裡的啤酒，覺得百般無聊——音樂讓她厭煩，偶或有些男孩昂首闊步走來想要搭訕，被她拒絕之後又氣沖沖地走開。她聽厭了人家叫她美女然後又罵她是臭婊子。美豔驚人，然後是高傲自負。先是滿分，然後是騷貨。

瑪賽拉一直都很漂亮。漂亮得讓人無法不注意。明亮的藍眼睛配上烏黑秀髮，心形臉蛋下面是一副窈窕婀娜的模特兒曲線。她父親告訴她說她永遠不必努力，母親說她得加倍努力。從某方面而言，他們兩個人都對。

別人第一個看見的都是她的身體。

對大多數人而言，那似乎也是他們最後看見的。

「妳以為妳高我一等嗎？」稍早，一個喝醉的高年級生口齒不清地對她說道。

瑪賽拉與他的眼睛對上，他的醉眼矇矓，她的目光犀利。然後她很乾脆地說：「對。」

「婊子，」他咕噥道，然後氣沖沖走開了。完全在預料之中。

瑪賽拉曾答應朋友會待下來喝一杯飲料。她把瓶子仰起來看，急著想把啤酒喝完。

「我看妳找到好東西了，」一個低厚的聲音說道，帶著一點南方腔調。

她抬眼看見一個傢伙背靠廚房中島站著。瑪賽拉不知道他指的是什麼，直到他朝她手上的玻璃瓶點點頭，自己手上拿的是一個塑膠杯。她指指冰箱。他走過去，取出兩瓶，用桌緣撬開，然後遞一瓶給她。

瑪賽拉接過來，貼著瓶口打量他。

他的眼睛是深藍色，頭髮是日曬充足、介於金色與褐色之間的溫暖色系。這個派對上的大部分男孩都還沒擺脫嬰兒肥，高中生模樣仍像濕衣服般黏在身上，但是他的黑襯衫緊貼著強壯的肩膀，下頷尖形，下巴有一個小窩。

「我叫馬可斯，」他自我介紹著。她知道他是誰。她在校園見過他，但愛麗絲告訴她說——馬可斯．瑞金斯是麻煩角色。不是因為他帥。不是因為他有錢。不是那麼無聊的東西。不是的，馬可斯是麻煩角色的原因很簡單，很有趣：他的家庭是黑幫成員。愛麗絲說得像那是壞事，是大忌，但若一定要說怎樣的話，那只是讓她興趣更高。

「我是瑪賽拉，」她說道，交疊的雙腿分開又再交疊起來。

他笑笑。「馬可斯與瑪賽拉，」他舉起酒說道：「我們聽起來很相配。」

有人把音樂的音量調大，他接下來說的話被重低音蓋過去。

「你說什麼？」她隔著歌聲喊道，他藉機拉近兩人的距離。她把腿往旁邊移，他走近她，聞起來像蘋果與亞麻布的氣味，乾淨清爽，跟先前外面那些身上又黏又髒的懶兮兮醉鬼比起來，這種改變讓她欣然接受。

他把啤酒擱在她手臂旁邊的桌台上，冰涼的玻璃瓶輕輕擦過他的手肘，激起一波微顫傳遍她全身。他的臉上緩緩綻開笑容。

他湊近彷彿要告訴她一個祕密。「跟我來。」

他往後退開，亞麻布氣味與熱意也跟著帶走了。

他沒有把她拉下桌台，但她感覺就像被拉著，受到吸引似地跟在他後面。他轉身走開，鑽過人群。她跟著他穿過派對人潮，走上樓梯，順著甬道來到一間臥室門口。

「還跟著我嗎？」他回頭一瞥問道。

門開後，裡面與這所兄弟會其他房間不太一樣。待洗衣物裝在大籃子裡，書桌上很乾淨，床也鋪好，唯一亂的地方就是被子上整齊放著一落書。

瑪賽拉在門口徘徊，等著看他接下來要怎麼做。是否他主動找上她，還是要她走過去。

反之，馬可斯走到窗口，拉開玻璃窗，跨出去站在窗邊的走道上。微微的秋風輕聲吹進室內，瑪賽拉脫下高跟鞋，跟出去。

馬可斯伸手扶她出去。下方的市區呈螺旋狀展開，黑暗的建築如一片天幕，燈光則有如星辰。梅瑞特在夜間看起來總比較大。

馬可斯啜一口啤酒。「這裡比較好吧？」

瑪賽拉笑了。「確實。」

音樂在樓下吵得惹人厭，此刻則只是她身後靜靜的脈動。馬可斯靠在木頭欄杆上。「妳是本地人嗎？」

「不遠，」她說道：「你呢？」

「在這裡出生和長大，」他說道：「妳念什麼？」

「商，」她簡短說道。瑪賽拉不喜歡閒聊，但那是因為通常都覺得像是討厭的工作，只是用噪音、空泛的言詞填滿空虛的空間。「你為什麼帶我來這裡？」

「我沒有，」他故作無辜狀說道：「是妳跟我來的。」

「是你請我來的，」她說道，也發覺其實他沒有提出邀請。他的語氣並不是邀約，只是簡單的命令。

「妳要離開了，」馬可斯說道：「而我不想要妳走。」

瑪賽拉打量著他。「你常常事事如願嗎？」

他露出一絲笑意。「我有一種感覺我們都是這樣。」他回報著她意味深長地注視。「主修商學的瑪賽拉。妳想當什麼？」

瑪賽拉轉著啤酒瓶。「當家的。」

馬可斯笑起來。聲音輕柔像吐氣。

「你認為我在說笑？」

「不是，」他說道：「不是的。」

「你怎麼知道？」

「因為，」他說著，一面拉近兩人之間的距離。「我們是絕配。」一陣風吹過來，涼得讓她打一個顫。

「我們還是進去吧，」馬可斯抽開身說道。

他退到窗內，伸出手。但這次他沒有領頭帶路。

「妳先，」他朝著臥室門口比手勢說道。門還是開著一條縫，下面的派對音樂與笑聲傳進。

但瑪賽拉走到門口時猶豫一下，手指按著木門。她可以想見馬可斯正站在後面幾步之外，雙手插在口袋裡，等著看她要怎麼辦。

她推門把它關上。

門鎖輕輕喀嗒一聲扣上，馬可斯彷彿受到召喚過來，嘴唇輕擦她的後頸。他的雙手如羽毛般輕柔地從她肩頭移到腰部。這似摸非摸的接觸激起一股熱意傳遍她全身。

「我可不是弱女子，」她說著轉過身，正迎上馬可斯的嘴貼到她的唇。他貼向她，把她推到木頭門上。她的指甲掐著他的雙臂，等他解開襯衫釦子。她褪下自己的襯衫時，他的牙齒輕刮她的肩膀。馬可斯把她壓到床單上時，他們破壞了這個房間的整齊有序，甩掉衣服，踢倒一張椅子和一盞燈，床上的書也掃落了。

他們配合得完美至極。

真是絕配。

2

四星期前

梅瑞特市區

計程車在山莊前面停下，這是一棟位於市中心區的白色石塔狀建築。瑪賽拉付現金給司機然後下車，每走一步四肢都在悶吼叫痛。

她剛發現這處祕密寓所時——在一張該死的銀行結帳單上面看到的——她是往最壞方面想，但馬可斯聲稱這裡純粹是實用目的。一所安全屋。他甚至堅持帶她來，要炫耀他的周全考慮——衣櫃裡有她最愛的名家設計服裝，食品櫃裡有她偏愛的咖啡品牌，浴室裡有她專用的洗衣精。

瑪賽拉還真的相信他。

她設法把這裡當成他們的祕密，而非僅屬他一人。她不時打電話給他，堅稱有緊急事情，他就陰鬱地命令她到安全屋與他會面，而等他到了之後發現她在等著，身上光溜溜的，只有一只精心打好的金色蝴蝶結。

現在那種俗豔的粉紅色唇膏形象有如火焰刺痛瑪賽拉的眼底。

真是傻瓜。

櫃檯邊的門房起身迎接她。

「瑞金斯夫人，」安斯利說道，面露驚訝之色。他快速瞄一眼她不合身的衣服以及領口與袖口露出的繃帶，但山莊的住戶付錢是要求完全的守口如瓶，如同落地窗一般緊密（現在瑪賽拉懷疑安斯利不知有多少次為她丈夫也同樣守口如瓶）。

「妳……都還好嗎？」他大膽問道。

她不經意地甩甩手。「說來話長。」接著，片刻之後。「馬可斯不在吧？」

「不在，夫人，」他正色說道。

「好，」瑪賽拉說道：「恐怕我忘記帶鑰匙了。」

安斯利連忙點一下頭，繞到櫃檯後面按電梯。電梯門開後，他跟著她進去。開始上樓時，她揉著前額彷彿很累的樣子，同時問他今天幾號。

門房告訴她，瑪賽拉心頭一僵。

她在醫院裡幾乎待了兩個星期。

但那不重要，現在不重要。重要的是現在是星期五的晚上。

她非常清楚馬可斯會在哪裡。

電梯停下，安斯利跟著她出去到了十四樓，把乳白色房門打開，然後向她道晚安。

瑪賽拉等著他離開，然後走進去打開燈。

「蜜糖，我回家了，」她對著空蕩的寓所柔聲說道。她應該有某種感覺——一陣悲傷，或者悔恨——但她感到的只有皮膚上的痛楚以及其下高漲的怒氣，等她伸手去拿吧檯上的一個酒杯時，它一碰就彎曲變形然後變成沙子。一千顆沙粒由瑪賽拉的指間如雨般灑落到地板上。

她瞪著自己的手，手上的玻璃殘渣。那奇異的光亮已經縮回皮膚底下，等她伸手再拿一個杯子時，碰上去就仍保持原樣。

冰箱裡放著一瓶夏多內白葡萄酒，瑪賽拉給自己倒了一杯，打開電視新聞——現在她急著想知道自己錯過什麼——把音量調大，然後走向臥房。

床上橫放著一件馬可斯的襯衫……旁邊是一件她自己的。她手上的玻璃杯又威脅著要融化，於是瑪賽拉把它放下。衣帽間的門敞開著，馬可斯的黑西裝沿著一邊牆掛著，其餘空間則讓給一堆女裝、女襯衫與高跟鞋。

瑪賽拉回瞄一眼床上兩件仍像情人擁抱般纏在一起的衣服，又感到怒意如蒸氣升起。她用發亮的手指順著衣帽間裡老公那一排衣服摸過去，看著它們被她摸到就化成灰。棉、絲與羊毛都瞬間枯萎，從衣架上掉下，落到地板上碎成片片。

地獄也無法與此怒相比[2]，她想著，一面拍掉手上的灰。

滿意了——不對，沒有滿意，一點也不接近滿意，但暫時安撫了——瑪賽拉拿起酒，走進豪華浴室，將玻璃杯放在大理石水槽邊緣，開始剝下偷來的邋遢衣服。她一直脫到只剩下繃帶，無菌的白布條全然不如金色蝴蝶結性感，卻似乎循著同樣路徑纏著她的腿、腹部與手臂。

標記她。嘲弄她。

瑪賽拉的手抽搐著，突然衝動得想伸出去破壞什麼東西，任何東西。反之，她站在那裡看著鏡中的自己，每一個角度，每一個瑕疵，記住每一部分，一面等著這陣憤怒過去——不是消失，不是的，只是撤回去，像貓爪收回。

如果這種新力量是暫時的，是有限度的，她可不想放過。她需要保持利爪尖銳。

醫院給的止痛藥藥力漸退，她的頭嗚嗚作響，於是瑪賽拉從洗手台下方的急救箱裡挖出兩顆氫可酮鎮痛藥，用最後一口白葡萄酒沖下肚，然後開始準備。

❷「Hell hath no fury」源自英國劇作家威廉・康格里夫（William Congreve）的名言「Hell hath no fury like a woman scorned」，意指「世上沒有什麼怒火能比被輕蔑的女人的憤怒更猛烈」。這句話通常用來形容女性因背叛或遭受不公對待而爆發的強烈怒火。

3

八年前

住宅區

電話鈴響了又響，重複著。

「別接，」馬可斯踱著步子說道，脖子上鬆鬆地掛著一條黑領帶，沒有打好結。

「親愛的，」瑪賽拉坐在床緣說道：「你知道他們會打來。」

他一直緊張不安，好幾天，好幾個星期都在等電話響。兩人都知道來電者會是誰：安東尼·愛德華·赫奇，梅瑞特犯罪組織的四巨頭之一，也是傑克·瑞金斯的長期資助人。

當然，馬可斯終於告訴她，說他父親是做什麼的，說對他們而言，家庭一詞如何不僅表示血緣——也是一種職業。大學四年級時他告訴了她，說的時候臉色死灰，那頓飯吃到中途瑪賽拉悟到他是試圖與她分手。

「那就像成為神職人員一樣嗎？」她啜著酒問道：「你發誓獨身了嗎？」

「什麼？沒有……」他困惑地說道。

「那為什麼我們不能一起面對？」

馬可斯搖著頭。「我是想保護妳。」

「你沒想過我能保護自己嗎？」

「這跟電影不一樣，瑪賽拉。我家人做的事是很殘忍，很血腥的。在這個世界中，在我的世界中，會有人受傷。他們會死。」

瑪賽拉瞇起眼睛，把酒杯放下，身子湊向前。「每個世界的人都會死，馬可斯。我不會離開你。」

兩個星期之後，他求婚了。

瑪賽拉調整著手指上的鑽戒，電話鈴聲停了。

幾秒鐘後，鈴聲又響起來。

「我不要接。」

「那就不要接。」

「我沒有選擇，」他斷然說道，同時抬手抹一下被太陽曬成深淺不一的金髮。

瑪賽拉起身握住他的手。「呵，」她把他的手舉到兩人面前。「我沒看見有繩子綁著呀。」

馬可斯抽開手。「妳不知道那樣像什麼，由別人決定你是誰，決定你要做怎樣的人。」

瑪賽拉想翻白眼但是忍住衝動。她當然知道。別人看到她都會有很多先入為主的假設。一張漂亮臉蛋就表示腦袋空空，像她這樣的女孩只追求不勞而獲的好日子，只要有奢華生活而不是權力就很滿足——彷彿妳不能全拿。

她自己的母親曾告訴她要把目標放高，絕對不應該把自己廉價出售。（當然，正確的說法是低估，例如，不要低估自己。）但瑪賽拉不曾廉售或者低估自己。是她選擇了馬可斯．瑞金斯，而他要選擇這樣。

電話響了又響。

「接電話吧。」

「如果我接電話，」他說道：「我就接了這份工作。如果我接下這份工作，我就是入行了。沒有回頭路。」

瑪賽拉抓住他的肩膀，不讓他繼續搖晃。他踉蹌一下然後猛然打住，她握住他的絲領帶將他拉過來。馬可斯的眼中閃現某些東西，是生氣，是害怕，也有暴力，於是瑪賽拉知道他能做這份工作，而且會做得很好。馬可斯並不懦弱，並不柔弱。他只是頑固。這也正是為什麼他需要她。因為他看到陷阱，她卻見到機會。

「你想要做怎樣的人？」瑪賽拉問道。他們初識的那天晚上他就問過她同樣的問題，一個馬可斯自己從未回答過的問題。

此刻他看著她，眼神幽暗。「我想要更多。」

「那就去做。那個，」她說著把他的頭轉過去看電話。「那只是一扇門。一個入口。」她的指甲刮到他的臉頰。「你想要更上一層樓，馬可斯？去證明吧。拿起電話，走進那扇該死的門。」

鈴聲停了，在寂靜之中，她可以聽見自己的脈搏加速，以及他不穩定的呼吸聲。這一刻氣氛緊繃，然後就垮了下來。他們撞在一起，馬可斯吻著她，吻得又猛又深，他的一隻手已經滑到她的兩腿之間，另一隻手則把她的指甲從他臉頰上拉開。他把她身體轉過去，使她俯趴到床上。

他已經硬了。

她已經濕了。

瑪賽拉按捺住一陣代表愉悅、勝利的吸氣，他壓在她身上——進入她體內——她的手指把床單抓緊成結，目光移向床上在她旁邊的手機。

等電話又響起來的時候，馬可斯接了。

4

四星期前
高地山莊

瑪賽拉渴望沖個熱水澡，可是她敏感的皮膚一碰到熱水就是一陣灼痛，所以她只好改用水盆接溫水再用濕布沾。

她的頭髮邊緣部分已經燒焦，無法修復，所以她找到一把最利的剪刀開始自己剪。剪完之後，本來的波浪狀烏髮變得只到肩膀上方。額頭上則用一團厚厚的卷髮遮住左邊太陽穴上方的新傷疤，也襯托出她的臉。

她的臉，竟然奇蹟似地逃過扭打與火劫。她沿著睫毛刷一道睫毛膏，嘴唇再抹上一層紅色。每個動作都帶來疼痛──脆弱的皮膚每次伸展或彎曲都在提醒她老公的名字──但是在整個過程中，瑪賽拉的心裡感覺……很平靜，滑順。像緞帶，而非打結的繩子。

她回到衣帽間，手指輕撫所有服裝組合。一小部分報復心理希望她挑選暴露一點的，展示出她的傷痕，但她很清楚應該怎麼樣。弱點這種東西最好藏起來。最後，她挑了一條高雅寬鬆的黑長褲配上絲襯衫裹住窈窕身材，再加上一雙高跟鞋，鍍金鞋跟細得像彈簧刀。

她正在扣上第二只鞋扣時，電視新聞播報員的聲音自另外一個房間傳來。

「上星期布萊通高級社區住宅失火案最新發展……」

她走到外間，及時看見自己的臉出現在螢光幕上。

「導致瑪賽拉．蕾內．瑞金斯死亡……」

那麼，她想對了。警方顯然想讓馬可斯相信她已死，而這大概也是她沒死的唯一原因。

瑪賽拉拿起遙控器調大音量，攝影機拍到他們的房子，外觀燒成一片焦黑。

「官方還未確定起火原因，但據信是一起意外。」

瑪賽拉握緊遙控器，只見鏡頭拍到馬可斯雙手插入髮際，一副悲痛模樣。

「死者丈夫馬可斯．瑞金斯對警方承認當晚稍早他們曾有口角，還說他的妻子容易暴怒，但他堅決否認這暗示她可能自己放火，說她從來不會有暴力或者破壞性——」

她手上的遙控器裂開，塑膠殼扭曲熔化，電池也液化了。

瑪賽拉任由指間那一團東西掉落，然後出去找她的丈夫。

5

三年前
梅瑞特市區

瑪賽拉一直很喜歡這棟「國家大樓」。它位於市中心，一棟三十層樓高的玻璃與不鏽鋼構成的傑作。她垂涎於它，就像一個人垂涎鑽石一般，而東尼・赫奇擁有這整棟建築，從大理石大廳一直到他開趴的屋頂花園。

他們挽著手走進前門，馬可斯穿著一套合身黑西裝，瑪賽拉則穿著一件金色禮服。她瞥見大廳裡有一個便衣警察在閒晃，於是她對他戲弄似地眨眨眼。梅瑞特市有半數的警力都是赫奇的囊中之物，另一半則根本無法靠近，更談不上有任何行動。

電梯內部擦拭得光潔發亮，開始上升時，瑪賽拉靠著馬可斯，一面打量他們映出來的影像。她愛看他們站在一起的樣子。她愛他的堅毅下頷與有力的雙手，愛他灰藍色的眼睛以及他低吟她名字的方式。他們是犯罪夥伴。天作之合。

「哈囉，帥哥，」她望著他的眼睛說道。

他笑了。「哈囉，美女。」

是的，她愛她的老公。

可能超過應有的程度。

電梯門開了，外面的屋頂燈火通明，充滿音樂與笑聲。赫奇向來知道怎樣開趴。薄紗天篷，堆滿軟墊的沙發，鑲金玻璃矮桌，服務生端著香檳酒杯與開胃小菜穿梭於人群間，但最吸引瑪賽拉目光的是後方的城市。這幅景觀真是美極，國家大樓的高度足以讓他們彷彿俯瞰整個梅瑞特市。

馬可斯帶著她穿過鬧哄哄的人群。

他們走動的時候，她感到每個男人的眼睛，以及半數女人的眼睛，都朝她身上望過來。瑪賽拉的禮服——用一千個淡金色鱗片做成——隨著每一步擁抱著她的每一部分曲線。她的鞋跟與指甲也是同樣的淡金色，還有同樣搭配的網線穿織於她的黑髮之間，一團髮髻也用白金色小珠子串織起來。唯一的彩色地方是她的眼睛，活潑亮麗的藍色襯上黑睫毛，嘴唇則是塗成深紅色。

馬可斯教她要盛裝打扮。

「如果不展示出來，」他說道：「那美麗的東西有什麼意義？」

此刻，他領著她走到屋頂正中央，地板上嵌著一顆大理石星星，主人站在那裡親自接待來賓。

安東尼．赫奇。

他並非不具吸引力——身形精壯，暖褐色頭髮，配上經常曬太陽的膚色——但他有某一點讓瑪賽拉冒起雞皮疙瘩。

「東尼，你見過我的妻子，瑪賽拉。」

赫奇的注意力落到她身上時，感覺就像濕濕的手摸上她赤裸的肌膚。

「老天，馬可，」他說道：「她有沒有配上警告標示？」

「沒有，」馬可斯諷道。

但赫奇只是微笑著。「不過，說真的，我怎麼會忘記這麼一個美女呢？」

他走近一點。「馬可在這裡對妳還好嗎？如果妳需要什麼，讓我知道就好。」

「為什麼？」瑪賽拉輕佻笑著問道：「你在找老婆嗎？」

赫奇咯咯笑著，雙臂一攤。「很不幸，我比較喜歡捕捉女孩子，不收藏她們。」

「那只表示，」瑪賽拉說道：「你還沒找對人。」

赫奇大笑，轉頭對馬可斯說：「你可是找到寶了。」

馬可斯伸臂攬住她，親一下她的額邊。「我豈不知？」

但他的身體已經轉走，瑪賽拉很快就發現自己被推到一群談生意的男人圈外。

「我們希望擴展南邊的據點。」

「牽涉到領域的行動總是很危險的。」

「卡普瑞賽太貪了。」

「你可以比較巧妙地把他擠出去，」瑪賽拉建議道：「挑幾個他周圍的區塊。那不是直攻——沒有報復的理由——但是清楚表態。」

談話突然斷了。一群男人安靜下來。

在一陣尷尬的沉默後，馬可斯只是淡淡一笑。「我老婆可是讀商的。」其他男人了然地咯咯笑起來，瑪賽拉感到自己臉紅了。赫奇看著她，笑聲馬虎空洞。「瑪賽拉，我們一定讓妳覺得很無聊。我相信妳跟太太們在一起一定會比較快樂。」

瑪賽拉的答話已經到了唇邊，但馬可斯搶先插話進來。「去吧，瑪賽拉，」他說著親一下她的臉頰。「讓我們男人聊。」

她想抓住他的下頷，用指甲掐出血來。反之，她微微一笑，擺出一副平靜的面具。外表就是一切。

「當然，」她說道：「你們男生好好聊。」

她轉身走開，從一個經過的服務生那裡拿起一杯香檳，緊緊握得手指發痛。她感覺到他們的目光看著她穿過這個屋頂花園。

如果不展示出來，那美麗的東西有什麼意義？

她當時沒有發覺，馬可斯把她當成一個東西。這句評論說得像一件絲袍，很漂亮又輕若無物，可是——

「瑪賽拉！」一個女人用如唱歌似的熟悉聲音喊道。她的高跟鞋足足有六英寸高，大概這就是她坐在那裡見客的原因，她穿著深紅色禮服，配色完美——葛瑞絲是金髮，膚色很白，這件衣服看起來就像皮膚上染的血。

「妳被趕出來了？」泰瑞莎問道，她也是坐著，在喝一大杯酒。

「喔，不是，」瑪賽拉說道：「他們無聊得讓我想哭。」

「談太多工作的事了，」貝塔妮說道，她揮動手腕的時候手鐲匡噹響。這個是姿色比大腦出色，瑪賽拉想著，而這也不是她第一次這麼想。

「也許他們自以為是國王，」葛瑞絲說道：「但我們是寶座後面的力量。」

一陣笑聲在附近響起。

還有一群女人，穿著高跟鞋與較短禮服圍聚在屋頂花園的另一個角落。女朋友，小三與小四，側室。新秀模特兒，葛瑞絲會這麼說她們。

「馬可斯怎麼樣了？」貝塔妮問道：「我希望妳有用繩子牽著他。」

「噢，」她啜著香檳說道：「他絕對不會出軌。」

「妳憑什麼這麼確定？」泰瑞莎問道。

瑪賽拉隔著屋頂花園與馬可斯目光相接。

「因為，」她舉杯說道：「他知道我會先殺了他。」

「你今天晚上過得好嗎？」開車離開派對時瑪賽拉問道。

馬可斯精力十足。「我脫身了，沒碰到鉤子。也沒有籠子。」

他咯咯笑著自己那個關於籠子和赫奇同音的雙關笑話。瑪賽拉沒笑。

「他對我有好感，我看得出來。他說明天早上會打電話給我。有新的事情。大的事情。」他把她拉近。「妳是對的。」

「我向來都對，」她看著窗外，心不在焉地說道：「我們今天晚上待在城裡吧。」

「好主意，」馬可斯說道。他敲敲隔間玻璃，把山莊的地址告訴司機，叫他開快一點。然後他往後坐，身子貼著她。「他們的眼睛都離不開妳。我不怪他們。我也一樣。」

「這裡不行，」她說道，聲音勉強擠出一點笑意。「你會弄壞我的衣服。」

「去妳的衣服，」他在她的耳邊噓聲說道：「我要妳。」

但瑪賽拉把他推開。

「怎麼了？」他問道。

瑪賽拉的視線轉到他身上。「『我老婆可是讀商的』？」

他無奈地翻一下白眼。「瑪賽拉。」

「讓男人聊？」

「噢，算了吧。」

「你讓我出醜。」

他發出非常近似笑聲的聲音。「妳不覺得自己反應過度了嗎？」

瑪賽拉氣得咬牙。「算你運氣好我沒在當時反應。」

馬可斯不悅了。「妳這樣不太好，瑪賽拉。」

車子在山莊前面停下，瑪賽拉忍住怒衝出去的衝動。她打開門站起身，理順衣服上的金色鱗片，等著馬可斯從車子另一邊繞過來。

「晚安，」門房說道：「晚上可好？」

「完美無瑕，」瑪賽拉說道，一面快步走進電梯，馬可斯跟在後面。他等到電梯門關上之後嘆一口氣，搖了搖頭。

「妳知道那些傢伙是怎樣的，」他咕噥道：「保守派。古老世家。價值觀守舊。是妳要這樣的。妳要我這麼做的。」

「跟我一起，」她回頂道：「我希望我們這麼做，一起做。」他想插話，但她不讓他講。「我不是什麼他媽的外套，馬可斯，你不能把我留在門口。」

電梯停了，她走到外面的甬道上，鞋跟在大理石地板上喀喀響。她走到房門口，馬可斯抓住她的手，把她背靠在牆上按著。換成平常的晚上，這種力量的迅速表現會讓她興奮，讓她挺身迎向他。但現在她沒有心情。

讓男人聊。

「瑪賽拉。」

那笑聲。那高高在上的笑容。

「瑪賽拉，」馬可斯說道。他把她的臉拉近，兩人目光相接。這時候她看見了——或者她只是想要看見——在那裡，在那無趣的暗藍色的眼底。她瞥見她所認識的馬可斯，年輕又飢渴，而且徹底愛著她。想要她，需要她的馬可斯。

他張口說話時，嘴唇離她的只有吐氣之隔。「我去哪裡，妳就去哪裡，」他說道：「我們一起參與這個。一步一步來。」

瑪賽拉想要相信他，需要相信他，因為她不願意放手，不要失去他，失去她所建立的一切。

他們似乎從來不明白。

我們是寶座後面的力量。

瑪賽拉往前靠過去，給他一個很慢、很長、很深的吻。

「證明給我看，」她說道，一面領他進屋去。

6

四星期前

梅瑞特郊區

馬可斯．安多佛．瑞金斯向來是一個有固定程序的人。早上喝一杯義式濃縮咖啡，睡前喝波本威士忌。每星期一早餐之後按摩一次，每星期三午餐時間會游幾圈泳，每星期五晚上，無論晴雨，他會玩撲克牌從黃昏玩到天亮。東尼．赫奇的四、五名手下每星期都在山姆．麥基爾那裡聚會，因為山姆是單身——或者至少是未婚。他有一種輪替規矩，每星期換一個新女孩，她們從來不固定。

山姆那裡很不錯——他們的地方都很不錯——但是他有一個壞習慣，不給短期女伴鑰匙，後門不上鎖。瑪賽拉警告過他十幾次——說有人可能長驅直入。但山姆只是笑笑，說沒有尋常漢子敢長驅直入東尼．赫奇手下的家。

也許是這樣沒錯，但瑪賽拉．瑞金斯並不尋常，也不是漢子。

她逕自走了進去。

後門直通廚房，瑪賽拉發現有一個女孩彎著腰在那裡，屁股朝外，頭伸進冰箱找冰塊。她搖搖晃地穿著過高的鞋，手鐲碰到冰箱時匡噹響，但瑪賽拉第一個注意到的是那女孩的衣服。深藍色絲料，配上波紋短裙——瑪賽拉在山莊自己的衣櫥裡有一件同樣的放了一年多。

女孩直起身，嘴唇形成一個完美的粉紅色圓圈。

貝塔妮。

貝塔妮，腦袋空空的大胸脯。

貝塔妮，每次見面都會問到馬可斯。

貝塔妮，看起來像一個冒牌的瑪賽拉，戴著那副鑽石耳環，穿著偷來的衣服，而當然那不是偷來的，因為城裡那個公寓本來就是給她用的。

貝塔妮睜大眼睛。「瑪賽拉？」

「你是否一直都知道，」她有一次問馬可斯，他正在解開一件染血的襯衫釦子。「自己有取人性命的本事？」

「直到我手上拿著槍才知道，」他說道：「我以為會很難，但在那時候，那是最容易的事。」

他說得對。

不過到頭來，毀掉東西與毀掉人之間有一個關鍵性的差別。

人會尖叫。

或者至少會試圖尖叫。如果不是瑪賽拉已經一把掐住了她的喉嚨，在她只能發出一聲短促又徒勞的喘息前，先侵蝕了她的聲帶，貝塔妮肯定會叫出聲來。

即便如此，如果不是隔壁的男人們笑聲那麼大，他們可能還是會聽到的。沒有花多久時間。

前一秒貝塔妮的嘴巴還是驚訝地張成一個完美的O形，下一秒她豐潤的皮膚就皺縮起來，面孔扭曲成齜牙咧嘴，再迅速裂開，露出下面的頭骨，然後頭骨也變成灰，跟著貝塔妮化成灰的其他部分一起落到廚房地板上。

好快就結束了——瑪賽拉根本沒有時間品味自己的成就，沒有時間去思考這種狀況下自己應該感覺到的所有事情，甚或奇怪為什麼竟然沒有感覺。

就是這麼容易。

彷彿所有東西都想要崩解。

這大概是某種定律。

合者必分。

瑪賽拉拿起一塊抹布，擦掉手指上的灰，又是一陣狂笑響遍屋內。然後一個熟悉的聲音喊著。

「娃娃，飲料呢？」

瑪賽拉循聲走過連接廚房與男人玩牌的那個房間的短短甬道。

「我他媽的飲料在哪裡？」馬可斯吼道，椅子往後推開。她走進去時，他剛站起身。

「哈囉，各位。」

馬可斯不必假裝驚訝，因為他預期她已經死了。他臉上血色盡失——那句話怎麼說的啦，噢，對了，像見到鬼一樣。另外四個男人則是隔著雪茄煙霧瞇著醉眼看她。

「瑪賽拉？」她老公說道，聲音充滿震驚。

噢，她多渴望殺死他，但是她要用赤手空拳，而兩人之間隔著桌子，而且馬可斯穩穩站在那裡，看著她的神情疑惑又夾著擔憂，於是瑪賽拉知道自己必須怎麼做。她開始哭。這很容易——她只要想著自己的一生，辛苦掙來的一切都付之一炬。

「我好擔心，」她哽咽地說道：「我在醫院醒來，你不在那裡。警察說有火災，我以為——我恐怕——他們不肯告訴我說你在火災中受傷了。他們什麼都不告訴我。」

他的神色一變，突然不太肯定了。他朝她走近一步。「我以為妳死了。」刻意做出來的結巴，故作激動。「警察不讓我看妳的……我以為可能是妳……妳記得什麼，寶貝？」

瞳稱如故。

瑪賽拉搖搖頭。「我記得我做了晚餐，之後就是一片模糊。」

她瞥見他眼中閃過一絲希望——也是驚異，他竟然能夠脫身，兩全其美：殺死老婆以及再讓她回到身邊。

但是他並未走到她面前，而是跌坐到椅子上。「我回家的時候，」他說道：「救火車已經在那裡，整個房子都在火焰中。他們不讓我進去。」馬可斯往後癱靠，彷彿再一次遭受重創。承受悲痛。彷彿十分鐘前他不是在玩撲克牌，不是在等他的情婦——她從前的朋友——拿飲料給他。

瑪賽拉走到老公身邊，繞到他的椅子後面，張臂環抱著他的肩膀。「我真的好高興……」

他執起她的手，嘴唇貼在她的手腕上。「我沒事，娃娃。」

她把臉貼在他的頸間。感到馬可斯心裡真的放鬆了，肌肉也開始鬆弛，悟到並沒有危險。

「各位，」馬可斯說道：「牌局結束了。」

其他人支支吾吾地準備站起身。

「不必，」她用最甜美的聲音低聲說道：「留下吧。這不會太久。」

馬可斯頭往後仰，皺起眉頭。

瑪賽拉笑了。「你從來不執著於過去，馬可斯。我就愛你這一點，事情總是過去就算了。」

她拿起桌上一個空酒杯。

「敬我的丈夫，」她說道，緊接著一股破壞力直衝她指間像一朵紅光綻放。杯子熔化，沙粒如雨落到牌桌的絨布桌面上。全桌一陣驚駭，馬可斯往前抽身彷彿想站起來，但瑪賽拉無意放手。

「我們有過一段好時光，」她湊到他的耳邊低聲說道，憤怒、傷痛與恨意如熱火升起。

她把它全部釋放出來。

她老公曾告訴她一百個男人的死法。沒有一個閉緊嘴巴，撐到最後。到頭來，他們都會苦苦哀求，嗚咽尖叫。

馬可斯也不例外。

沒有花太久——不是瑪賽拉突然大發慈悲，她只是沒有控制力能收手。她真的很想慢慢品味，希望有機會記住他的驚懼面孔，但是可惜呀——那是第一個消失的東西。

她只好改求其次，欣賞其他人臉上的驚恐之色。

當然，那也沒有持續太久。

其中兩人——山姆，當然啦，還有一個她不認識的——慌亂地爬起身。

瑪賽拉嘆一口氣，她老公的殘骸掉落，她把它揮到一邊，伸手抓住山姆的衣袖。

「那麼快就要走嗎？」她問道，破壞力湧向指間。他踉蹌著倒下，落地時身體已經破碎。另一人從外套的祕密口袋裡抽出一把刀，可是他朝瑪賽拉衝過來時，她用一隻發光的手握住刀鋒，刀子就破爛碎裂，破壞力瞬間從金屬刀刃延伸至刀柄再到那個人的手臂。他尖叫著抽開手，但腐蝕已經像野火蔓延開來，就在他拚命想逃的時候他的身體已經裂解散落。

剩下兩人呆坐在牌桌前，雙手舉起，面容僵住。瑪賽拉這輩子中，男人看她都是帶著淫慾渴望，但此刻不同。

這次是懼怕。

感覺棒極了。

她在丈夫的位子上坐下，就坐在仍有餘溫的灰燼中。她用手帕把牌桌上的灰清出一塊空間。

「怎麼了？」過了許久之後瑪賽拉說道：「發牌吧。」

7

四星期前
梅瑞特東區

從小到大，杜明尼・魯許從來就不是早起的鳥。

但軍隊使他變成一個「聽到聲音你就他媽的滾下床」的人，再說，自從出意外之後，他要睡覺也不容易，所以淩晨四點半的鬧鐘響三下，老杜就起床，淋浴，擦去浴室鏡子上的霧氣，然後看著鏡中的自己。

五年的時間把他變好不少。總是忍痛的苦臉沒了，不再是試圖自療失敗而一臉憔悴模樣。現在看到的是一個士兵，寬闊的肩膀上裹著精瘦的肌肉，曬黑的臂膀強壯有力，背脊挺直，頭髮兩側剪短，頂上滑溜溜地往後梳。

他的生活也恢復了秩序。

他的勳章裱裝起來掛在牆上，不再是隨便亂套在空酒瓶上。旁邊掛著X光照片，顯示每個金屬板條、釘子與螺絲，他們把杜明尼拼湊回來的每種方法，襯著肌肉與皮膚而白得發亮。

整個地方很乾淨。

老杜也很乾淨。

從那晚他們把維克多挖出來之後他就沒有再碰過酒瓶或藥瓶——他希望自己能說是自從他們認識的那晚，因為那時候維克多消除了他的疼痛，但是那個混帳傢伙隨後就離開然後就死了，丟下老杜在一個傷痛世界裡孤立無援。那兩天晚上陰暗無比，他不願意回想，但杜明尼的自制力並未就此動搖。

即使在維克多突然短路，疼痛又回來的時候。老杜握拳忍受，試著把疼痛發作當成一種提醒，把緩刑當成禮物。

畢竟，情形可能更糟。

從前就曾經更糟。

老杜吞下一杯過燙的咖啡與一盤沒熟的雞蛋，抓起門邊的安全帽，走到外面黎明前的灰色街上。

他的坐騎在老地方等著——一輛簡樸的黑色摩托車，沒什麼花俏，不過是他從小就想要卻買不起的那種東西。老杜擦乾坐墊上的露水再跨上去，打檔發動，享受片刻引擎的低吼聲才上路。

他騎過空蕩的街道，周遭的梅瑞特市區才開始醒過來。這麼早，大部分街燈仍照亮著他，老杜十分鐘就騎出城。兩邊的梅瑞特市區讓位給空蕩的野地。太陽照著他的背部，引擎在身子底下尖叫，風吹襲著他的安全帽，有五分鐘的時間他感覺完全自由。

他來到岔路就放慢速度，緩緩駛上一條沒有標識的路。又騎了五分鐘，老杜經過一道敞開的大門，眼前出現一棟建築，他放慢騎速。

從外面看，那裡什麼都不像。一所醫院，也許吧。或者是加工廠。一片白磚堆在一起，說不出什麼形狀。是那種你經過都不會看第二眼的地方，除非你知道那裡有什麼。

如果你知道是什麼地方，那裡就變成某種非常不吉祥的東西。

杜明尼把車停好，下了車，爬上前面台階。門開後是一條純白色廊道，經過消毒至完全潔淨。兩邊各站一名警察，一人操縱X光機，另一人負責掃描。

「我有金屬零件，」老杜提醒他們，同時沿身側比著手勢。

那個傢伙點頭敲著螢光幕，杜明尼將手機、鑰匙、夾克與安全帽放到托盤上。他走入機器等候一道白光上下掃描，然後在另一邊取回所有物。他的每一項動作都像是習慣成自然，做得輕而易舉。讓人驚奇的是有的事情會因此變得很正常，把動作壓入記憶中。

置物櫃在右邊第一扇門內。老杜把夾克與安全帽放到架子上，換上一件高領長袖的黑色制服襯衫。他洗一把臉，順一下頭髮，拍拍前面口袋以確定自己帶了門禁卡。

順著廊道走過去，爬上兩層樓，他刷卡進入控制室，向資深警員出示門禁卡的正面，上面是他的全像攝影大頭照，正上方寫著「特觀組」。

「杜明尼．魯許，」他自在地微笑著。「我來報到。」

8

四星期前
梅瑞特郊區

史泰爾從犯罪現場的黃色布條下面鑽過去。

他沒有出示警徽——沒必要。現場每個人都為特觀組工作。為他工作。

何茲探員站在後門邊。「長官，」他熱切地說道，以這麼早的時間而言他的語氣太嘹亮了。

「是誰打的電話？」史泰爾問道。

「一個好心人報警，警察再打電話給我們。」

「那麼明顯？」

「的確，」何茲開著門說道。

里歐斯探員已經在廚房內。她個子高，膚色曬得黝黑，目光敏銳，擔任史泰爾的副手將近四年。她靠著料理台，雙臂抱胸，看著技術人員拍攝瓷磚地板上的一堆……東西。那一團東西中間有一顆大鑽石閃閃發光。

「跟醫院那裡的描述一樣？」史泰爾問道。

「看起來很像，」里歐斯說道：「瑪賽拉．瑞金斯。三十二歲。她丈夫試圖在她仍在屋裡時放火燒房子，然後昏迷了十三天。她瘋了也很合理。」

「瘋是可以理解的，」史泰爾說道：「殺人則是一個問題。」他環視周遭。「死了多少人？」

里歐斯站直身子。「四個，我們想是吧。有一點難說。」她指著廚房地板。「一個，」她數道，然後轉身領他沿甬道走進一個房間，裡面有一張撲克牌桌，場面相當恐怖。「兩個，」她說道，朝著地板上一個殘缺屍體點點頭。「三個，」她指著一個隱約看出人形的乾縮形體。「然後四個，」她說道，手揮向披覆在一張椅背上以及散落到絨布桌面的一堆灰燼。「地獄無法與此怒相比……」

史泰爾數數椅子。「有活人？」

「如果有，他們也不會報警。這房子是山姆．麥基爾的，」里歐斯說道：「假設他在這的……某處，應該是不會有錯的說法。」

何茲在門口吹一聲口哨。「你從前有沒有見過這種事情？」

史泰爾思考著。十五年前他第一次接觸特異人之後，他是見過很多。韋勒，能夠控制疼痛；卡戴爾，能夠再生；克拉克，她能夠控制——而那些只是剛開始，是冰山一角。從那之後他也見過一些特異人能夠扭曲時間，穿透牆壁，著火發光，把自己變成石像。

但這個，史泰爾必須承認，又是新東西。

他用手撫弄著絨布上的那團東西。「這是什麼？灰嗎？」

「就我們所知，」里歐斯說道：「這是馬可斯．瑞金斯。他所剩下的部分。或者，也許是這一堆。也可能是這一堆。」

「好吧，」史泰爾拍掉手上的灰。「彙編紀錄。我要一切的紀錄。包括醫院的，這裡的每樣東西。拍照，詳述每個屍體，每個房間，每個細節，即使你認為不重要也一樣，都要納入檔案。」

何茲像小學生一樣舉起手。實在不可能讓人忘記他是新手。「檔案要給誰看？」

「我們的分析師，」史泰爾說道。但他知道探員與技術人員喜歡講話。「你也許聽過有人說他是『獵犬』。」

「嗯，」何茲環視周遭說道：「把你的獵犬帶到這裡來，而不是把整個地方送到它那裡，那不是比較容易？」

「也許，」史泰爾說道：「可是他的狗鍊子到不了這麼遠。」

✦

特觀組牢房區的所有電燈同時亮起來。

艾里睜開眼睛，看著上方的鏡面天花板，看到了——他自己。

一如往常。光潔的皮膚，褐色頭髮，堅毅的下頷，在洛克蘭男孩時期的他的翻版。醫學預科生，班上的頂尖人物，前途一片光明。彷彿冰水浴不僅使他心跳停止，也讓時光凍結。

十五年了，雖然他的容貌與身體始終未變，艾里在其他方面仍有改變。他的心思變敏銳，變強硬。他擺脫了一些比較年輕的理想，關於……他自己，關於上帝的理想。但那些改變在鏡面玻璃上看不出來。

艾里從小床上站起來，伸伸腰，赤腳走在這間個人牢房裡，近五年來這就是他的世界範圍。他走到洗臉台前，往臉上潑一把冷水，然後再走到沿牆的一排矮架前，架上擺滿檔案夾，全部都是米黃色，很普通的，只有一個除外——最末端一個厚的黑色檔案夾，封面印著一個名字。他的名字。艾里從來沒有拿過那個夾子——沒有必要——他已經記住內容。反之，他的手指順著檔案夾背脊摸過去，最後停在一個比其他厚很多的一個夾子上，那上面沒有標識，只有一個簡單的黑字「*X*」。

這是他少數幾個開放案子之一。私人特別關注的項目。

「獵人」專案。

艾里坐在牢房中央的桌子前面，掀開檔案夾封面，翻閱著每頁，跳過比較舊的殺人案，看到最新的一個。

上面的特異人名字是傑克．林登，在梅瑞特市往西三百英里的一個機械工。他是特觀組演算系統的漏網之魚，但顯然沒有逃過「獵人」的法眼。一張犯罪現場的照片顯示這名特異人仰躺在地，置身於一堆工具之中。他是被近距離槍殺。艾里心不在焉地用手指摸著子彈射入的傷口。

附近響起一陣壓力密封的聲音，幾秒鐘後艾里牢房對面的牆壁變透明，由白色固態液化變成纖維玻璃。一個髮色灰白的粗壯男人站在另一端，拿著一個檔案夾，以及慣例的一杯咖啡。這十五年也許沒有影響到艾里，但每一年都在史泰爾身上留下痕跡。

那個人對著艾里手上的米黃色檔案夾點點頭。「有新的理論嗎？」

艾里讓檔案夾闔起來。「沒有，」他說著把它放到一邊，從椅子上站起身。「有什麼要我效勞之處，主任？」

「有一個新案子，」史泰爾說道，同時把檔案夾與咖啡杯放到玻璃纖維的小窗孔內。「我要知道你的想法。」

艾里走近隔牆，取過兩樣東西。

「瑪賽拉．瑞金斯，」他唸出來，一面回到坐位，慢慢啜一口飲料。

艾里不需要咖啡，就如他也不需要吃飯睡覺，但有些習慣是心理因素。熱騰騰的咖啡是靜態世界中的一小塊變化。一種讓步，一個道具，卻讓他能夠假裝，即使只有片刻，假裝自己仍是人類。

艾里放下咖啡，開始翻閱檔案。資料不夠多——從來就不夠——但這是他們願意給他看的全部。一堆紙與史泰爾的觀察力。於是他一頁一頁地翻過去，瀏覽著證據與後果，最後停下來看著一張人的殘骸照片，灰燼中有一顆鑽石閃閃發亮。他把檔案放到旁邊，與等待的史泰爾目光相接。

「好吧，」艾里說道：「可以開始了吧？」

9

五年前
不確定地點

艾里殺死維克多之後，一切都是一片模糊。

首先，是一團混亂。紅光與藍光，警笛聲，警察衝入「獵鷹展值」工地，而他駭然發現他們不是跟他同一邊。

接著手銬來了，緊緊掐住艾里的手腕，還有黑色頭套吞沒了維克多屍體與血淋淋的水泥地景象，模糊了講話聲與命令以及大力關門聲，抹消了每樣東西，只剩艾里自己的呼吸、怦怦的心跳與急切的言詞。

燒掉屍體。燒掉屍體。燒掉屍體。

再來就是牢房——比較像一個水泥箱子而不是房間——艾里一再用拳頭打門，直打到指頭斷了，癒合，又斷了，再癒合，只有鋼門上留下的血跡為證。

然後，最後，就是實驗室。

有人用手將艾里往下壓，冰冷的不鏽鋼貼著他的背部，束得好緊的皮帶深陷他的皮膚，蒼白的無菌牆壁，亮得刺眼的燈光，以及消毒劑的化學氣味。

在這所有事物的中央，有一個白衣男人，他的臉在艾里上方游移。黑眼鏡後面一對黑眼睛，雙手戴著塑膠手套。

「我的名字，」那個人說道：「是哈維提博士。」

他說著話，一面挑了一把解剖刀。

「歡迎光臨我的實驗室。」

他俯身湊近。

「我們要了解彼此。」

然後他開始割。解剖——如果對象是死人就用這個詞。活體解剖——如果還活著就用這個詞。但是如果他們不會死呢？

那要用什麼詞？

在那個房間裡艾里的信心動搖了。

他在那個房間裡發現了地獄。

而唯一顯示上帝存在的跡象是，不管哈維提怎麼做，艾里都繼續活下去。

不管他想不想要活。

✦

時間在哈維提的實驗室裡被拆散了。

艾里以為自己知道疼痛是什麼，但疼痛對他已是一閃而過的事情，瞬間的不舒服而已。在哈維提博士的手中，它變成了一種實在的狀態。

「你的再生能力真是了不起，」博士說道，一面用戴著染血手套的手再拿起解剖刀。「我們要不要來找找看它的限度？」

你沒有受到上天賜福，維克多曾這麼說。你是一個科學實驗。

這些話現在回到艾里的腦海中。

維克多也回來了。

艾里在實驗室裡看見他，看見他在哈維提背後繞著桌子轉，時而走出艾里的視線之外研究著博士切開傷口。

「也許你是在地獄。」

你不相信地獄，艾里想著。

維克多的嘴角抽動一下。「可是你相信。」

每天晚上，艾里癱在小床上，釘在不鏽鋼桌上好幾個小時，使他全身難過得發抖。

每天早上，一切又會再從頭來過。

艾里的異能有一個缺陷——維克多首先發現了十年之後，哈維提也發現了。艾里的身體，儘管具有再生能力，卻無法拒絕異物，如果它們夠小的話，癒合的時候就會把它們包覆起來。如果夠大的話——像是一把刀，鋸子，鉗子，他的身體就根本不會癒合。

哈維提博士第一次切除艾里的心臟時，以為他可能終於會死了。博士把它舉起來給他看然後才割下來，隨後有不到一秒鐘的時間艾里的脈搏變弱，旁邊的儀器開始尖叫。但是等哈維提把心臟放到無菌托盤上時，艾里剖開的胸腔裡已經有一顆新的心臟在跳動。

博士只是輕吐一個詞。

「驚人。」

✦

艾里認為，最糟的一點是，哈維提博士喜歡講話。

他總是漫不經心地講個不停，一面又鋸又劃，又鑽洞又折斷。他對艾里的傷疤尤其感興趣，就是艾里背上交織的一條條可怕疤痕，只有那些傷疤是永遠不會消退的。

「告訴我它們的事，」他說著，一面把一根針插入艾里的脊椎。

「一共有三十二條，」他說著，一面在艾里的骨頭上鑽孔。

「我數過了，」他說著，一面把艾里的胸腔拉開。

「你可以跟我說，艾里。我很樂意聽。」

但是艾里不能說，即使想說也不行。

他好不容易才忍著不尖叫出來。

10

二十五年前

第一個家

從前，艾里背上的傷疤還新的時候，他告訴自己說那是要長翅膀。

畢竟，他的母親認為艾里是天使，即使父親說他內心有魔鬼。艾里從未做過什麼事讓這位牧師有那種想法，但他聲稱能在這個男孩的眼睛裡看見暗影。每次他瞥見暗影，就會抓住艾里的手臂，把他帶去他們隔板屋旁邊的專有禮拜堂裡。

艾里本來很喜愛那間小禮拜堂——那裡有最漂亮的花窗，全是紅、藍、綠的彩色玻璃，面對著東方好迎接晨光。地板是石材——即使在夏天，艾里光腳踩上去也覺得冷——房間中央還有一個鐵十字架，直直插入地基。艾里記得自己認為那樣似乎很暴力，把十字架穿破地板，彷彿是從很可怕的高處丟下來的。

他父親第一次看見暗影時，一隻手按著艾里的肩膀，另一隻手上握著一卷皮鞭。艾里的母親看著他們走開，手上用力扭著一條毛巾。

「約翰，」她說著，只說了一次，但艾里的父親沒有回頭看，腳步也沒有停下，直穿過窄草坪，禮拜堂的門在他們背後關上。

卡戴爾牧師叫艾里到十字架前面握住橫槓部分，一開始艾里拒絕了，嗚咽著懇求，想為自己不知做了什麼的事道歉。但是沒有用。他的父親把艾里的雙手綁住，然後因為他反抗而打得更厲害。

當時艾里九歲。

那天晚上稍後，他母親為他處理背上的可怕傷口，告訴他一定要堅強，說是上帝在考驗他，艾里的父親也一樣。她把涼布條敷在兒子的傷肩上時，艾里從她自己推高的袖口瞥見她雙臂後面的舊疤痕邊緣，而她不斷跟他說沒事了，以後就會好起來。

有很短的一段時間，情況是比較好一點。

艾里會盡量讓自己變好，讓父親看得起。躲避父親的怒目注視。

但平靜時期從來不持久。牧師遲早會再次瞥見自己兒子內心的惡魔，把艾里拉回禮拜堂去。有時候挨打間隔幾個月，有時候幾天。有時候艾里認為是自己應得的，甚至是需要打。他會走向前，手指握緊冰冷的金屬十字架，然後祈禱——不是向上帝，一開始不是，而是向父親祈禱。他祈求牧師能夠不再看見他看到的東西，而他仍給艾里背上的折翼加上新羽毛。

艾里學會了不要哭喊，但還是會淚眼模糊，彩繪玻璃上的顏色混成一片，直到後來他看到的只是亮光。他的視線堅守住那裡，正如他手指握緊鐵十字架。

艾里不知道自己破損得多麼嚴重，但是他希望能癒合。

他想要得救。

11

四年前

特觀組——實驗室樓區

史泰爾用指節敲著服務檯。

「我來找你們的一個實驗對象談話，」他說道：「艾里・卡戴爾。」

「抱歉，先生，他正在接受測試。」

史泰爾皺起眉頭。「又測試？」

這是他第三次來看艾里，也是第三次聽到藉口。

第一次，藉口還算可信。第二次，不方便。現在，這顯然是謊話。他至此還未曾利用職權施壓，但只是因為他不想找麻煩，不想有惡名。特觀組仍是一個新事業，他的事業——新得連周圍的建築都還未完工——但這也是他的責任，而史泰爾憑直覺知道有什麼事不對勁。那種不安的感覺抽搐一下，像潰瘍一樣。

「上次我也是聽到同樣的回答。」

那個女人——史泰爾不知道她是醫生、科學家還是祕書——癟起嘴。「這裡是研究實驗室，先生。測試是常有的——」

「那麼你們就不會介意中斷目前的測試。」

那個女人的眉頭變深。「像艾偉先生這樣的病人——」

「卡戴爾，」史泰爾糾正著。艾偉是一個自取的外號，既自誇又傲慢（或許還有一點預示性）。他真正的名字是艾略特——艾里——卡戴爾。

「像卡戴爾先生這樣的病人，」她更正道：「測試需要龐大的準備工作。如果提早結束一項檢驗，就是在浪費特觀組的資源。」

「而這樣，」史泰爾說道：「是在浪費我的時間。」他捏一下鼻梁。「我會旁觀到這個過程結束。」

她的臉蒙上一層陰影。「也許你還是在這裡等——」

聽到這話，史泰爾的不安感轉成強烈的擔憂。

「帶我去看他。立刻。」

12

二十三年前

第一個家

艾里坐在門廊台階上仰望天空。

這個晚上很美，頻閃燈的紅光與藍光照著房子、草地與禮拜堂。救護車與驗屍官的車停在草地上，一輛已沒有必要，另外一輛在等著。

他把一本破舊的聖經按在胸前，警察與醫護人員像環繞軌道一般在他周圍行動，但從來不曾觸碰他。

「這個小孩受到驚嚇，」一名警察說道。

艾里認為那不是事實。他並未覺得驚嚇。什麼感覺都沒有，只是很平靜。說不定那就是震驚。他一直在等這情形消退，等他腦子裡持續的嗡嗡聲讓位給恐懼，給悲哀。

但是沒有。

「你能怪他嗎？一個月前失去母親，現在又這樣。」

失去。那是一個奇怪的字眼。失去意味著有什麼東西掉了，可能再找回來的東西。他沒有失去母親。畢竟，是他找到她的。躺在澡盆裡。漂浮著，白衣服被水染成粉紅色，手心向上似乎在祈禱，前臂從手肘到手腕切開。沒有，他沒有失去她。

是她離開了他。

剩下艾里一個人，與約翰・卡戴爾牧師同困在一個房子裡。

一名女性醫護人員伸手搭在艾里的肩膀上，他驚縮一下，半是因為這接觸使他驚訝，半是因為襯衫底下最近的鞭傷仍然很新。她說了一些話，他沒在聽。一會兒之後，他們用推車把屍體運了出來。醫護人員試圖擋住艾里的視線，但也沒什麼可看的，只有一個黑色的運屍袋。死變得很乾淨。俐落。無菌。

艾里閉上眼睛，回想他父親躺在樓梯底下的殘破樣子。牧師的頭旁一小灘紅色，像一圈光環，只不過在幽暗的地下室那灘血看起來是黑色。他的眼睛是濕的，嘴巴張開又合起來。

他的父親到那下面做什麼？

艾里永遠都不會知道。他睜開眼睛，心不在焉地用拇指摸著書頁。

「你幾歲？」醫護人員問道。

艾里嚥一下喉頭。「十二歲。」

「你知道你關係最近的親人是誰嗎？」

他搖搖頭。有一個阿姨在某處。一個表親，也許吧。但艾里從來沒見過他們。他的世界就在這裡。他父親的禮拜堂。他們的會眾。有一個電話網，他想著，一個聯絡網，用來傳布消息，通知慶祝活動、出生——或者死亡。

那個女人離開他身邊，去跟兩個警察說話。她的聲音很低，但艾里聽見了一些字：「這孩子什麼都沒有。」

但是話說回來，她錯了。

艾里沒有了母親，沒有父親，沒有家，但他仍有信仰。

不是因為背上的傷疤，也不是因為卡戴爾牧師任何較不像體罰的傳教影響。不是的，艾里有信仰是因為他把父親推下地下室樓梯時的感覺。牧師的頭碰到樓梯底下地下室地面時他的感覺。父親終於不再動彈時的感覺。

在那一刻，艾里感覺到平和。像這世界有一小片導正了。

有個東西——有個人——導引著艾里的手。給他勇氣將手掌貼在父親的背上一推。

牧師掉下去的速度好快，像球一樣從年代久遠的木頭梯子上彈落，然後掉到最底下摔成一團。

艾里緩緩跟在後面，每一步都小心翼翼地，一面從口袋裡掏出電話。但是他沒有撥號，沒有按接通。

反之，艾里在最底一級坐下，遠遠避開血跡，手上拿著電話，等著。

一直等到他父親的胸部靜止下來，等到那灘血不再擴散，牧師的眼睛變成空虛無神。

那時候，艾里想起父親的一次布道內容。

不相信有靈魂的人從未見過靈魂離開。

他說得對，艾里想著，這才終於撥了九一一報警。

其實真的有所不同。

「別擔心，」醫護人員回到前門廊說道：「我們會給你找一個地方去。」她跪在他面前，這姿態明顯是要讓他覺得他們是平等的。「我知道那很嚇人，」她說著，儘管並非如此。「可是我要告訴你一件在我難過的時候會幫助我的事——每個結束都是一個新的起點。」她站直身子。「來，我們走吧。」

艾里站起身，跟著她走下門廊的台階。

他仍在等那種平靜感消退，但是沒有。他們帶他離開那房子的時候仍然沒有消退。

他們讓他坐在一輛沒有使用的救護車尾門邊的時候，還是沒有退。他們開車帶他走的時候也沒有。艾里回頭望一眼房子，還有禮拜堂，只望了一次，然後他就轉回頭，面向前方。

每個結束都是一個新的起點。

13

四年前
特觀組實驗室樓區

史泰爾進入觀察室，及時看見一個身穿實驗室白袍的男人切開卡戴爾的胸膛。病人用束帶綁在不鏽鋼桌台上，那名外科醫生用的是某種鋸子，以及一套夾鉗與金屬針，艾里不只還活著——他是醒著的。

一個罩子遮住那個特異人的口鼻，上面有一根管子連著他頭後放的一個機器，但不管那是在灌餵什麼東西給艾里，似乎都沒有幫助。疼痛在他的每一部分肌肉上都顯示出來，他的整個身體在束帶底下緊繃著，手腕與腳踝的一圈皮膚被緊壓得發白。一根束帶把艾里的頭顱往後固定在不鏽鋼桌台上，不容他看見自己被解剖，不過史泰爾懷疑他需要看才知道發生什麼事。

醫生把他胸腔的傷口拉開，艾里臉上的汗珠往下流入髮際。

史泰爾不知道自己本來預期會發現什麼，但可沒料到這個。

醫生鋸完病人的胸骨，把肉掀起釘住，卡戴爾呻吟出來，聲音在面罩底下顯得低弱模糊。血從他敞開的胸腔湧出，弄濕了金屬桌台，而桌緣太淺，擋不住不停的血流。涓涓紅流溢出邊緣，滴落到地板上。

史泰爾覺得噁心。

「他真了不起，不是嗎？」

他轉頭看見一個相貌普通的男人正在脫掉血淋淋的手套。醫生在圓眼鏡後面的深凹眼睛發亮，由於自己的發現很開心而瞳孔放大。

「你他媽的以為自己在做什麼？」史泰爾問道。

「學習，」醫生說道。

「你在折磨他。」

「我們在研究他。」

「在他清醒的時候。」

「這是必然的，」醫生帶著耐心的笑容說道：「卡戴爾先生的再生能力使得任何麻醉劑都無用。」

「那為什麼用面罩？」

「啊，」醫生說道：「那，是我靈機一動。你要知道，我們無法麻醉他，但不表示我們不能稍微抑制他的功能。面罩是一種剝奪氧氣系統，可以降低可吸入的空氣量至百分之二十五。那是藉著使他的細胞飢餓，除去再生能力以避免損傷，那可以多給我們一點時間在癒合前處理身體的其他部分。」

史泰爾瞪著艾里掙扎著起伏的胸膛。從這個角度，史泰爾幾乎可以看到他的心臟。

「我們從來沒遇到過像卡戴爾先生這樣的特異人，」醫生繼續說著。「他的能力——如果我們找到辦法駕馭——能夠引發醫藥革命。」

「特異人的能力無法駕馭，」史泰爾說道：「它們無法轉移。」

「不是無法，而是『還不行』，」醫生說道：「但是如果我們能夠了解——」

「夠了，」史泰爾說道，見到艾里的殘破身體使他駭然。「叫他們住手。」

醫生皺起眉頭。「如果他們取出鉗子，他就會癒合，我們就得再從頭開始。我真的要堅持——」

「你叫什麼名字？」

「哈維提。」

「好吧，哈維提醫生。我是史泰爾主任，我要正式宣布終止這項實驗。要他們停止，不然你就丟掉工作。」

哈維提臉上的噁心笑容消失了。他拿起觀察室的麥克風把它打開。

「終止本段實驗，」他對仍在實驗室裡的醫生下達命令。

那些男男女女猶豫著。

「我說——終止實驗，」哈維提斷然重複著。

那些外科醫生開始有條不紊地摘除艾里敞開的胸腔內各式釘子與夾鉗。那些東西一除去，艾里身體的緊繃狀態開始消退。他的背癱軟在金屬桌台上，緊握成拳的雙手鬆開，四肢恢復血色，身體開始回復完整。肋骨歸位，皮膚接合，臉部皺紋變平滑，而他的呼吸，雖然依舊吃力（他們把面罩仍留在上面），也平穩下來。

剛才發生的恐怖一幕唯一留下來的跡象，是桌台與地板上大量的血攤。

「你現在高興了嗎？」哈維提醫生咕噥道。

「離高興還差得遠，」史泰爾說著衝出觀察室。「還有你，哈維提醫生——你被開除了。」

✦

「把你的額頭抵著牆，兩隻手伸進窗口。」

艾里照做，摸著玻璃纖維的開口。他什麼也看不到——那天早晨士兵給他戴上頭套，拖著他離開牢房之後，他的世界就是一片斑駁的黑牆。他們來之前他就知道有什麼不對勁——不對，不是不對勁，確定是不一樣了。

哈維提都有固定習慣，即使艾里沒有完美的時間概念，也還是隱約知道他們上次的實驗結束得太倉促。

他摸到纖維玻璃上的空隙，像是一種狹窄的架子，於是把手腕擱在邊緣。一隻手把他的雙手往空隙裡面拉進去，但一會兒之後他的手銬解開了。

「往後退三步。」

艾里退開，以為會碰到另一面牆，卻發覺是空的。

「抬手除掉頭套。」

艾里照做，豁然明亮的空間朝他襲來。但不像手術劇場的無菌天花板，這裡的燈光比較清爽，乾淨，不刺眼。他面對的是一整面由地板至天花板的玻璃纖維牆壁，布滿小孔，只有他先前置放雙手的狹窄開口部分才中斷。牆的另一面站著三名全副武裝的士兵，臉被頭盔遮住，其中兩名手握短棒——由那微微的嗡嗡聲與輕微的電流藍光判斷，應該是電擊棒。第三名士兵則在收起卸下的手銬。

「帶我來這裡做什麼？」艾里問道，但士兵沒有回答。他們只是轉身離開，留下迴響的腳步聲。某處有一扇門開了又關上，加壓封閉，然後玻璃纖維後面的世界消失，幾秒鐘前還是透明的牆壁變成不透明的。

艾里轉過身，觀察著新環境。

這間牢房比一般大型隔間稍大，但是經過綁在各種平面上，封閉在跟墳墓一樣大的牢房之後，艾里仍然很感激得到走動機會。他沿著牢房周邊摸索，數著腳步，留意或有或無的種種特徵。

他注意到天花板嵌入四台攝影機，沒有窗戶，沒有明顯的門（他聽見後面玻璃纖維牆縮入地板然後又升起）。只有一張小床、一張桌子與一張椅子，一個角落裝了一只馬桶、臉盆與淋浴設備。有一個衣櫥，裡面的壁架擺著摺好的清一色灰棉衣服。

維克多的鬼魂用手摸著摺好的衣服。

「結果天使用地獄換了煉獄，」他的魅影若有所思地說著。

艾里不知道這個地方是什麼——只知道自己沒有用束帶綁起來，沒有被開腸剖腹，這就是一種好轉。他脫下衣服，走進淋浴間，奢侈地享受開關水龍頭的自由，沖掉酒精、血與消毒劑的氣味，以為會在腳邊看到一年酷刑後累積的汙穢。但哈維提向來一絲不苟，每天早晚都用水沖他，所以唯一留下來的痕跡只是看不見的傷疤。

艾里在小床上躺下，背貼著牆壁，等著。

14

二十三年前
第二個家

電話網起了作用。

那天晚上艾里帶著裝滿衣服的背包走進羅素家，知道自己只是暫時停留。他要在這裡等候當局找到活的親戚願意收留他。

羅素太太穿著袍子在門口迎接他。時間很晚，羅素家的孩子——一共有五個，年齡從六歲到十五歲——都已經睡覺了。她接過艾里的背包，領他進門。屋子裡有一種住了很久的感覺，輕軟暖和，東西表面磨損，邊緣磨得很光滑。

「可憐的東西，」她低聲說道，一面帶艾里進廚房，示意他坐在桌前，同時繼續咕噥著，不過不像是對他說而是自言自語。她的聲音非常不像他自己的母親，後者的輕聲細語總帶著一絲絕望。我的天使，我的天使，你一定要良善，你一定要純潔光明。

艾里在一張搖搖晃晃的廚房椅子上坐下，低頭瞪著自己的雙手，仍在等待震驚感覺出現，或者離開，不管那是什麼意思。羅素太太把一個冒熱氣的杯子放在他面前，他屈起手指握住，杯子很燙——燙得不舒服——但是他沒有抽開手。這種疼痛很熟悉，他幾乎很歡迎這種感覺。

現在怎麼辦？艾里想著。

每個結束都是一個新的起點。

羅素太太在他的對面坐下，用雙手包覆住他的手。這樣的觸碰使艾里驚縮一下，他想要抽開，但她握得很緊。

「你一定很痛，」她說道，確實——他的手被杯子燙得很痛，但他知道她指的是比較深層、沉重的痛，那個他倒沒有感覺。如果一定要說什麼，艾里反而感覺痛楚比多年來都輕。

「上帝的賜予從來不會讓我們無法負荷，」她繼續說著。

艾里注意看著她脖子上掛的金色小十字架。

「但是要由我們找出疼痛的目的。」

疼痛的目的。

「來，」她拍拍他的手說道：「我幫你鋪沙發睡覺。」

✦

艾里從來不會睡得很熟。

他每天晚上有一半的時間都在傾聽父親在門外的動作，像一隻狼在屋子後面的樹林裡等著。

一隻獵食動物，盤旋得太接近。但羅素家很安靜，很平靜，艾里醒著躺在那裡，很驚訝八個人竟然能塞進這麼小的房子裡，比兩個人所佔的空間還小。

不過那份安靜並沒有持久。

在某一時刻艾里一定睡著了，因為他被一陣喧鬧的笑聲與晨光驚醒，一雙綠色大眼睛在沙發旁邊看著他。羅素家最小的女孩坐在那裡瞪著他，神情既感興趣又懷疑。

四個很吵的傢伙突然衝進房間，充滿肢體動作與噪音。那天是星期六，羅素家的孩子已經開始野了。艾里平常大部分時間都盡量避著他們，但是在這麼擁擠的屋子裡就很難了。

「怪胎，」一個男孩在樓梯上撞到他時說道。

「他要待多久？」另外一個問道。

「別這樣沒有基督徒的精神，」羅素先生警告著。

「讓人毛骨悚然，」年紀最大的男孩說道。

「你是怎麼了？」最小的女孩問道。

「沒事，」艾里答道，不過他不確定這是事實。

「那就表現得正常一點，」她命令道，彷彿那是簡單無比的事情。

「正常是怎麼樣的？」他問道，聽見他這麼說，女孩發出小小的惱怒聲，轉身氣沖沖地離開了。

艾里等著別人來接他，把他帶走——儘管他不知道他們會帶他去哪裡——但是白天過去了，黑夜降臨，他仍然在那裡。只有第一天晚上他是一個人睡，然後他們就讓他去男孩的房間，在角落擺一張墊子。他躺在那裡聽著其他男孩睡覺，心裡既惱怒又羨慕，他的神經太敏感，無法在那麼多聲音與動作中休息。

最後他爬起身下樓去，希望能在沙發上找到珍貴的幾小時安靜。

羅素夫婦在廚房裡，艾里聽到他們在講話。

「那孩子有一點不對勁。」

艾里在甬道上停下來，屏住了呼吸。

「他太安靜了。」

羅素太太嘆一口氣。「他經歷了太多事情，雅藍。他會熬過來的。」

艾里回到男孩的房間，爬回自己的床墊上。在那裡，黑暗中，那些話一直重複著。

安靜。怪胎。毛骨悚然。

他會熬過來的。

表現得正常一點。

艾里不知道正常是什麼，根本不知道那是什麼樣子。但他一輩子一直在研究父親的心情與母親的沉默，知道暴風雨來臨前屋子裡的氣氛怎樣變化。現在他觀察著羅素家男孩打鬧方式，注意到搞笑與侵略之間的微妙界線。

他研究著年齡最大的那個——十六歲的男孩——如何在弟妹之間行為充滿信心。他研究著最小的那個扮演出誠實無辜的樣子以求如願以償。他研究著他們的臉如何扭出啞劇似的情緒表情，例如惱怒、嫌惡與生氣。最主要的是他研究著他們的歡樂，他們快樂時眼睛如何亮起來，笑聲裡的各種聲調變化，隨喜悅本質而變的幾十種笑容如何燦爛或柔和。

艾里從來不知道快樂有那麼多種，更不用說有那麼多種表現方式了。

但他的研究被打斷了，在羅素家待了兩個星期，艾里發現自己得搬走，跟另外一個家庭待在另外一個房子裡。

表現得正常一點，羅素家的女孩這麼說過。

於是艾里再試一次，重新開始。到目前為止，模仿得並不完美，但卻是一種改進。新家的孩子還是會罵他，但說法改了。

膽小，安靜，怪胎換成奇怪，古怪，情緒強烈。

很快又換到另一個家庭，又是另一個機會。

另一個機會可以改造，修正，調整行為觀點。

艾里把他的表演用各個家庭來測試，當他們是觀眾，用他們的回饋，即時且持續的回饋，來拿捏自己的表現。

慢慢地，奇怪，古怪，情緒強烈經過提煉，磨練成迷人，專注，聰明。

然後別的事情起了變化。

又有一輛車開來，把他帶走了，但這次不是把他丟在他父親的另一個會眾家。

這次，他們帶他去一個家庭。

✦

第五個家

派屈克．卡戴爾不相信上帝。

他是約翰疏遠的姪子，是艾里一個已逝姑姑的兒子，兩人從未見過。派屈克是當地一所大學的教授，娶了一位名叫麗莎的畫家。他們沒有孩子，沒有可供艾里模仿的對象，沒有正常或噪音當簾幔讓他溜到後面去。

艾里坐在他們對面的沙發上。著迷的觀眾。一幕獨角戲。

「你幾歲？」派屈克問道：「十二歲？」

「快十三歲了，」艾里說道。離卡戴爾牧師的意外已過了六個多月。

「很抱歉我們過了這麼久才見，」派屈克說道，雙手夾在兩膝之間。

麗莎把一隻手搭在他的肩膀上。「我們得坦白告訴你，做這個決定不容易。」

派屈克移動一下身體。「我知道你是以某種方式被撫養長大，而我知道我不能給你那種方式。約翰和我，我們的看法並不一致。」

「我跟他也不一致，」艾里說道。

他發現自己令他們不安，於是他露出笑容。笑容不要太大，只要夠讓派屈克知道他還好就行。

「來吧，」麗莎起身說道：「我帶你去你的房間。」

艾里起身跟在她後面。

「我們可以幫你找一所教堂，」她帶他走在甬道上時又說道：「如果那對你很重要的話。」

但是他不需要教堂。不是因為他放棄了信仰上帝——而是因為艾里在教堂從未感覺到祂。不是的，上帝與艾里一同站在地下室的樓梯上。給他那些家庭讓他學習。領他來這裡，來到這個房子，見到這對夫婦，給他這個新機會。

他們到了他的房間，舒適而乾淨，一張雙人床，一個衣櫥，一張書桌。書桌上方的牆上掛著一對裱起來的畫，是兩幅解剖圖，一幅是手，另外一幅是人的心臟。艾里站在兩張畫前，研究著線條，它們的複雜與優雅令他驚異。

「你可以把它們拿下來，如果你不喜歡的話，」麗莎說道：「把這裡當你自己的空間，貼海報或者你這同齡男孩喜歡的東西。」

艾里轉眼看她。「我要在這裡待多久？」

麗莎驚訝地睜大眼睛。她的臉就像一本攤開的書——大家喜歡用這樣的話來形容。艾里一直不是真正懂這句話，直到他看到麗莎。

「你想待多久都行，」她說道：「現在這就是你的家。」

艾里不知道要說什麼。他的生活都是以幾天、幾星期來算，當然，那也不是真正的生活。現在，他的未來在眼前展開，而且是以幾個月、幾年來算。

艾里笑了，而且這次，感覺起來幾乎很自然。

15

四年前

特觀組

史泰爾坐到辦公室椅子上，等著電話。

他的辦公室，像特觀組的其他地方一樣，是很乾淨的線條組合，很簡樸的極簡風格。桌上有三個薄型螢光幕圍成半圓形，每面牆上各有一大片分割視窗顯示每一處廊道、出入點與牢房的直播影片。

特觀組的牢房是高科技的立方隔間，每間懸掛在各自的庫棚中央。牆上的螢光幕大多數仍是黑的，因為是位於尚未完工的樓區，或者監視著空牢房，但是在中央的螢光幕上，艾里正在他的單位裡踱步，像一隻獅子沿著籠子邊緣走個不停。

想想看，如果沒有艾略特．卡戴爾，這都不可能成真。

艾里．艾偉。

史泰爾拿起一張黑色名片，心不在焉地在指間翻轉著。水晶凸字的「特觀組」只有在光線照射下才能顯示。

特觀組是史泰爾的主意，沒錯，但一開始只是一個模糊的提議，受到他與韋勒以及卡戴爾的接觸經驗引發，他阻止他們，但也失敗了。基於十年前，史泰爾把維克多關入牢獄，讓艾里自由離開，也因為那個選擇——未能看透眼前明顯事物之外的因素，未能看穿一個騙人的偽裝——三十九個人死了。那結果一直糾纏著他，折磨著他。

一定有辦法找到特異人，控制住他們。或許，有一天，可以利用他們。特異人很危險，沒錯，有的還會造成災難，但是萬一，在那些心神迷失紊亂的人之中，有的可以修正，給他們目標，讓他們變完整呢？萬一死亡並未改變一個人的本性，只是將之強化呢？

依據這個理論，一名受傷的士兵可能仍想要效力。

這就是焦點，是史泰爾的主意最中心點。在一個世界中，有本領的特異人能夠幫忙阻止犯罪而不是引發犯罪。而其他的特異人可以受到控制，讓他們不再犯下暴行。

很短的一聲鈴響顯示有來電。

史泰爾桌上的螢光屏幕亮起來。

史泰爾伸手過去接電話，幾秒鐘後，他的面前出現一間會議室，五個面貌嚴峻的人圍坐在一張長木桌前。

是理事會。

三個男人與兩個女人，都穿著深色西裝——標準制服，政府單位與私人機構都一樣。他們看起來都像彼此的模糊拷貝版，同樣的黑頭髮，同樣瞇著眼睛，同樣面無表情。

「主任，」一個黑衣男人說道：「你可否說明你為什麼把一個有價值的測試對象從實驗室移走，還開除了我們一位最傑出的——更不用說是最有價值的——科學家？」

「他在解剖一個特異人。」

接下來的沉默沒有特別意義，反之，是一片空虛。理事會成員瞪著他，彷彿他沒有回答問題。彷彿他們不明白問題所在。

「就我所知，」史泰爾說道，手指不停交錯著。「我是這個機構的主任。人事變更不在我的職權內嗎？」

「當然不是的，主任，」一個穿著藏青色服裝的女人說道：「你對這裡的需要與挑戰有密切了解。然而——」

「特觀組也許是由你經營，」一個黑衣男人插話進來。「但我們是出資方。」

「作為這裡的資方，」這名黑衣男人說道：「我們需要知道我們的錢是否用對了地方。要以國家安全為考量。」

那最後一句話，像是事後才補上的。彷彿這五隻穿深色西裝的狼環伺在旁並不是想追求利益。

「哈維提用的方式也許有問題，」穿藏青色衣服的女人說道：「但是他的研究很有前途。至於你的特異人，他的能力使他特別適合那個研究。現在你讓我們失去了科學家以及研究對象。」

「我們來談談那個特異人，」一個新的聲音說道，是一個黑衣女人。「艾略特．卡戴爾，又名艾里・艾偉。你把他怎麼樣了？」

「他被換到隔離區的一間牢房。」

「目的為何？」

「控制他，」史泰爾說道：「艾里・卡戴爾殺害了將近四十個人。」

一個灰衣男人坐在那裡往前傾一點。「不過他們幾乎都是特異人，不是嗎？」

「那就比較好嗎？」

那個人揮手不理會這個問題。「我只是說，你的對象已經具有一種有實證的技能。」

「殺死特異人。」

「追蹤到他們。」

「那不是你的組織目標嗎？」穿藏青色服裝的女人說道：「在特異人造成傷害之前找到他們並控制住？」

「是的，」史泰爾咬牙說道。

「那麼，」黑衣男人說道：「我建議你好好利用他。」

✦

燈滅了，然後又亮了，艾里仍是獨自在那裡。

過了一夜，沒有人來找他。沒有人把他拖出牢房。他懷疑維克多被捕坐牢之後的感覺就是這樣。無止境的等待。完全一個人。

艾里俯下身子，手肘撐著膝蓋。他的手指交握，但沒有開始祈禱，只是從指節上方瞪著對面的牆注意聽，努力去感應有什麼跡象。他感應到的只是這塊蝸居空間內消沉的靜寂。

「就坐在那裡等著？」維克多嗤笑道。他又現身來糾纏艾里。「真是滿足。」

艾里起身走向纖維玻璃隔牆，用指節敲敲牆面，然後雙手平貼在上測試其材料。

「我跟你保證，」一個熟悉的聲音說道：「這間牢房比看起來堅固得多。」

那片牆變透明了，像一道窗簾突然拉開，外面，在玻璃牆的另一邊，站著約瑟夫·史泰爾。艾里上次看到這名警察是在「獵鷹展值」建案工地，站在維克多的屍體旁，然後特警隊就把艾里拉走了。

「警官，」他說道。

「事實上，現在是主任。」

「恭喜，」艾里冷冷說道：「什麼主任？」

史泰爾伸出手。「這個地方。你的新家。特異人觀察與滅除部。」他走到玻璃前。「我想你會承認，以你從前的狀況看，這是相當明顯的升級。」

「身為主任，我想你也為那些狀況負責吧？」

史泰爾的神情一暗。「我沒有適當得知那個實驗室用的方式。要是我知道，就絕對不會容許那種事。我一發現就把你調出來，那個實驗部門也終止了。如果讓你覺得安慰一點，哈維提也走了。」

「安慰……」艾里重複著，攤開手貼著玻璃纖維。

「我應該警告你，」史泰爾說道：「如果你試圖打壞這些牆，就會引發警告，牆面會通電。如果你再試一次，好吧，我們都知道殺不死你，但是會很痛。」

艾里放下手。「真周到。」

「我低估了你一次，卡戴爾先生。我不打算再犯。」

「我對你從來沒有危險性，史泰爾主任。你把精力與資源用在對公眾有威脅的特異人身上，不是比較好嗎？」

史泰爾癟嘴冷笑。「你殺死了三十九個人。就我們所知。你是濫殺人的凶手。」

真正數字接近五十，但是艾里沒有說。反之，他轉身研究著牢房。「我要怎麼做才配得上這個住處呢？」

史泰爾取出一個普通的公文夾，把它從玻璃纖維牆的小開口塞過來。那是一份檔案，很像當初梅瑞特市警局在艾里的指示下研發出來的那種。

「你經證實有一種獨特的技巧，」史泰爾說道：「你要在這裡協助追蹤逮捕其他——」

艾里笑起來，簡短而無笑意。「如果你要我幫忙獵捕特異人，」他把檔案扔到桌上譏諷道：

「你就不應該把我關在牢房裡。」

「我們不像你，處死是我們的最後手段。」

「那就是折衷一點。」

「比較人道。」

「行動偽君子。」艾里搖搖頭。「你做的事，特觀組做的事，只不過是給我自己所做的戴上一副白手套。所以為什麼是我要坐牢呢？」艾里走向玻璃纖維牆，直到近得不能再近。「你儘管不同意我的手法，懷疑我的動機。但如果你以為自己做的不一樣，你就是傻瓜。我們之間唯一的不同是，你天真地堅持要保留我知道應該摧毀的東西。你想假裝捕捉特異人是慈悲的事。目的為何呢？那樣你會睡得比較安心，因為你的手上沒有他們的血？還是那樣你就能增加收藏的樣品，用他們的屍體來扮演上帝？因為我曾經扮演上帝，史泰爾，而結果並不好。」艾里站直身子。「我花了十年的時間想補償，想復原我造成的損害。沒錯，我殺了很多特異人，但那不是出於殘忍或者暴力，也不是怨恨。我那麼做是要保護人——活的，無辜的人類——不讓他們受到我在黑暗中發現的怪物傷害。」

「你這麼確定他們都是怪物嗎？」史泰爾反問道。

「是的，」他堅定說道。艾里一度認為自己可免於貼上那個標籤，如今他領悟了。「特異人也許長得像人類一樣，史泰爾，但他們想的跟做的都不像人類。」

維克多曾想列舉種種表徵——辨識後果的能力減弱，缺乏悔過心，專注自我，太過強調自身舉止與觀點——但是艾里只說：「他們沒有靈魂。」他搖搖頭。「你想要拯救特異人？幫他們自救吧。送他們入土，那才是他們的歸宿。除非那就是你的計畫，不然我無意幫忙。」

為表示答覆，史泰爾又把一個檔案夾塞入隔間開口，這一個是黑色的。

艾里瞄一眼檔案夾。「你沒聽見我說的嗎？」

「這不是另外一份文件，」史泰爾說道：「這是你的選項。」

艾里瞥見檔案夾封面印著自己的名字。他沒有伸手去拿，不需要拿——他知道那是什麼，知道那是什麼意思。

「花一天時間考慮看看，」史泰爾說道：「我明天來聽你的答覆。」

他往後退開，那面牆隨著他的腳步又變得不透明，把牢房變回一座墳墓。艾里一咬牙，從托盤上拿起黑色檔案夾，帶回桌前，另外那個薄的紙夾已經擺在上面等著。

艾里跌坐到椅子上，掀起封面。頂上是一張黑白X光照片，看起來似乎無害。他翻過去，看到一份磁振顯影，身體發出紅色、藍色與綠色的光。然後他再翻一頁，看到第一張照片頓時喉頭發緊。一個男人的胸腔——艾里的胸腔——用金屬夾子拉開，露出肋骨、肺臟，以及一顆跳動的心臟。

每個醫學預科生都做過解剖。艾里大一時做了十幾次，把小動物的皮剝開釘在旁邊，露出下面要檢視的器官。這份黑色檔案夾裡面的照片讓他想起從前。當然，不同之處在於，艾里當時還活著。

那疼痛本身已經過去了，但相關的記憶刻在他的神經上，在他的骨頭間迴響。

艾里想把夾子掃下桌，把它撕碎，但他知道自己受到監看——他注意到天花板嵌有攝影機，可以想像史泰爾站在某間控制室裡面露狡笑。於是艾里乖乖坐著，翻過每一頁可怕的寫實紀錄，研究著每張照片，每張圖表，每項潦草的筆記，每一個方位的酷刑的枯燥細節，記住黑檔案夾的內容，讓自己以後不必再看。

你沒有受到上天賜福，不是神聖的，也沒有賦予責任。你是一個科學實驗。

也許維克多說得對。

也許艾里跟其他特異人都一樣，殘破，受損。確實，殺死維克多的那晚，他沒有感覺到當下。沒有感覺到有什麼像平和的東西。

但那並未免除他的任務。

他仍然有一個目的。一項義務。要拯救別人，即使或許他無法拯救自己。

16

二十年前

第五個家

艾里用手指撫摩書的封面。

這本書大而重，每一頁詳細說明著人體的神奇之處與奇蹟。

「我想我們應該給你運動比賽的門票，」派屈克說道：「可是麗莎堅持——」

「這很完美，」艾里說道。

「看吧？」麗莎說著用肩膀頂一頂派屈克。「他想當醫生。一定要從年輕時開始。」

「從牧師到學醫，」派屈克若有所思地說道：「約翰一定在墳墓裡都很不安。」

艾里笑了，一個很容易的聲音，練習得很完美。事實上，他並不覺得這兩條路有分歧。艾里剛來就在他牆上的畫裡看到了上帝，現在在這本書的書頁間又看到祂，在完美接合的骨骼之間，在龐大錯綜複雜的神經系統中，在腦子裡——像信仰一樣，那種火花將身體變成人。

派屈克搖搖頭。「什麼樣的十五歲男孩會想要一本書——」

「你寧願我要一輛車嗎？」艾里問道，臉上閃過一絲狡笑。

派屈克拍一下他的肩膀。這些日子以來，艾里不會閃縮了。他的注意力再轉回這本解剖教科書上。或許他的興趣不是絕對正常，但他承擔得起這小小的差異。

十五歲的時候，他已經把自己的人格塑造得近於完美。他來的第二天，派屈克與麗莎就幫他去學校報到，然後艾里好不容易悟到，要用六個月的速成課學習正常生活，與他生存所需相比簡直相形見絀。但那所學校很大，而艾里學得很快，不久之後迷人、專心與聰明不僅緊隨著他，還再加上俊帥、友善與有運動細胞。他參加田徑運動，在班上成績頂尖，笑容迷人也愛笑，沒人知道他背上有傷疤，也不知道他的陰暗過去。沒人知道那都是在演戲，都不是天生的。

✦

麗莎的笑聲如鐘響遍全屋。

艾里戴著耳機一邊聽古典音樂一邊做化學作業時都可以聽見。一會兒之後，派屈克敲一敲門框，艾里按下暫停鍵。

「你們要出去？」

「對，」派屈克說道：「演出七點鐘開始，所以我們應該不會很晚回來。寫功課別太辛苦。」

「當教授的對學生講這種話。」

「嘿，研究顯示變化對記憶力有好處。」

「走啦！」麗莎喊道。

「我把錢放在料理台上，」派屈克說道：「你至少叫個披薩吧。啤酒從冰箱拿。」

「行了，」艾里心不在焉地說著已經按下開始鍵。

派屈克又說了什麼，但是艾里聽著協奏曲，沒聽清楚他的話。九點鐘的時候，他寫完功課，在廚房料理台那裡吃剩飯。十點鐘的時候，他去慢跑。十一點鐘，他上床睡覺。

十五分鐘後，他的手機響了，來電號碼不認識，講話聲音也不認識。

「你是艾略特．卡戴爾嗎？」一個男人說道。

艾里的胸口靜止不動。不是他把父親推下樓梯時的那種感覺。不是的，這次比較冷，比較重。像他發現母親浮在澡盆裡的沉重感。像他如石頭跌坐在禮拜堂地板上的那種疲倦感。

「恐怕，」那個人繼續說道：「發生了一件意外。」

✦

艾里不知道是否這就是震驚。他坐在一張輕薄型的塑膠椅上，旁邊是一名社工，正對面是醫生，還有一名警察像暗影俯視著。先前警察來家裡，開車送他去醫院，儘管已經沒什麼可看，也沒什麼可做。到院已死。根據醫生的說法，是撞擊致死。
「很遺憾，孩子，」警察說道。
上帝的賜予從來不會讓我們無法負荷。
艾里手指交握，低下頭。
但是要由我們找出疼痛的目的。
「駕駛沒有活下來，」警察繼續說道：「還在做毒物研究，但我們相信他是喝醉了。」
「他們具體的死因？」
艾里遲遲才發覺，自己問錯了問題。醫生的臉上閃過一層暗影。
「很抱歉，」他連忙說道：「我不是──只是──我以後要當外科醫生，我要拯救生命。我只是──我需要了解。」他手握成拳。「如果你不告訴我，我會睡不著，一直想著。我想我還是寧願知道。」
醫生嘆一口氣。「派屈克是第二節與第三節頸椎骨折，」他說著，同時用手去摸自己脖子上部的骨頭。「麗莎遭受嚴重腦震盪，導致顱內出血。在兩個情形看來應該都是幾乎瞬間死亡。」
艾里很高興他們沒有受苦。「好吧，」他說道：「謝謝你。」
「他們沒有指明監護人，」社工說道：「你知道有沒有人可以讓你同住嗎？等我們把事情整理清楚？」
「有，」他扯著謊，一面掏出手機。「我會打電話給一個朋友。」

艾里站起身，沿著甬道走過去一點點，但是沒打算打電話。這次沒有電話網了，也沒有必要假裝。艾里很受歡迎，很受喜愛，但他總是小心保持一點距離。太接近的話，也許有人會看見他外表下的傷痕，看出經常努力保持的微妙偽裝。最好是待人友善又不真正當朋友。

艾里轉身走回社工與警察那裡。醫生已經離開了。

「我需要回去拿一些東西，」他說道：「你們可以把我送到那裡嗎？」

他自己進屋去，聽見巡邏車開走的聲音才把門關上。他在黑暗的門廊上站了相當久的幾秒鐘。

然後他轉身用拳頭用力捶牆。

一陣疼痛由艾里的手上傳至手臂，他又捶一次然後再捶一次，直到指節破開，血滴到手腕，他覺得無法呼吸。

艾里雙腿一軟，跌坐到地板上。

經過了這麼多，他再度孤身一人。

上帝的賜予從來不會讓我們無法負荷。

艾里告訴自己說有一套計畫，即使他無法看出是什麼。疼痛有一個目的。他低頭瞪著染血的手。

愚蠢，他想著。

很難把自己藏起來，躲開那些難以躲避的社工、學校，以及等著看他出錯、注意他人格裂隙的千百雙眼睛。

艾里站起身，走進浴室，在臉盆裡沖乾淨破皮的指節，再用冷靜精準且平穩的手指包紮好。

他望著鏡中自己的眼睛，努力讓臉上線條回復正常位置。

然後艾里回到自己房間開始打包。

✦

十九年前

第六個也是最後一個家

「就這裡了。」

艾里站在門口，手裡抱著一箱書。房間很簡單，空空的，只有一扇窗戶、一張窄床，以及一張書桌。

「有一點簡陋，我知道，」房東說道，她堅持要他稱呼她瑪姬。「但是這窗戶是雙層玻璃，走道那頭的淋浴間有熱水。」她打量他一下。「你一個人住不是年紀太小了吧？」

「我已經可以自主，」艾里解釋道。

這是最容易走的一條路。艾里快十六歲了，不是很多人想要收留一個青少年，他也不想由公家監護。他的父母雙亡，派屈克與麗莎也死了。前者留給他的只有疤痕，但後者留給他一些錢——不多，但足夠應付生活開銷，讓他得以專心念完高中，進一所好大學。

「謝謝，瑪姬，」他說道，一面跨過門檻。

「好吧，艾略特。需要什麼就讓我知道。」

她緩步走開，腳下的木地板吱吱作響。他把箱子放到書桌上打開，把教科書整齊地放好。

「我們很遺憾，艾略特，」校長當時這麼說道。

「我們有輔導老師，」學務長說道。

「讓我們知道怎樣幫助你，」他的老師附和道。

「拜託，」艾里輪流請求他們。「不要告訴任何人。」

正常是很脆弱的事情，即使是出於好意也很容易顛覆。

於是，在他希望平靜度過哀悼期的偽裝下，他們都幫他保守了祕密。

艾里取出最後兩本書——破舊的聖經與解剖課本。他把欽定版聖經放到一邊，跌坐到椅子上，將課本移近。

要由我們，他想著，去找出疼痛的目的……

艾里打開厚重的書本，翻到頭部、頸部、腦的細部結構，以及脆弱的脊柱圖頁。

找出目的。

他開始做筆記。

17

四年前
特觀組

第二天史泰爾回來的時候，艾里沒有抬頭。

他一直低頭看著檔案，研究了大半夜。

「看來你決定合作了。」

艾里把資料收好，堆成相當薄的一疊。「我需要一部電腦，」他說道。

「絕對不行，」史泰爾說道。

艾里從椅子上站起來，拿著檔案走到玻璃纖維隔牆前。「我花了好幾個月研究我的目標，證實他們的能力，追蹤他們的行動。」他鬆開手，紙頁落到地板上。「你要我在一個水泥箱裡做同樣事情，只憑一點基本資料。這樣，」他指著腳邊的紙頁說道：「不夠。」

「我們只有這個。」

「那你們就是找得不夠努力，」艾里斷然說道。他把注意力轉向地板上的一張照片。「塔碧莎・達爾，」他說道，同時掃視著紙頁。「十九歲，大學運動員，年輕，合群，活躍，喜歡冒險。遠足時由於過敏反應而心臟嚴重受損。朋友把她救活，送到醫院。然後——她就不見了。兩個星期前，她父母報警失蹤。」艾里抬起頭。「她會去哪裡？她要怎麼去？為什麼這裡沒有提到跟她在一起的朋友是誰？她在意外之後是怎麼想怎麼感覺的？」

「我們要怎樣獲得那種資訊？」史泰爾問道。

艾里雙手一攤。「她十九歲。從社群媒體開始。駭進去看她傳給朋友的訊息。深入她的生活。深入她的腦袋。特異人不只是他們刺激的產物，而是在那之前的個人產物。環境，還有心理。我可以幫你們找塔碧莎・達爾。透過正確理解，我大概能猜出她大致的能力，但是只憑五張紙我什麼都做不到。」

接下來是一陣長久的沉默。艾里耐心等著史泰爾開口。

他開口了。

「我會給你一部電腦，」他說道：「但是存取有限制，而且系統會備份。你搜尋的時候，我要看你的每一步研究。你一旦不守規矩，失去的就不僅是使用電腦特權而已。明白嗎？」

「我能做的不只是假設而已，」艾里說著跪下去撿起紙頁。「如果你讓我出去……」

「卡戴爾先生，」史泰爾說道：「我要把一件事講得很清楚。你可以在這個牢房內幫我們，也或者在一間實驗室內，但是你絕對，永遠不能再看見這個機構外面的地方。」

艾里站起身，但主任已經轉身走開了。

18

十七年前

哈弗福德學院

艾里穿過校園，領子拉高以抵擋秋寒。

哈弗福德是一所好學校——不是最好的，但當然是他負擔得起的最好的一所，而且離他的租屋處近得能夠通勤。這裡也很大，人口堪比大多數小鎮，校園也大得讓他來了兩個月還不認識全部建築。

也許這就是為什麼他沒有那麼快看到禮拜堂。

也或許，在此之前，它只是被樹擋住了，紅色與金黃色葉子遮住它的古典線條、簡樸的尖塔，以及白色斜坡屋頂。

看到它，艾里放慢腳步。但他沒有轉身。那種吸引力隱隱約約但持續著，於是他讓自己被它拉向台階前。

他好多年沒有進教堂，那是自從上帝變得比較……屬於他個人的事之後。

此刻，他走進門，第一眼看到的就是彩繪玻璃。紅色、藍色與綠色的光影在地板上舞動。然後，在玻璃窗前，有一座石造十字架。他的手心開始刺痛。艾里閉上眼睛，努力把記憶中深沉的聲音與皮帶的呼嘯聲逼退。

「真神奇，不是嗎？」一個輕快的聲音說道。

艾里眨眨眼，往旁邊瞄過去，看到一個女孩。窈窕漂亮，褐色大眼睛配上蜜金色頭髮。

「我向來不信教，」那個女孩繼續說道：「可是我喜歡這個建築的樣子。你呢？」

「我對這個建築興趣不大，」他歪嘴苦笑。「但我向來信教。」

她噘起嘴搖搖頭。「噢不妙，我們絕對合不來。」她故作悲哀狀然後又化為笑容。「抱歉，無意打擾，只是你剛剛看起來很悲傷。」

「是嗎？」艾里一定不小心讓真情流露出來了。但他立即回過神，對女孩展現完全的注意力，以及熟練出來的魅力。「妳是在研究我而不是研究這座建築嗎？」

女孩的眼神閃著光彩。「我完全能同時欣賞兩者。」她伸出手。「我叫夏綠蒂。」

他一笑。「我是艾里。」鐘聲在周圍響起，艾里伸出手。「妳吃過午飯了嗎？」

✦

一個星期前，瑪姬出現在艾里的房門口，腰間抱著一個洗衣籃。「現在是星期五晚上，艾略特。」

「所以呢？」

「而你坐在這裡念微積分。」

「生物，」他更正著。

瑪姬搖搖頭。「一整個星期都在用功沒有玩，像你這年紀的一個男孩，這樣不正常。」

那個字眼。正常。他的刻度中心線。

艾里的視線從作業上抬起來。「那我應該在做什麼呢？」他問道，揚起一眉以掩飾這個問題的嚴肅性。

「去參加派對！」瑪姬說道：「狂喝廉價啤酒！幹些蠢事！跟漂亮女孩約會！」

他往椅背一靠。「約漂亮女孩算是蠢事，還是兩件不一樣的事情？」

瑪姬翻一下白眼然後走開了，艾里再回頭看功課，但已經把那些話記在心裡。他去參加了一兩次兄弟會的派對，貼上一副懶洋洋的笑容，喝著難喝的啤酒（老實說那感覺像蠢事）。

可是現在，他有了夏綠蒂。

一段關係，艾里從前學到這一點，是一種公認的正常速成法。一種社會認可的印章。與夏綠蒂．謝爾頓約會尤其更像是一道金印。她是富貴世家，血統久遠得她根本沒注意到它鑲在自身的每一隙縫中。

她讓人感覺親切、漂亮，而且備受嬌寵——她住在學校宿舍裡，但那只是因為她想要一種道地的大學經驗。不過，這種對「真實體驗」的渴望，似乎也只限於一張單人床和一座交誼廳。

夏綠蒂來過艾里的租屋處一次，也只有一次，而且是她堅持要來的。她知道他是孤兒（這個詞似乎引發她一種強烈的保護本能），不過那種俗套的真相不夠浪漫。他見過憐憫假扮成同情。

「我不是為了你的資產而愛你，」她當時堅持。「我有的一切足夠我們兩個用。」

可是從那之後，他們並未共享生活——夏綠蒂只是把艾里拉進她的生活。

艾里也讓她那麼做。

那樣很容易。

那樣很簡單。

她崇拜他。

他也享受那份殷勤。

夏綠蒂喜歡說他們是絕配。艾里知道他們不是，但只有他能看見參差的邊緣，以及空虛的空間。

「我看起來怎麼樣？」她問著，兩人走上她父母家房子——應該說是府邸——的台階去共度感恩節。那是大學二年級的時候。

「美得驚人，」艾里無意識地說道，還配合著擠一下眼睛。夏綠蒂調整一下他的領帶。她的手指梳理著他的黑髮，他讓她這麼做，而他自己的手輕擦她的下巴，把她的臉翹起來親一下。

「別緊張，」她低聲說道。

艾里沒有緊張。

門開了，他轉過身，以為會見到管家，一個穿著雞尾酒禮服的老人，但反之他發現是一位高雅的年長版夏綠蒂。

「你一定是艾里！」那個女人開朗地說道，背後出現一個瘦男人，面容嚴厲，穿著剪裁合身的西裝。

「謝謝你們邀請，」艾里說著遞出一個派。

「當然，」謝爾頓太太熱情說道：「夏綠蒂說你假期沒有計畫，我們就堅持要請你來了。」

「再者，」謝爾頓先生說著朝夏綠蒂瞄一眼。「我們也該見見讓我們女兒這麼心儀的這個男孩了。」他們開始順門廊走下去，夏綠蒂與她母親挽著手。

「艾里，」謝爾頓先生說道，一隻手搭上他的肩膀。「何不讓我帶你參觀一下，讓兩位女士聊一聊。」

這不是在詢問意見。

「當然，」艾里說著放慢腳步跟在這個男人後面，讓他領著穿過雙扇門，進入一間私人書房。「這裡，」他說道：「是真正一個重要的房間。」

他打開一個櫥櫃，給自己倒一杯酒。

「我明白夏綠蒂為什麼喜歡你，」他靠著辦公桌說道：「她總是對慈善對象心軟。尤其是帥哥。」

艾里沒有動，自在的態度僵了一下。「先生，如果你以為我跟夏綠蒂在一起是為了她的錢或者她的身分——」

「事實不重要，卡戴爾先生，只有觀感，而且看起來不妙。我對你做過研究功課。那麼多悲劇——你應付得泰然自若。雖然我佩服你能有今日，事實是，你遠遠配不上我們家門。」

艾里聽了直咬牙。「我們不能塑造過去，」他說道：「只有未來。」

夏綠蒂的父親笑了。「說得好。那也正是我要給你的。一個光明的未來。只不過不是跟我女兒在一起。我看過你的成績。你是一個聰明的年輕人，艾略特。也有野心，夏綠蒂告訴我的。你想當醫生。哈弗福德是一個不錯的學校，但不是最好的。我知道你能進其他學校，更好的學校。不過，我想你無法負擔。」

艾里訝然瞪著對方。他在面對賄賂交易。

謝爾頓先生站直身子。「我知道你喜歡我的女兒。見鬼，你甚至可能以為你愛她……」

但是艾里不愛。

如果說謝爾頓先生比較會看人——或者如果艾里不曾讓自己變得那麼不容易讓人解讀——謝爾頓先生或許可以看出一個簡單的事實。就是艾里不需要人勸服。夏綠蒂·謝爾頓對他一直只是一種運輸工具。讓他沿著上升軌道穿過世界的方法。她父親現在提供的建議，如果他真的要提供的話，那可是一個真正的機會讓他做重大改變，以小換極大。

但接下來需要微妙的表現。

「謝爾頓先生，」艾里說著裝出一種緊緊控制住的不服表情。「你的女兒和我——」

那個男人舉起一隻手。「在你想打出一張高尚牌，堅稱你不能被收買之前，要記住你們兩人都很年輕，愛情也多變無常，不管你與夏綠蒂是否認真，但那是無法持久的。」

艾里吁一口氣，低下頭，彷彿很羞恥的樣子。讓他的面容擺出類似屈從的神情。「你要我怎麼做，先生？」

「今天晚上？什麼都不做。享受你的晚餐。大概幾天以後吧？把事情做一個了斷。挑一所比較好的學校。切斯特，或者洛克蘭。轉學。學費不成問題。」

「兩位！」謝爾頓太太在廚房喊道。「火雞好了。」

謝爾頓先生拍拍艾里的肩膀。「走吧，」他愉快地說道：「我餓死了。」

「爸爸，」他們在飯廳與夏綠蒂會合時她警告著。「你是不是把他狠狠折騰了一番？」

「一點點。」謝爾頓先生親一下女兒的臉頰。「妳帶回家的人，我有責任讓他有對上帝的敬畏之心。」

她熱情的褐色眼睛轉而看艾里。「我希望他對你沒有太兇。」

艾里輕聲笑著搖搖頭。「完全沒有。」

他們入座，在飯桌上展開輕鬆交談——話很多，真正說的很少——一面傳遞著碗盤。

當晚，艾里與夏綠蒂走回汽車旁，她挽著他的手臂。「一切都好吧？」

艾里回頭望一望前門，謝爾頓先生站在那裡看著。「是的，」他說著親一下她的太陽穴。

「一切都很完美。」

19

兩年前
特觀組

艾里用手撫過置放舊案例檔案夾的架子。他自己的黑色檔案夾在那一排的邊緣，像一個汙點，一個因為句子越來越長而移位的標點符號。在不到兩年的時間內，有十九個特異人被追蹤、搜獵、捕獲。不算差，以他所受的限制而言。

艾里曾堅持要保留舊檔案，告訴史泰爾說過去的工作會提供情報給未來案例。

這有一部分是真話——特異人之間確實有一些模式，共同的特性，不同的臉上有同樣的暗影。但大部分的真相很簡單：艾里發現那些標識讓他有滿足感。不像真正用雙手勒住特異人脖子，感覺他手指下的脈搏變弱後靜止時那麼滿足，但往昔那種平靜感仍在每次結案時伴隨而來，那種撥亂反正的愉悅感覺又在迴響。

這種收藏還有另一種層面的意義，檔案夾的數量代表一個明顯的殘酷事實。

「我們做了什麼好事？」艾里低聲自問。

但回答他的是維克多。

「什麼讓你以為我們做了什麼事？」

他抬起頭，看見那個削瘦的金髮幽靈背靠著玻璃纖維牆。

「特異人的數目，」艾里說著朝架子比一下。「這十年來直直竄升。萬一我們做錯了什麼？萬一我們撕破了這個世界的某處裂口？萬一我們觸動了什麼呢？」

維克多翻一下白眼。「我們不是神，艾里。」

「但是我們在扮演上帝。」

「萬一是上帝在扮演上帝呢？」維克多站直身子。「萬一特異人是祂的一部分計畫呢？萬一這些人，你花一輩子去屠殺的這些人，本來就應該復活呢？萬一你在試圖破壞你所崇拜的更高層力量所做的事呢？」

「你不曾懷疑那是否是我們的錯嗎？」

維克多揚起頭。「告訴我，跟上帝搶功是不敬，還是只是傲慢呢？」

艾里搖搖頭。「你從來不明白。」

附近響起腳步聲。

牆壁變透明了。

「你在跟誰講話？」史泰爾問道。

「我自己，」艾里揮手咕噥道，維克多的鬼魂像一縷煙消散了。「我在想那個會發電的青少……」他抬頭看，史泰爾穿的是外勤服裝，寬闊的身形被強化的黑西裝勒得緊緊的。

「獵捕得怎麼樣？」艾里問道，同時設法隱藏大部分語氣中的輕蔑意味。他花了兩個星期研究一個特異人——海倫．安德列斯，四十一歲，能夠一摸就拆散又再重組結構。艾里已把自己的了解提供給特觀組的探員，以他關在這裡的處境而言已經是盡量了。

「不妙，」史泰爾陰鬱地說道：「我們到的時候安德列斯已經死了。」

艾里皺起眉頭。特異人儘管有破壞傾向，但很少轉而自殺。他們的自我保護意識太強。「是意外嗎？」

「不太可能，」史泰爾說道，舉起一張照片對著玻璃纖維牆。照片上，安德列斯倒在地上，身子底下一灘血，額頭上有一小圈黑色的洞。

「有趣，」艾里說道：「有任何線索嗎？」

「沒有……」史泰爾猶豫著。有件事他沒有說。艾里等著他。等了好一會兒之後，他終於繼續說下去。「這不是獨立事件。兩個月以前，還有一個有嫌疑的特異人也是以同樣方式被人發現，在一家夜總會的地下室。」史泰爾把兩張紙塞進窗孔。「威爾．康奈利。我們當時仍在監視他，因為沒有足夠資料推斷他的能力本質並評估他的優先等級，但我們猜是再生力。顯然不如你的力量強，但差不多那樣。當時我們推定他的死是一次性的事件，碰到不對的人，一個債主。現在……」

「一次是偶然，兩次是巧合，」艾里說道：「蒐集第三個，你就有一個模式了。」他看完照片抬起頭。「武器呢？」

「沒有登記。」

「還是要把彈道資料存檔。如果他——或者她——在積極獵殺特異人，那麼遲早會再度出手。事實上，」艾里繼續說著：「把每個符合這種執刑風格的殺人事件都找出來，時間在過去這……」——艾里考慮著——「三年內。」

「三年？那是很奇怪的特定數字。」

確實。三年——那是艾里在特觀組的時間，是他沒有工作的時間。如果先前與他同時期有別的獵人，他應該會知道的。

這表示有一個新人接替他的位置。

20

十六年前
洛克蘭大學

離春季班開學將近一個星期前，艾里來到了洛克蘭。

他沒有特別挑選任何學校——如果夏綠蒂的父親要付帳，艾里就打算充分利用。洛克蘭是國內課程排名頂尖的學校之一。此刻，他穿過氣氛宜人的校園，享受著寧靜的大片草地。還有足足一個星期才開學，整個地方空曠得很奢侈。

但是抵達宿舍後，他的心一沉。他原希望是單人套房，反之，他發現不同的安排：兩張書桌，兩張床，中間一扇窗戶。一張床是空的，另外一張床上躺著一個瘦瘦的人，頭枕在一隻手臂上，另一隻手舉著一本書。

聽見艾里走近，那本書掉下來，露出一張瘦臉，如狼似的藍眼睛，平直的金髮。

「你一定是艾略特。」

「艾里，」他更正道，一面把背包放在地板上。

那個男孩把雙腿甩下床，站了起來。他比艾里高一兩吋，但全身處處稜角。

「我叫維克多，」他說著把兩隻手塞進口袋。「姓韋勒。」

艾里擠出笑容。「有這樣的名字，你應該是超級英雄。」

維克多上下比一比自己身子。他穿的是黑色牛仔褲與黑色polo衫。「你真的可以想見我穿彈性超人裝嗎？」他的藍眼睛瞄一下艾里的唯一一個行李箱，上面放一個盒子。「你的行李很輕便。」

艾里朝維克多的那半邊房間點點頭。「你來得很早。」

維克多聳聳肩。「少跟家人相處為妙。」

艾里不確定要怎樣回答，所以沒有說話。兩人之間一片沉默，然後維克多像狼一樣歪著頭說：「你餓了嗎？」

✦

維克多又叉起一塊花椰菜。

「那，你念的是什麼？」

他們坐在校園裡的一座大型餐飲中心內，沿牆一個個區塊供應不同文化的飲食餐點。

「醫學預科，」艾里答道。

「你也是？」維克多叉起一片牛肉。「你為什麼要念這個領域？」他抬眼看一下，艾里覺得……暴露在外。那讓人很不自在，淡藍目光盯著他，不像是好奇，比較像是拆解。

艾里低頭看自己的食物。「跟大多數人都一樣，」他說道：「我猜我是感受到一種召喚。你呢？」

「看起來顯然很適合，」維克多說道：「我一直很擅長數學與科學，任何可以提煉成等式、因果、純粹性的東西。」

艾里用叉子捲起義大利麵。「可是醫學並不堅持純粹。生命也不是等式。一個人不僅僅是各部件總和。」

「是嗎？」維克多問道。他的神情穩定，聲音平平。

這讓人生氣——艾里太習慣讓人消除敵意，誘哄他們提供情緒上的線索，給他應付的條件。但是維克多表現得完全沒有興趣對戰。

「當然，」艾里繼續說著。「那些部件本身——肌肉，器官，骨骼，血液——組成一個身體，不是一個人。沒有神性火花，沒有靈魂，頂多只是肉。」

維克多咂舌不表認可。「那麼，你是信教的。」

「我相信上帝，」艾里穩穩說道。

「好吧，」維克多說著把盤子推開。「你可以住在天堂，我選擇地球。」

一個女孩出現，在維克多旁邊的位子坐下。「我們看看這是誰呀？」她揉了下他的金髮，顯然是習慣成自然的動作。有意思。維克多給艾里的印象並不是歡迎隨便接觸的那一類人，但是他並沒有閃縮，只是拋給她一副無聊的笑容。

「安姬，」維克多說道：「這是艾里。」

她對他一笑，艾里覺得好像一面鏡子迎向太陽，很慶幸有光源讓他反射。

「我們剛剛在討論上帝在醫學的地位，」維克多說道：「想加入嗎？」

「我棄權。」她從他的盤子裡拿起一塊花椰菜。

「偷食物是很無禮的。」

「你從來不把東西吃完。你父母沒有教你怎麼吃青菜嗎？」

「沒有，」維克多溫和地說道：「他們告訴我要探索內在心靈，領悟自己潛力的真相，從來沒提過蔬菜。」

安姬會意地瞥一眼艾里。「維克多的父母是自助勵志大師。」

「維克多的父母，」維克多說道：「是江湖術士。」

安姬笑起來，輕輕的聲音帶著親切感。「你有時候真是一個怪胎。」

「只是『有時候』？」維克多問道：「我得再努力一點。」他的藍眼睛轉向艾里。「『正常』這回事的重要性被高估了。」

艾里心頭一緊——內心微微揑一下，臉上並沒有流露出來。

「正常」這回事的重要性被高估了。說得好像有人不必做得那麼努力。不需要靠正常求生存。

維克多清一下嗓子。「安姬是工程系最亮眼的明燈。」

她翻一下白眼。「維克多太自負，不會刻意尋求讚美，但他是醫學預科的頂尖人物。」

「可是妳沒聽說，」維克多正色說道：「艾里會跟我好好較勁。」

安姬帶著剛產生的興趣看他。「是那樣嗎？」

艾里微笑著。「我盡量。」

21

兩年前

特觀組

「你對了，」史泰爾說道。

艾里由小床上爬起來。「別聽起來這麼失望。」

「我們把執刑式的殺人案件調出來，再跟我們系統裡的死亡案件比對，看看有沒有特異人的標識。」史泰爾把一張紙塞進牆上的窗孔。「見見賈斯汀．葛萊德威爾。」

艾里把它拿過來，低頭瞪著細節少得可憐的資料，上面是一個三十多歲的男人臉部特寫照片，留著兩天沒刮的鬍碴。「一年前被槍殺。能力未知。他根本不在我們的搜尋雷達上。」

「他們的腳步比你們快，」艾里說道，然後把三份資料攤在他的桌子上。賈斯汀．葛萊德威爾。威爾．康奈利。海倫．安德列斯。「恭喜，你似乎有了一個新獵人。」

「而你，」史泰爾說道：「似乎有了一位模仿者。」

艾里感覺微怒。他不喜歡有代理人這種想法。「不對，」他說著，腦子裡在思索這一系列的屍體。「如果是我，我會更仔細安排死法，會讓那看起來……更自然。這個人……」——他用手指敲著桌子——「想的是別的東西。」

「你是指什麼？」

「我的意思是，」艾里說著：「這個凶手顯然認為執刑是必要的，但我懷疑這並非他的唯一目的。」

「我們需要盡快找到這個人，」史泰爾說道。

「你要我獵捕一個獵人。」

史泰爾揚起一邊眉毛。「那樣有問題嗎？」

「正相反，」艾里說道：「我一直在等候挑戰。」他雙臂抱胸，打量著照片。「有一件事幾乎可以確定。」

「什麼事？」

「你的獵人是一個特異人。」

史泰爾神情一僵。「你怎麼知道？」

「好吧，我不知道，」艾里說道：「我只能假設。但一個普通人能夠成功處死三個明顯的特異人而沒有絲毫受到抵抗的跡象，這樣的機會有多大？」艾里把葛萊德威爾的照片舉到玻璃纖維牆前。「只有一發，位置固定，直擊頭部，三個案例都如此。這種精確程度只表示兩件事——要嘛開槍的人是一個專業射手，要嘛就是受害者沒有反抗。這血的噴濺方式顯示，他們挨槍的時候仍有意識，而且是直立的。那表示他們只是站在那裡。你覺得有多少普通人能夠說服或者逼迫一個人那麼甘願受死？」

艾里沒有等著聽回答。他搖搖頭，研究著照片，腦子轉呀轉。一個星期。兩個月。九個月。

「這些殺人案相距很遠，」他若有所思地說著。「那表示，不是你的獵人不太擅長尋找特異人，就是他不是在找所有的特異人。」

「你認為他的目標是特定的人？」

「或者有特定能力的，」艾里說道。

「有什麼想法嗎？」

艾里雙手的指尖相抵。

要在死後判定一個特異人的能力是不可能的工作。特異能力是高度專精化的，如何得知不僅要看特異人死的方式，也要看他們想要活的理由。他可以推測——但艾里不喜歡推測。那樣很危險，也沒有效率。根據經驗做的猜測依舊是猜測，不能代替第一手的經驗。書面線索只能告訴你這麼多——看看雪德妮與賽蕊娜．克拉克。同樣的瀕死經驗——栽入結冰的湖裡——結果生成的能力卻有天壤之別。每個人都是個體，心理是特定的。那麼，訣竅就是要瞄準含糊的形狀，只把焦點放在輪廓上，看最寬廣的條件，然後蒐集足夠資料以找出模式，找出全貌。

「把你所能找到的這三個人所有資料都給我，」他說著，手朝照片一揮。「他們就算死了，也不表示還沒有祕密可以說出來。」

艾里指著史泰爾腳邊的一個盒子。「那是什麼？」

史泰爾用鞋子推一下盒子。「這，」他說著：「是所有符合這個獵人手法的執刑式殺人案，但是沒有特異人的資料。」

普通人。當然了。他沒考慮到獵人的範圍也許超出特異人之外。但那是因為他自己沒有超出。真是粗心的假設。「我可以看看嗎？」

那個盒子太大，塞不進纖維玻璃的窗孔，於是史泰爾把紙塞進來，一次一疊。「你在想什麼？」史泰爾問道，看著艾里把那疊紙放到桌上。

他的腦子裡漂浮著許多點，他試著移動把它們連成線。「這其中有一個模式，」艾里說道：「我還沒找出來，但是我會的。」

22

十五年前

洛克蘭大學

「一沙一世界……」

遠處雷聲隆隆，雲層淹過藍天。今天是四年級的開始，他們解開行李之後，跑到屋頂上來觀看暴風雨來襲。

「……一花一天堂，」艾里繼續說著。

他舉起手掌，直到看起來彷彿手就在閃電的下方。

「把永恆托在你的手掌心……」

「說真的，艾里，」維克多說著，一面在這臨時陽台上散置的摺椅找一張坐下。「不要再讓我聽什麼經文了。」

艾里的手放下來。「這不是聖經，」他不耐地說道：「這是英國詩人布雷克寫的。有一點文化吧。」他把維克多手上的威士忌酒瓶抓來。「而且重點不變。在創作品背後看到創造者並無傷。」

「你聲稱要念科學的時候就有。」

艾里搖搖頭。維克多不懂——永遠都不會懂——這跟信仰或者科學無關，兩者是糾結在一起的。艾里小心啜一口偷來的酒，也找一張椅子坐下，暴風雨越來越接近。這是他們返校的第一晚，同住新宿舍的第一晚。維克多這個暑假全家一起到遠地度假，而他一直迴避著父母，搶先一步開始念有機化學。艾里的暑假待在洛克蘭，在萊恩教授底下實習。他斜瞄一眼這位朋友，後者正俯身向前，雙肘撐著膝頭，似乎全神貫注地看著遠方的閃電。

當初一開始，維克多給了一個難題。艾里．卡戴爾的角色經過十年小心塑造，在這個嚴肅的新室友身上找不到觀眾。沒有需要擺出穩穩的笑容、和藹可親的態度，或者演練過的自在樣子。那些都沒有用，維克多似乎全然不感興趣。不對，不感興趣這個詞不對——維克多的注意力很持續，很敏銳——但艾里越想表現魅力，維克多的回應就越少。事實上，他似乎對這種用心感到討厭。彷彿維克多知道是那樣，是一種用心，一種表演。艾里發現自己在篩檢不必要的裝飾，把自己的角色修剪至最基本的部分。

而他那樣做的時候，維克多的興趣就來了。

他轉身面對艾里，就像在照鏡子。物以類聚。那讓艾里害怕又興奮，那樣讓人看見，也看見自己反映出來。並不完全是他自己——他們仍然太不相同——但是其中有一個重要部分，像是一種同樣的珍貴金屬核心透過岩石發出閃光。

閃電有如藍色動脈劃過屋頂，幾秒鐘後，他們周遭的世界像遭受強力震盪撼動著。艾里感覺一陣震顫直透骨骼。他喜愛暴風雨——它們使他覺得渺小，像一大片花樣裡的一絲針腳，傾盆大雨中的一滴水。

一會兒之後，雨下了起來。

幾秒鐘後，幾滴水變成了傾盆大雨。

「見鬼，」維克多咕噥著從椅子上跳起來。

他朝屋頂的門跑過去。

艾里站起身，但是沒有跟過去。不消幾秒鐘他就變成了落湯雞。

「你不來嗎？」維克多隔著雨喊著。

「你先走，」艾里說道，大雨蓋過他的聲音。他仰起頭，讓暴雨吞沒全身。

一小時之後，艾里光著腳啪嗒啪嗒穿過宿舍，邊走邊滴水。

維克多的門是關著的，燈也沒有亮。

艾里走到自己的房間，脫下濕衣服，跌坐到椅子上，窗外的暴風雨開始消退。

凌晨兩點鐘，第二天就要開始上課了，但他仍然沒有睡意。他的手機放在書桌上，裡面有一堆安姬的簡訊，但是艾里沒有心情看，反正，她現在大概已經睡了。他用手梳理一下濕髮，把它往後撫平，然後把休眠中的電腦喚醒。

在屋頂上有一件事一直讓他在想。閃電在他手掌心的那一幕景象。艾里這個暑假大半的時間都在研究人體的電磁，生命火花的字面上與比喻性的意義。此刻，在疲憊的凌晨時分，黑暗的房間內，筆電的人造光亮讓他保持半睡半醒狀態，他的手指在鍵盤上移動，開始搜尋起來。

要搜尋什麼，他並不甚確定。

顯示器上，一個網站跳到另一個網站，艾里的注意力在眾多文章、論文與論壇之間漫遊，像迷失於夢境中的心靈。但是艾里並沒有迷失，他只是想找出線頭。他曾偶然發現一個理論，幾個星期前，也是一個失眠的夜晚。這一個月以來，那個理論生了根，靠他的專注力生長著。

艾里還是不知道是什麼讓他按下那第一個連結。維克多會說那只是出於無聊的好奇或者疲倦，但是在艾里的恍惚狀態下，那有一種怪異的熟悉感。像一隻手擱在他自己的手上，像一個祝福，推了一下。

艾里發現的理論是這樣的：突發的極端創傷可能導致災難性，甚至永久的體質與能力轉變。透過生死關頭的創傷，一個人可能重新接線，重新再造。

那頂多是偽科學。

但偽科學並不代表必然錯誤。它只是一個未經適當證明的理論。萬一有可能呢？畢竟，人在強迫之下會做出特異的事情。享有一股突來的力量，一時間強化的能力。那種躍升真是那麼極端嗎？可不可能在那生死交關的時刻，在黑暗與光明的隧道之間，有什麼事情發生了？如果一個人相信這一點，會是瘋狂了嗎？如果不相信，會是傲慢嗎？

網頁下載完畢，艾里的心跳加速，眼睛瞪著顯示幕上面的字。

特異。

23

一年半前

特觀組

艾里跪在牢房地板上，十二張紙在眼前鋪開。他已經把一大堆凶殺案縮減至三十件。然後是二十件。現在，最後變成六件。

馬康姆・瓊斯。席奧多・高斯林。義安・豪斯班德。愛美・陶。艾莉絲・柯雷頓。伊森・巴瑞摩。

三個毒販，兩個醫生，一個藥劑師。

他把前三張紙塞進窗孔。「再看看這幾個彈道分析，比對一下你們遭到處死的特異人。」

史泰爾翻看那幾張紙。「這一堆資料裡面有一百個幫派與組織的殺人案。為什麼挑這三個？」

「魔術師不會透露自己的祕密的，」艾里淡淡說道。

「你也不是魔術師——你是殺人凶手。」

艾里嘆一口氣。「我怎麼會忘記？」他朝被他從中挑出六個名字的那一大堆檔案點點頭。

「精確地說，那裡有一百零七個幫派與組織凶殺案，其中有八十三個可以排除，因為它們不符合我要求的乾淨俐落近距離直射執刑模式。剩下的二十四件裡面，十四個有特別牽涉到非法武器的紀錄，十個是藥物。根據資料來看，你的目標每次執刑都是用同一把槍。我決定要假設他不是要獲取武器。我們可以把名單更進一步縮小，因為瓊斯、高斯林與豪斯班德的執刑都牽涉到其他受害者，那又讓我的理論更進一步，就是你要找的人是用一種超自然方式強迫受害人，這樣否定了每個場景的重複樣品，排除了原來十個裡面的三個。」

「你確定是一個男人？」

「我不確定任何事情，」艾里說道：「但是一個男性凶手的機率比較高。女性殺手比較少，而且她們比較比較歡親自動手的方式。」

「而你認為他要的是毒販？」史泰爾問道。

艾里搖搖頭。「我認為他是在找毒品。」他把地板上的另外三份檔案拿起來。「我的理論是，你的殺手有毒癮，或者是病得很重。這又把我引到這幾個。愛美・陶、艾莉絲・柯雷頓，以及伊森・巴瑞摩。前兩個是醫生，第三個是藥師。」

史泰爾在纖維玻璃牆後面踱步。「死掉的特異人呢？他們是怎麼納入的？」

「我支持自己的理論，我們的獵人是——而且可能仍然是——瞄準特定能力。安德列斯的能力有破壞力，但也有復原力。康奈利的能力是再生。」

「這又支持你的理論說他有病。」

史泰爾的聲音裡面，艾里想著，有一種不太甘願的尊敬意味。

「這還只是一個理論，」他猶豫著。「讓我們從證實彈道分析來開始吧。」

✦

兩天後結果回來了。

艾莉絲．柯雷頓與馬康姆．瓊斯。

一個醫生與一個毒販，加入三個已死的特異人名單。

艾里描繪的圖像在成長。但是仍然有缺。

他一直在想槍的問題。

他們的獵人手法很有條理，很精確——他一定知道執刑方式多變能夠幫助掩飾蹤跡，然而他還是選擇維持單一的技巧。一個人固守這麼一個模式是有原因的——有時候像一種簽名，有時候跟方便或者精確有關，但是在這一方面艾里覺得這名殺手不想把手弄髒。開槍殺人很冷酷，有效率，也隔有距離。而且也很乾淨。無菌。那可以在一段距離之外做到，不會有在現場留下生物資料的風險。儘管在模式上有缺點，殺手選擇的武器表示他比較在乎保持自己匿名而非隱藏屍體蹤跡。那又表示殺手的DNA已經在系統之中。

一個當局已經知道的特異人。

艾里在腦子裡把這些想法拼在一起，他的脈搏快了起來。

這樣太瘋狂了。沒有理性。太衝動。但是艾里又感覺到背部有力量在輕推，指引他往前進。他打開電腦，開始搜尋醫藥業者的奇怪或者突然死亡的案例。

接下來四十八個小時艾里都沒有睡覺，瀏覽每一個資料庫與訃聞以及新聞報導。他知道自己是在貪快急進，但腳底下的地面平滑又是下坡，所以艾里沒有停下腳步，只是讓重力發揮作用。

然後，終於，他找到一個亞當．波特醫生的訃聞。一名頂尖的神經醫學家，在私人醫院下班後被人發現死亡。根據驗屍報告是心臟病發作，但不是死在他的辦公桌前，不是在走去開車的時候，也不是平安到家以後。不是的，他的屍體是在醫院的油布氈地板上，旁邊是在冒煙的核磁共振檢查室，那裡的電力燒壞了。

詭異的意外。

龐大的電流。

那天晚上的病人紀錄不見了，忙碌的行事曆上面有一個整齊的洞，但艾里從剩下的邊緣可以看出大概。

他知道那個形狀。

他從前見過。

安姬的屍體，扭曲地倒在洛克蘭的實驗室地板上，她的背部拱起，嘴巴張開，生命的最後一刻充滿痛苦。

心臟病發，他們是這麼說的。

詭異的意外。

龐大的電流。

而在這兩者之間，是一個有獵捕技巧的特異人，有操控受害者身體的能力。一個已經在系統中有案的人——因為他應該已經死了。

「我殺死了你，」艾里喃喃說道。

維克多又出現了，彷彿受到召喚一樣。冰冷的藍眼睛，以及一副狡笑。「沒錯。」

「那怎麼會呢？」

「你真的需要問嗎？」

艾里一咬牙。

雪德妮．克拉克。

賽蕊娜曾堅持要親自解決她的妹妹。顯然她的決心動搖了。雪德妮仍然活著。

那個女孩有一個討厭的習慣，就是把人救活。而且把特異人救活又出了錯。艾里曾親眼見到雪德妮讓他先前殺死的一個人復活，送回來的時候像一個故障的玩具，手上拿著一張維克多寫的紙條。

我交了一個朋友。

此刻，艾里站起身，抬頭望著最近的攝影機。「史泰爾？」他問道，先是平靜地問，然後變得很大聲。

一個冷冷的聲音透過對講機回答道：「主任不在。」

「他什麼時候會回來？」他問道，但那個聲音沒有回答。

艾里的怒意升起。他需要見史泰爾，需要看著他的眼睛問他是否可能那麼愚蠢，問他為什麼沒有燒掉屍體。

他環視四周想找找看有什麼東西可以用，可以有辦法引起主任注意。

但每樣東西都是用螺絲釘固定住的。當然，除了他自己以外。他用拳頭大力捶擊玻璃纖維牆壁。

一個低沉的聲音響起，牆壁開始充電。

「牢裡的人，」一個空泛的聲音命令道：「退開。」

艾里沒有退。他又捶一下牆壁。一個警報聲響起，瞬間之後，一陣電擊傳上艾里的手臂，使他踉蹌後退，他的脈搏節奏亂了一拍才穩下來。他作勢要捶第三次，但是拳頭還沒碰到牆壁，燈就滅了，艾里陷入全然黑暗之中。

感官能力剝奪來得如此突然，黑暗是如此全然，艾里覺得像在墜落。他伸手想撐住身體卻又失足，摸索了幾秒鐘才找到鐵椅子坐下去等著。

你為什麼不燒掉屍體？

你為什麼……

但是艾里坐在黑暗中，心裡一再重複這個問題的時候，他感到長久以來一直在引導他的那隻手，現在再把他往後拉。如果艾里把維克多的事告訴史泰爾，告訴特觀組，他們就會把他活著抓回來，把他關在牢房裡。不行，艾里不願意——不能——容許那些折衷作法。維克多太危險，必須消滅，而史泰爾已經失敗過一次。

艾里不能把這個任務再託付給他第二次。

燈亮起來，對面那片牆變透明，主任豁然現身，穿著一身訂做的黑西裝，領帶鬆鬆地掛在脖子上。

「搞什麼鬼？」史泰爾問道：「你最好在這些把戲後有什麼突破發現。」

艾里只遲疑了一秒鐘，然後站直身子，確定了方向。

「事實上，」他冷冷說道：「我走到了死胡同。」

這不是謊話。

史泰爾的臉上閃過一絲懷疑之色。「這倒挺讓人驚訝，想想看你這個星期下了多少功夫。你似乎在突飛猛進。」

艾里心裡暗咒一聲。剛才自己的發現使他太震驚，一心急著要面對，接著自己的反悔又使他太過驚訝，結果竟沒有考慮到改變心意的後果。像是鞭子反抽。一貫模式出現破口。

「哪裡出了問題？」史泰爾追問道。

「沒有，」艾里說道：「我只是沒有更多線索。」

「那你他媽的為什麼要找我？」主任問道。

艾里犯了一個錯。他並不容易犯錯，除了在牽涉到維克多・韋勒的時候。維克多總有一種讓人不安的能力惹艾里惱怒，打斷他的專注力。而現在艾里需要打斷史泰爾的專注力，要設法使他的注意力轉向，把他的懷疑變成……比較容易的事情。生氣——那可是非常容易引人注意的一種情緒。

「我猜，」艾里說道，同時盡可能讓自己的聲音帶著嘲弄意味。「我想要知道你有什麼打算。現在我知道了。」

史泰爾看著他，嘴巴張得大大的。然後，不出所料，他嘴巴癟成怒容。「你想要我把你送回實驗室嗎？」

「我開始覺得那個威脅太老套了。」

史泰爾彷彿挨了一擊似地往後退。「是嗎？」他語氣陰暗地說道：「讓我幫你溫習一下你的記憶。」

艾里緊張起來，看見史泰爾將手錶舉到嘴邊朝著內建對講機說話，聲音低得他聽不見。

「等一下，」艾里說著，聲音被上方一個金屬刮擦聲打斷。四個小型灑水器從牢房前面的天花板上冒出來。冰冷的水噴下來，不出幾秒鐘艾里就全身濕透。

他正想退開，但史泰爾的聲音阻止了他。

「你敢退開。」

艾里站穩腳步。「好吧。」他低頭看自己的手，再抬頭看史泰爾。「我不會融化。」

「我知道，」主任陰鬱地說道。

艾里才剛聽到水聲之外又有一種嗡嗡聲。他悟到是怎麼一回事的時候已經來不及了，剛朝玻璃纖維牆走出一步就被電流擊中。

衝擊從四面八方而來。沿著他的腿竄升，電弧貫穿他的胸腔，點燃每一根神經。艾里趴跪在地，電流藉水傳導，穿透他的全身。這種電壓足以擺平一隻小型野獸，但是艾里的自我再生能力使他保持清醒，困在持續的電擊狀態中。

他的牙關鎖緊，齒縫擠出野獸般的聲音。

史泰爾轉身衝出去，同時舉起手做出像是把他打發走的手勢。牆壁變成不透明的白色，經過恐怖的幾秒鐘之後，電流終於停了。艾里側身癱在濕滑的地板上，噴水漸漸放慢然後停止。

他翻身躺平，胸部急遽起伏。

然後，艾里緩緩站起身，走到桌前，跌坐到電腦前面的椅子上。由於他的電腦與史泰爾的是系統分身，所以主任能夠調取任何檔案，能夠看出字裡行間隱藏的東西。

艾里開始查詢其他死亡案例，其他死因，其他線索。他不能隱藏讓他找到亞當．波特的搜尋紀錄，不能隱藏那個失蹤環節，但是他可以不讓史泰爾追蹤艾里自己思想中的清除模式。對每一個後續的搜尋，艾里都會把線索弄模糊，故意追蹤先前已經放棄的一條線，希望這樣能夠顯得像是因失敗而感覺挫惱，因需要找到真相而感覺憤怒。

但是隨著他的手指在鍵盤上飛舞，創造出由錯誤線索與死胡同織成的一張網的同時，他自己的思緒卻連結成一列平穩前進的火車。

艾里要把維克多留給自己。

24

四星期前
特觀組

艾里花了大半個小時聽史泰爾講他的新目標。瑪賽拉・蕾內・瑞金斯。黑幫老大的老婆變成了殺人凶手。他聽著主任講著，一面翻閱檔案文件，把剪報與特觀組發的背景資料擱在一邊，改把注意力放在醫院的犯罪現場靜態照片——腐鏽的床欄杆、破損的床單，以及病房牆上的驚人大洞。

「……險些死於火災，似乎燒掉每樣東西——以及每個人——她可以用手觸碰就——」

「她不是燒死他們，」艾里瀏覽著照片說道。

「那一堆堆灰燼與你的說法不同。」

艾里用一根手指摸著牆上的洞，然後再翻到犯罪現場的特寫，廚房地板上的殘渣。

他站起身，把照片按在玻璃纖維牆壁上。「你有沒有看見?那顆鑽石的邊緣?」

史泰爾瞇起眼睛。「看起來髒髒的。那也說得通，想想看它是在一堆人的殘骸上。」

「那不是髒，」艾里說道：「那是石墨。」

「我不懂。」

很顯然。「瑪賽拉不是燒東西。她是腐蝕東西。如果她是用熱燒，你或許能夠用極冷的東西對抗。但是像這樣的腐蝕能力，你最好殺死她。」

史泰爾雙臂抱胸。「你只有這一點建議可提供？」

「以這個案例而言，當然這是最好的，」艾里說道。他從前見過像瑪賽拉這樣的異能。原始，毀滅性，沒有界線。這個世界上沒有地方可容這樣的特異能力。她可能造成大混亂，除非消滅她。「你知道碳的半衰期嗎？」

「那算是我該有的常識嗎？」史泰爾問道。

「將近六千年。你想她殺死戴戒指的那個人用了多久時間？你想她要用多少時間穿透你們手下的裝備？」

「我們的探員不是第一次碰到以觸碰為能力基礎的人。」

「那麼假設你們抓到她，你們到底有沒有一個牢房可以關住有這樣特異能力的人呢？」

「每一種特異能力都有限度。」

「你就聽——」

「我不需要，」史泰爾打斷他的話。「你的理論目前連神祕都算不上，艾里。如果要由你決定，特觀組永遠都不會抓捕任何人。」

「那是因為我你們才控制住過去二十二個特異人。所以我告訴你有這種能力的人應該死的時候你就要聽。」

「你知道我們的政策。」

「我知道你想相信所有特異人都值得留下，但我們不是的。」

「我們不會決定誰生誰死，」史泰爾斷然說道：「我們不會未經對質就把特異人判死。」

「來看看是誰讓自己的理想模糊了判斷力？」

「瑪賽拉將有跟我們交手的其他特異人同樣的機會——自願來這裡。如果她拒絕，在場的小組不能安全地——」

「安全地？」艾里吼道。「這個女人能夠一碰就把人變成灰。她能腐蝕金屬與石頭。你是把一個特異人的性命看得比一個普通人的高嗎？因為你是要派探員執行自殺任務以滿足你自己的自尊——」

「別講了，」史泰爾說道。

艾里咬牙擠出一口氣。「如果你現在不殺她，以後會後悔莫及。」

史泰爾轉身要走。「如果你沒有別的建議——」

「派我去。」

史泰爾回望一眼，揚起一眉。「什麼？」

「你要別的選擇？不會讓無辜的人送命的選擇？」艾里雙臂一攤。「我們的能力是互補的。她摧毀，我再生。這是一種宇宙奧妙，你說不是嗎？」

「萬一她的能力比較快呢？」史泰爾問道。

艾里放下雙臂。「那我就死了，」他簡單說道。

他曾相信自己活下來是因為上帝要這樣，艾里無法毀壞是因為祂對他有一個目的。這些日子以來，艾里不知道自己相信什麼了，但他仍殷切希望，迫切希望，其中有一個道理。

史泰爾陰笑著。「很感激你的提議，卡戴爾先生。但我不會那麼輕易讓你去。」牆壁變成不透明，吞噬了主任的身影。艾里嘆一口氣，走向小床。他跌坐在小床上，雙肘撐著膝蓋，手指交握，低下頭，彷彿在禱告。

艾里並未期待史泰爾會同意，當然啦。

但是他已經播下種子，見到它在史泰爾的眼底生根。

現在他只需要等它成長。

25

四年前

特觀組——實驗室樓區

湯瑪斯．哈維提是一個有遠見的人。

所以史泰爾撤除他在特觀組的職位時，他並不太驚訝。警衛把他送出實驗室，拿走他的門禁卡、檔案、漿挺的白袍時，他也不驚訝。有太多天才被短視的傻瓜害得陷入困境，科學家在受到讚揚之前常遭到詛咒。神明被釘十字架之後才受到崇拜。

「這邊走，哈維提先生，」一個穿黑西裝的軍人說道。

「我是博士，」他更正道，一面穿過掃描機，張開雙臂讓他們搜索他的衣服、皮膚、骨骼，只為確保他沒有偷實驗室裡的東西。彷彿哈維提會做那麼明顯、那麼愚蠢的事。

他們一直送他到停車場，又繼續搜查他的汽車，才把鑰匙還給他，示意站崗警衛讓他出去。大門在他身後冷冷地斷然關上。

哈維提開了二十四英里路，回到梅瑞特市的外緣，位於南邊的一所小公寓。他進去後把鑰匙放在專用的托盤上，脫下外套與鞋子，然後捲起衣袖。

他的手腕上仍有幾滴卡戴爾先生流出來的血，有乳膠手套保護還是會沾到。哈維提打量那幾滴血片刻，那奇怪的形狀看起來像湊在一起的星星，像等待發現的星雲。

他舉著手腕出去，走進他的辦公室。那是一個沒有窗戶的房間，無菌純白，排滿的架子上是冰存的樣品、試管血、裝有十幾種藥品的玻璃瓶，以及一個接一個的手寫筆記夾。

不會的，哈維提不會傻得在離開時偷特觀組的東西。反之，他是每天偷。一次偷一點研究東西。一個樣品。一個載玻片。一個安瓿。每個紀念品都是小小的，如果被抓到還可以聲稱是意外，一時疏忽。耐心真的是最高等的美德。而進步是一次暫停一步才得到的東西。

每天晚上——或者早上——哈維提回家時，都會帶一個筆記本，把他在特觀組密室所做的筆記一字不漏地複寫出來。

比時代超前的人，按照定義，永遠都在時代之外。

哈維提並無不同。史泰爾不明白——特觀組不明白——但是他知道為達目的可以不擇手段。他會證明給他們看。他會破解特異人的密碼，改變科學的面貌，然後他們會歡迎他歸隊。他們會崇拜他。

他穿過這間實驗室，從上層抽屜裡取出一片小載玻片以及解剖刀，小心地把艾略特．卡戴爾的紅褐色血點刮落到玻璃表面上。

他有好多工作要做。

26

四星期前
梅瑞特市南區

尼克・富爾賽蒂重重坐到置物櫃區旁邊的長凳上，開始解開手上的繃帶。他用舌頭舔著臉頰內的口腔——仍可以嚐到挨對手一拳時流出的血味。

最後一截繃帶鬆開，尼克伸縮一下手，看著骨節部分的皮膚變緊，硬得像石頭之類。當然，那不是石頭，也不是別的東西。比較像是所有軟的部分離開了，所有的柔弱抹消了。他再伸縮一次，手指突然再度恢復血色變軟，回復本來的肉與骨頭樣子。

尼克只能硬化自己的小部分——雙手，肋骨，小腿，下巴——而且即使那樣，也是出於有意識做的事。

但那是見鬼的可怕折磨。

他曾聽過耳語，聽過有軍人來找像他這樣的人。一開始也曾進入網路上的無底洞，盡可能挖掘特異人的事，然後才悟到那可能是一面警告的大紅旗，隱姓埋名在大眾電腦上搜尋。

特觀組——他們是這樣稱呼的。他一直把他們想像成電視節目裡的那種人，相信鬼怪或外星人的那種人。尼克從來不是那麼容易受騙，不會真正以為他們存在，以為那些獵人存在。

但是話又說回來，六個月前，剛出院的尼克一拳打在牆上，結果只有那面牆破了，在那之前，他也不相信有自己這種人。

賭頭塔威西在門口那裡吹一聲口哨，齒間還咬著一根新的牙籤。

「以你這個塊頭，你這一拳還挺能打的。」他用下巴比比甬道、房間，以及擂台。「那裡的舞台比這個大，你知道的。」

「你要我離開嗎？」尼克問道。

「我可沒那麼說，」塔威西說道，嘴裡的牙籤移了一下位置。「只是說，你有沒有想過要找大的地方發展，我能幫你……也要抽成。」

「我不想吸引太多人注意，」尼克說道：「只要現金。」

「隨你。」一個信封掠過空中，落到他身邊的長椅上。不是那麼厚，但是無法追蹤，也足夠撐到下一場比賽。這正是尼克需要的。

「三天後晚上見，」塔威西說道，然後順著甬道走開了。

尼克數數鈔票，塞進外套，然後走了出去。

門上方照著巷子的燈又壞了，巷子裡暗影交疊，在這樣的深夜捉弄著人的視覺。

尼克點燃一根香菸，黑暗中菸頭的一點紅光舞動著。

附近一處庫房有人在開趴，重低音的一陣陣脈動傳遍街道。在敲擊聲中尼克聽不到自己的心跳，更不用說有人從背後接近的腳步聲了。

他不知道有人在，直到身側突然一陣刺痛。這一下來得猝不及防，一時間尼克以為自己中彈了，但是他低下頭看，只見自己的肋間插著一根金屬短鏢。一個小空瓶。

他頭暈目眩地環視四周，以為會看到一名警察、一個惡棍，甚至是一個特觀組的軍人，但是只有一個人，一個頭髮漸禿的矮個子，戴著圓眼鏡，穿著白色實驗室外套。

那是尼克視線模糊之前所看到的最後一個東西，然後他雙腿一軟，一切都變黑了。

✦

尼克在一個鐵房間裡醒過來——一個運貨箱，或者是儲藏櫃，他看不出來。他的視力斷續失焦，腦袋陣痛。記憶片段閃現。黑暗。小空瓶。

他試著動一下，感到手腕與腳踝被綁著，頭後面有塑膠布窸窣作響。

尼克的手伸縮一下，想讓手腕變硬，但是沒有用。硬度不等於力量。綁繩只是鬆了一點，沒有斷掉。然後他開始反抗，用力撞桌子，直到有一個人發出咂舌聲。

「我們退化得真快，」他的頭後方有一個聲音在說話。「人一被關到籠子裡就變成了動物。」

尼克扭頭拉長脖子，終於瞥見一件白色外套的邊緣。

「很抱歉我的實驗室是這個樣子，」那個聲音說道：「不是很理想，我知道，但是科學不會向美學低頭的。」

「你他媽的是誰？」尼克問道，一面扭身拚命想掙開繩子。

白外套往桌子這邊接近，然後出現一個人。瘦瘦的，漸禿，戴著圓眼鏡，深眼眶裡的眼睛是暗藍灰色。

「我的名字，」那個人說道，一面調整著乳膠手套。「是哈維提博士。」

他的手上有東西閃一下，尖細的銀色。一把手術刀。

「我保證，接下來要發生的事是為了進步著想。」

那個人俯身湊近，刀鋒靠在尼克的左眼上方。刀尖可以看得很清楚，近得足以擦到他的睫毛，那個博士則變成後方一片模糊的白影。尼克咬著牙拚命想退後，想避開手術刀的路線，但是他無處可躲，於是只好努力想讓左眼硬化。手術刀停下來，噹的一聲像金屬碰到冰塊。

博士的模糊面孔咧出笑容。「有意思。」

手術刀消失了，博士退到視線之外。尼克聽見工具刮擦移動的聲音，然後哈維提再度出現，拿著一根注射器，裡面是一種鮮藍色的黏稠液體。

「你要做什麼？」尼克哀求道，那根針又消失了。

幾秒鐘後，他的腦袋後面底部一陣刺痛。冰冷的感覺開始流竄到他的四肢。

「我要做什麼？」哈維提重複著，尼克開始發抖，打顫，抽搐。「所有科學家想要做的事。學習。」

第三部——升天

1

三星期前

特觀組

「你呢，魯許？」

杜明尼眨眨眼。他坐在餐廳上層的一張桌子旁邊，何茲與巴拉分坐兩邊。老杜得到工作後，何茲與他走得比較近，幫助他適應特觀組的環境。一個討喜的金髮男孩——老杜忍不住把他想成這樣，即使何茲比他還大一歲——帶著促狹的笑容，永遠是好心情。他們曾經一起服役，一起旅行兩次，然後老杜踩到一個土製炸彈就退役了。這樣碰到共同的值班空檔很不錯，儘管還有巴拉在場。

里歐斯獨自坐在另外一張桌位，她向來如此，食物旁邊攤著一本書。每次有哪個經過的士兵離得太近，她就會瞪他一眼，對方就退開了。

「我什麼怎麼樣？」老杜問道。

「如果你是特異人，」滿口三明治的巴拉說道：「你想要有什麼能力？」

這是一個無傷大雅的問題——難免的，即使身處這樣的環境。但是老杜仍覺得口乾舌燥。

「我——不知道。」

「噢，少來，」巴拉逼問道：「別說你沒有想過。」

「我會想要有X光視力，」何茲說道：「或者能夠飛。或者厭煩的時候就把我的車變成別種車的能力。」

里歐斯從桌上抬起頭。「你的心思，」她說道：「真是了不起。」

何茲樂得眉開眼笑，彷彿那是恭維。

「可是，」她繼續說道：「如果你花過功夫看評估資料，就會知道特異人的能力攸關於他們的瀕死方式，以及意外發生時的心理狀態。所以，告訴我，」她說著從椅子上轉過身來。「你要有什麼樣的意外才會有能力改變車型？」

何茲搞笑地蹙起眉頭，彷彿真的試圖解謎，但巴拉顯然覺得無聊。

「妳呢，里歐斯？」他回問道：「妳要什麼樣的能力？」

她轉回去看書。「我想有製造安靜的能力就不錯了。」

何茲發出神經質的大笑。

杜明尼的目光掃視著這一夥人。

他沒預期會容易一點——沒想要容易一點——但事實如此。事情就是這樣，很奇怪你會習慣，這麼快就發現奇怪的事變平凡，特異的變正常。離開軍中後，他曾想念那些同袍，那些共同的經驗。見鬼了，他想念制服，命令，那種例行的感覺。

杜明尼永遠無法習慣的是特觀組的牢房。或者應該說，牢房裡關的人。

那一區的堅硬白牆變得很熟悉——那迷宮般的錯綜構造，已化為肌肉記憶中的清晰線條——但這個地方的目的永遠無法讓人自在。如果杜明尼發現自己忘記了這座建築的真正設計，只需要看看監視影片，點選三十六間牢房的影像就行。

偶爾老杜輪到巡邏時，會經過那些牢房，遞送餐食，聽那些玻璃纖維牆後的特異人哀求放他們出去。有時候，他抽到要評估，就得坐在他們對面——囚徒在牢房內，杜明尼偽裝成普通人——問他們的生活，他們的死亡，他們的記憶，他們的心思。他得假裝不懂他們的意思，聽他們說著生命最後的時刻，跟隨他們墜入黑暗的絕望念頭，以及把他們拉回來的念頭。

隔著桌子，何茲與巴拉仍在聊著假設性的能力問題，里歐斯繼續看她的書，但杜明尼瞪著自己的食物，突然胃口全無。

2

兩年前

杜明尼的寓所

他翻轉著手上的名片，等著維克多回電。燈光照著黑色墨印，三個字發出幽光。特觀組。

十分鐘後，電話終於響了。

「接下工作。」

杜明尼僵住了。「你不是當真吧。」但他從接下來的沉默可以知道維克多是當真的。「那些傢伙是獵捕我們的人。他們逮捕我們，殺死我們。但你卻要我為他們工作？」

「你有背景，有條件——」

「萬一他們把我當成特異人呢？」

一聲不耐的短嘆。「你有能力跳出時間之外，杜明尼。如果你無法躲避追捕——」

「我可以跳出時間，」杜明尼說道：「但我無法穿牆，無法開鎖。」老杜用手抓弄著頭髮。

「恕我直言——」

「這句話通常接著就是拒絕，」維克多冷冷說道。

「你是在要我去——」

「我不是在問你。」維克多在幾百英里之外，但這具威脅仍讓杜明尼縮一下。他欠維克多的，他們兩人都知道。

「好吧。」

維克多掛斷電話，老杜瞪著電話良久，然後把名片翻過來，按下電話號碼。

✦

黎明時一輛黑色廂型車來接他。

杜明尼在人行道邊等候，看著一個穿便服的男人下車打開後門。老杜勉強走過去，腳步緩慢，拖著身體前行。

他不想做這個，體內每根自保的神經都在說不要。他不知道維克多在想什麼，或者他的想法超前多少步。在老杜的腦子裡，維克多行事總像把世界當成一場盛大的棋局。拍拍一個人說：「你是卒子，你是騎士，你是城堡。」

這個念頭使老杜有一點生氣，但是話說回來，他在軍中已經學會不要發問。要信任發下來的命令，知道自己無法看見全貌。作戰需要兩種人——一種打持久戰，一種是短打。

維克多是前者。

杜明尼是後者。

那並不表示他是卒子。

那使他變成一個好士兵。

他全憑意志力走向廂型車。但是上車前，那個人遞出一個密封袋。「電話，手錶，任何能夠傳送資料而且沒有連接到你身體的東西。」

杜明尼已經很小心了——他的手機裡只有少數幾個號碼，而且都沒有名字，維克多是老大，米契是大塊頭，雪德妮是小討厭——但是對方把袋子收走，催他上車的時候，他仍然覺得一絲不安。

車上不是空的。

還有四個人——三男一女——已經坐在裡面，背靠著沒有窗的金屬側壁。老杜找個位子坐下，門關上，車子就開了。沒有人說話，但他看得出他們是軍人——或者原來是軍人——由他們挺起的肩膀、平頭或者緊緊梳起的頭髮、始終面無表情的樣子就可以知道。其中一人有一隻手臂是義肢，從手肘以下是一個複雜的生物科技作品——老杜看見那個人的機械手指心不在焉地敲著腿。

還要接一個人——一名年輕的黑人女性——然後車輪底下的地面改變了，車子加速，外面的世界被引擎聲淹沒。

老杜的職業生涯有一半是在這種護送的路上，從一個基地轉到另一個基地。

其中一人想看看時間，才想到手錶已經被沒收了。杜明尼並不在意——他可以等。

✦

對老杜而言，時間過得很奇怪。

或者至少說，他的時間過得很奇怪。

紀錄上說他只有三十三歲，但他覺得好像活得更久——而且他猜，在某方面而言，他確實如此。老杜可以跨出流動的時間，進入暗影中，在那裡，整個世界變成一幅灰色的畫，一片無間的黑暗，不屬於任何地方，他是其中唯一一個移動的東西。

老杜從來沒算過，但是他猜自己大概花了幾個星期——如果不是幾個月——在另一邊，在外邊，他的時間線因此拉長，逐漸失去了形狀。

有一次，像在做實驗，他走入暗影，好奇地待在那裡，想知道自己能離開時間多久。那就像屏住呼吸，但同時又不像——在那個空間裡有氧氣，但也有重量，有壓力——那種壓力從前幾乎使他崩潰，每走一步都會痛。那種壓力現在則感覺像是拉力，挑戰，卻完全無法滲透。

從那之後，每天早晚，杜明尼都會花一些時間離開時間。有時候他只是在自己的寓所走動，有時候走得比較遠，計算自己能走多大的地方，而不是計算有幾秒鐘過去了。

✦

載送他們的廂型車放慢速度，老杜把注意力轉回來，看著金屬長凳，變暗的車殼，在等待的其他人身體。

幾分鐘後，車子終於停住。門打開，他們被趕下車，站在平滑的柏油地面上。杜明尼瞇起眼睛，突來的晨光使他一時恍惚。他們站在一棟一定是特觀組所在的建築前面。

從外面看，它好像……無害。甚至可說是，乏味。周邊有圍牆，但是沒有鐵絲網，沒有明顯的荷槍衛兵站崗。

他們一群人走到前門，那個氣閘艙門發出嘶嘶聲往兩邊打開。大廳——如果你可以稱之為大廳的話——光潔寬敞，但是在前門與那片空間之間有一個安檢站。他們六人一個接一個被叫名上前，把口袋掏空，走進掃描機。

克林柏。麥休斯。林菲爾德。

杜明尼的脈搏變快。

巴拉。普林奈提。

維克多曾說他們關不住他，但是他不知道，不能確定。這些人，他們的全部工作就是追捕他這樣的人。他們的技術一定能適應那種任務。萬一他們有辦法測量普通人與特異人之間的差別呢？萬一他們能偵測出他這種人呢？

「魯許，」一名警衛說著，同時領杜明尼往前走。他輕吁一口氣，走進掃描機。

一個錯誤聲——警報鈴聲——響遍大廳。

老杜踉蹌退出掃描機，鼓起精神等著牆壁裂開，大批黑衣士兵冒出來。他準備好要跨出這個世界進入暗影中，準備好要失去身分，失去隱姓埋名的生活，這整個他媽的事情，然後面對維克多的憤怒——但那名警衛只是翻一下白眼。「你有零件嗎？」

「什麼？」杜明尼茫然問著。

「金屬，在你的體內。你進去以前得說清楚有那種東西。」

那個士兵快速輸入一套新的指令。「好吧。快走。」

老杜勉強再走進去，心中暗禱掃描機無法偵察出他的恐慌。

「不要動。」

他覺得自己像在被人影印。一道明亮的白光來回掃過他的身體。

「出來。」

杜明尼照做，努力不讓人看出自己四肢發抖。

他們那夥人之一——巴拉——捏著他的肩膀。「老天，兄弟，你這神經到底繃得多緊啊？」

老杜擠出緊張的咯咯笑聲。「我不太能接受刺耳的聲音，」他說道：「都怪一個土製炸彈。」

「運氣欠佳，傢伙。」他肩膀上的那隻手放鬆了。「不過他們把你修復得還不錯。」

老杜點點頭。「夠好了。」

他們被帶進一個沒有椅子的房間，沒有地方可坐，完全沒有可以舒服一點的跡象。只有光禿禿的牆壁，空蕩的地板。他們身後的門關上，然後鎖了起來。

「你們想這是在測試嗎？」一個女人——普林奈提——等了三十分鐘後問道。

「如果是，這也太狗屎了，」麥休斯說道，然後在地板上躺下。

「要搞我也不能只用一個白箱子。」

老杜用肩膀抵著牆，晃著腳跟。

「來杯咖啡也好，」巴拉打著呵欠說道。

最後一個傢伙——克林柏——說話了。「嘿，」他故意悄聲說著：「你們有沒有見過？」

「見過什麼？」另外一個女人說道。林菲爾德。

「妳知道，他們關在這裡的。」

什麼，他剛才說的，不是誰。老杜忍住想糾正他的衝動，這時候門開了，一名女兵走進來。她長得高而精瘦，深褐色皮膚配上黑色短髮。大多數新招募的人都站直身子——立正是很難打破的一種習慣——但是躺在地上的那個傢伙只是慢慢站起來，幾乎有點懶洋洋的樣子。

「我是里歐斯探員，」女兵說道：「我會帶你們做今天的入職訓練。」她大步橫過房間。「你們有的人會懷疑我們在這裡做什麼。特觀組分成封鎖、觀察與消滅。封鎖小組專門定位、追尋與逮捕特異人。特異人觀察小組則駐守在基地這裡。」

克林柏舉起一隻手。「哪個小組要殺死他們？」

杜明尼的胸口一緊，但里歐斯表情未變。「消滅是最後手段，組員是從別的部門能夠證明自己能力的人選出。保守一點說，克林柏，你短期內不會要殺死特異人。如果這會讓你卻步，請告訴我，這樣我可以在沒有你干擾的情況下處理其餘的五名候選人。」

克林柏識相地閉嘴。

「在我們開始之前，」里歐斯繼續說道：「你們要先簽一份保密協議。如果你們違反協議，不會被捕，不會被告。」她陰笑著。「你們只是會消失。」

一個平板電腦傳遞過來，他們一一用拇指在顯示幕上按印，最後傳回里歐斯手上，那名女兵又繼續說起來。「你們大多數人都聽過特異人這個詞，大多數也可能會懷疑。但讓你們解惑最快的方法就是透過示範。」

她身後的門開了。

「跟我來。」

✦

「你們的手不要亂伸，」他們排隊進入大廳時克林柏低聲說道。

記住這個地方，杜明尼想著，一面走進隊伍中。記住一切。但這是一片無菌白色迷宮，人人穿制服，讓人沒有方向感。他們經過幾道門，每道都是密封的，需要里歐斯探員刷卡才行。

「嘿，」巴拉低聲說道：「我聽說他們這裡有一個殺手，好像殺了一百個其他特異人。你們想是真的嗎？」

老杜沒有回答。艾里真的在這個建築裡面某處嗎？

里歐斯探員敲敲肩膀上的對講機。「八號牢房，狀況如何？」

「易怒，」對講機另一端的人回答道。

她的嘴上露出冷笑。「很完美。」

她刷卡帶他們進入最後一道門，杜明尼感到心臟猛跳一下。他們置身一間飛機庫一樣的地方，空空的，只有中央擺了一間牢房，那個玻璃纖維立方隔間裡關著一個女人，像一隻螢火蟲關在瓶子裡。

她跪在地板中央，穿著連身衣褲，衣料光滑，像是塗了一層東西。

「塔碧莎，」里歐斯探員說道，聲音平穩。

「放我出去。」

新進成員圍著小隔間，彷彿她是一件藝術品，或者一個樣品，一個可從各角度打量的東西。麥休斯甚至用指節敲玻璃，彷彿身在動物園內。「不要餵食動物，」他低聲說著。

杜明尼覺得好噁心。

那個囚徒站起身。「讓我出去。」

「好好拜託，」里歐斯說道。

那個囚徒開始發亮，光從她的皮膚底下射出來，像金屬過熱而成的深橘紅色。「放我出去！」她尖叫著，聲音粗啞。

然後，她燒了起來。

火焰順著她的皮膚往上捲，將她從頭到腳吞沒，她的頭髮直立成一團藍白光羽飾，像火柴頭的火苗。

幾個新進成員退開。一個用手掩住嘴，其他人著迷地瞪著。驚訝。懼怕。

杜明尼假裝驚駭，但他的懼怕是真的。這感覺蔓延至他的四肢，像是警告，那個久遠的直覺在說不對不對不對不對——就像杜明尼的腳踩到土製炸彈的前一秒鐘，在他的世界永遠改變的一瞬間之前。一種與那個著火的女人無關的恐懼，而是關於那個關住她的牢房，熱氣根本穿不透那一呎厚的玻璃纖維。

里歐斯按一下牆上的開關，牢房內開始灑水，然後響起火被澆熄的滋滋聲。小隔間內充滿蒸氣，等水關上，白煙消退之後，囚徒癱坐在牢房地板上，渾身濕透，大力喘著氣。

「好吧，」里歐斯說道：「示範表演結束。」她轉身面對新進人員。「有問題嗎？」

✦

這一天結束時，黑色廂型車在那裡等著。

駛回城裡的一路上，其他新進成員都在聊天，但老杜閉上眼睛專心調整呼吸。

「示範」之後就是面談，說明訓練流程、心理評估，每項程序都是很基本、很普通的，顯然是想讓應試者忘記特觀組的目的有多奇怪。

但是杜明尼無法忘記。他仍因見到那個燃燒的女人而感到震驚，也確信自己絕對無法帶著祕密脫身，所以他很驚訝——也很懷疑——這一天結束時，里歐斯竟然要他第二天回去報到繼續接受訓練。

老杜閉著眼睛，廂型車快速駛著，把其他學員一站一站送到家門口。一個接一個，他是最後一個，車門關上後，只剩他一人，老杜又被驚恐的感覺攫住。他確信自己可以感到輪胎走在高速公路上，確信他們要把他送回特觀組，送進他自己的玻璃纖維隔間。

「魯許。」

杜明尼抬眼看，發現車子已經停止前行，後門開著，暮色中可以見到他的寓所建築。一名士兵把裝著手機的密封袋遞給老杜，老杜下了車，但是他走上台階進入公寓後，仍無法擺脫有人在監視他的感覺。

那邊，在街上，有一輛不認識的車子。他打開電視，回到窗前——它還在那裡，沒有熄火。

老杜換上運動服，深吸一口氣，然後溜出時間之外。

整個世界安靜下來，變得沉重，灰暗，房間裡的所有聲響與動作都被濾掉了。老杜走到前門，努力抗拒著時間凍結的牽引力量。

從前每走一步都很痛苦，在這片沉重黑暗的地方老杜待一會兒就受不了。但是經過幾個月的訓練後，他的四肢與肺部已經可以很穩地——即使不是很輕鬆地——抗拒阻力。

他走下台階，腳步悄無聲息，不像剛才那樣發出回音。老杜走出前門，來到人行道上，停在那輛陌生的汽車前，彎腰查看坐在駕駛座上的人，手機半舉。那個人看起來一副當過兵的樣子，放在旁邊座位上的檔案夾封面印著杜明尼的名字。

他回頭往上看自己的寓所，窗簾後面可見到電視機發出的光。然後他轉身走過兩條街到離家最近的地鐵站。樓梯走到一半的時候他退出暗影，回到現實世界，進入燈光彩色與時間之內，然後上了晚班的交通車。

✦

「他們在監視我家，」維克多接電話之後他說道。

他正在一個小公園裡慢跑，呼吸短促但平穩。

「我想也會，」維克多不為所動地說道。

老杜放慢速度變成走步。「我為什麼要做這個？」

「因為無知帶來的安逸，只適合那些準備被抓的人。」說完，維克多就掛斷了。

第二天杜明尼又搭那輛黑色廂型車回到特觀組，發現原先的六人小組縮減為五人。沒有了克林柏。到了第三天，麥休斯也不見了。里歐斯帶領他們做運動、練習、測試，老杜完全照做，盡量低調，面無表情。而他仍然預期被汰掉。

想要被汰掉。

第三天他正要回去搭廂型車時，里歐斯攔住了他。

「史泰爾主任想跟你談談。」

杜明尼一僵。他從未見過那個人，但是知道史泰爾的名聲。知道他是把從前念大學時的維克多送進監獄的那個警探。追查艾里追到梅瑞特的那個人。還有，當然了，那個創立特觀組的人。

快跑，老杜的腦子裡有一個聲音在說著。

他的視線從里歐斯身上轉向建築的入口，滑門嘶嘶地正要關上。

趁門關上之前快跑。

但是如果他跑，就會是整個結束。他的身分會被他們知道，他的臥底掩護揭露。然後老杜就得繼續逃亡。一直逃亡。

他勉強自己跟著走。

里歐斯帶他走到一條白色長廊盡頭的一間辦公室。她敲一下門，然後打開門。

史泰爾主任坐在一張不鏽鋼大辦公桌後面的高背椅上。他在低頭看平板，黑髮剛開始轉白，臉也開始露出稜角。

「魯許先生。請坐。」

「長官。」杜明尼坐下。

他身後的門喀嗒一聲關上。

「有一件事一直在困擾我，」史泰爾頭也不抬地說道：「你是否會忘記某件事，可是又想不起來是什麼？那是一種很可惡的心理小遊戲。也會讓人無法專心。就像一個地方癢可是抓不到。」史泰爾把平板放下，杜明尼看到顯示幕上自己的臉瞪著前方。不是在安檢掃描機那裡拍的照片，也不是從大廳監視器裡抽調出來的。不是的，這張照片有幾年歷史，是他當兵的時候拍的。「是你的名字，」史泰爾繼續說道：「我知道自己聽過，可是想不起來在哪裡。」史泰爾把平板轉一個方向，貼著鋼桌推過來。「你知道這上面是什麼嗎？」

杜明尼掃視一下顯示幕。他的照片旁邊是一份個人檔案，基本資料——年齡、生日、父母——以及他的生活狀況——地址、教育等等——但是有一個錯誤。

杜明尼的中間名字在上面寫的是埃利斯東。

他真正的中間名字是亞歷山大。

「你聽說過艾里．艾偉嗎？」史泰爾問道。

老杜一僵，腦子裡搜索著正確答案，正確的知識量。大眾新聞報導過——但是講了多少，是哪裡講的？他只見過艾里一次，而且只是一下子，他走進「獵鷹展值」的工地，去把雪德妮——以及她的狗——拉出來的那時候。

「那個連環殺手？」老杜冒險問道。

史泰爾點點頭。「艾略特・卡戴爾——新聞界只知道是艾里・艾偉——他是現今極危險的特異人之一。他殺害了將近四十個人，而且曾短暫使用梅瑞特市警局的資料庫——就此而言，還有警力——建立一份目標名單，包括他懷疑是特異人的檔案資料。這個，」史泰爾緩緩說道：「是其中一份檔案。」

有一次，杜明尼派駐海外的時候，他走進一個房間，發現一顆未爆炸彈。不像他從前碰到過的簡易炸彈。不是的，他根本沒有時間看到爆炸發生。但那個房間裡的炸彈大小像一個鋼鼓，而且周圍整個地方都是詭雷。他記得自己低頭看見一根觸發線，就在左腳前面不到一吋的地方。

老杜當時只想快跑，盡可能快跑，但他不知道其他的詭雷在哪裡，也不知道自己怎麼跑那麼遠都還沒觸發。他得設法出去，一次跨出痛苦的一步。

結果現在又來了，他得小心踩下——錯一步，就會整個爆炸。

「你是要問，我是不是特異人。」

史泰爾的目光穩定，毫不閃縮。「我們無從得知艾里設定為目標的每個人是不是真的——」

杜明尼把平板用力扔到桌子上。「我把自己的血肉骨骼都獻給這國家。我把自己所有的一切都獻給了這個國家。我差一點為這個國家死掉。而我什麼特別能力都沒有因此得到。我但願有——但是反之，我只得到一堆破爛零件，還有一堆疼痛，但我還是在這裡，還在做我所能做的事，因為我想要保障大家安全。現在，如果你不想雇用我，那是你的選擇，但你應該有種做出比這個好的決定……長官。」

杜明尼往後靠坐，喘著氣，希望發個脾氣足以讓對方信服。

沉默持續著。然後，終於，史泰爾點頭說道：「我們再聯絡。」

這就被打發走了，老杜從椅子上起身離開。他走進廊道對面的男用盥洗室，鑽進一個隔間尋求庇護，然後把胃裡的所有東西都吐了出來。

3

三星期前

特觀組

巴拉一拍桌子站起來。

「真討厭吃完就得走，」他說道：「可是我有任務。」

「不可能，」何茲說道：「他們准你出外勤了？」他轉頭看里歐斯。「這是怎麼一回事？我申請了好幾個星期要去封鎖組。」

巴拉撫平身上的制服。「因為我是重要資產。」

里歐斯哼一聲。「因為你在這裡毫無用處。」

巴拉手撫胸口彷彿受傷一般，然後又頂回去。「妳呢？」

「我怎麼樣？」

「妳不出外勤。」

她直視著他，灰眼睛沒有表情。「總有人得確保不讓怪物溜出去。」

老杜很驚訝。他來這裡兩年了，目睹了很多次脫逃企圖——有一個特異人設法把玻璃纖維牆弄出一個洞，還有一個在例行醫療檢查的時候掙脫束縛——但他從未聽說過真正脫逃的事情。

「有沒有特異人出去過？」

里歐斯的嘴角癟起。「沒有人離開過特觀組，魯許。我們把他們關到這裡以後一次都沒有。」人。這裡只有里歐斯一個士兵這樣稱呼特異人。

「你要去獵捕誰？」何茲問道，他顯然已經認命讓別人上場。

「一個瘋狂的家庭主婦，」巴拉說道：「把東西都燒得一塌糊塗。她發現老公有一個祕密藏身處，在高地山莊那裡。」

何茲——有很多女朋友——搖搖頭。「絕對不要小看一個生氣的女人。」

「絕對不要小看女人，」里歐斯更正道。

巴拉聳聳肩。「是啊，是啊。下賭注吧。儘管取笑吧。可是等她進牢房的時候，你們都要請我喝酒。」

✦

與此同時，在梅瑞特……

瓊恩閉上眼睛，聽著滴答的雨聲打在她的黑傘上。

她希望自己身在某處野地，張開雙臂歡迎雷電，而不是站在高級大樓外面的人行道上。

她等了將近十分鐘才終於有人從旋轉門裡面出來，她運氣好，他挺著大肚皮穿著不合身的西裝，再配上沒刮的鬍子以及遮不住的禿頭。

瓊恩嘆一口氣。乞丐沒得挑，她想是這樣吧。她開始朝那棟樓走去，在轉角與那個人擦身而過。只是微微碰一下——在擁擠的下雨天絕對不會引人注意——她就得到了所需的一切。他與她各走各的路。她根本懶得變身，直到抵達山莊前門才行動。

大廳接待櫃檯後面坐著一個老人。「忘記什麼東西了嗎，古斯特力先生？」

瓊恩含糊地短哼一聲，咕噥道：「總是這樣。」

電梯門開了，等門關上後，光潔的金屬壁上映出的又變成她本尊了。好吧，也不是她本尊，而是今天早上一開始的那個人。農婦式長裙，皮夾克的袖子捲到手肘，帶著害羞的笑容，披著鬆鬆的褐色卷髮。她是在地鐵站外假裝一個在購物的女孩時挑中這身體，這也是她很喜歡的模樣之一。

電梯往上升的時候，她掏出手機傳訊給雪德妮。

等了很久，什麼都沒有。然後那個女孩的名字旁邊出現三個黑點，顯示她正在打字。

瓊恩看著，急躁地等著答覆。

碰到雪德妮的事，她從來不喜歡等。

4

三年前

首府市

瓊恩足足花了三年的時間才再找到他們，而那完全是出於意外。幾乎像是命運使然。

問題是，瓊恩不相信命運。至少，她不想相信，因為命運表示什麼事情發生都有原因，而有太多事情她希望永遠都不要發生。再者，如果妳是靠殺人維生，就很難相信還有一個更高的力量或者一個大計畫安排這些。

但是話說回來，命運——或者運氣，或者不管是什麼——出現，把雪德妮送到她的手上。找那個黑衣人找了一年，可是運氣不佳，然後，在離德勒斯登一千五百英里的地方，她們第一次相遇的路上，瓊恩穿過一座公園去上工，再次看到那個金髮女孩。

一年——但那簡直不可能，無可否認地就是她。她在事情一夕生變的時候就是那個年紀——現在似乎也還是一樣。身體長了幾吋，有了曲線——但看起來還是同樣的女孩。一模一樣。同樣的金色短髮與冰藍色的眼睛，同樣的細窄身材，同樣的大黑狗如影隨形守在她身側。

瓊恩掃視一下公園——沒有黑衣人的影子，但她瞥見另外一個人坐在草地上，前臂刺青，膝頭攤著一本書。她看到附近有一個粉紅色東西，一個被人遺忘的飛盤。她把它撿起來，在手指間轉著，然後把塑膠飛盤朝那個男人的頭上高高扔過去。

它碰到的時候發出輕輕的聲音，瓊恩朝他跑過去，變身為一個活潑的黑髮女孩，滿是開朗的歉意。

「沒關係，」他揉揉後腦袋說道：「一個飛盤沒辦法把我打倒。」

他把它遞還給她，手指相觸時，他的一生像影片閃過她的腦海。他是那麼坦誠，那麼有人性。米契・透納，四十三歲，在寄養家庭長大，街頭打架弄得手腿都是血。電腦顯示幕與汽車輪胎吱吱打滑，手銬與牢房，一家餐館內，一個男人拿著手製的刀，模糊的威脅聲，然後——瓊恩認出一張她見過的面孔。

多謝米契，她現在有了一個配合那面孔的名字。

維克多・韋勒。

在米契的心裡，那個人很瘦，但不至憔悴，蒼白疲倦的模樣，穿的是囚犯穿的灰色而不是合身的黑色衣服。他的手腕輕輕一動，另外一個人就尖叫著幾乎要癱下去。

那次見面，像是米契心裡的一個關鍵——從那之後，他的記憶裡都可見到維克多的藍眼睛與淡白的頭髮。直到後來他們發現她，雪德妮，渾身是血，被雨淋得濕透，穿著過大的外套。雪德妮，不是普通人。雪德妮，米契不知道要拿她怎麼辦，不知道怎麼應付。雪德妮，現在處於一種不同的恐懼之中。

迷失。

還有在那所有記憶之中塞了一樣東西，像一張紙夾在書裡，最後的一段記憶。另一個金髮女孩，屍體被火掩覆，一個被後悔壓抑住的選擇。

「對不起，」瓊恩聽見自己又說一遍，即使那個人的記憶同時正在她的腦袋裡閃過。「我實在瞄準技術太差。」

「別擔心，」米契說道，整個人散發著親切與溫暖感覺。他露出笑容，拿著書坐回草地上。瓊恩對他回笑說再見，注意力已經轉向樹下的那個女孩。

✦

未知號碼：我忘了告訴妳。

未知號碼：我的名字是雪德妮。

瓊恩捧著手機。她已經知道那個女孩的名字，當然，但最好是從她那裡得知。瓊恩希望事情自然發生，即使一開始並不是那樣。

很高興認識妳，雪德妮，她回覆道。我是瓊恩。

很好，她面帶笑容想著。

現在她們可以成為真正的朋友了。

5

三星期前

高地山莊

電梯鈴響一聲，到了十四樓。瓊恩跨到廊道上，往那扇乳白色的門走去。她原希望能在門框上或者踏墊底下找到備份鑰匙，但是沒有。沒關係。只要兩根細鐵絲，半分鐘以後她就進去了。

瑪賽拉・瑞金斯的寓所差不多就跟她預期的一樣：皮沙發，白色厚地毯，銅燭台，有錢沒靈魂。

然而，還是有幾處讓人驚訝的地方。臥室門上有一大塊木頭不見了，像燒焦的紙似的腐爛電線顯示出破壞的路徑。還有料理台上與散落地板上的碎玻璃碴。但瓊恩第一個檢查的是唱片機，那是有錢人買來裝飾而沒有真正功用，不過旁邊靠放著一小落唱片，即使也可能只是裝飾用，瓊恩翻了翻，找到一張比較輕快的，然後開始享受唱針刮過去的感覺。

音樂充滿了整間公寓。

瓊恩閉上眼睛，微微搖晃著身體。

這歌聲讓她想到夏天，笑聲與香檳，游泳池冰涼的水花噴濺聲。陽台上的簾幔，強有力的雙手，石板小徑擦著她的臉頰，以及——

瓊恩移開唱針，歌聲戛然停止。

過去已成過去。

已經逝去塵封。

她緩步在臥室裡面逛，一隻手心不在焉地摸著衣櫃裡的衣服——其中半數看似成為瑪賽拉憤怒之下的受害對象。她的手機嗡嗡響起。

雪德妮：我好無聊。

雪德妮：我真希望跟妳在一起。

瓊恩回覆著。

瓊恩：妳可以的。

雪德妮：我不能。

目前為止這些話都是例行的，彷彿她們兩人都知道結果不是真正有可能。

畢竟，瓊恩可以變成任何人，而雪德妮似乎只能當她自己。因為持久不變而引人注意，雪德妮的存在否定了瓊恩自己的優勢。當然，還關係到其他人——米契，以及更重要的，維克多。起初，瓊恩並不明白那種關係的本質或者雪德妮對他的忠誠度，直到後來雪德妮終於瓦解心防，把一切都告訴了她。

✦

那是在去年秋天，她們深夜的最後幾次通話之一次，通常兩人都各自坐在屋頂上，相隔幾座城市，但頂上是同樣的天空。雪德妮很倦——因為揹著背包到處跑而疲倦，因為居無定所而疲倦，因為無法過正常生活而厭倦。

當然，瓊恩曾懷疑他們為什麼要這麼經常搬家——她花了很多時間猜想他們是在逃亡。但是不只如此，她知道，也一直在等雪德妮向她坦白。

那天晚上，她累得可以講真話了。「維克多在找人幫助他。」

「怎麼幫他？」

「他病了。」接下來停了很久。「是我害他生病的。」

「妳怎麼會害他生病？」

「我以為我能救他。我試了，可是沒有用。本來不應該那樣的。」

這時候瓊恩猶豫起來。她見過雪德妮救活小動物，知道她出手的意思。「妳讓維克多復活了？」

她的答話細得幾乎聽不見。「是的。我從前把人救活過……」然後，她的話仍然很輕細。「可是如果他們跟我們一樣的話會比較難。你得盡量深入黑暗，我以為我抓住了所有的線頭，但是它們已經磨損，散得到處都是，而我一定是漏掉了一根，結果現在……他的能力無法正常發揮。」

那最後一句，像甲冑開了一個孔，給她機會問出上次跟那黑衣人擦臂之後一直縈繞心頭的問題。他的能力之謎——她曾在米契的心裡瞥見一點模糊的影子，從那個大塊頭的懼怕以及雪德妮說話時的小心翼翼方式得知更多，知道維克多的能力不僅是讓汽車自己發動或者閉眼睛就能解謎之類。

「維克多的能力是怎樣的？」她問道，然後聽見那個女孩大聲乾嚥一下喉頭。

「他會讓人痛。」

她微微一顫。「雪德妮，」瓊恩緩緩說道：「他有沒有傷過妳？」

「沒有。」然後。「沒有故意。」

怒意像一把刀割過瓊恩心頭。憤怒，以及堅定的決心要把雪德妮從維克多的鐵鉗下解救出來。

到目前，她還沒有成功。

但並未阻止她繼續嘗試。

「如果妳想離開……」

但瓊恩總是還沒聽見回答就知道了。

✦

瓊恩嘆一口氣。雪德妮仍然在為維克多的狀況而自責，而在瓊恩找到辦法讓那個女孩離開暗影之前，雪德妮的答覆都會是一樣的。

瓊恩放下電話，把注意力轉回眼前的任務，以及瑪賽拉・瑞金斯的問題。她拿起梳妝台上的一個相框。毫無疑問，這個女人是大美女。黑髮，白膚，四肢修長，漂亮得能讓其他所有事情都不重要了。瓊恩也曾那麼漂亮，一度。

但人們太高估美貌的價值了。

瓊恩把照片扔到床上，走到窗前，打算繼續注意瑪賽拉。

結果反之，她看到一輛黑色廂型車沒有熄火守在一條巷口。

那可不行。

她又變回古斯特力先生的裝扮，回到樓下。走出旋轉門之後，她放棄了這個外型，變成另一個更合適的選擇——一個中年男人，因為許多晚上露宿街頭而形容憔悴。這個遊民像喝醉似地踉踉蹌蹌走著，然後趴上那輛沒熄火的廂型車車頂。然後，他頭也不抬就開始解開磨損的皮帶，對著車子解放起來。

一邊車門打開，再大力關上。

「嘿！」一個聲音喊道，同時從後面抓住她借來的這個身體。

瓊恩轉身，彷彿失去了平衡，朝那個士兵倒過去，而就在同時她的指間咻的一下滑出一把彈簧刀。她把刀刃插入士兵的喉頭，然後讓他的身體貼著巷壁慢慢滑落。

解決了一個。

還有幾個？

✦

與此同時，市區的另一頭……

瑪賽拉坐在「太陽」餐廳的露台座啜著拿鐵，雨滴打在遮陽篷上，上百個陌生人撐著傘從旁邊走過去。

她無法擺脫有人監視的感覺。當然，她本來就習慣受人注目，但這種感覺不一樣。有侵犯的意味。然而又沒有明顯的來源。

儘管不安，瑪賽拉並沒有變裝——低調從來不是她的作風。但她已經在美感方面做微妙的讓步，黑髮梳成簡單的馬尾，招牌細高跟鞋變成比較實用的高跟靴。她用剛塗成金色的指甲輕扣著杯緣，一面打量對街的地鐵站。瑪賽拉在心裡規劃著地鐵站路線，想像著電梯往下走一層，再走一層，最後停在一道白瓷磚牆邊成排的置物櫃旁邊。

那是他們在梅瑞特市內擁有的五個置物櫃之一。那也是瑪賽拉的主意，從資金中抽出一部分備用，以防萬一。不過必須承認，她絕對不曾預見到這種情況。

一陣警笛聲響起，瑪賽拉的手指握緊咖啡杯，只見一輛巡邏車快速從附近一個街角轉過來，但是沒有停就直接開過去了。瑪賽拉吁一口氣，將拿鐵舉到唇邊喝起來。

很奇怪——自從與馬可斯衝突那天之後，她就一直緊張不安，等著警察隨時冒出來。她不是傻瓜，知道是他們保密她存活的消息，也知道她高調離開醫院的過程。然而不管是要殺她還是把她找回去，都一直沒有人露面。

她懷疑他們露面時她會怎麼辦。

「還要什麼嗎？」服務生問道。

瑪賽拉隔著太陽眼鏡抬頭對他一笑。「帳單就好。」

她付錢後站起來，起身時微微縮一下——燒傷之處正在復原，但皮膚仍然很敏感緊繃，每個動作都會痛。這可用來提醒自己不要忘記馬可斯的罪行，萬一需要的話也是召喚新能力的一條捷徑。

瑪賽拉過街走進車站。

她走到置物櫃區，找到號碼——他們認識的那天——然後轉動對號鎖上馬可斯慣用的密碼。沒有開。

她再試一次，然後嘆口氣。

她的丈夫總是讓她失望。

瑪賽拉將手握住鎖，看著它腐蝕掉，金屬在她的手心變成粉。門開了，她從格箱內取出一個時尚的黑金雙色皮包，打開拉鍊，檢視裡面的一疊總計五萬元現金。

當然，這樣不夠，但總是一個開始。

什麼的開始？她自問著。

事實上，瑪賽拉不確定接下來要做什麼。要去哪裡。要變成誰。馬可斯從一個立足點變成腳鐐，一個障礙。

瑪賽拉拿著皮包走到街上，然後叫了一輛計程車。

「去哪裡？」她坐上後座時司機問道。

瑪賽拉往後靠，雙腿交叉坐著。

「高地山莊。」

車子駛過市區，看起來很安全，但十分鐘後瑪賽拉下車時，她又感覺到了，那種像有眼睛盯著後頸的刺癢感覺。

「瑞金斯夫人，」山莊的門房安斯利說道。他的聲音平穩，但她穿過大廳時他的視線停留在她身上，眼神小心又緊張。他的站姿也很僵硬，努力做出冷靜狀。

可惡，瑪賽拉想著，一面自若地走進電梯。電梯上升時，她打開黑金色皮包，手指伸到鈔票底下，握住熟悉的槍柄。

瑪賽拉取出武器，欣賞著光滑的鍍鉻表面，彈開彈匣檢查子彈，打開保險，每個動作都輕鬆熟練。

就像穿高跟鞋一樣，她想著，一面拉上滑套。熟能生巧。

6

兩年前

梅瑞特槍械訓練中心

那天是她的生日，他們把整個場地都包了下來。

瑪賽拉本來可以選一家餐廳、美術館、電影院——隨便她想去哪裡——馬可斯都有辦法讓她一整晚包下。她選擇靶場時令他很驚訝。

她一直想學射擊。

她的高跟鞋喀喀喀踩在油地氈上，明亮的日光燈照著一個接一個的武器櫃。

馬可斯將十二把手槍放在桌台上，瑪賽拉用手摸著各式槍款。它們讓她想起塔羅牌。瑪賽拉年輕的時候曾經去過一個嘉年華，溜進一個小帳篷想知道自己的命運。一個老女人——完全符合神話裡的神祕老太婆形象——把紙牌攤開，教她不要想，直接選一張召喚她的牌。

她抽到了「錢幣王后」。

算命的告訴她那象徵野心。

「權力，」那個女人說道：「屬於得到它的人。」

瑪賽拉握住一把光滑的鍍鉻貝瑞塔手槍。

「這一把，」她一笑說道。

馬可斯拿起一盒子彈，帶她走進射擊區。

他舉起一面標靶——一個從頭到腳的完整人形，上面標著一圈一圈的環線。他按下一個鈕，標靶就滑開了，五、十，然後到十五公尺停住，懸在那裡，等著。

馬可斯示範給她看怎麼裝彈匣——那花了她好幾個月才不致弄斷指甲——然後把槍遞給她。拿起來感覺好重，有致命危險。

「妳手裡拿的，」他說道：「是一個武器。它只有一個目的，就是殺人。」

馬可斯把瑪賽拉的臉轉向標靶，自己像外套一般裹住她，身體貼著她的曲線。他的胸部貼著她的肩膀，雙臂貼著她的雙臂，手壓著她的手握住槍。她可以感覺到他這樣貼著她就興奮起來，但這個靶場不只是一個撩人的生日做愛場所。稍後還會有時間做那件事，但首先她想要學習。

她仰頭靠著老公的肩膀。「親愛的，」她細聲說道：「給我一點空間。」

他退開，瑪賽拉專心望著標靶，瞄準，然後開槍。

槍聲響遍水泥靶場。她的心臟興奮得怦怦跳，手被後座力彈開。

在那張靶紙上，右肩出現一個乾淨的洞。

「不錯，」馬可斯說道：「如果妳是在射一個業餘的對手的話。」

他拿走她手上的槍。「問題在於，」他說著，同時不經意地彈開彈匣。「大多數職業槍手都穿防彈背心。」他檢查一下子彈。「妳如果射中他們的胸口，妳就沒命了。」

他猛力一下子把彈匣推回去。他的雙手用槍的動作迅速精準，就跟每次用在她身上一樣。因為熟練而充滿信心。

馬可斯舉起槍，瞄了一眼，然後迅速開了兩槍。他的手根本沒怎麼動，但兩發子彈的距離要用呎而非用吋來算。第一發射中標把的腿。第二發俐落地在人形的兩眼中間射出一個洞。

「為什麼還要麻煩射第一槍，」她問道：「如果你知道第二發就能中？」

她的老公笑了。「因為幹我這一行的，親愛的，標靶不會站著不動。而且大多數時間他們都有武器。在當下要求精準更不容易。第一發會讓對方失去提防，第二發才是殺人。」

瑪賽拉噘起嘴。「聽起來好麻煩。」

「死亡本來就是麻煩事。」

她把槍拿回來，站好架式對準標靶，再射一次。子彈把頭右邊幾吋的紙射破。

「妳沒射中，」馬可斯說道，彷彿那不是顯而易見的事。

瑪賽拉轉動一下脖子，吁一口氣，然後把彈匣裡剩下的子彈全部射出去。有幾發射得很偏，但是有幾發射穿了紙靶的頭部、胸部、腹部與大腿。

「好吧，」她把槍放下說道：「我想他死了。」

片刻之後，馬可斯的嘴就吻上來，把她推到後面的牆上，兩人拖動的腳踢散了空彈殼。這次做愛快速而粗猛，她的指甲隔著他的襯衫劃出一道道痕跡，但瑪賽拉的注意力卻不時掠過老公，移到他後方那張懸掛在那裡的破紙靶。

那天晚上瑪賽拉不曾再射擊過，但後來的每個星期她都獨自回到靶場，直到瞄準得非常完美為止。

7

三星期前

高地山莊

電梯門開了，瑪賽拉走出去，一隻手擱在皮包內的槍上。她眼角瞥見一個男人不經意地朝她走過來。他看起來並不危險，穿著套頭衫與休閒褲，但是褲腿下緣露出黑色軍靴。

「瑪賽拉．瑞金斯？」他問道，一面繼續慢慢走近。

她轉身面對他。「我認識你嗎？」

「不認識，女士，」他一笑說道：「但我希望我們可以談一談。」

「談什麼？」她問道。

他的笑容僵住。「關於那天晚上發生的事。」

「發生的事……」她重複著，彷彿在吃力地回想。「你是指我丈夫試圖燒毀我身邊的房子？還是我赤手把他的臉融化掉？」

那個人的表情穩定不變。他的腳步變慢，但是沒有停下，每一步都拉近兩人之間的距離。

「我想你應該留在原處……」瑪賽拉掏出皮包裡的槍，沒有完全掏出，只是足以讓他看到晶亮的鍍鉻槍管。

「好了吧，」他舉起手說道，彷彿她是一隻應該被關起來的野獸。「妳不會希望事情鬧大的。」

瑪賽拉昂起頭。「你憑什麼那麼想？」

她舉起槍射出去。

她第一槍射中那個人的膝蓋。

他驚吸一口氣，腿一軟，根本還來不及伸手往腳踝邊的槍套裡抽出武器，她的第二槍就射入他的腦袋。

他癱下去，血弄髒了走道。

她太晚聽見後方的腳步聲，及時轉回頭看見一個黑色身影，一個士兵，從頭到腳都是黑色戰鬥裝備。她也及時轉頭看見一根短棒尖端發出嘶嘶靜電聲，一道電弧冒出來。電弧掠過瑪賽拉的肩膀時，她抬手去抓，一陣劇痛伴隨突來的明亮刺痛她全身，但瑪賽拉的手握緊，手指變得火紅。一道怪光纏住她的手腕，像是完美的複製腐蝕光伸展出去，然後碰到握著工具的那隻手。

那名攻擊者喊一聲鬆開手，抓著手臂踉蹌後退，瑪賽拉用腳跟踹上士兵胸部，把士兵踢到地板上。她跪在士兵身上，手指抓緊頭盔前端。

「來吧，親愛的，」她說道：「讓我看看你的臉。」

頭盔扭曲變軟，直到她能夠把護臉板扯開。

一個女人瞪著她，臉上布滿痛苦扭曲的皺紋。

瑪賽拉嘖嘖出聲。「不是很好看的樣子，」她說道，伸手握住那個女人露出來的脖子讓她不能尖叫，身體枯萎下去。

這時候，又響起一個人退後拔出武器的尖銳金屬聲。瑪賽拉抬頭看見第三名士兵，槍已經對準她的頭。她自己的武器扔在幾步之外——她去抓電棒的時候扔掉了。

「站起來，」那名士兵命令道。

瑪賽拉打量著他。

他全神看著她，沒有注意到後面移動的身形，直到來者伸出手臂圍住他的喉嚨。

那個人影——一個像重量級拳擊手的男人——把士兵往後一扭，武器落到地上，一支鋼鏢射出來擦過瑪賽拉的臉頰，然後插到她頭後方的牆上。

士兵沒有機會再射。那個男人抓住士兵的頭罩往旁邊一扭，他的脖子喀嚓一聲扭斷了。他鬆開手，士兵的屍體癱到地板上。

瑪賽拉絲毫不浪費時間。她已經站起身，一槍在手，對準那個男人，而他似乎不為所動。

「小心啊，」他說道，嗓音雄厚如唱歌。「射死我的話，妳也只是殺死一個住在郊區二十三歲的媽寶。」

「你是誰？」她問道。

「嗯，這個嘛，可是有一點複雜。」

接著，就當著瑪賽拉的面，那個男人變了樣。一陣波紋晃動，然後就不見了，代之以一個有褐色鬆卷頭髮的年輕女人。「妳可以叫我瓊恩。」瑪賽拉瞇起眼睛，那個女人看見她驚訝之色就笑起來。「想不到自己其實沒那麼特別吧？」她雙臂抱胸，低頭看看三具屍體。「妳不應該把他們留在這裡讓人發現。」她跪下去，然後就像剛才那樣，她又變回拳擊手，雙手拉著一個死人的肩膀。

瑪賽拉真正驚訝地瞪著。

瓊恩不耐地抬眼看她。「幫幫忙好嗎？」

✦

瑪賽拉用一條手巾按在臉頰上，她的槍擱在臉盆邊緣。那道割傷仍在滲血。她檢視著浴室鏡子裡自己的倒影，惱怒地嘶嘶出聲。

割傷會癒合，但是毀掉了一件非常好的襯衫。

「妳是誰？」瑪賽拉回頭朝客廳喊道，那個變形人正在給士兵的屍體搜身。

「我告訴妳了，」瓊恩用輕快的聲音回喊道。

「沒有，」瑪賽拉說道：「妳真的沒有說。」

她把毛巾扔到旁邊，拿起槍回到客廳。那些屍體並排擺在地板上，最後一個——半顆腦袋不見了——弄髒了她光潔的木地板。

死亡是麻煩事。

「別可惜了，」瓊恩說著，從她的臉看出她在想什麼。「我猜反正妳現在不會想待在這裡。」

「他媽的警察，」瑪賽拉咕噥道。

「這些不是警察，」瓊恩說道：「他們是『麻煩』。」

她扯下一件制服上的黑色肩章，遞給瑪賽拉看。「或者精確一點說，他們是特觀組。」

瑪賽拉揚起一眉。肩章上面沒有標識，只有一個簡簡單單的黑色「X」印在布上。「那對我應該有什麼意義嗎？」

瓊恩站起來。「應該，」她伸伸懶腰說道：「那代表『特異人觀察與滅除』。『特異人』——EO——就是我們。這也表示他們是滅除者。」她用鞋尖頂頂一具屍體。「妳濺起水花的時候鯊魚就會游過來。我找到妳算妳運氣好，瑞金斯女士。」

瑪賽拉拿起半毀的頭盔，翻過來倒掉裡面的灰。「妳怎麼找到我的？」

「啊，貝塔妮。」

瑪賽拉皺眉想著那位前朋友。她已故老公的已故情婦。「貝塔妮。」

「活潑的小東西，胸部高到這裡。」

「我知道她是誰。」

「她喜歡講話。講很多。講馬可斯，還有他給她金屋藏嬌的地方。」

頭盔從瑪賽拉發光的手上散落，她這才發覺自己一直抓著它。「那妳呢？」她拍掉手上的灰問道：「妳要找我老公嗎？」

「噢，他死翹翹了。是妳搞定的。」瓊恩吹一聲口哨。「妳的能力真了不起。」

「妳沒見識到全部呢。」

「我知道妳走進一個房間，裡面有五個男人圍著圓桌玩牌，妳離開時，兩個人變成灰，一個人腦袋裡有一顆子彈，另外兩個人完全不知所云。」瓊恩陰笑著。「下次妳也許應該全數殺掉，留下活口胡言亂語沒什麼好處。是說，瑪賽拉，」她繼續說著，同時走近一點。「那幾個人之一，妳那天晚上殺死的那些人裡面——有我的人。」

「謹表哀悼之意，」瑪賽拉冷諷道。

瓊恩甩一下手。「是我要殺的人。而在我這一行，讓別人下手可不太好看。」

瑪賽拉揚起一眉。「妳是殺手？」

「嘿，不用在意細節。我們形形色色都有。總之沒錯，我是。而依我的觀點，妳欠我一條命。」

瑪賽拉雙臂抱胸。「是嗎？」

「是的。」

「有什麼特定對象嗎？」

「事實上，我想妳認識他。東尼．赫奇。」

瑪賽拉聽見這個名字就有氣。她想起屋頂派對，赫奇那雙不規矩的好色眼睛，他那種像施恩似的笑容。

瓊恩仍在說著。「他和我，我們還有未竟之事，私人性質的。他很難下手，可是妳知道，我聽說他在找妳。」

瑪賽拉並不驚訝。畢竟，她讓他少了幾名手下。

「妳要我殺死安東尼·赫奇？」

瓊恩的臉色一沉。「不是，我只要妳讓我近得能跟他打招呼。然後，以我而言，我們就扯平了。妳怎麼說？」

「我行，」瑪賽拉說道，同時拍拍腿邊的手槍。「或者我也可以殺死妳。」

「妳可以，」瓊恩狡笑著回道：「但妳殺的人不會是我。」

瑪賽拉皺起眉頭。「怎麼說？」

「很難解釋，」瓊恩說道：「示範給妳看比較容易。我這種裝扮遊戲只是雕蟲小技。可是如果妳把我弄去跟東尼·赫奇在同一個房間，妳就會明白我的真正本事。」

瑪賽拉的興趣來了。「講定。」

「好極了，」瓊恩說著突然粲然一笑。她走向窗前。「在此同時，我們也許應該離開這裡。他們再派人來只是早晚的事。」

「我想妳說得對……」瑪賽拉打量著地板上的屍體。「可是如果不留個話也許會太失禮了。」

✦

「他媽的見鬼了，」史泰爾咕噥著。

他已經經過大廳裡的那處現場，那個門房——一個名叫理查．安斯利的老人——俯癱在椅子上，喉嚨被人割開了。

十四樓的這個現場又是另一回事。

一道灰燼橫過走道，血如噴霧灑在地板與牆壁上。史泰爾從一個鄰居家門上拔下一支鏢。全是打鬥的痕跡，但是沒有屍體。

「長官，」何茲喊道：「你應該看看這個。」

史泰爾繞過發暗的汙跡，從敞開的門進入瑪賽拉的寓所。

兩名技術人員在清理現場，盡可能把東西裝袋並記錄下來，但是他們讓開路時，史泰爾明白了何茲為什麼叫他進去。

如果你現在不殺她，以後會後悔莫及。

瑪賽拉．瑞金斯並未試圖掩飾自己的作品。相反地，她還把它展示出來。三名探員的屍體——殘餘的部分——倒在地板上，四肢擺出一幅令人心驚的戲劇性畫面。

非禮勿視，非禮勿聽，非禮勿言的死亡之舞版。

第一名士兵，半顆腦袋不見了，兩隻手貼著耳朵。第二名士兵，脖子斷了，護手套覆在眼睛上。第三名士兵，戰鬥裝內只有一點碎骨，整個頭顱都沒了。

在玻璃咖啡桌上擺了一個像裝飾用的東西，是一個破頭盔。

你想她要用多少時間穿透你們手下的裝備？

史泰爾檢視一下頭盔，發現下面塞了一張摺起來的紙，上面用高雅的花體字寫了一句話。

別礙事。

史泰爾捏著鼻梁。「其他的探員呢？」

他派了六個人出這趟任務。六個探員對付一個特異人，聽起來應該夠了。綽綽有餘。

「我們在運輸車旁找到一個，」何茲說道：「還有兩個在一條巷子裡。」他不需要說他們已經死了。接下來的沉默就足以說明。

「死因呢？」史泰爾靜靜問道。

「他們都沒有融化，如果你是問這個的話。一個脖子斷了。兩個被刀子割破喉嚨和腹部。可不可能，」這名年輕的探員大膽說道：「瑪賽拉不是單獨行動？」

「什麼都有可能，」史泰爾說道。不過確實有道理。到目前為止瑪賽拉．瑞金斯似乎喜歡用手或者用槍，但這裡四個他派來的探員死法各異。

史泰爾環視周遭。「告訴我這棟建築裡面有保全設備。」

「閉路電視，在公用地方，」一名技術人員說道：「有人刪除了檔案，但顯然做得很匆忙。我們應該能找出大廳與廊道部分的影片。」

「很好，」史泰爾說道：「找到以後盡快送過來。」

「現在呢？」何茲問道。

史泰爾一咬牙，逕自走了出去。

8

三星期前

特觀組

艾里翻看著瑪賽拉的檔案。牢房對面，維克多俯身向前，雙手插在口袋裡，背靠著牆壁。

許久以來，他一直以為是維克多的鬼魂在糾纏他——現在艾里知道那個人還活著，他知道這個鬼魂只不過是他自己的想像作祟。一種瘋狂的表現。他盡量不予理會。

牆外面響起腳步聲。艾里從踏步的風格聽得出是史泰爾。而且他也知道，這個特觀組的主任很生氣。

牆壁變透明，但艾里還是埋頭工作著。

「我猜，」他冷冷說道：「行動大為成功。」

「你知道不是的。」

「多少人死了？」

經過好長一陣感覺沉重的沉默。「全部。」

「真是浪費，」艾里咕噥著把眼前的檔案闔起來。「都是以政策為名。」

「我知道你會沾沾自喜。」

艾里從椅子上站起來。「信不信由你，主任，我不會為無辜的人喪生感到愉快。」他拿起剛才史泰爾放進窗孔的最新照片。「我只希望你準備好要做正確的事。」

艾里翻看著高地山莊的照片。「她不算是很低調，是吧？」

史泰爾只是哼一聲。

艾里研究著其餘的照片與註記，在心裡重現打鬥的情景。

他相當快就注意到兩件事。第一——瑪賽拉喜歡大張旗鼓。

第二——她不是單獨行動。當然，時間與殺人的方式問題很明顯——但對艾里而言，最該死的證據比較微妙——一種姿態，美學的問題。十四樓的現場規模很大，恐怖，很誇張，運輸車附近的殺人方式則很簡單、殘忍，有效率。

一個是表演者。

另外一個是訓練有素的殺手。

瑪賽拉顯然是第一個，那麼，第二個是誰呢？盟友？同事？或者只是一個有既得利益的人？

「她不是一個人，」他說出自己的想法。

「你也這麼想，」史泰爾說道。

當然，這只是假設，但從山莊那裡取得的影片送來後很快就證實了。艾里已經從自己的電腦上調出檔案，史泰爾也用平板調出來，然後他們一起默默看著瑪賽拉殺死頭兩名探員。艾里心裡感到陰冷的得意，看著第二個人出現，一個大塊頭男人扭斷第三名探員的脖子。

然後，就在艾里看的時候，那個男人變成了一個女人。

這就發生在兩格影片之間，變化突然得像是遭到電磁波干擾。但那絕對不是干擾。那是一個特異人。

從那看起來，是一個變形人。一種最陰險的能力，最難找到的一種特異人。

「臭婊子，」史泰爾咕噥著。

「我希望你不會為了政策而堅持饒過這個新人一命。」

「不會，」史泰爾冷冷答道。「我想我們已經確定她們兩個都沒有合作意願。我們必須以此擬訂計畫。」

「一兩個，沒有什麼不同，」艾里說道：「她們也許不是人類，但還是會死。找到她們。殺死她們。一了百了。」

「你說得簡單。」

艾里聳聳肩。理論上是很簡單。這個任務本身比較有挑戰性。艾里好不容易克制住自己，但他沒有再次提議自己要參與。種子才剛剛栽下，根還很脆弱。此外，他知道史泰爾的下一步行動會是怎樣的——他已經自己提議過。用一名狙擊手，隔著一段安全距離，乾淨俐落地執刑。如果順利，不會再有無辜的人死去。當然，如果順利的話，也就沒有需要讓他出去。

艾里緊張起來。那隻推他的手，那個隱隱推動他向前進，或者把他往後拉的壓力——許久以來他都認定那是上帝，但懷疑是一種緩慢而狡詐的力量，會把堅固的東西磨損。艾里仍然希望，而且最最想望的是相信，而他也知道要求證明、要求一點跡象，是另外一回事……但是他需要一點東西。

於是他告訴自己，如果上帝要那樣……如果任務失敗……如果那是天意——

萬一不是呢？

如果艾里真正只靠自己呢？

不會的——他曾經有過機會，他也接受了。現在他必須等待。

必須有信心。

「你知道你必須做什麼，」艾里說道。

史泰爾點點頭。「我們首先必須再找到她們。」

「那不會很難，」艾里說道：「瑪賽拉給我的印象不是會逃避戰鬥的那種類型。」

9

三星期前

市區

瑪賽拉的鋼質鞋跟喀喀踩過國家大樓的大廳。

瓊恩在她後面一步，因為穿著競技鬥士的平底鞋而腳步聲模糊。她換了一個新的外觀——她是這麼稱呼的——這回，是一個身材瘦長的女孩，黑髮及肩，黑色大眼睛，白色短褲底下一雙細長的腿。她看起來才十六歲，瑪賽拉問她的時候，瓊恩只是簡單回答道：「我聽說他喜歡幼齒。」

「我能幫忙嗎？」櫃檯後面的男人問道。

瑪賽拉把太陽眼鏡架在頭髮上，露出藍眼睛與長睫毛。「我當然希望能，」她用氣音說道。

她很久以前就學會如何把男人變成傀儡。

那很簡單，不需要特殊力量。

她微笑著，櫃檯後面的那個男人也笑著。

她傾身湊近，他也前傾相迎。

「我們來見東尼。」

瑪賽拉沒有預約，但瓊恩說得對：赫奇一直在找她——上次牌局之後，他在她手機的語音信箱裡留了十幾封訊息。半分鐘後，她們就上樓了。

瓊恩癱靠著電梯內壁。她安靜得出奇，嘴唇嚴肅地抿成一條線，先前的幽默感消失了，眼睛緊張地來回看著樓層顯示和她自己的倒影，以及天花板上的金邊。

電梯鈴響一聲，門開了，出現一個裝飾高雅的門廳，加上兩個穿黑西裝的男人，合身的外套底下槍套清晰可見。他們後方有一道霧面玻璃門通往閣樓。

「兩位男士，」瑪賽拉打了招呼，往前走去。

她的服裝沒有留下什麼空間可以藏武器，但一個西裝男還是堅持把她從上到下拍拍，雙手在她的屁股與乳房底下特別慢速摸著。另外一個傢伙搜索瓊恩時，她只是冷笑著，瑪賽拉清一下嗓子。「我相當確定有法律禁止那樣。」

西裝男氣惱地吸一口氣但還是退開，顯然決定不值得為之吵架。他在牆上一個控制板上按下密碼，霧面玻璃門滑開了。門後的空間看起來比較像客廳而不像辦公室，內有寬敞的白沙發與低矮的玻璃咖啡桌，壁櫃上擺著一排酒瓶。

東尼．赫奇坐在一張光滑的黑色辦公桌後面看報紙，背後的落地窗外可見燈火通明的市區。玻璃窗外還有一片木板露台通往一個波光粼粼的藍色游泳池，水面接觸冷空氣的地方冒著蒸氣。

東尼的目光從報紙上抬起來，然後露出笑容。

有一種形容漸漸喜歡某人的說法是他會黏在你身上，也許那是真的，因為每次瑪賽拉看見東尼，都會覺得想把他從皮膚上刷掉。

他起身繞過辦公桌，雙臂張開。

「瑪賽拉，如果美麗是一種罪……」他伸手要拉她的手。

「那就會是由我而不是你來經營這個城市了，」她冷冷說道。

東尼大笑，儘管他的注意力已轉到旁邊。「這又是誰呢？」

「我的外甥女，潔——」

「潔西卡，」瓊恩伸出手插口說道，聲音帶著一絲輕柔的感覺。

東尼接過她的手，眼睛打量她全身。「顯然妳們家人都遺傳美貌，」他說著用嘴唇輕觸她的指節。他低著頭，沒看見瓊恩的眼睛瞇成細縫。瑪賽拉再次好奇，瓊恩之前所說的私事是指什麼。

那兩個西裝男在玻璃門邊徘徊，手按著槍套，但東尼揮手打發他們。「你們退下。」他擠一下眼睛。「我想我能應付這裡的事情。」

真讓人吃驚，瑪賽拉想著。赫奇顯然見過她在撲克牌局上的傑作，而他仍把她當成道具，像一個軟弱無力的漂亮玩意。

她得把多少男人化成灰，才會有一個認真看待她？

警衛退下，東尼轉身走向邊櫃。

「坐，坐，」他說道，同時揮手比向辦公桌前的兩張椅子。

「我可以幫妳們兩位姑娘弄一杯喝的嗎？」

他沒等她們回答，逕自開始往水晶高腳杯裡加冰塊。

瑪賽拉坐到椅子上，但瓊恩卻靜不下來，在房間裡晃來晃去，檢視著藝術品。瑪賽拉把注意力轉向東尼。「你知道貝塔妮的事嗎？」

東尼口中嘖嘖出聲。「噢，那個麼，」他揮揮手說道：「聽著，我叫馬可斯把她甩掉，可是妳知道男人是怎麼樣的。如果老二跟心在同一個地方——我是說，我有多少次想誘妳離開老公——但是話說回來，那不是妳為什麼來這裡的原因。」

「我為什麼來這裡，東尼？」

他回到自己的位子上。「妳來是因為妳還明理，我打電話妳就來了。妳來是要幫我弄清楚他媽的究竟是怎麼一回事，因為我聽說了很多瘋狂的狗屁話，瑪賽拉，而我只知道我有三個得力手下死了，另外兩個似乎糊裡糊塗地認為是妳殺了他們。」

「是我沒錯。」

東尼笑了，但是聲音毫無笑意。「我沒有心情玩遊戲，瑪賽拉。我知道妳跟馬可斯起爭執——」

「爭執？」瑪賽拉打斷他的話。「他抓住我的頭用力撞桌子。他把我的身體壓在五十磅重的鐵架底下，然後放火把我連房子一起燒了。」

「然而妳還在這裡，活得好好的，我的頂尖執法官卻化成山姆・麥基爾家地板上的一堆灰燼。所以，妳要幫我搞清楚究竟是怎麼一回事。」他懶得再說「不然」怎樣，只是往椅背上一靠。「聽著，我不是不講理的人。妳幫助我，我就幫助妳。」

她癟起嘴。「你要怎樣幫助我？」

「妳對馬可斯嫌太好了。我可以給妳應得的那種生活。那種配得上妳的……」──他露出令人厭惡的笑容──「如果妳好好求我的話。」

好好求。

好好演。

瑪賽拉他媽的玩厭了要好好的。

在房間另一頭，瓊恩嗤笑一聲。

東尼臉上的笑容消失了。「有什麼好笑的嗎，孩子？」

瓊恩轉身面對他們。「我好好問過你一次，東尼，」她語氣平板地說道：「結果也沒什麼不同。」

東尼瞇起眼睛。「我們從前見過嗎？」

瓊恩用手肘撐著空椅子的椅背，噘起嘴。「噢，東尼。」這次她說話的時候，堅定又甜美的口音完全表現出來。「你認不出我了嗎？」

他臉上血色盡失。「不會……」瑪賽拉不知道他是表示震驚還是否認，但是他一隻手朝辦公桌的上層抽屜伸過去。

「真的嗎？」

瓊恩站直身子，這時候先前的十幾歲女孩不見了，代之而起的是一個完美的東尼・赫奇複製人。

「現在怎麼樣？」

瑪賽拉看著辦公桌後面的東尼・赫奇從頂層抽屜裡取出一把槍，朝瓊恩的胸口快速射了三槍。

瓊恩低頭看血冒出來，襯衫突然變得鮮紅，但是她沒有喊出聲，也沒有倒下，只是微笑著。辦公桌後面，真正的赫奇驚喘著抓住胸口，三個完美的子彈孔出現，湧出的血從他的身前往下直流。

「你當時對我說什麼？」瓊恩上身趴在桌上問道：「啊，對了……別抵抗，寶貝。妳知道妳喜歡粗野一點的。」

他的肺部猛抽一下，兩下，然後身體顫一下就不動了。

那個男人死了，瓊恩似乎也失去了控制力。

東尼的複製鏡像宛如已不合身的衣服褪下，有一瞬間瑪賽拉瞥見另外一個人——一個赤褐色頭髮的女孩，眼睛淡褐色，鼻子上一圈像星星一樣的雀斑——但那只是一瞬間，然後瓊恩又變回來，變成剛才走進辦公室的十幾歲黑髮瘦女孩。

瑪賽拉驚異地看著瓊恩發揮真正的潛力。

這個女孩不僅僅是一面鏡子或者模仿者。

她是一個活生生的巫毒娃娃。

瑪賽拉咧嘴笑起來，這時候霧面玻璃門猛然打開，兩名保鑣拔出武器衝進來。

瓊恩猛一轉身，不再是那個十幾歲的女孩，而是剛才想給她搜身的那個人一模一樣的複製人。他舉起槍，可是看到自己的樣子就猶豫了，也就在那猶豫的一瞬間，瓊恩抓起辦公桌上的一把拆信刀刺到自己的手上。也就是他的手。

那個人倒抽一口氣，槍掉下來，手指間冒出鮮血。第二個保鑣遲疑著——看見赫奇死去已經很震驚，再看見同伴突然現身兩處——瑪賽拉乘機抓起東尼辦公桌上的槍，一槍射中那個人的頭。

他像一顆鉛球般倒下。另外一個人爬過去拿掉下地的槍，但瑪賽拉先趕到，用鞋跟把他受傷的那隻手釘在地上。

「妳這瘋婊子，」他用發抖的聲音叫道，她俯身用手摀住他的嘴。

「不該這樣對女士說話，」她說道，指甲掐入他的皮膚。他的皮膚在她的手底下萎縮起來，肉往後掀起，露出的骨頭也變細裂開，直到略一施壓就完全碎掉。

瑪賽拉站直身子，拍拍雙手。她低聲咒一下，修剪好的指甲上有一點裂痕。

瓊恩細聲吹一下口哨表示讚賞。「好吧，真好玩。」她坐到沙發上，兩腿像小女孩一般搖晃著，然後跳下來朝玻璃門走去，門上已經濺滿血跡。

「走吧，」她經過東尼的邊櫃時說道：「我需要真正地喝一杯。」

10

三星期前

梅瑞特東區

瑪賽拉去過相當多酒吧，多數裡面都有彩繪玻璃、皮沙發雅座——最少最少還有一份菜單。這家「木柵」有的是破窗戶、木凳子，以及一塊髒髒的黑板。

並不是瑪賽拉不知道有這個世界——供應澀口酒，帳單付零錢即可的世界——但是她已經刻意離開了。另一方面，則似乎正合瓊恩所好，手肘撐在黏兮兮的吧檯上。她又變回了自己——不是瑪賽拉在赫奇辦公室裡驚鴻一瞥的那個女孩，也不是她們來這裡時瓊恩借用的模樣，而是她在山莊遇見的那個，有著波狀褐髮，穿著農婦式長裙。

瓊恩要了雙份威士忌，給瑪賽拉點了一杯馬丁尼，結果原來是沒有加料的純伏特加。此刻她倒也不介意，只是站在酒吧裡慢慢喝著。

「看在他媽的分上，坐下吧，」瓊恩在凳子上轉身說道：「而且別再皺鼻子了。」女孩舉起酒杯。「敬一整天的辛苦工作。」

瑪賽拉勉強坐到凳子上，隔著酒杯打量瓊恩。

她有好多問題。兩個星期前，瑪賽拉是一個漂亮、有野心，但有點無聊的家庭主婦，完全沒有概念有像瓊恩、有像她這樣的人存在。現在，她變成一個寡婦，有能力摧毀碰到的任何東西，而並不是只有她一個人擁有特異的能力。

「妳任何人都能變嗎？」她問著瓊恩。

「任何我接觸到的人，」女孩說道：「如果他們是活人，而且是人類。」

「怎麼會這樣？」

「不知道，」瓊恩說道：「妳怎麼能把人活活燒死？」

「我不是，」瑪賽拉說道：「我是說，不是燒死他們。比較像是……」她打量著手上的酒——「摧毀。木頭會腐爛，鋼鐵會生鏽，玻璃會變成沙，人就會分解。」

「感覺像什麼？」

像火，瑪賽拉想著，但也不完全正確。她想起馬可斯在她懷裡崩解的情形。他崩解時簡單得近乎優雅的方式。她的能力有某種原始的意味，沒有限制的感覺。她也只能說這麼多。

「每件事都有限制，」瓊恩說道：「妳應該找到自己的限制。」

女孩的眼神變暗，瑪賽拉想起她變換身體之際的一段空白，那驚鴻一瞥的另一個身形。「妳會有感覺嗎？」她問道：「他向妳開槍的時候？」

瓊恩揚起一眉。「我什麼感覺都沒有。」

「那一定很好。」

瓊恩沉吟著，然後提出一個完全不同性質的問題。「妳記得妳在最後一刻想的是什麼嗎？」

奇怪的是，瑪賽拉記得。

瑪賽拉——從來不記得自己的夢，絕少記得電話號碼或者文句，脾氣來的時候可以說一千句氣話卻一句都回想不起來——卻似乎不能忘記這個，在她腦袋裡迴響的那句話。

「我會毀滅你，」她輕聲重述著。幾乎帶著崇敬的意味。

如今，從某種角度而言，她確實做到了。

彷彿她從自己可怕的意志裡面打造出這股力量，用痛苦與憤怒以及要丈夫付出代價的惡毒欲望來鍛鍊而成。

於是她開始猜想：什麼樣的生活——什麼樣的死亡——造就出瓊恩的力量？瑪賽拉問了，那女孩沉默下來，而在那沉默之中，瑪賽拉感到那女孩在注視著自己的內心火焰。

「我最後想什麼？」瓊恩終於說道：「就是我要活下去。永遠都不會有人能夠再傷害我。」

瑪賽拉舉起酒杯。「現在確實沒有人可以。更好的是，妳可以想變成誰就變誰。」

「除了我自己。」瓊恩的聲音裡沒有自憐的意味，只有諷刺性的幽默。「諷刺就是這麼折磨人。」

「報應也是。」瑪賽拉轉著酒杯。「妳知道我的故事，」她說道：「妳的呢？」

「私事，」瓊恩簡短說道。

「好啦，」她慫恿著。

瓊恩揚起一眉。「噢，抱歉，如果妳以為這是女孩子晚上出來混，酒醉交心那種事，我要棄權。」

瑪賽拉環視周遭。「那我們在這裡做什麼？」

「慶祝，」瓊恩說著舉杯一仰而盡，示意再來一杯，然後從口袋裡掏出一個紙捲。起初瑪賽拉以為是香菸，可是瓊恩把它解開，瑪賽拉才發覺那是一份名單。

潦草寫在一起的四個名字。

三個已經劃掉了。

然後最底下的是──東尼．赫奇。

瑪賽拉看著瓊恩從吧檯邊拿來一支筆，把那個名字劃掉。「好吧，完成了，」她說道，有點像是自言自語。然後就這樣，原來的瓊恩回來了，眼中閃著瘋狂的光彩，在位子上一轉身，雙臂搭在吧檯上。「妳接下來打算做什麼？」

瑪賽拉望著自己的空酒杯。「我想，」她緩緩說著：「我要接管黑幫。」

瓊恩對著酒杯哼一聲。「妙極了。」

瑪賽拉不是在說笑。

她本來將就著坐在老公旁邊，因為沒有人要給她桌前的位子。

可是她將就夠了。

根據馬可斯的說法，權力屬於槍管最大的人。瑪賽拉想著東尼．赫奇的殘骸，染髒了他的白地毯。

「妳想我們這種人有多少？」

「特異人？」瓊恩猶豫著。「誰知道？比妳想的多。我們可不會到處打廣告。」

「但是妳可以找到他們。」

瓊恩的酒杯舉在半空中停下來。「什麼？」

「妳的能力，」瑪賽拉說道：「妳說妳碰到一個人就可以接收他的外表，但他們必須是人類。那不是表示如果他們不是，妳就可以知道嗎？」

瓊恩的笑容閃爍一下，然後變得加倍燦爛。「妳真是太聰明了。」

「有人跟我說過。」

瓊恩在凳子上伸一個懶腰。「沒錯，我會知道。怎麼樣？妳要找更多我們這種人？」

「也許。」

「為什麼？」瓊恩斜瞄她一眼。「想消除競爭？」

「差遠了。」她喝完酒，把空杯子放下，用金色指甲摩著杯緣。「男人看到任何有權力的人就只看到威脅，認為是路障。他們從來沒有理性能看清權力真正是什麼。」

「是什麼呢？」瓊恩問道。

「潛力。」瑪賽拉的手指握緊杯腳。「我的這種能力，」她說著，手發出紅光。「是一種武器。」她說話的時候，杯子就融化成沙粒，由她的指縫滑落。「可是如果妳能擁有一個軍械庫，為什麼要僅僅將就一支武器呢？」

「因為軍械庫太顯眼，」瓊恩說道。

瑪賽拉歪一下嘴唇。「也許應該顯眼才好。有我們這種能力的人，為什麼要躲躲藏藏呢？我從前的生活已經沒了，沒有回頭路。我寧願創造一個新的，更好的一個，在那裡我不必假裝軟弱才能生存。」

瓊恩若有所思地咬著嘴唇。然後，彷彿是找到了她一直在思索的祕密問題的答案，她猛地站起身來。

「走吧。」

瑪賽拉不知道這只是女孩突發的感染性精力，還是她只是沒有別處可去，但她也跳下凳子。

「我們要去哪裡？」瑪賽拉問道。

瓊恩回望一眼，眼中閃著狡色。

「我突然想聽音樂。」

✦

如果說「木柵」是垃圾場，「船塢」就更糟。一個地下碉堡，半是酒吧，半是髒亂的爵士俱樂部，每處表面都是黏兮兮的。小圓桌旁邊搖搖晃晃的椅子一半是空的。後面沿牆有一塊低矮的舞台，空蕩蕩的，只有幾個樂器與一架直立式麥克風。

瓊恩縱身坐到一張空椅子上，然後抬手示意她對面的椅子。

「我們來這裡做什麼？」瑪賽拉問道，一面狐疑地瞄著全場。

「親愛的，」瓊恩擺出誇張的姿態說道：「妳必須學著融入。」就在她說話的時候，她又變了，褪下波西米亞風格的黑髮女孩，變成一個年紀較長的黑人，穿著褪色的扣領襯衫，袖子捲到手肘部位。

瑪賽拉神情一僵。光線很暗，但也不是那麼暗。她環視一下周遭。「這可不太祕密。」

瓊恩咯咯笑著，老人的嗓音有點沙啞。「我以為妳已經不再躲藏了。」她不經意地揮手比一下這個半空的俱樂部。「大家可以看到很多，卻什麼都不相信。」老人在椅子上往後一靠，兩腿離地，臉孔沒入俱樂部內的暗處。等椅子再往前靠回來，瓊恩又回復常用的形象，波狀褐髮披在臉前。

「妳不坐嗎？」

瑪賽拉坐到木椅子上，瓊恩繼續說著。「老實說，我不是帶妳來聽音樂的。不是直接聽。但是如果妳對其他特異人感興趣，我可能有一個寶物給妳。」

她從口袋裡掏出手機，翻尋著頁面，然後把手機轉向瑪賽拉。

顯示幕上出現一個名字：強納森・理查・羅伊斯。

「他是誰？」她問道。

「一個薩克斯風手，」瓊恩說道：「吹得挺不錯的。或者說，他本來是的，直到後來他染上海洛因毒癮，然後發現欠了傑克．卡普瑞賽的債。」

卡普瑞賽，瑪賽拉想著。這個名字她知道。梅瑞特市劃分給四個人：赫奇、科爾賀夫、梅立斯，以及卡普瑞賽。

赫奇擁有最大一塊，但卡普瑞賽近來野心大，吞下的也比較多。胃口大成無底洞。

「他戒不掉，」瓊恩繼續說著：「可是又還不起。所以卡普瑞賽的手下去找他算帳，弄斷幾根指頭。只不過強納森的妻子也在家，她拿出一把槍，結果情況失控。妻子死了，根據醫院紀錄，羅伊斯也死了。反正，死了幾分鐘，到最後他撐過來了。於是卡普瑞賽又派幾個手下去，結果那幾個也死了。現在沒有人想為殺人失手負責，也不希望失敗的話傳開，但是他們仍然需要讓羅伊斯入土為安，所以他們就採取外包。」

「他們找上妳。」

瓊恩笑了。「對，他們打電話給我。但是我沒辦法殺他。」

瑪賽拉揚起一眉。「什麼，妳改變心意了？」

「不盡然，」瓊恩說道：「我的意思是，我真的試過要殺死他，而我殺不了。」

11

三星期前

梅瑞特市內

強納森．羅伊斯有一套好西裝，而且根本不合身。

曾經是合身的——當時他比現在重三十磅——但是如今，衣服變得鬆鬆垮垮，總是要滑下來的樣子。就像他的結婚戒指，之所以仍然能戴著，只因為指節斷過兩次。強納森從來不是大塊頭，但這些日子他簡直瘦骨嶙峋，睡眠不足又營養不良。真的很諷刺——強納森看起來就像癮君子，儘管他從克萊兒死後就戒乾淨了。

他認識的人都有癮——毒品與音樂是分不開的，爵士場所自不例外。

但海洛因是見鬼的高檔嗨。

不像古柯鹼那種雲霄飛車式的頂峰，也不像桃樂絲黛名曲〈順其自然〉（Que Sera Sera），那種柔美風的上好大麻，而是一種如夢的波潮，脫離生活的極樂境界，在自己的腦海中夏夜裸泳的那種自由感——一開始是的。強納森見到毒癮襲來，看著它像波濤湧至，但他已經濕了，無法把自己拉回岸上。

也就像漲潮，像一種暗流，捲來的時候把所有東西都沖走。錢財。歡樂。安全。理性。

每天，波潮都會漲高一點。每天，水都會變深一點。每天，離岸就更遠一點。很容易就會被沖走，只要停止游泳就會。

強納森把領帶套到脖子上，摸索著領結，手指發痛。已經將近一年了，指節依然每天都痛。

那天晚上卡普瑞賽的手下找上門的時候，他根本不感到驚訝。他已經嗑嗨了。克萊兒跟朋友出門去了，強納森沒有錢給他們，他知道，他們也知道，然後有一把榔頭，他的兩隻手——但就在那時候她走進來，克萊兒在尖叫，克萊兒拿出一把槍——她從哪裡弄來的槍？——然後有一陣噪音，疼痛與黑暗。

那之後，強納森應該離開梅瑞特的。

應該逃走的，在那個時候，他在醫院病房醒來，兩隻手斷了，腹部與胸部有三個子彈孔的時候。但是在他們的廚房地板上克萊兒的血與他的血仍然混在一起，他就是無法勉強自己走。那樣不對，她死了，他沒有死——克萊兒不應該死，不應該這樣變成過去式，變成別人故事裡的一個註腳——而強納森有一種甩不開的奇怪感覺，彷彿自己也沒有活下來。彷彿自己是一個幽靈，留在事件發生的地方，困在那裡要等到某個可怕的事情完成。所以他留下來了，穿著那件好西裝去參加她的葬禮，過後待在廉價旅館裡，香菸一根接一根抽，菸灰不停往下掉，等著卡普瑞賽的手下上門來完成工作。

好玩的是，在那天晚上卡普瑞賽的手下露面之前，強納森從來沒殺過人。

他以為會比較難。

應該比較難，應該是不可能的事，想想看他們有那麼多人，開了多少槍，但是那天那麼多事情都是不可能的。藍白色的光，像一面盾牌把他們的子彈擋開。那種刺耳的聲音與暴力，可是等到結束之後，強納森獨自站在眾人屍體之間。

毫髮無傷。

安然無恙。

在罕見的靈性時刻，喬納森會認為那是克萊兒在守護著他。但在他那頻繁得多的自虐時刻，他明白這是一種懲罰，宇宙在嘲弄他未能完成的事。

七點鐘的鐘響了，強納森打好舊領帶，穿上外套，拿起薩克斯風盒子，準備去工作。

他走在路上，呼出來的氣結成霧，梅瑞特的這一帶已經黑了，彷彿路燈都懶得裝。走到「船塢」有半英里路，梅瑞特地圖上這一段路標示為「綠色步道」，這又有一點諷刺，看看往每個方向都只有石頭與柏油。

「綠色步道」的幽靈。

那就是他。死不了的人。

他已經——

「嘿，」一個聲音吼道。「把錢給我。」

強納森沒聽見他接近，其實根本沒在聽。但他感到槍管頂著背部緊張地戳一下，他轉過身，看見一個小孩，大概十六歲，兩手像抓球棒一樣抓著槍。

「回家去。」

「你是聾子還是傻瓜？」那孩子咆哮著。「你沒看見這把槍嗎？我說，把你他媽的錢給我。」

「不然怎樣？」

「不然我就他媽的開槍射你。」

強納森仰頭望天。「那就射吧。」

多半的時候，他們都沒有膽子開槍。這一個開槍了，不過也沒什麼不同。槍彈射出，強納森周圍的空氣閃一下光，像打火石敲在石頭上那種閃光，像克萊兒的雙臂抱住他，告訴他說他的時辰未到，還沒輪到他。子彈反彈開，射入黑暗中。

「搞什麼？」小孩說道。

「趁你還來得及就罷手吧，」強納森警告道，緊接著小孩就把彈匣內所有子彈都射向強納森的頭。一共七發，六發無用地反彈到黑暗中，打到磚頭、柏油路面激起火花，還打破了一扇窗戶。但最後一發反彈後擊中小孩的膝蓋，他尖叫著倒下去。

強納森嘆一口氣，從那個扭動的身體上跨過去，同時看看手錶。

他上班要遲到了。

「船塢」裡面是半空的。

那裡向來都是半空的。強納森認得大部分露面的客人，但有一點不一樣。他知道自己一走進去，就好像空氣裡面滿滿是雪花。是靠近後面的兩個女人，一個像是廣告目錄裡跳出來的，紅唇配上亮麗黑髮，另外一個比較年輕，褐色卷髮，帶著危險的笑容。

她們全神看著他。

也許曾經一度他會吸引那種注目，但那是從前他的雙手還活動得比較好，穿這套西裝還能合身，笑容來得容易的時候，那多半是因為他已經嗑嗨了。

強納森已經出局了——他表演完他的老套路，憑著習慣而不是熱情奏出音符，然後就到吧檯那裡，伴著稀稀落落的掌聲，以及一股強烈的自厭感。

「蘇打水，」他說著滑坐到凳子上。他仍可以感覺到有眼睛盯著自己。三不五時的，卡普瑞賽會派人再來試試，但是從來沒有用。那兩個女人看起來不像卡普瑞賽常用的殺手，但也許正是這個意思。他先聽到清晰的高跟鞋聲音，一秒鐘後一個美女出現在他肩旁。

「羅伊斯先生。」她的聲音溫潤柔滑還帶著菸味。

褐髮女子坐到凳子上。「強尼男孩，」她說道，口音有一點特別，很熟悉，彷彿他們從前見過，但是他確定自己從未看過她的臉。

「如果是卡普賽派妳來……」他咕噥道。

「卡普瑞賽，」黑髮女子說著，這個名字在她的嘴裡打轉。「是他殺死你的妻子，對吧？」

強納森沒有說話。

「然而，」她繼續說著：「傑克．卡普瑞賽仍然活著。活得很好，我聽說是這樣。而你在這個俱樂部狗屎地方虛度人生。」

「喔，」另外一個女人尖聲說道：「我喜歡這個地方。」

「妳們是誰？」強納森問道。

「瓊恩，」褐髮女子說道。

「瑪賽拉，」那個黑髮美女說道：「但是碰到像我們這種人，真正的問題不是誰，對吧？應該是什麼。」

那個女人把一根金色指甲按著吧檯，強納森看著，只見她的手指發出紅光，下面的木板開始彎曲腐爛，蝕出一個洞直直穿透。那個褐髮女人——瓊恩——把一塊杯墊滑過來蓋在破洞上，只不過她已經不是那個褐髮女人，而是克里斯，「木柵」的酒保，儘管克里斯仍在吧檯的另一頭，背對著他們擦著一只高球杯。等他轉回身時，她也變回來了。

強納森覺得口乾舌燥。

她們有異能，就跟他的閃光一樣。但閃光是一種禮物，是一種詛咒。閃光是他的。不應該有別人跟他一樣，在這個地獄裡面。

「妳們想要什麼?」他問道,聲音細得像耳語。

「那,」美女說道:「也正是我要問你的問題。」

強納森低頭瞪著自己的蘇打水。他想要回復從前的生活。但他已經沒有生活,再也沒有了。他想要死,但是連那也被剝奪了。

那天晚上,卡普瑞賽的手下全都死了之後,強納森沒有死,房間裡一片靜寂與黑暗,整個世界一片空虛。他拿槍頂住自己的頭,扣下扳機,那應該就能一了百了,但是沒有,因為不管他喜不喜歡,閃光又出現了,那令他想起克萊兒,想到她會有多生氣,氣他又浪費了一槍。而想到克萊兒,又使他想再嗨一下,想飄洋出海。

但是閃光不讓他那麼做。

強納森曾告訴自己不要再試了。

他不要讓她失望。

但那閃光用起來就像一種全新的毒品。一種會提醒他可怕的東西,不要他忘記自己還活著。

瓊恩皺起眉頭,彷彿無法看出強納森的心思,但瑪賽拉露出笑容。

「當你其實可以以牙還牙的時候,」她說道:「為什麼要選擇坐在那裡生氣?」

但是他已經傷害了他們——他殺死了那些殺死克萊兒的人,還有來找上他的人,以及卡普瑞賽派來的其他每個人。每一個——除了——

「卡普瑞賽,」強納森喃喃說道。

那就是為什麼閃光不肯讓他安息的原因嗎？

為什麼他不能去見克萊兒？

「我能幫你去找他，」瑪賽拉說道。她俯身湊過來，近得足以讓他聞到她的香水味。「我聽說過一點你的能力，但是我想多知道一點。」她伸出手，手指擱在他的手臂上。這是很單純的一個動作，幾乎像出於好心，直到她的手心變成熾紅。他的皮膚發出閃光，她縮回去然後打量著自己的手。「嗯，」她說道，彷彿剛才不只是試著摧毀他。「你是怎麼做到的？」

「我什麼也沒有做，」強納森恨恨地說道：「就是那樣發生了。如果有人想傷害我——見鬼了，我也試著傷害我自己——結果它就出來了，保護著我。」

「呃，真有你的，」瓊恩說著，往後靠在吧檯上。

瑪賽拉發出不甚愉快的細微哼聲。「我看不出來那對我有什麼幫助。」

強納森瞪著自己的杯子裡面。「我能分享。」

瑪賽拉的藍眼睛瞇了起來。「你是什麼意思？」

強納森搖著頭。這就是閃光如何嘲諷他。他太明白它不是禮物而是詛咒，像一道淺淺的割傷，不會深得致命，卻足以產生疼痛。他本來只想保護克萊兒，可是失敗了。如今，他終於有能力了，卻已經太遲，她已經死了。

「強納森，」瑪賽拉追問著。

「我可以保護別人，」他承認著。「只要我看得到他們。」

瑪賽拉微笑起來。這個笑容燦爛迷人，讓你即使沒什麼好笑的也想回笑。

「好吧，這樣的話，」她說道：「我們來談談復仇的事。」

12

三星期前

布蘭哈芬區外某處

維克多的腳步在矮樹叢間窸窣出聲。

現在已近黃昏，他小心挑著路穿過林間，周圍的天際漸暗變成深紫色。靜寂之中偶爾加上幾聲遠處的槍響，這片保留區內的獵人想趁天黑之前收拾好獵物。

維克多也在狩獵。他在跟蹤一個穿橘色背心的寬肩男人，那鮮明的顏色在周遭斑駁的綠色與灰色之間非常顯眼。這裡樹木稀疏，周邊都是野地。往南幾英里有一座小木屋，是那個人的足跡所至最遠處。

儘管目前的穿著很顯眼，但還是很難找到依安·坎貝爾。

他在意外之後就消失於化外，幾乎跟完全死亡差不多。

幾乎。

但是以這種時代與年齡，一個人不可能不留下一點痕跡。

米契花了好幾個月追蹤這個特定的特異人，但他終於找到了。因為他知道，就像維克多也知道，他們沒有什麼選擇了。一堆列印文件變得越來越薄，現在只剩下幾張，線索變少，維克多的死亡次數變多，時間越來越長，而維克多的死亡時間越來越長，秒數逐漸攀升，直到幾乎逼近那致命的邊緣——醫學上所認定的無法回返的閾值。

一個輕輕的鳴聲響起，提醒維克多那可能是坎貝爾注意的目標。

一隻受傷的鹿躺在矮樹叢裡，身體一側可見一個鹿彈槍的子彈傷口。維克多躲在附近一棵樹影下看著，坎貝爾蹲下去看受傷的鹿，把一隻手放在那隻動物的身上，發出輕柔的聲音。

接著，就在維克多觀看之際，那子彈從肌肉與皮膚之間升起，然後沿著動物的側身滾下去，落到草地裡面。

維克多一時忘了呼吸。

他已經太習慣失望了——特異人一個接一個追蹤下去，卻只發現他們的能力不相容，或者更糟的，毫不相關——所以看到坎貝爾的能力令他一時沒有提防，這才悟到他終於找到一個能幫忙的人。

那隻鹿四腿搖搖晃晃地站起來，然後跳竄到林子裡，全然沒有受傷的樣子。

坎貝爾看著牠離開。維克多看著坎貝爾。

「那是慈悲嗎，」維克多問道，聲音打破寂靜。「把獵物放回外面世界，只是讓牠再度被槍殺？」

坎貝爾也值得佩服，並沒有嚇一跳。他站直身子，手掌在牛仔褲上擦一擦。「對獵人我無能為力，」他說道：「但是無法忽視一個受苦的生物。」

維克多笑了，卻是沒有笑意的空洞笑聲。「那麼你應該不會在意出手幫我。」

坎貝爾瞇起眼睛。「動物是無辜的，」他說道：「人是另外一回事。我發現，大多數人都不值得幫助。」

維克多聞言不禁怒了——這聽起來就像艾里會說的話。他的手指抽動，空氣開始嗡嗡出聲，但讓他驚訝的是坎貝爾沒有退開，反而是往前走近。

「你受了什麼傷？」他問道。

維克多猶豫著，不確定要怎樣用複雜的回答來應對這麼簡單的問題。結果，他說：「致命的。」

坎貝爾打量他良久。

「好吧，」他說道：「我盡量試試看。」

維克多的心臟亂跳一下，不是因為這件事，而是因為希望。那實在太罕有，他已經忘記那種感覺是怎樣的了。他本來已經準備用暴力了。

「會有限制，」坎貝爾繼續說道：「我無法阻止自然的力量，無法改變自然的路徑。我無法反轉死亡，但是我能消解暴力。」

「那麼，」維克多說道，他的死亡一直都是由血腥與痛苦塑成。「你很適合這個。」

坎貝爾伸出一隻手，維克多跟人接觸從來不是很自在，只能勉強自己不要動，讓那個特異人的手伸過來擱在他的肩膀上。

坎貝爾閉上眼睛，維克多等著。等著自己腦袋裡的嗡嗡聲消失，等著神經的破損情形緩解，滴答的時鐘終於停止——

可是什麼都沒有發生。

過了漫長得無以計算的時間後，坎貝爾的手放下，維克多知道自己又碰到死胡同。但是他見過坎貝爾的能力，那應該有效的。必須有效。

「很抱歉，」那個人搖頭說道：「我無法幫你。」

「為什麼不行？」

這是坎貝爾第一次往後退開。「我說盡可能——我的意思是——我可以治癒由別人造成的暴力。可是不管你是遭遇了什麼事，不管你是怎麼受傷的，那都是由你自己造成的。」

維克多的怒意像一把利刃劃破全身，來得突然又深層。他雙手握拳，坎貝爾踉蹌跌入矮樹叢，喉間擠出痛苦的嗚咽。

「起來，」維克多命令道。但是他說話的時候舉起一隻手，硬逼坎貝爾站直身子。「把我修好。」

「我沒辦法！」坎貝爾喘著氣說道：「我告訴過你了，我只能治癒無辜的生物。你並不是受害者。」

「你憑什麼可以評判我？」維克多吼道。

「沒有人可以，」坎貝爾說道：「這種能力會自己做判斷。抱歉，我——」

維克多吼一聲把坎貝爾推開。他在眼底看見自己的死亡——不是最近的，也不是死於艾里之手，而是最初的那次，在洛克蘭的實驗室，他爬上實驗台，光著背躺在冰冷的不鏽鋼台面，像惡魔般召喚死神，像召喚奴隸，下達著命令。

在林子裡，坎貝爾掙扎著站起來。

維克多有點期望那個特異人逃跑，可是他沒跑。

黑暗已經籠罩他們，但即使在這沒有光線的林子裡，維克多仍看見那個特異人眼中真正的悲傷。維克多有短暫片刻考慮要讓那個人離開，但是如果他能找到坎貝爾，那麼特觀組找到也只是時間早晚的問題。他們的勢力範圍似乎逐日擴大。

「我很抱歉，」坎貝爾又說一次。

「我也是，」維克多說道，然後拔出槍來。

槍聲在林間迴響著。

對方的身體倒下，維克多嘆一口氣，攤靠在旁邊的一棵樹上，腦袋裡的嗡嗡聲從未如此之大。他閉上眼睛，突然感覺疲倦無比。

如果你殺死所有見過的特異人，那你又比艾里好多少呢？

不管你是遭遇了什麼事，不管你是怎麼受傷的，那都是由你自己造成的。

他的手機打破寂靜。維克多勉強睜開眼睛，站起身接電話。「杜明尼。」他聽見很容易辨識的酒吧背景聲音。「有消息嗎？」

「有一個新的特異人，」老杜說道：「一個很大膽的。名字是瑪賽拉・瑞金斯。」

「她這線索可行嗎？」維克多問道，一面開始循原路走回去。

「不行，」老杜說道：「她的能力毫無疑問是毀滅性的。」

維克多嘆一口氣。「那麼她對我有什麼用？」

「我只是以為你會想知道。她剛引起很多人注意。」

「很好，」維克多斷然說道：「那麼特觀組就會浪費時間獵捕她，不會找我。」

當然，他知道，多虧了杜明尼，他們已經在追捕他。或者可說，在追捕某人。而他非常清楚是誰在帶頭。

知道了史泰爾如何利用艾里・艾偉的時候，維克多深感厭惡，但是並不驚訝。把他找回去工作。艾里確實很有辦法讓自己站上舞台中央，而史泰爾從前就被他蠱惑過。維克多很好奇那是否就是為什麼特觀組沒有更看清他的存在。不是因為他們的寵物看不出維克多參與殺人事件，而是因為他看出來了。

那樣太像艾里了，那麼自以為是，只顧自己地需要親自處理事情。

隨著每天圈套都未曾拉緊，維克多的懷疑就更深一分。

至於瑪賽拉・瑞金斯，讓她去當目光焦點吧，只要她能撐得住。碰到特異人相關的事，有一種天擇方式。他們大多數都有自知之明，懂得去待在暗處，但當對關注的渴望超過了自我保護的意識時，天平往往會自行調整。

而像瑪賽拉那種人從來不會持久。

13

三星期前

梅瑞特市外緣

雨水流過倉庫的屋頂，規律的雨滴聲蓋過了瑪賽拉鞋跟敲在水泥地上的聲音。這座舊製罐廠位於市郊，只剩下柱子、鋼梁與腐鏽的屋頂組成的空殼子，是市區內指定的中立地帶之一。

他們的聲音在建築的骨架之間飄蕩。

「……在他自己的辦公室裡……」

「……它承受不了……」

「……誰去處理……」

「……只是一個女人……」

「……她不可能是獨自行動……」

「男人跟這種地方是怎麼一回事？」瑪賽拉若有所思地說著，聲音大得足以傳出去，三個人的頭也出現在視線之內。「我發誓，你們總是挑最陰沉的地方聚頭。」

那幾個男人轉頭看她。喬．科爾賀夫，鮑伯．梅立斯，傑克．卡普瑞賽。她原有一點期待會發現這些自詡為梅瑞特騎士的人會坐在另一張圓桌前，但是反之，她發現他們窩在這個陰鬱又漏水的地方。

真無法相信，瑪賽拉想著。她的老公化成灰，東尼死在自己的辦公桌前，然而他們仍然連槍都懶得拔出來。中立地帶的規矩是老大不帶槍，但是當然不會真的有人來這種地方碰面至少連一支槍都不帶吧。

「是因為這種氛圍嗎？」瑪賽拉猜著，一面朝他們走過去。「還是物以類聚？報廢的。過時的。淘汰的。這個城市有那麼多老建築，」她說道，指甲沿著一根水泥柱劃過去。「他們真是瘋了，把錢浪費在修理和翻新上面。有時候還是整個夷平再重新開始比較好，你們說是不是呢？」

「一度已故的瑪賽拉．瑞金斯，」柯爾霍夫嗤道。「妳還真有一點膽——」

「噢，我享受覺得自己大膽的感覺，喬。」

「如果妳他媽的有一丁點理智，」梅立斯說道：「妳就會跑了。」

「穿這種鞋子跑？」她取笑道，同時低頭瞄一眼自己的鋼跟鞋子。「而且錯過這場可愛的會議？」

「妳沒有受邀，」柯爾霍夫說道。

「我能說什麼呢？我的耳朵發癢。」

「妳怎麼找到我們的？」卡普瑞賽問道。

瑪賽拉在柱子之間遊走，指甲劃過水泥表面。「我丈夫曾經說過一句話。知識也許是力量，但是錢兩者都能買到。」她放下手。「原來赫奇有些手下很樂意換邊站以交換升遷。」

「狗屎，」卡普瑞賽咬牙說道：「家人不會變節的。」

瑪賽拉翻一下白眼。「你說的這些家人可真神奇，」她說著，手又劃過一根柱子。「他們只是在最高位者的家人。從最上面往下走，你會發現很多人其實根本不在乎是誰主管，只要能拿到錢就好。」她的目光晃到倉庫的牆壁，再到外面的空地上，有六輛黑頭車沒熄火在那裡等著。「不知道你們的手下有多少人會看準機會來為我工作，等你們死了之後。」

柯爾霍夫聞言大怒。梅立斯從褲子後面口袋掏出一把刀，懶洋洋地把它拉開。最後是卡普瑞賽，終於拔出一把槍。「我向來認為妳是一個無恥的婊子，」他把槍管對準她說道：「不過顯然妳也是一個愚蠢的婊子，這樣一個人跑到這裡來。」

瑪賽拉繼續在柱子之間走動，毫不在意武器。「誰說我是一個人來的？」

強納森的紳士鞋在水泥地上踩出一個節奏，然後人才露面。他的動作彷彿出神似的，黑眼睛直盯著卡普瑞賽，一面直直朝他走過來。那個黑幫老大射出一槍，子彈打到強納森前面的空氣，發出一陣藍白交雜的光然後彈開，在水泥地上激起火花。

「搞什麼鬼……」卡普瑞賽咆哮道，同時一槍接一槍射出去，強納森拉近兩人之間的距離，子彈不斷彈開，然後終於有一顆彈回來，正射中卡普瑞賽的膝蓋。

他驚吸一口氣，抓著一隻腿跪下去。

強納森一句話沒說，只是拔出自己的槍，對準跪在地上的那個人額頭，然後開一槍。

柯爾霍夫與梅立斯僵住，眼睛瞪得大大地看著卡普瑞賽的身體癱倒在冰冷的地上，毫無氣息。

瑪賽拉咂舌出聲，一隻手掌貼著最後一根柱子。「如果你們有他媽的一丁點理智，」她說著，手掌滲出紅光。「你們就會跑。」

她手掌下的水泥塌陷下去，在此同時，其他的柱子也開始顫動歪斜，每根已被她先前經過時的觸碰變軟了。整個建築發出大聲呻吟，柱子坍塌，屋頂下彎變形。

梅立斯與柯爾霍夫跑起來，但是沒有什麼意義。瓊恩已經把門鎖上。一大塊石頭落下來，瑪賽拉就在它下方。

她看著它掉下，神情著迷，四肢充滿興奮與恐懼。

「強納森，」她說道，但他已經在看著，就在石塊打到之前，她周身的空氣閃著藍白兩色的光。石塊撞到力場就滑開，在她周圍無害地如雨落下。

瑪賽拉想起第一次目睹東西摧毀的情景。她印象最深刻的是，在一開始的爆炸之後，那種平靜的優雅，整個龐然大物如睡著般下陷，不像一大堆磚塊與鋼鐵沉落，而像是沒有做好的舒芙蕾。無可否認，從這個角度看那也不是很平和，也不盡然安靜。

但瑪賽拉還是一樣享受。

享受男人的尖叫，金屬扭曲與石塊碎裂，以及整個世界震撼，看著周圍的建築塌下，掩埋了柯爾霍夫、梅立斯與卡普瑞賽。又除掉了三個曾經擋住她的男人。

建築殘骸在瑪賽拉與強納森周邊形成一個圈，他們毫髮無傷，不過卻被擋住了，困住了。但是現在沒有什麼可以攔住她。瑪賽拉用手指壓著最近的水泥塊，整隻手通紅，一道強光從手臂如火焰散射開。

水泥塊變得酥軟脆裂，障礙物塌扁成灰，一條路清了出來。

瑪賽拉還沒有測試自己的能力限度。或者該說，還沒有發現。這次破壞來得太容易了。

她大步走出摧毀的建築，強納森像影子一樣跟在後面。

瓊恩在廢墟邊緣等著，眼睛睜得大大的。「那可算不上低調。」

瑪賽拉只是一笑。「有時候低調沒那麼重要。」

瓊恩揮手比比從黑頭車內湧出來的西裝男。「我們要怎麼告訴這些騎兵？」

瑪賽拉打量著那些人。

「告訴他們，」她說道：「梅瑞特的黑幫現在換了新的管理人。」

✦

瑪賽拉倒在乳白色的皮沙發上，唇間冒出笑聲。「妳應該看看他們的臉，瓊恩……」

落地窗外整座城市延展開來，在日暮餘光中閃爍著。

瑪賽拉一直想要住在國家大樓。

如今她在這裡，赫奇的頂樓公寓感覺像是一處臨時休息站，準備前往更大更好的地方。不過這裡仍然是一個漂亮地方，尤其是現在血跡都已經刷乾淨了。雖有幾個頑固的斑點留著，但瑪賽拉並不介意。不會的，它們可提醒她做了什麼，能夠做什麼。敵人縮減成為她腳底下的汙漬。

就一般員工而言，東尼．赫奇是去度假了，他常常如此。

他向來有很多代理人，都習慣了他的個人隱私。

強納森像一個鬼影般從廊道溜出去，但瓊恩仍留下來，坐在沙發的邊緣。

「妳知道，」她說道：「一個屍體不會引起太大注意。如果數字開始上升就有問題了。黑幫男孩不會每次有損傷就打電話給調查局，可是妳在測試他們。妳不記得我說過的嗎，關於特觀組的事？」

「這更有理由招搖。」

瓊恩雙臂抱胸。「妳是怎麼想的？」

瑪賽拉心不在焉地用一根手指捲著一綹黑髮。「一個人如果躲在暗處，就比較容易讓他消失。」她坐直身子。「我剛弄垮一整棟建築。妳想當誰就當誰。而強納森可以讓我們刀槍不入。我們不僅僅是了不起，我們是天下無敵。我們應該挺身而出。」

瓊恩搖搖頭。「如果妳想存活——」

「可是我不想存活，」瑪賽拉諷道。「我想要茁壯。而我跟妳保證，我這才剛開始而已。」

那個女孩翻一下白眼。「現在要怎樣？妳要為自己他媽的開趴？」

瑪賽拉的嘴緩緩綻開笑容。這個主意不壞。

「不行，」瓊恩說道：「不行，我只是在開玩笑——」

另外一個房間傳來一聲槍響。

「可惡，」瑪賽拉站起身咬牙說道。

瓊恩跟著過去，她們發現強納森站在一間臥室裡，手上拎著一把槍，對面的牆上有一個子彈反彈射出來的洞。

「你在做什麼？」瑪賽拉問道。

「沒有用，」他喃喃說道：「我本來以為可以。既然卡普瑞賽已經死了……」

「抱歉，強尼，」瓊恩說道：「顯然你還有工作要做。」

他跌坐到床上，雙手抱著頭。

「我只是想要……」他兩手握著槍說道：「跟克萊兒在一起……」

瑪賽拉嘆一口氣，把他手上的槍抽出來。他的鬱悶害她的歡喜之情驅散了。

「來吧，」她說著轉過身去。「我們顯然需要喝一杯。」

她沒有回頭看，但是她聽見強納森勉強從床上站起來，跟著她們走進客廳。

瓊恩心情不定，每走一步就換一個「外觀」。手臂刺青的老女人。穿合身西裝的年輕黑人。穿著白色迷你洋裝的二十幾歲漂亮女孩。

「妳讓我頭昏，」瑪賽拉斥道。

瓊恩癱坐到沙發上，又換了一個新「外觀」。她不是瑪賽拉——不可能——但顯然想做到近似。好幾天都是細瓷般的雪白肌膚，配上黑髮與美腿。不過臉型太寬，眼睛不是藍色而是綠色。

他們跟著瑪賽拉走到沿牆的壁櫃，上面擺著一系列稀有的昂貴波本威士忌。

她把槍放在水晶台面上，給強納森倒了差不多半杯深色烈酒。沒加冰塊。

「你錯過了一段很棒的演講，」瓊恩說道：「我們姑娘有一套大計畫。」

瑪賽拉沒有上瓊恩的當。她把酒遞給強納森。「沒錯，」她說道：「你顯然注定要參與。」

瑪賽拉轉身遞給瓊恩一杯酒，說道：「妳呢，瓊恩？」

她不只是問酒的事，她們兩人都知道。

那個特異人搖搖頭，但是她在微笑，眼底帶著近乎危險的光彩。「我已經說完了。妳愛做什麼儘管做。畢竟，如果特觀組找來，他們抓不到我。」

瓊恩接過酒，瑪賽拉拿著自己的酒杯。「敬更大，更好的——」

他們身後的窗子突然破裂開。

若非強納森仍然在看著她，子彈就會射到瑪賽拉的背部，結果只是隨著一陣光反彈開，緊接著又是一連三發，子彈咻咻穿過空中。

有一發射到瓊恩。她踉蹌著倒下，身形同時蛻去。在那麼一瞬間，不到一秒鐘，瑪賽拉再次瞥見那個女孩的真實樣貌——赤褐色頭髮，一圈雀斑——然後那個人就不見了，代之以一個陌生人閃避開槍擊。

「我跟妳說過——」瓊恩說著。

「現在不是時候，」瑪賽拉厲聲說道，附近一個玻璃酒壺爆裂成碎渣。「眼睛看著我，」她命令著強納森。

然後她轉過身，把威士忌杯子放下，拿起自己的槍。

槍響仍然繼續著，一陣射擊把空氣變成藍色與白色，強納森的力場把每一發都反射出去。瑪賽拉小心地走著，動作謹慎優雅，同時逼著自己不要在攻擊中退縮。這也令她興奮，心知她的性命此刻不是操在自己的手中。她知道如果強納森看向別處，防護盾就會消退，她就會中彈。

但是有時候，你必須有一點信心。

瑪賽拉穿過房間，走到破裂的落地窗前，參差如鋸齒的玻璃窗邊緣像一張張開的大嘴。她摸摸邊緣，剩下的玻璃碴就碎開，水晶顆粒被一陣寒冷的夜風吹走，瑪賽拉跨過空窗口，鞋跟踩在玻璃沙粒與殘渣上。

這，她想著，一面穿過陽台，就是為什麼妳不要躲藏。

這，她想著，一面舉起自己的槍，就是為什麼妳要讓他們見識到妳的力量。

瑪賽拉瞇起眼，隔著強納森的閃光與火花想找出狙擊手的長槍發出的火光，然後她開槍射入黑暗中，一槍接一槍，一直把彈匣打空。

14

兩星期前
惠通市區

雪德妮的手指撫摩著小小的骨頭。

當天稍早度兒在溝裡發現這隻鳥，如果還能說它是一隻鳥的話——只是一團疙疙瘩瘩的肌肉和羽毛，以及一隻破翅膀。本來就已經夠可憐了，等雪德妮把它從狗嘴巴裡挖出來以後更糟，此刻可憐兮兮地躺在她借來的床上一塊破廚房抹布中。度兒看著，下巴擱在棉被上。

門外某處，米契正在做晚餐，哼著一支老歌。他們各有不同方式應付壓力、恐懼與希望。她把注意力放回小鳥身上。

「你覺得怎麼樣？」她問著度兒。

狗嘆一口氣，仍然因獎品被搶走而悶悶不樂。她搔搔牠的耳朵——牠離得越近，她就越能感受到他們之間的連結，也越容易提醒自己要用手指找什麼東西。

雪德妮深吸一口氣，看看床邊的紅色金屬罐，然後閉上眼睛。她往前摸索著，將雙手擱在可憐的殘骸上，把力量伸出去。

感覺起來像從很高處落下。

感覺起來空虛而寒冷。

感覺起來像是永遠——這時候雪德妮注意到微微的紅光，一條扭曲的線。不對，不是一條線。是十幾根細絲，呈好幾段分散在她眼底的一片黑暗裡。它們像魚在她的視界內游動，閃開她的觸碰，雪德妮的肺開始發痛，但是她不放棄。慢慢地，辛苦地，她把那些細絲收集起來，想像著把磨損的絲線連起來，把它們打成結。

那需要好幾個小時。好幾天。好幾年。

也只需要一瞬間。

她把最後一個結打好，那條線開始發亮，開始脈動，變成她手掌上掀動的羽毛。

雪德妮猛然睜開眼睛，那隻鳥在她的手指下動起來。

她的喉間發出一個聲音，又像哭又像笑，混合著勝利與震驚感，然後被一陣憤怒地撲翅聲與咕嚕聲蓋過去，只見一隻驚訝的鴿子拚命想掙脫她的掌握。

牠啄著她的指節，雪德妮鬆開手——這是新手犯的錯，因為那隻鳥開始在小房間裡亂飛，搜尋著自由，撞倒燈又撞到窗戶，度兒的頭上下晃動，彷彿想抓飛天的蘋果。

雪德妮衝過去把窗戶打開，那隻鳥逃了出去，黑夜中灰色羽毛掀起一陣風。

她驚異地瞪著牠的背影。

她做到了。

這是一隻鳥，不是人，但雪德妮只用了幾根碎骨頭就讓這隻動物恢復完整。讓牠復活了。

幾秒鐘後，她就跑過去打開紅色鐵罐的蓋子。這是最後的——僅存的——賽蕊娜．克拉克碎片放在裡面用一塊布裹著。雪德妮伸手去拿，心臟怦怦跳——卻又住手。

她的手覆在殘骸上。

萬一不夠呢？

鳥不是女孩。如果她試了，但結果失敗，就永遠不會再有機會。

如果她試了，但結果失敗——但是她還能怎麼辦？賽蕊娜的其他部分已成灰燼，散在幾百英里外的一個城市裡。

那會有什麼不同嗎？

雪德妮從來不曾懷疑在哪裡跟什麼同樣重要，可是此刻，她又把蓋子放回去，心裡想著，鬼魂與它們死去的地方連結在一起。她不相信鬼，但是她必須相信什麼——那光明之線，那是她所能發現最接近靈魂的東西。除了這個罐子裡的骨頭之外，如果賽蕊娜留下了什麼，那就一定會在那裡。

雪德妮只能繼續等著。

15

兩星期前
開普斯通

史泰爾的飛機在黎明時降落。他不知道為什麼視訊會議不行，但理事會堅持要他在場，而他沒有直接違抗，別無選擇，只能出席。

他不在的期間，已經留給里歐斯嚴格的指示。沒有他就不能實行任何程序，除非直接來自他，否則誰都不能發號施令或者聽命。

史泰爾最不需要的就是叛變。

此刻他瞪著不起眼的會議桌前穿著不起眼西裝的五張不起眼面孔，史泰爾猜等他離開這個房間後，大概無法在一個隊伍中認出他們任一人，更不用說在一群人中了。

「先是捕捉特異人失敗，」一個黑衣女人說道：「現在消滅任務又失敗。」

「你們搞出很大的亂子，」一個灰衣人又補上一句。

「我們以前也面對過難纏的特異人，」史泰爾說道：「這只是時間問題——」

「只是時間問題，」一個黑衣人打斷他的話。「然後特觀組與其利益才會成為焦點。」

「我的團隊都在盡力而為，」史泰爾說道。

「那並不絕對真正確實，」黑衣人說道：「我們找你來，是因為我們相信你的個人偏見防止了你利用可用的每一樣資產。」

「偏見？」史泰爾反問道。

「我們不否認，」穿深藍色衣服的女人說道：「你在這個組織發展方面是不可缺的——」

「發展？我創造了特觀組。我給你們帶來第一手情報，我解釋了威脅的程度——去他的，我好不容易才讓你們之中幾人相信特異人的適法性。」

穿深灰色西裝的人清清嗓子。「我們不是質疑你的貢獻。」

「這也是為什麼，」黑衣女人說道：「客觀上你不適合評判目前的需求。」

灰衣人傾身向前。「我們知道你對這個組織的早期想法有很強的個人情感。」

「我的主觀性就是一項資產，」史泰爾說道：「你們似乎以為我們這裡是在應付武器製造。似乎只有我明白我們是在應付人。」

「一種情形可以成立，」穿深灰色西裝的人說道：「他們兩者皆是。」

史泰爾搖搖頭。問題總是回到這方面——錢、權力，以及理事會對兩者的渴望。如果理事會得逞，他們就會把每一個捕捉到的特異人都當成武器。最好是用完即丟。

「瑪賽拉．瑞金斯在嘲弄特觀組，還有你，」穿深藍色衣服的女人說道：「你聲稱自己在盡力而為，利用所有可用的工具，然而你們卻一直只安於短程軍火，但你們明明有一個非常合適的武器。」

這時候他明白了，清楚得令他痛心。

艾里。

「至少短程武器有保險裝置。艾里．卡戴爾沒有。我不會授權讓他上陣。」

穿深灰色西裝的男人往前坐一點。「你自己一直在鼓吹這種用途。」

「這個不同，」史泰爾說道：「艾里沒當過兵。他是濫殺犯。」

「四年多來他一直很合作。」

史泰爾搖著頭。「你們不像我這麼了解他。」

「所以我們又回到客觀性的問題，」穿深藍色衣服的女人說道。

「理解跟偏見不是同一回事，」史泰爾駁道：「你們現在以為我們把事情搞砸了。但是，這跟如果我們給他自由的後果簡直是小巫見大巫。」

「誰說什麼自由的事了？」黑衣男說道：「會有對策的。根據我們的紀錄，曾經安裝過追蹤器——」

「這不只是把艾里搞丟的問題，」史泰爾說道：「而是我們再找到他之前，他會做出什麼事。他是無法控制的。」

聽到這話，灰衣男拿出一個手提箱。「有鑑於此，」他把它放到桌上，說道：「這是一個更結實的解決之道。」

扣鎖打開，露出一個光滑的鋼圈，放在一片黑色襯墊上。史泰爾伸手取來，發現那實際上是兩個圈，兩個疊在一起。每個環上都有一道縫隙，使這個融合的項圈能夠像鉸鍊般開合。

「哈維提的方式無可否認是有問題所在，」黑衣女人說道：「但在這個情形也很有用。他第一系列的測試是在探索卡戴爾的一般癒合能力，第二系列則在探索癒合的程度——以及限度。」

一個小型的遙控器，厚度像一張信用卡，寬度只有一半，壓在項圈下面的襯布上，光滑的暗色表面只有一個按鈕。

「哈維提發現一個關鍵。任何一種小於，好比說，小於一顆藥丸的東西，卡戴爾的身體就能吸收。再大一點的，他的身體就會排斥那種侵入物品。然而，如果他不能排斥那個東西，他的身體就不能癒合。」

史泰爾想起艾里，醒著躺在手術台上，胸口敞開固定好讓哈維提工作。

「我們對這個案子研發好幾個月了。拿去，試試看。」

史泰爾按一下微凹的按鈕，項圈的內圈就縮進去，沿著縫隙折疊，整個金屬圈就變成可怕的尖刺。

「這種設計，」黑衣男解釋道：「可以切斷人體脊柱的第四節與第五節脊椎之間的部分。用在一般人身上，這種傷會導致永久癱瘓。以卡戴爾的情況而言，這種效果顯然只是暫時性的，但也還是很有效。」

「當然，這只是一個建議。」穿深藍色衣服的女人對他淺淺一笑。

「畢竟，你依然是特觀組的主任。」

史泰爾把項圈放回手提箱內，理事會的理論在與他胃裡鉛錘般沉重的感覺交戰。

「但是我們強烈建議你要處理這個特異人，而且要快。以任何必要的手段。」

✦

回到梅瑞特市

史泰爾的房屋鑰匙總是會卡在鎖裡。

他知道應該把它修好，可是他在家的時間也不太多。三個晚上只有一個晚上睡在自己的床上。大部分餐食都是在特觀組的餐廳解決。此刻他不確定是什麼讓他從機場開車進城而不是開回特觀組，開到半路連自己在做什麼都不明白。但他腦子裡仍亂哄哄的，滿是跟理事開會的情景，飛機上的兩杯威士忌也未能讓腦筋清醒，然後史泰爾才明白，他完全知道自己打算做什麼之前，他不想踏進那裡的門。

關於瑪賽拉的事。

關於艾里的事。

史泰爾脫下外套。先點起一根香菸，才把鋼製手提箱放到廚房桌子上。滑開扣子。

絲絨的凹槽內，放著那光滑的金屬項圈。

你沒有善用你們的資產。

理事會是對的嗎？

派我去。

史泰爾坐到椅子上。

你永遠不能再看見這個牢房外面的地方。

他是在讓過去影響自己的判斷嗎？

或者，他只是在聽信自己的直覺？

他揉揉眼睛，吸一大口菸，讓煙充滿肺部。項圈在箱子裡閃閃發亮，特觀組的解決之道——

但不是史泰爾的。還不是。

他的手機響起。史泰爾看都沒看顯示幕就接了。

「哈囉？」

他原以為是里歐斯，或者是理事會成員，但電話裡的聲音平滑、磁性。

「約瑟夫，」講得像老朋友一般熱情。

他皺起眉頭，把香菸按熄。「是誰？」

「你真的要問嗎？」

「我認識妳嗎？」

「我應該希望這樣。畢竟，你的手下花了很大功夫開槍射我。」

史泰爾的手指微微握緊電話。

瑪賽拉・瑞金斯。

「如果我不了解情況的話，還以為你對我有什麼成見呢。」

「妳怎麼會知道這個號碼的？」

他可以聽見她聲音裡的笑意。「我殺你們的探員殺累了。你埋葬他們都不會累嗎？」她不等他回答。「或許，」她繼續說道：「我們可以找一個比較成熟的解決之道……」

「大部分特異人都只有一次機會，」史泰爾說道：「我給妳兩次。現在就投降，然後——」

一聲輕笑。「好啦，約瑟夫，」她斥道：「我為什麼要做那種事呢？」

「所以妳只是打來表示幸災樂禍一下。」

「絕對不是。」

「那是為什麼？」

「我想，」她輕快地說道：「也許我們可以一起喝一杯。」

終於，這句話讓史泰爾卸下心防。「目的何在？」他問道：「那樣妳可以試著殺死我？」

「那沒有意義。如果我要你死，你就會死。你以為我知道的只是這個電話號碼而已嗎？我得說，你的室內裝潢選擇實在乏味得可悲。」

史泰爾猛然抬起頭。

「當然，」她繼續說著：「你真的不常在家，不是嗎？」

史泰爾沒有說話，但是移過去背靠著牆，眼睛盯著窗戶。

「只有幾張照片，」她說著：「——兩個妹妹，我猜是吧，從她們看你的神情——」

「妳講得夠明白了，」他咬牙說道。

「好吧，這樣的話，我七點左右會在卡尼卡酒吧。別讓我一個人喝悶酒。」

他還來不及答話，她就掛斷了。

史泰爾癱靠在牆上，感覺暈頭轉向。他不能去。他不應該去。瑪賽拉是任務目標，是敵人，是要殺死的人，不是要交涉的對象。

但是他必須做什麼。

他看看鋼製手提箱，再看看手裡的手機。

史泰爾低咒一聲，然後抓起外套。

16

兩星期前

梅瑞特市區

有些女人花好幾年的時間籌劃自己的婚禮。

瑪賽拉過去十年都在籌畫惡意接收。

當然，她一直假定表面上是馬可斯所為，但這樣更讓她滿意得多。

梅瑞特黑幫的四個頭子這麼乾乾淨淨地解決掉了，各個派系變得一團混亂——加上種種謠言與目擊證詞——大夥爭相穩固立足點。也有很多人，非常樂意效力。

也會有鬥爭，當然，而瑪賽拉已經有所準備，隨時可以鎮壓那些總想爭取控制權的人，隨時可以買通可能礙事的官員。

還是有特觀組的問題，但瑪賽拉也有一套對策。

她背對著窗戶，打量著房間，強納森坐在椅子上擦薩克斯風，瓊恩坐在沙發背上玩手機。現在赫奇在國家大樓的套房毀了，他們就佔用非商業區「第一白宮」大樓的頂樓住宅，窗戶用的是反光玻璃。

不會再被耍，瑪賽拉想著，這時候有人來敲門。

強納森過去應門然後往旁邊讓開，露出一個清清爽爽穿絲質西裝的男人。

「奧利佛！」瑪賽拉看到他就笑了——再看見門口滿滿一架子的衣服，她笑得更開。經過房子失火與高地山莊的意外，瑪賽拉迫切需要整組新衣服。

「可惡，瑪賽拉，」奧利佛說道：「妳這樓下的安檢有點太嚴格了。把我從上摸到下，中間也摸。」

「抱歉，」她說道：「這個星期事情有一點多。」

「對不起我現在可能過於謹慎，」瓊恩說道：「可是這他媽的是誰呀？」

「這位是奧利佛，」瑪賽拉愉快地說道：「我的專屬採購師。」

瓊恩狂笑起來。「有人想殺妳——殺我們——而妳卻還有時間買衣服換造型？」

奧利佛狡笑著。「聽起來像一個不懂得外觀的力量的人。」

「是嗎？」瓊恩從沙發背上跳下。她朝奧利佛走過來，每走一步就換一個不同的外觀。「也許你應該解釋給我聽聽？」

奧利佛呆住了。

「那，」瑪賽拉冷冷說道：「就是瓊恩。」

他的視線顫巍巍地轉回她身上。「我，呃，聽說過馬可斯的事。見鬼，我聽說過你們的事。很多奇怪的說法。」

「不管你聽說過什麼，」瓊恩說道：「大概都是真的。」

瑪賽拉朝強納森比一下，他穿著破西裝站在那裡。

「奧利佛，你有沒有把我要的帶過來？」

奧利佛的答覆是從架子上取出一個衣服袋，拉開一截拉鍊露出一套筆挺的黑西裝。瑪賽拉從奧利佛的手上拿過來。

「一個禮物，」她說著把袋子遞給強納森。

「沒有給我的？」瓊恩問道。

「妳已經有滿滿一個衣櫥的衣服了，」瑪賽拉說道。她轉身朝臥室走去。「來，我們看看你帶了什麼來。」

等他開始把衣服袋的拉鍊拉開時，奧利佛恢復了平常的神色。「必須說，我接到妳的電話有一點驚訝，」他說著，然後又匆忙補上一句：「當然，也很高興。妳一向都是我最喜歡的模特兒。」

她從架子上拿下幾件襯衫，奧利佛開始把裙裝擺到床上。一時之間她的腦子裡浮起另一幕景象，彷彿看到衣服扔在凌亂的床單上等待著。

瑪賽拉及時放下襯衫，免得被自己毀掉了。

「你選得太好了，」她說道，目光掃過陳列出來的衣服。一件蕾絲背心，邊緣鑲著黑色真皮。一件深紅色西裝外套，肩膀削尖，漸細錐形袖口。一件黑色低領長禮服配上絲質和服腰帶。

一排完美的鋼跟鞋。

她拿起一雙，擦得晶亮，瑪賽拉幾乎可以在亮面上看見自己的鏡像。鍍金表面上映出紅唇與黑髮，倒影扭曲得宛如火焰。

奧利佛轉過身去，讓瑪賽拉脫衣換上一件紅色短洋裝，直線平肩襯出她的肩胛骨。她用臥室裡的落地大穿衣鏡打量自己，目光來回評量著沿左邊鎖骨的一道燒傷，還有右邊前臂內側，以及一隻白淨大腿上端的傷疤。

傷口已經在癒合，皮膚由粉紅色漸淡至銀色。

「妳穿那一件真是讓人驚豔，」奧利佛在瑪賽拉的背後說道。她的視線轉到自己倒影的後方，及時看見他從袋子裡抽出一把彈簧刀。瑪賽拉不動聲色。

「幫我拉拉鍊？」她輕快地說道。

「當然。」奧利佛朝她走過來，瑪賽拉等到他距離差不多一臂之遙的時候才猛一轉身。他揮刀刺下，她用手去抓刀，手心已經發著紅光。那個武器還沒擦破皮就已經碎了。

「真可惜，」她說著，另一隻手掐住奧利佛的脖子。「你的品味挺不錯的。」

他勉強開始擠出尖叫，皮膚與肌肉已經變成骨頭，接著變成灰，然後什麼都沒有了。

「老天，」瓊恩出現在門口說道。她打量著這一幕。「好吧，有專屬採購師的下場就是這樣。」她朝奧利佛的殘骸點點頭。「有哪一個人不想殺妳嗎？」

「似乎這是職業風險，」瑪賽拉說道。

「看似如此，」瓊恩說道：「那麼妳覺得，多久之後，我們的特觀組朋友會再試試手氣呢？」

瑪賽拉轉身看鏡子，彈開裙邊的一點灰燼。她與鏡中的自己互視，然後笑了起來。

「交給我來吧。」

17

兩星期前

卡尼卡酒吧

一個長吊燈在天花板上微晃，柔光照在水晶與大理石以及乾淨的亞麻桌布上。

史泰爾調整一下領帶，很慶幸自己還穿著去開普斯通開會的衣服。

「你訂位了嗎，先生？」領班問道。

「我來見一個人，」史泰爾小心地說道：「我到早了，可是——」

「你可以在酒吧那邊等，」領班說道，同時往一排玻璃與橡木吧檯那邊點點頭。

史泰爾點了一杯威士忌，比他平常喝的品牌高了幾級，然後掃視一下顧客——多是梅瑞特市有頭有臉的人物。檢察官。市長太太。企業老闆，政客，還有不止一位明星運動員。

她一到他就看見她了。

不可能看不見她，即使卡尼卡的燈光並不甚明亮。

她穿得一身紅——不是很低調，但是她全身都離低調很遠。她的黑色卷髮呈波浪狀襯著臉龐，嘴唇與衣服同色，眼睛藍得驚人。

史泰爾看過照片，當然了。

但是沒有一張公平地表現出瑪賽拉・瑞金斯的真貌。

史泰爾可以感覺到她走向餐廳中央的一張桌子時，其他人都轉頭看她。他把吧檯上的酒拿起來，開始跟過去。

看到他的時候，一抹笑容軟化了她紅唇的尖銳線條。

「約瑟夫，」她說道，彷彿直呼他的名字當武器。「很高興你決定過來。」

她的聲音溫暖，帶著一絲菸味。

「瑞金斯女士，」史泰爾說道，同時在對面的椅子上坐下。

「我姓摩根，」她糾正著，服務生把一杯紅酒放在她的手肘邊。「發生了那麼多事，我覺得不想再冠夫姓。可是，拜託，叫我瑪賽拉。」

她講話時帶著昂然的自信，一隻塗金色指甲油的手指玩弄著杯緣，史泰爾發覺他未能從照片上看出來的並不是瑪賽拉的美麗，而是一種別的東西。

一種他見過的東西。

在維克多・韋勒的身上見過。在艾里・艾偉的身上見過。

一種罕見的力量。一種危險的意志。

有這麼強力量的人應該入土為安。

他突然明白了艾里的立場，那種聲明背後的頑固決心。史泰爾的手移向槍套。

如果你現在不殺她，以後會後悔莫及。

他的手指碰到保險。

但瑪賽拉只是笑起來。「得了，約瑟夫，」她說道：「我相信你注意到了，武器對我真的沒有用。」

當然，史泰爾看過影片——瑪賽拉站在破窗外的陽台上，狙擊手的子彈打到她身邊的空氣就滑開。

他也見過那個穿黑西裝的瘦男人影像。而且他發覺，那個人現在就坐在隔著幾張桌子的地方，戴著太陽眼鏡，儘管餐廳裡燈光幽暗。那個人的肩膀與臉的角度都顯示，他正在直視著他們。

又是一個特異人，史泰爾敢賭。

「別在意強納森，」瑪賽拉說道：「並不是我不信任你，約瑟夫，」她又親切地補上一句：「不過，你也知道，我們才剛開始認識彼此而已。」

史泰爾的手肘邊出現一瓶剛開的威士忌。他不記得喝完先前那一杯，但是杯子已經空了。他拿起新酒杯，喝一小口，然後僵住，認出了酒的味道。

這是史泰爾寓所裡的酒品牌。他只有在慶祝特殊事情的時候才喝。

瑪賽拉了然地笑著。她的長腿交疊又放下，高高的鞋跟在他的視野邊緣閃爍如刀鋒。

「告訴我，」她說道，杯腳在她的指間轉動。「你們把這個地方包圍了嗎？」

「沒有，」史泰爾說道：「信不信由妳，我不急著讓任何人知道自己跟一個恐怖分子坐在一起。」

瑪賽拉噘起嘴。「你需要比醜話更狠的東西才能傷我，約瑟夫。」

她這麼稱呼他的名字，彷彿他是她指間的酒杯，是可以玩弄的東西。「妳要見面，」他脫口說道：「告訴我為什麼。」

「特觀組，」她簡單地說道。

「那怎麼樣？」

「你以我們為目標似乎是因為我們是什麼，不是因為我們是誰。那種毫無區別的攻擊很短視，至少可以這麼說。」瑪賽拉靠到椅背上。「當你可以擁有一個盟友的時候，為什麼要選擇多樹立一個敵人呢？」

「盟友，」史泰爾重複著。「妳可能給我什麼呢？」

一個慢慢綻開的紅色笑容。「你想要什麼呢？暴力少一點？街上安全一點？近來犯罪集團真的失控了。」

史泰爾揚起一眉。「妳認為妳能改變黑幫的路線？」

瑪賽拉的笑容燦爛起來。「你沒有聽說嗎？現在我就是黑幫。」她用指甲敲敲亞麻桌布。「不，你想用同等的籌碼交換，對吧？更有相關性的籌碼？你想要……特異人。」

「妳要把自己的人交出來？」

「我自己的什麼？」瑪賽拉嘲笑道。「他們跟我有什麼關係？」史泰爾看了眼她後方那個黑衣人。瑪賽拉明白他的表情。「恐怕瓊恩與強納森不是交易品。他們屬於我。可是一定還有別人，其他躲過你們掌握的人。」

史泰爾猶豫著。當然，有些特異人比較不容易捕獲，但至今只有一個證明是不可能的。

「有一個特異人，」他緩緩說道：「一個似乎在攻擊同類的人。」他沒有多解釋，不想把艾里有關他們的動機理論告訴她。「至今他們殺死了七個其他特異人。」

瑪賽拉瞪大眼睛故作驚訝狀。「那不是你們的工作嗎？」

「我不贊同沒有必要的死亡，」史泰爾說道：「不管受害者是不是普通人。」

「啊，一個有道德觀的人。」

「我的道德觀是我答應來見面的唯一一個理由。因為我不想再埋葬好士兵——」

「也因為你沒有想出怎麼阻止我的辦法，」瑪賽拉說道。

史泰爾的喉頭乾嚥一下，但是她揮手不甩他。「這是最後手段。不然你為什麼要跟一個恐怖分子坐在一起？」

「妳究竟是不是想要停火？」史泰爾逼問道。

瑪賽拉打量著自己的酒。「這個特異人——我是要自己摸索，還是你會給我起一個頭？」

史泰爾從口袋裡掏出一本記事本，簡單列一張表。他把那頁紙撕下來。「這是那個殺手出手攻擊的前五個城市，」他解釋著，同時把紙在桌上滑過去。

瑪賽拉看都沒看就把紙塞進皮包裡。「我會看看有什麼能做的。」

「妳有兩個星期，」史泰爾駁道。

這足夠得到一些結果，但是不夠讓瑪賽拉浪費時間。她說得對——但也錯了——這不是最後手段。史泰爾確實有辦法阻止她，但不是他想要用的。兩個星期給他時間去思考，去計畫，而如果他找不到別的選擇，那麼兩個星期就用來讓他決定何者比較糟——讓瑪賽拉自由，或者是艾里。

「兩個星期，」瑪賽拉若有所思地說道。

「那是這個任務買給妳的時間，」史泰爾說道：「如果妳成功了，找到這個殺手，那麼或許我們可以繼續找共同點。如果妳失敗了，那麼恐怕妳對特觀組的價值就不值得繼續享有自由。」

「一個知道自己想要什麼的男人，」瑪賽拉說道，笑容像貓一樣。

「還有一個條件——妳不能再這麼高調。」

「那會很難，」她在說笑。

「那就不要再引人注意妳的異能，」史泰爾講清楚一點。「不要再公開展示，不要再大肆表演。這個城市最不需要的就是有一個瓦解的理由。」

「我們當然不會希望那樣，」瑪賽拉狡猾地說道：「我會幫你找到目標，約瑟夫。交換條件是，你不要插手管我的事情，不要礙路。」她舉起酒杯。「成交？」

18

兩星期前

特觀組

艾里研究著影片，看了一次又一次。

國家大樓的任務應該很簡單。

但瑪賽拉．瑞金斯的事沒有一樣顯示是很簡單的。

「你應該要慶祝，」維克多的鬼魂說道：「這難道不是你想要的嗎？」

艾里沒有回答。他專心看現場的影片，把監視影像一格一格地往前推，看著玻璃碎裂，子彈——本來應該射中瑪賽拉後腦勺——彈開，在一面隱形的盾牌上激起火花。

艾里把影片定在那裡，若有所思地用手指敲著桌子。

單一一個特異人擁有不止一種能力的機率是零到絕少。不會的，這太不可能，他推測著，這種特定技巧屬於第三者，一個還沒有辨識出來的特異人，像影子一樣躲在房間後面。

三個特異人，在一起工作——這本身就很不尋常。大多數特異人都是獨來獨往，不是因為需要就是自己選擇而與外界隔離。很少會找別人，更不用說能找到他們了。

「我們就找到了，」維克多評論道。

確實。艾里與維克多都曾得到同樣的結論——如果異能兩兩互補，在數字與潛力方面都有優勢。

現在，顯然瑪賽拉也有。

艾里再把影片往前推進，看著她穿過槍林彈雨走到陽台上。看著每一顆子彈反彈開來。看著她舉起自己的槍往狙擊手的方向瞄準。

這種姿態有一點太魯莽……

特異人會跑。

特異人會躲。

在壓力之下，特異人可能會反擊。

但他們不會這樣做。

不會表演。

不會這麼明目張膽地愛用自己的異能。

依定義，特異人已經不完整，因為不存在，因為空虛，因為知道自己的生命已經結束而不計後果。那會驅使他們偷竊、破壞，自我毀滅。

瑪賽拉卻不是在自我毀滅。

她是在洋洋自得。在引誘他們，激他們再試試看，再努力一點。

她除掉了自己的丈夫——那說得通，是一種復仇行為。結束了。可是話說回來，她除掉了他的競爭對手。那不是已經無路可退的人的特徵。那是有利益可求的人的特徵。那是野心。而野心加上力量是一種很危險的結合。

如果不受控制，她會做出什麼事情？

他腦子裡的鬼魂說得對——他曾要求給一個自己需要的跡象，要證明這是對的。不能任瑪賽拉繼續這樣做下去。

如果史泰爾還未明白，很快也就會了，會明白只有艾里一個人能夠解決她。

玻璃纖維牆壁後面響起腳步聲，他把視線從電腦上抬起來，看見史泰爾出現在牆的另一邊。

「你來了，」艾里起身說道：「我把上次消滅任務失敗的影片看完了，而我們顯然需要更為量身訂做的作法，尤其考慮到還有……」艾里的語音消失，史泰爾把一個新資料夾放到窗孔內。

「這是什麼？」

「我們在梅瑞特往南兩小時路程外發現一個可疑的特異人。」

艾里皺起眉頭。「瑪賽拉呢？」

「我們不是只有她一個目標。」

「可是她是最危險的，」艾里說道：「而且這三天來她又找到兩個人。我們要怎麼——」

「我們什麼都不要做，」史泰爾斷然說道：「你的工作是分析我給你的資料。還是你忘記了，你的存在是由特觀組掌控的？」

艾里氣得咬牙。「梅瑞特有三個特異人一起合作，而你就丟下他們不管？」

「我沒有丟下任何事情不管，」史泰爾駁道：「但我們承擔不起又一次行動失敗。瑪賽拉與她的夥伴需要小心處理。你有兩個星期策畫你所謂更乾淨俐落的作法。」

艾里猛然愣住。「為什麼兩個星期？」

這讓史泰爾猶豫一下。「因為，」他緩緩說道：「那是我給她的時間去證明她這個資產的價值。」

艾里覺得天旋地轉。「你定下交易？跟一個特異人？」

「這個世界不是非黑即白，」史泰爾說道：「有時候還有別的選項。」

「我的選項呢？」艾里怒道：「實驗室還是牢房——你只給我這兩個選項。」

「你殺死了四十個人。」

「而她已經殺死了多少人呢？她還會殺死多少人，你才認為應該消滅她？」史泰爾沒有回答。「你怎麼可能這麼笨？」

「你要記得自己的身分，」史泰爾警告著。

「為什麼？」艾里問道：「告訴我你為什麼要跟她談交易。」

但是艾里知道。他當然知道。為了將艾里困在這個牢籠裡，保持控制，史泰爾竟然願意做到這種地步。

「你是什麼意思，」艾里由齒縫擠出話來。「說她有資產價值？」

史泰爾清一下嗓子。「我給了她一個任務。一個你失敗了而她可以成功的機會。」

艾里僵住。不行。那個待辦的案子。未結案的案子。維克多。

「那個獵人是我的，」他吼道。

「你已經忙了兩年了，」史泰爾說道：「或許是找新人試看看的時候了。」

艾里沒發覺自己已經走到玻璃纖維牆前，直到他一拳打上去才知道。

這次，他的動作並沒有經過估算，純粹是出於憤怒，一時的激動情緒轉化為暴力行動。一陣痛楚傳遍他全身，牆壁上的警報聲大作，但艾里的手已經放下了。

史泰爾的嘴扭出冷笑。「你去工作吧。」

艾里看著主任走開，牆壁變成白色，然後他轉身攤靠著牆，往下滑坐到地板上。

他所有的耐性，隱忍的壓力。他身子底下的地面顫動著彷彿要破裂了。走錯一步，就會全盤瓦解，他會失去維克多與瑪賽拉兩人，隨之而去的還有正義、結案，以及任何自由的希望。可能已經來不及了。

他打量著自己的手背，指節上有一滴血痕。

「為了他的自尊，還有多少人要死？」維克多若有所思地說著。

艾里抬起頭，看見那個鬼影又站在面前。

他搖搖頭。「史泰爾寧願讓這個城市燒毀，也不願意承認我們是在同一邊的。」

維克多瞪著牆壁，彷彿那裡仍然是一個窗口。

「他不知道你多有耐心，」他說道：「不像我這麼了解你。」

艾里把手上的血擦乾淨。

「不對，」他輕聲說道：「從來沒有人了解。」

19

兩星期前

第一白宮大樓

瓊恩輕輕吹著口哨，一面把手上的血洗掉。

先前瑪賽拉穿著紅洋裝昂然出去了，強納森像影子一樣緊隨在後。她沒有說要去哪裡，沒說要什麼時候回來，也沒有要瓊恩同行，這樣也好。或許強納森像一隻寵物狗，但瓊恩寧願自己一個人工作。

這，請注意啦，獨自行動並不等於孤身一人。太安靜了，空間太大了。只是兩手空空，什麼都不做——這就是為什麼瓊恩的手腕上沾滿了別人的血。

她一個多星期沒有接新工作了。沒有需要。赫奇本來是她個人名單上的最後一個名字，瑪賽拉則要處理一長串名單上的障礙物，她是這麼稱呼他們的——很可能抗拒她迅速高升的男男女女——所以碰到瓊恩覺得無聊的時候，就出去把名單上的人消掉幾個。

瑪賽拉似乎並不介意。

有些人像是火柴，有一點點光，沒有熱度。有些人是壁爐，熱度夠了，卻沒什麼光。然後呢，極少極少的時候，會有人像篝火，又熱又亮得你站太近就會燒傷。

如果瓊恩這輩子看過的話，瑪賽拉就是篝火了。

當然，即使是篝火最終也會熄滅，被自己的灰燼悶熄。但是同時，瓊恩不得不佩服那個女人的野心，不得不承認她確實很享受。

唯一缺的是雪德妮的輕笑，開心的笑……

瓊恩猛然把水關掉，擦乾手，迎視著鏡中自己的眼睛。

不對，不是她的。不是她的淺褐色眼睛。不是她的紅頭髮。不是她的雀斑。

但是她發現借用這個「外觀」——褐色波浪狀卷髮，綠色眼睛，尖下巴——越來越頻繁。這樣感覺有一點奇怪，用同一張臉久得能讓別人都記住了。

值得嗎？雪德妮曾經問過她，那天晚上她承認放棄了自己的臉，自己的生活，自我。而是的，真的值得，卻不能阻止瓊恩渴望見到某人眼中露出認識的光彩。那種讓人看見，讓人認識的自在感。

這一陣子，她可以當任何人，有千百件衣服任她選擇，但她試著不要太習慣任何一件。畢竟，人會死，而他們死了以後，他們的身形就從她的收藏櫃裡消失了。（有時候她去找的時候才知道它們不見了。）

只有一個身形保證會在，也是唯一一件她不會穿的。

瓊恩聽見門打開，還有瑪賽拉招牌的高跟鞋走在大理石地板上的喀喀聲。瓊恩走去找她，碰到強納森正走向陽台，口中叼一根香菸。瑪賽拉褪下一件白色風衣。

「妳在做什麼？」瓊恩靠著牆問道。

「建立關係，」瑪賽拉說道。她從皮包裡取出一張摺起來的紙。「既然妳有本領找人——」

「我有本領殺人，」瓊恩更正道。「找到他們只是先決條件。」

「好吧，我有一個工作給妳。」瑪賽拉遞出紙條。「妳知道有人在殺特異人嗎？」

「是呀，」瓊恩接過紙條說道：「他們叫做特觀組。」

瑪賽拉繼續說下去。「我說的是一個特異人。一個像我們一樣的人，像我們一樣殺人。這讓我覺得相當傷腦筋。」

瓊恩打開紙條，目光掠過名單。

富爾騰。

德勒斯登。

南布勞頓。

布蘭哈芬。

海洛威。

她僵住了，心底掀起一波悸動，像是認出了什麼。「這是什麼？」

「地點，」瑪賽拉說道：「那個特異人最近殺死五個人的地方。」

瓊恩沒有檢查手機，但她知道如果看了，如果她打開雪德妮傳的簡訊，就會看到同樣的地名，每個都回應著瓊恩總是在問的問題。

妳這一陣子在哪裡？

瓊恩想知道，因為這個世界很大，想知道是因為雪德妮要她保護。她再看看名單。原來這就是維克多在做的事。這就是為什麼他們總是要搬家。但瓊恩懷疑他不只是單純殺人。懷疑沒那麼簡單。

我們在找可以幫忙的人。

或許那是真的。或許維克多是考慮周到，在事後掩飾行蹤。那就說得通，因為畢竟他應該是已死之人。

「讓我把話說清楚，」瓊恩說著把紙條塞到口袋裡。「有一個特異人在殺別的特異人，然後妳想找到他。」

「是特觀組想找他，」瑪賽拉說道：「他們想要我幫忙。」

瓊恩吐出一聲乾笑。「妳說的建立關係是這個意思？」

「確實，」瑪賽拉說道：「我說過我會處理他們。但我得給那些傢伙一些東西，不是妳與強納森，要不然就是這個。」瑪賽拉靠著大理石桌台。「他們給我兩個星期去找這個特異人殺手。」

「然後怎樣？」

「噢，」瑪賽拉若有所思地說道，手摸著石桌台上的紋理。「我想史泰爾主任會認定我帶來的麻煩高過我的價值。」

「妳似乎不擔心，」瓊恩說道。

瑪賽拉站直身子。「他低估了我在兩個星期內能做的事情。我想我們應該去找那個特異人。」

瓊恩的心思翻攪，但語音輕快。「妳要怎麼處理他？」

「妳知道的，」瑪賽拉說道：「我還沒決定。」

20

一個半星期前

惠通市區

瓊恩上車前發簡訊給雪德妮，然後坐在那裡讓引擎空轉，直到看見三個小點顯示有回覆訊息進來。

雪德妮：惠通。

瓊恩把地點輸入衛星定位，轉換檔位，顯示幕上出現地圖。

從那裡就很容易找到他們。

景觀如何？她問道。告訴我妳看到什麼？

這麼一個簡單問題，幾年來例行的報到式問題，一種看似無害的方式可以拉近她們的距離。

瓊恩很快就知悉了雪德妮、維克多與米契住在一個普通的公寓，一棟十層的褐色石造建築，一條街上都是同型的樓，唯一讓人寬慰的是街角有一座小公園，對街有一家旅館上面飄揚著顏色鮮明的旗幟。

第二天瓊恩就住進了那家旅館，然後等著。等著證明維克多是特異人殺手，證明他是史泰爾要找的人，是瑪賽拉承諾會找到的人。

她等了三天。

維克多時進時出，像一個持續又不定的人，在這個小城市裡劃著小圈子，瓊恩會隔著一段距離跟在後面用手機拍照。但至目前為止，他還沒有什麼行動。

瓊恩越來越焦躁。

然而，這也不完全是浪費時間。她見到了雪德妮——當然，還沒有讓那個女孩看到她，以後會有時間的——但有一次，她跟著米契與雪德妮去看電影，坐在他們正後方，假裝像一家人在一起似的。

那樣不錯。

但多半的時候，瓊恩只是等著。

她討厭等。

此刻，她在旅館外面的人行道上踱步，穿得像一個老人，指間夾著一根香菸。

她不時抬頭看，等著五樓旁邊一點的陽台門拉開，等著雪德妮出現在午後的陽光下。

幾分鐘以後，她出來了。

她出來站到陽台上，陽光照在那熟悉的金色短髮上。瓊恩笑了——儘管雪德妮總在抱怨，不過她確實在長大。沒錯，變化很小，但瓊恩見過的人夠多，足以看出那種微妙的改變，即使跟身高體重沒多大關係，比較有關係的是她的姿勢與儀態。

雪德妮解釋過她的年齡問題，那是差不多在她十六歲生日的時候。那是因為寒冷——或者至少是維克多的理論——她遭遇的低溫使得她各方面都變慢了。雪德妮抱怨說以這種速率看來，她的青春期大概會永遠這樣下去。但是那時候瓊恩也指出，無論如何，她二十幾歲也會那樣，而依她自己的經驗，那是最好的年紀。然後雪德妮就安靜下來，兩人隔著許多城市之間一片沉默。

「等我三十歲的時候，」她說道：「每個我認識的人都死了。只有艾里除外。」

艾里。雪德妮說起那個名字的樣子，彷彿深怕說得太大聲就會不知怎麼把他召喚來。

「妳呢？」她突然好奇地問瓊恩。「妳會變老嗎？」

瓊恩猶豫起來。她曾瞥見自己掛在衣櫥蒐藏最後面的衣服，而她從來沒有拿出來過。它靜靜地掛著未用，卻無法否認。

「我會。」

此刻，瓊恩看著雪德妮跌坐到一張陽台椅上，低頭看著手機，兩腳放在那隻大黑狗身上，牠似乎一點也不介意。

幾秒鐘後，瓊恩的手機輕輕叮一下。

雪德妮：妳還在梅瑞特嗎？

她仰頭欣賞溫暖的藍天，然後扯著謊。

瓊恩：是呀。在下雨。我希望那裡的天氣比較好。

對街的前門開了，一個人影走出來，手抬到眼前遮太陽。瓊恩上次見到維克多·韋勒是三年前的事。他看起來不太好。臉像岩石被歲月磨損出深陷的凹洞。而他走動的樣子——彷彿是一根緊繃的繩子，用一點力就會斷掉。

他會讓人痛。

雪德妮這麼說過。

但瓊恩看了幾天，除了陌生人會讓路給他之外，她沒見他用過一次異能。他看起來沒那麼強。

他病了。是我害的。

維克多沿著街區走下去。瓊恩捻熄香菸，鑽進一小群路過的行人跟隨在後。每過一個路口，那些陌生人走開，但是又會有別人加入，瓊恩就這樣一路讓維克多保持在視線之內。他像一個幽靈穿過城市，離開明亮的市中心，進入比較骯髒貧窮的一帶，然後到了一個叫做「磚房」的地區。

四座倉庫，像柱子或者羅盤方位般的磚造矮建物，把「磚房區」圍起來，中間是一群酒吧、投注站、脫衣舞俱樂部，以及更陰暗的生意場所。

你不需要劃線或者圍籬就能看出好社區從哪裡變成壞的。瓊恩住過太多地方，憑感覺就能知道。新的鋼筋水泥變成舊石頭，雙層玻璃窗變成滿是裂痕的玻璃，亮光漆剝落不再重漆。人行道上處處可見破酒瓶玻璃碴反光。

「磚房區」完全沒掩飾這些。

很少地方能在大白天就散發出那麼多麻煩氣息，單從這些不法生意的數量看來，瓊恩猜警察也拿了好處。等到穿過那些知名的足跡時，她已經變身為一個騎腳踏車的老人，瘦骨嶙峋，手臂刺青。

在維克多——也要算上瓊恩——的歷次遊蕩路程中，這並不是他第一次來到城市的這個角落。他顯然是在找某人。但錯綜複雜的建築與光天化日之下讓瓊恩很難跟得太近。她刻意落後一點，見到維克多的淺色頭髮消失在一家酒吧後面的門內，她改變了策略，回到街上繞一圈，找到一個半鏽的梯子掛在結構很不安全的消防逃生口外。

瓊恩爬上最近的一處倉庫屋頂，在瀝青屋頂上爬著，這時候旁邊某處有一扇門砰然撞開。她爬過屋頂，及時看到一個男人被往後推，摔到一堆空木板箱上，口中喃喃咒罵著。

幾秒鐘後維克多出現了。地上那個人起身朝維克多衝過去，卻像挨了一記一般彎下去。

維克多冰冷的聲音像煙飄過來。

「我再問你一次……」

那個人說了什麼話，聲音很低，從瓊恩在屋頂上的位置無法辨識。但維克多顯然聽見了。他的手往上一抬，那個人被逼得站起來，然後維克多一槍射中他的頭部。

滅音器減弱了槍的反彈力道，但是並未減弱衝擊力量。鮮血噴濺到磚牆上，那個人倒在地上死去。一秒鐘後，維克多似乎也遭遇了什麼。他本來緊繃的架式開始破損，身體微微搖晃，然後往後癱到牆上。他用一隻手抹一下淺色頭髮，仰頭靠著磚塊往上面看。

瓊恩往後一閃，屏住呼吸，等著他看見她的跡象。但維克多的目光望著幾里之外的地方。她聽見他緩慢而平穩的腳步聲，等她冒險再從屋簷上面看過去時，他已經繞過角落消失了。

✦

瓊恩又在「磚房區」的邊緣找到了他，跟蹤了半個路口之後，她撥了瑪賽拉的電話號碼。在按下通話鍵之前她猶豫了一下，不是因為她仍有疑慮未消，只是因為要講的話很沉重，會有後果，而且不只是對維克多。把他交給特觀組，表示也會讓雪德妮有危險。

但瓊恩會在場。

她會保障她的女孩安全。

電話響了一次，瑪賽拉就接了。「怎麼樣？」

瓊恩打量著那個黑衣人。「他的名字是維克多・韋勒。」

「頗快的，」瑪賽拉說道：「妳確定他是他們要找的人？」

「肯定，」瓊恩說道。

「他的異能呢？」

「帶來疼痛，」瓊恩說道。

她可以聽見瑪賽拉在笑。「有意思。他是一個人嗎？」

「是的，」瓊恩說道：「就我目前所知。」

這句話說得很輕鬆。說謊是一種習慣成自然的技巧。

再說，雪德妮是她的，而瓊恩不知道自己是否想讓人分享。如果她能把那個女孩弄到梅瑞特市去，也許吧。如果瑪賽拉成功了，如果到了特異人不必再躲藏或者逃亡的時候。瓊恩知道雪德妮厭倦了逃亡。目前，沒必要讓瑪賽拉知道那個女孩的事。還沒必要。

「我會待在這裡，」瓊恩繼續說道：「盯著看看。不想讓維克多溜走。」老實說她不在乎特觀組是否會對維克多下手，但她不打算讓雪德妮落入同樣陷阱。「除非妳需要我，」她又補上一句。

「沒有，」瑪賽拉說道：「沒有妳的精明智慧我們也還能再活久一點。」

「妳知道妳想念我，」瓊恩說道：「梅瑞特有沒有建一座銅像向妳致敬？」

瑪賽拉大笑。「還沒有，」她說道：「但是他們會的。」

瓊恩真的無法判斷她在說笑還是認真。

✦

瓊恩跟蹤維克多回家，一路上她試著考慮要不要當場就把他殺了。

她知道不應該，但這個想法很誘人。那當然會使事情變得簡單一點。而且她相當確定自己有辦法殺死他——疼痛不是問題，但他的身體控制力量可能會讓情形困難。然而，瓊恩真的喜歡面對挑戰。她一路走著，這個念頭像蝴蝶刀在腦子裡翻轉。畢竟，瑪賽拉打算把維克多交給特觀組。如果改成把他殺死，那不是一種慈悲行為嗎？當然，殺死維克多也是一件樂事，雪德妮可以自由了——擺脫了愧疚感以及依戀感。

瓊恩正在反覆尋思的時候，突然就在半條街外，維克多踉蹌了一下。

他腳步改變，失去了平順的步伐。她看見他猛停住，又開始走起來，而且腳步變快，比較急切。

瓊恩加快腳步，但維克多走到十字路口時，燈號變換，一堆人推擠著，一輛計程車停得太超前，按著喇叭催促行人，也就在那時刻，瓊恩跟丟了。

她咒一聲，開始再往回走。

她並未落後那麼多。

他會去哪裡了呢？

他也不在大路上，這表示他溜到小巷去了。瓊恩查看了一條巷子，然後又看一條，剛走到第三條巷口時她看到了他，背對著她，彎下腰抓著牆。她朝他走過去，變身成為一個中年婦女，灰褐色頭髮，一副無害也不容易記住的樣子，她正要喊出聲問他是否有問題，維克多就倒了下去。

他倒下去時，周圍的空氣一陣波動，一秒鐘後，有個猛烈得像卡車的東西撞上瓊恩——如果卡車是用電流而非鋼鐵做的話。

瓊恩被往後撞飛，撞上人行道時前一個形象脫落。若非她剛才是另外一個人，這個力道就會殺死她了。

結果，她感覺到了。不是撞擊本身，而是後腦勺撞到地的部分。頭皮像割出一道裂口，瓊恩坐起身揉著頭。她放下手看見指頭上有點點血跡，她一時忘了呼吸，不是因為看見血，而是看到自己的手臂，那熟悉的蒼白皮膚上面滿滿雀斑。

她變成自己。脆弱，毫無保護。

「去他的。」瓊恩蹣跚爬起來，換掉身體——她的身體——變成另外一人，寬慰地抖一下，疼痛抹消，連帶自己本尊的每一絲痕跡也不見了。

然後她想起維克多。

他倒在那裡動也不動，靠著小巷的牆，頭垂在胸前。

他病了，雪德妮說過。是我害他的。

但地上這個人不只是病了。他死了。沒有脈搏，沒有血色，沒有生命跡象。

真令人驚異——瓊恩花了這麼多時間說服自己不要殺他，他卻自己死掉了。

至少，她以為他死了。他確實看起來像死了。

瓊恩小心地走向那具屍體。

她蹲下去，碰碰他的肩膀，而她一碰上去，就有什麼東西跳過她的指尖，竄入她的腦子。記憶，不是全部，連些許都不能算，只有一段。一間實驗室。一個紅頭髮女孩。一陣電流。一聲尖叫。像碰到靜電，短短的一瞥，不可能，很鮮明，然後就沒了。

瓊恩縮一下，抽開手，然後拔出槍，槍管抵著這個人的額頭。不管他是不是真的死了，她要讓它成為事實。他讓事情變得這麼容易。也許命運對她不錯。

她用拇指推開保險，另一根手指扣在扳機上。

然後停了下來。

瓊恩可以想到十幾個理由要確定讓維克多死亡，只有一個理由讓她住手。

雪德妮。

如果她發現了，這是雪德妮絕對不會原諒的唯一一件事。再說，瓊恩不希望把這個女孩這樣偷過來。要把她贏過來，正正當當地。她曾對雪德妮說過，人應該選擇自己的家人，而她是說真的。

瓊恩希望雪德妮選擇她。

於是她放下槍。剛把武器塞回外套口袋裡，突然之間，簡直不可能地，維克多動了。

瓊恩差一點嚇一大跳。

這些日子很少有事情會讓她吃驚，但是看到維克多・韋勒顫動一下又活過來，這足以把她嚇壞。他的手指抽動一下，可以看見一波小電流在他的皮膚上竄動，然後他深吸一口氣，胸部脹起來，他睜開眼睛，抬起眼睛。

「噢，老天，」瓊恩說道，一手撫著狂跳的心口。「我以為你死了。」

有那麼片刻，維克多茫然瞪著她，眼神像醉鬼，或者迷失無望的人。然後，迅速如火花一閃，他的眼底亮起光彩。

即使他很驚訝發現自己坐在地上，他也沒表現出來。

他想說什麼，卻又突然停住，從齒間取出一個黑色的小東西。是護齒。瓊恩悟到不管剛剛發生了什麼事，那不是第一次。

此刻維克多看著瓊恩，目光冰冷清晰。

「我認識妳嗎？」他問道，口齒絕不含糊，毫無迷惘，只是在打量。

「不認識，」瓊恩說道，盡可能讓講話跟得上思路，也很慶幸自己已經又換了一個很有安全感的身形，就是上次她在赫奇的辦公室用過的黑髮女孩。「我只是經過，看到你躺在地上。我要叫救護車嗎？」

「不要，」維克多靜靜說著站起身。

「我無意冒犯，先生，可是你剛剛看起來不是很好。」

「我有病。」

狗屎，瓊恩心想。癲癇發作是一種病。她剛剛見到的是死亡。

「我現在沒事了，」他堅持著。

這倒似乎是真的。不管維克多剛才怎樣，現在已經過去了。此刻站在她面前的是完全控制住的模樣。他轉開身，走回街上去。

瓊恩有很好的機會射穿他的後腦袋，但她也有一種奇怪的確定感覺，如果她現在伸手掏槍，她絕對不會射出去。

空氣裡有一股力量在嗡嗡作響，沒有一絲是她的。於是瓊恩的手垂在身側，看著維克多走開，心裡在暗暗咒著。

她應該一有機會就殺他的。

21

一星期前

惠通市區

雪德妮・克拉克越來越強了。

從第一次以後，她又救活了三隻鳥，用的身體部分一次比一次少。

她剛讓自己最新的勝利作品飛走，就聽見前門關上的聲音。

維克多回來了。

她還沒有告訴他這些成功的事情——她知道他會感到驕傲，希望他會為她感到驕傲——但是她不想給他們帶來厄運，不希望他看著她，瞥見她這種進步背後的動機，她這麼努力的原因。

維克多太有本事把事情看穿了。

雪德妮把窗戶關上，朝臥室的門走過去，可是走了一半，她感覺自己放慢腳步，喉頭鯁住。

門外的兩個講話聲音低沉，但是很清楚。

維克多的聲音很低很穩。「他不合乎要求。」

米契躊躇的回答。「那是最後一個。」

雪德妮胸口有東西在說話。

最後一個。

她一隻手按著胸骨，彷彿想阻止它下墜。她發覺是什麼滑到自己的指間。是希望。

「我明白了。」維克多只是這麼說。

彷彿只是一次小小的挫折，不是喪鐘。

雪德妮頭抵著臥室門，忘了自己最新的勝利。她等著外面安靜下來。

然後她走到廊道上。

維克多的房門是關著的，米契是外面陽台上的一個黑影，垂著頭，手肘撐著欄杆。

廚房裡，垃圾桶內最上頭有一個皺紙團。雪德妮取出來，放在桌台上撫平。

是維克多的上一個特異人檔案。

他的最後一個線索。

那張紙上的字變成一片黑色線條，整頁只剩下幾個字散置其中。

把我修好

雪德妮屏住呼吸，眼底彷彿看見維克多腳底結冰的湖面裂開。

22

一星期前
梅瑞特市區

第一個星期結束時，史泰爾知道自己犯了一個大錯。

他看到百老滙街上的排水孔時就知道了。被召喚到第九街一棟坍塌建築現場時就知道了。而他踏入大陸酒店的舞廳時，當然也知道了。

他穿過寬敞的空間，口鼻上戴著防毒面具。這間天花板挑高的舞廳裝飾華麗，企業主管與權貴世家都喜歡在這裡開趴。史泰爾認為前晚應該就是這樣的場合，畢竟，桌子仍是擺設好的，薄紗與彩帶仍如幽靈般飄揚在空中。

只是人不見了。

不對，不是不見了。每個地方表面都覆蓋著一層銅綠色的灰燼。那就是大陸酒店當晚登記的四十一位賓客僅存的痕跡。

無庸置言，這一幕觸發了梅瑞特警局的詭異警報。史泰爾看夠了——他退到甬道上，摘下臉上的面具，開始撥號。

鈴響了兩下之後，瑪賽拉的柔滑聲音答道：「哈囉，約瑟夫。」

「妳打算告訴我，」史泰爾咬牙說道：「我現在看到的是什麼嗎？」

「我不清楚。」

「那麼我告訴妳，」他怒道：「我站在大陸酒店的舞廳外。那裡看起來像他媽的下了一場暴風雪。」

「真奇怪。」

「我說的保持低調，妳到底哪一點沒聽懂？」

「好吧，」她狡猾地說道：「我沒有在灰燼上面簽名。」

他捏著鼻梁。「妳讓人很難認為是別人幹的。」

「犯罪行為確實減少了，一如我承諾的。」

「沒有，」史泰爾說道：「只是合併了。」他壓低聲音，在廊道上踱著步。「告訴我妳有什麼料，除了這個噁心的大場面之外。最好是跟我們共同利益有關的東西。」

瑪賽拉嘆一口氣。「你真的掃興。我以為我們可以共進午餐慶祝一下，可是因為你顯然很忙，我還是現在直接告訴你吧。我找到你的特異人殺手了。」

史泰爾僵住。「他現在跟妳在一起嗎？」

「不是的，」瑪賽拉說道：「可是別擔心。說好了就不會改。而且我還有一個星期。」

「瑪賽拉——」

「我會寄一張照片給你。先讓你過過癮。」

23

一星期前

特觀組

她真的很聰明，艾里想著。

他伸直身子躺在小床上，瞪著鏡面天花板上自己的倒影，腦子裡反覆思索著這個問題，像銅板在手指間翻轉一般。

透過某種策略與運氣的結合，瑪賽拉設法把兩種相容的力量安置在身側。他心裡把他們三個人排在一起。

摧毀。變身。力場。

近看、遠看，以及兩兩之間的一切東西。他們的力量幾乎堅不可摧。但是如果有辦法拆散他們，瑪賽拉就像任何人一樣也會死。

玻璃牆外面響起腳步聲，一秒鐘後，對面的牆壁變透明，露出滿臉通紅的史泰爾。「你知道了嗎？」

艾里眨眨眼睛坐起身。「我又不是無所不知，主任。你得講清楚一點。」

史泰爾把一張紙大力按在隔牆上。一張列印圖。一張照片。艾里把兩腿甩下床，走向玻璃牆。看見照片上的那張臉，他停了下來。是他，瘦窄的臉，如鷹似的輪廓，下巴貼著風衣領。不是一張很好的照片，不是很清楚的照片，但艾里到哪裡都認得出他。

維克多．韋勒。

「兩年，」史泰爾說道：「那是你搜尋他的時間，而瑪賽拉不到兩個星期就送來這個。你把他藏起來了，你早知道。」

但艾里瞪著照片，明白自己並不知道，不是真的知道。他希望自己是對的，想要確定，但總是有裂口，一絲存疑。現在，裂口封合，撫平，結實得足以承受事實的重量。

「我猜你沒有燒掉屍體。」

「他媽的該死，艾里，」史泰爾吼道。他搖搖頭。「這怎麼可能？」

「維克多一向不擅長保持死亡狀態。」

「怎麼做到的？」史泰爾問道。

「賽蕊娜的妹妹有一種帶來麻煩的能力，可以讓死者復生。」

「雪德妮．克拉克？你已經把她列入死亡名單。」

「嚴格來說，」艾里說道：「賽蕊娜應該處理她。顯然她退縮了。」

那又是一件他必須親自處理的事情。

艾里把視線從照片上轉開。「你要怎麼處理他？」

「我要找到他。你們兩個可以各自在牢房裡生鏽腐爛。」

「噢，好極了，」艾里譏諷道：「我們可以當鄰居。」

「這不是他媽的說笑，」史泰爾駁道：「你一直說要合作，我知道那只是在使詐。我早知道你不可信任。」

「看在上帝的份上，」艾里嘲道：「你要找多少藉口來維護自己的頑固？」

「他一直在外面，殺死普通人和特異人，而你都知道。」

「我懷疑過——」

「但你什麼都沒說。」

「是你沒有燒掉屍體！」艾里吼道：「我把他擺平了，而你又讓他爬起來。維克多．韋勒繼續存在，以及隨後累積的死亡人數——那都是你的失敗，不是我的。沒錯，我沒讓你知道我的懷疑，因為我希望我錯了，希望你不會那麼愚蠢，不曾這樣慘敗。而要是你失敗了，我就知道你根本沒把我的警告聽進去。你要維克多？好，我會幫你再一次拿下他。」

他回到矮架子前，從成排的資料夾裡抽出獵人的檔案。

「除非你寧願讓瑪賽拉帶你走入她的圈套。」

他把檔案夾放到窗孔中。

「我確信她一旦得知維克多的價值，就會讓你賠上一切。」

史泰爾緩緩伸手拿檔案，沒有說話，臉色像極了石壁。但是艾里，想當然耳，仍可以看出每一道裂縫。

「我的建議，」他說道：「在最後一頁。」

史泰爾默默瀏覽上面的指示，然後抬起眼睛。「你認為這會有效？」

「那是我會怎樣抓到他，」艾里說道，這是實話。

史泰爾轉身要走，但艾里把他喚回來。

「看著我的眼睛，」艾里說道：「告訴我你找到維克多之後，會把他殺死，一了百了。」

史泰爾迎視他的眼睛。「我會看情形而定。」

艾里狠笑著。「你當然會，」他說道。

而我也會。

24

兩天前

惠通市區

雪德妮回到冰上。

冰層往四面八方延伸。她看不到岸邊，什麼都看不到，前前後後只有一片結冰的湖面，以及自己呼出來的霧氣。

「哈囉？」她喊道。

她的聲音在湖面迴響。

她背後響起冰塊碎裂聲，她猛一轉身，以為會看到艾里。

但是沒有人在那裡。

這時候，遠處傳來一個聲音。

不是湖上的冰裂聲。是短而尖銳的聲音。

雪德妮坐起身。

她不記得自己睡著了，但她窩在沙發上，度兒在她腳邊，晨光從窗口照進來。

那尖銳的聲音又響起來，雪德妮轉頭找電話，才發覺聲音來自米契的電腦。那筆電放在幾呎外的桌子上，像燈塔一樣響著。

雪德妮按一下把電腦喚醒。

米契鎖上的黑色顯示幕跳出來，她輸入密碼——祝福。顯示幕上出現一排矩陣密碼，那遠超過他教她的基礎技巧之外。但雪德妮的注意力轉到顯示幕的角落，有一個小小的圖示上下跳動著。

結果(1)。

雪德妮點一下圖示，一個新窗口跳出來。

她屏住呼吸。她認得這個頁面形式就跟垃圾桶裡面找到的那張紙團一樣。那是一個檔案。一個傑出人物，黑膚，修剪過的白鬍子，在一張正式照片上瞪著她。

艾黎思．道蒙，五十七歲，外科醫生，前年出過意外。他沒有放棄舊有的生活，也許這就是為什麼系統內沒有他。沒有足夠標記。但這個——這是很重要的部分。自從他回到工作崗位後，病人的復原率直往上升。有一些連結到新的文章，稱讚他近乎精準的發現問題能力。

她把頁面往下捲，找到道蒙現在的地址。

梅瑞特中央醫院。

雪德妮站起身，匆匆走過甬道。米契的房間裡傳出淋浴時的輕輕濺水聲。維克多的門半開，裡面是黑的。他背對著她，她只能看出他床上的身形輪廓。

上次她叫醒他，那是唯一的一次，也是第一次，情形宛如一場噩夢——他反射性地將她電得像聖誕樹一樣發亮，疼痛在她的神經系統中迴盪了好幾個小時。

她知道那情形大概不會再發生，但還是好不容易勉強往前走。結果，這份恐懼只是徒然。

「我沒有睡著，」維克多輕聲說道。

他坐起身，轉過來面對雪德妮，眼睛瞇起來。

「什麼事？」

雪德妮的心跳加速。「有一個東西你應該看看。」

她在沙發的邊緣坐下，維克多看著檔案，臉上小心地不露表情。她希望自己能看懂他的心意。見鬼，她希望能讀懂他。

米契出現在門口，裸露的肩膀上披著一條大毛巾。「怎麼一回事？」

「去收拾東西，」維克多站起身說道。

「我們要去梅瑞特。」

25

兩天前
第一白宮

瑪賽拉往後靠在椅背上，欣賞著眼前的景觀。

城市在落地窗外延伸出去，在她的腳底下像地毯鋪展開來。

曾經，她站在一個大學兄弟會的屋頂，以為自己能看到整個梅瑞特。但那只是小小的幾條街區，其他部分都被高樓吞沒了。這才是真正的景觀。這是她的城市。

她轉身走回辦公桌，邀請卡放在上面等著。

它們裝在一個漂亮的絲質盒子裡送過來——一百張平整的白色邀請卡，每張的正面有一個金色凸起的優雅字母*M*。

她從盒子裡抽出一張，把它打開。

裡面印著黑色花體字，卡片邊緣鑲金。

瑪賽拉．摩根與同事

邀你出席獨家發表
梅瑞特最特異的冒險。
這座城市的未來始於現在。

舊法院大樓
本星期五，23日，晚間6時
本函可供兩人入場

瑪賽拉露出微笑，卡片在手指間翻轉著。

現在要怎樣？瓊恩曾經問她。妳要為自己他媽的開趴？

瑪賽拉知道那個女孩是在說笑，但那天晚上見面時史泰爾就表明來意，亮出大牌。

不要再大肆表演。這個城市最不需要的就是……

可是，當然，史泰爾說的並不是這個城市。他是指特觀組。是的，一點點公眾關注對他們的業務就會造成不便。

所以，那正是瑪賽拉打算給他們的東西。

她已經受夠了按別人的規矩行事。受夠了遮遮掩掩。如果你生活在黑暗中，也就死在黑暗中。但是站在光亮中，比讓你消失困難得多。

而瑪賽拉·蕾內·摩根哪裡都不會去。

26

兩天前

路上

米契爾．透納有一種不祥的感覺。

他不時會有這種感覺，就像其他人會有偏頭痛或者似曾相識的感覺一樣。

有時候是一種隱隱約約的抽象感覺，彷彿有什麼不對勁，彷如黑夜緩慢但又難免地蔓延開來。有時候又是突然而強烈，像身側一陣疼痛。米契不知道這種感覺從何而來，但他知道來的時候就要注意聽。

不祥的感覺是一種警告，告訴你會倒楣。

而米契這一輩子都很倒楣。

倒楣得害得只有他一人被捕。

倒楣得害他入獄。

倒楣得讓他碰上維克多——不過當時他並未這麼想。

就像一根橡皮筋，米契只能盡量避開，以防那隻隱形的手鬆開，害他再捲入麻煩。別人碰到運氣不好的時候總會驚訝，好運不再來的時候亦然。他不會。米契有那種感覺的時候，他會注意聽。

留意自己的腳步。

提防生活中可能會打破的東西。

他瞄一眼後照鏡，看見穿著紅色短夾克的雪德妮窩在後面，穿靴子的兩腳搭在度兒身上。她戴著粉紅色合成纖維假髮，髮絲垂覆到眼睛上。米契偷瞄一眼旁邊的乘客座，看見維克多瞪著窗外，臉上神情一如往常無法解讀。

梅瑞特在他們前方遠處冒出來。

「事情終會兜兜轉轉回到原點。」維克多說道，冰涼的藍眼睛斜望過來。「你應該專心開車。」

米契困惑地皺起眉頭。

「如果這次沒有成功，」維克多又輕聲說道：「即使成功了，帶著雪德妮——」

「我們不會離開，」雪德妮在後座說道，同時猛然坐直身子。

維克多嘆一口氣。「我當初應該讓你們離開的。」他喃喃說道。

不祥的感覺如影隨形緊咬著米契。這感覺纏著他有多久了？幾天？幾星期？幾個月？從那晚在「獵鷹展值」工地他放火燒掉賽蕊娜的屍體之後就有了嗎？還是每次米契運氣來的時候，再次消失也只是時間早晚的問題？

「還有多遠？」雪德妮在後座問道。

米契回答的時候覺得喉頭乾澀。

「就快到了。」

✦

媽的！

瓊恩睡過頭了，醒來時太陽已經完全升起照著她的眼睛。

這就是為什麼她喜歡殺人不喜歡跟蹤——你可以按自己的時間行事。

她跳下床，衝到窗前，打量著對街的那棟公寓。陽台上沒有雪德妮的影子。後面的房間裡也沒有看到維克多或者米契。這幾天來，他們都會像陰影一樣在公寓裡穿梭，躺在沙發上，帶狗去散步。

此刻，窗簾拉開，整個地方看起來空空蕩蕩。

瓊恩咒罵一聲，然後開始換裝。

她穿過馬路，趁有人出來時抓住門。他們根本沒有多看一眼——為什麼要看呢？她只是一個十三歲的瘦女孩，一副無害的樣子。瓊恩大步走上樓梯，到了五樓轉彎處又變一次身，混充一個大學生在為政客做宣傳。

她敲敲他們的門，沒有人應門。

瓊恩把耳朵貼到木頭上，門後一片靜寂使她又咒罵一次，然後掏出幾根細籤開鎖進去。

門開了。

公寓裡面是空的。

一種可怕的似曾相識場面——另外一個城市，另外一個被棄的地方，一整年的徒勞搜尋——但瓊恩讓自己先穩下來。雪德妮不再是一個陌生人。她們彼此認識。彼此信任。瓊恩回到自己的旅館房間，抓起床頭几上的手機，然後寬慰地吁一口氣。

雪德妮已經傳訊來了。

雪德妮：妳絕對猜不到我們要去哪裡。

即使還沒看雪德妮的下一條訊息，瓊恩也知道答案了。

梅瑞特。

五分鐘後，瓊恩開車上了路，趕在他們後面直衝梅瑞特，足足超速二十幾英里。在路上，她打電話給瑪賽拉。

「他上路了，」她說道，及時在說出他們之前改口。「而且要去梅瑞特。」

「嗯，」瑪賽拉說道：「我懷疑是誰給他這個主意的。」

「不是妳嗎？」

「不是，」她說道，聽起來有一點煩亂。「可是這樣比較好。讓他安全地抵達這裡。我們要張開雙臂歡迎他。」

瓊恩皺著眉頭，一面繞過一輛半聯結車。「我以為妳要把他交給特觀組當交換。」

「我從來沒有那麼說，」瑪賽拉意有所指地答道：「我告訴妳說我還沒有決定。而現在也還沒有。妳知道我喜歡知道自己有什麼選項，而我必須承認，聽到維克多・韋勒的消息，史泰爾的反應引起我的興趣。我做了一點功課，發現這個韋勒的案子相當有趣。他可能變成一項資產，也許不行。但我在有機會見到他之前，當然不打算把他交給特觀組。」

瑪賽拉絕對不會浪費任何武器，瓊恩想著。

「誰知道呢，」瑪賽拉若有所思地說道：「說不定他會表現得很順從。」

維克多給瓊恩的印象有好幾點——順從不是其中之一。如果要說有什麼，他似乎相當不肯妥協，跟熱火似的瑪賽拉比起來，他像是涼煙。但異性相吸也有道理。那難道會是很糟的主意嗎？瓊恩一直以為自己得用硬撬的才能讓雪德妮脫離維克多的掌握，但或許也不必如此。說不定他會加入他們，三個特異人變成五個。那是一個好數字，不是嗎？五個，幾乎像一個家庭了。

瑪賽拉還在講話。

「我要妳跟他接觸，」她說著：「安排我跟我們的新朋友見面。我會再給妳細節。噢，還有，瓊恩？」

「嗯？」

「有人讓維克多到梅瑞特來，而那個人不是我。」

「我敢賭是特觀組。」

「那大概賭得很對。顯然，我們不能讓他們先找到維克多。所以我們盡量不要失去他。」

瓊恩又暗罵一聲，然後把引擎加速。

第四部

審判日

1

一天前
梅瑞特

金斯理是一棟很漂亮的大樓，聳立於這座城市的天際線之間。

但維克多選這個地方不是從現代美學考量。不是的，賣點是它的地下停車場，那裡可以縮減曝光的問題——一個滿身刺青的大光頭、一隻大黑狗，再加上一個矮小的金髮孩子，看起來絕對突兀，即使是在梅瑞特這樣的城市——以及閉路保全系統，等他們打開行李的時候米契應該已經駭進去了，還有——顯然讓雪德妮很開心的——一座屋頂花園。

進門後，米契把他們的行囊放下。

「別太享受，」維克多說道：「我們不會待太久。」

米契與雪德妮根本不應該來，但是維克多早已放棄勸他們打消主意。依戀是一種惱人的事情，像雜草一樣有害。

他應該離開的，在依戀生根之前。

「我會回來的，」他說著轉身走向門口。

雪德妮抓住他的手臂。「要小心，」她說道。

真是麻煩，維克多自己想著，即使他仍伸手撫著她的頭。

「謹慎是一種經過精密計算後可接受的風險，」他說道：「我非常擅長權衡這樣的風險。」

維克多抽開身逼雪德妮放手，然後頭也不回地離開了。

他搭電梯到街上，一個人走出去，走到午後的陽光下，看看手錶。三點鐘剛過。根據米契的資料，那位醫生在梅瑞特中央醫院的值班時間到五點鐘結束。維克多會到那裡見他。

艾黎思．道蒙。

比較靈性的人可能會把特異人突然現身當成神明出手，但維克多從來不相信命運，更不相信信仰。道蒙出現在搜尋矩陣上很容易引起疑點，地點在梅瑞特市更像豎起警告紅旗。

沒錯，道蒙不是一個禮物就是陷阱。

維克多比較偏向於後者。

他承擔不起拿自己性命當賭注。

最近的一次經歷已經超過四分鐘的關鍵。他活過來了，但維克多知道自己在玩一種危險的遊戲。成功機率低得可怕，賭注比山高。

這是俄羅斯輪盤賭，只不過一顆子彈倒是比較乾淨俐落的結局。

他曾考慮過那樣，快速、乾淨的死亡。不是自殺，當然了——是重新啟動。但那又會引發另一種因素，另一種風險。如果他又死了——真的死了——雪德妮能不能再救活他呢？如果復活了，他的能力還會剩多少？他會剩多少？

走了四條街口之後，維克多繞過街角，走進一扇健身房的玻璃門。他比較喜歡在酒吧見面，但杜明尼．魯許已經戒酒五年，維克多一時沒多想就答應改成跟他在這裡見了。

他一直很討厭健身房。

他在學校就迴避著運動，在監獄裡也避開舉重場，寧願用其他方式鍛鍊體力。他曾經很喜歡游泳，那種順暢的重複練習，有節奏的呼吸，體重不影響技術的一種方式。

現在，他經過那些渾身是汗練習舉重的大塊頭時，鮮明的記憶又被喚醒，想起當年看著足球員跳進游泳池努力游泳，彷彿可以靠肌肉搶攻一條路。水流與他們作對，他們像石頭一般往下沉，拍打著雙手想呼吸。結果被簡單自然的水打敗了。

杜明尼在置物櫃室內等他。

乍看之下，維克多幾乎認不出這個除役士兵。如果說這五年的時間讓維克多削瘦，那麼對老杜恰有相反的效果。這種改變非常驚人——顯然，就跟維克多自己的改變一樣驚人。

杜明尼瞪大眼睛。「維克多，你看起來……」

「是呀，像鬼，我知道。」他讓肩頭靠著鐵製置物櫃。「工作怎麼樣？」

老杜搔搔頭。「夠好的，各方面都很周到。可是你記得我跟你說過的那個特異人嗎？很會引人側目的那個？」

「瑪賽拉。」維克多本來沒刻意記住這個名字，可是其中有什麼，有關她的事情，在他的腦子裡揮不掉。「她撐了多久？」

老杜搖搖頭。「他們還沒抓到她。」

「真的？」維克多不得不承認自己很佩服。

「可是問題是，」老杜說道：「他們似乎連試都沒試。而她也沒保持低調。她殺死了我們六個探員，除掉一個狙擊手——見鬼，她每天都有新花樣。可是我們奉命不要動。」他壓低聲音。「其中有詐。我只是不知道是什麼。顯然那超過我的安全等級。」

「艾里呢？」維克多追問道。

「還在他的牢穴裡。」老杜不安地看他一眼。「暫時。」

維克多瞇起眼睛。「你是什麼意思？」

「只是謠言，」老杜說道：「不過顯然高層有人認為他應該扮演比較積極的角色。」

「他們不會做那麼愚蠢的事。」

可是話說回來，有的人一直在做愚蠢的事。而艾里幾乎可以迷惑任何人。

「還有呢？」他問道。

杜明尼揉揉脖子猶豫著。「越來越糟了。」

「我注意到了，」維克多冷冷說道。

「昨天何茲發現我吐在櫃子裡。上星期我在訓練課程中直冒冷汗。我聲稱是宿醉，創傷後壓力症候群，所有能想到的藉口都用了，可是我快沒有謊話可編了。」

而我快沒有命了，維克多想著，然後站直身子。

「祝好運，」他離開的時候老杜喊道。

但維克多不需要好運。

他需要一位醫生。

✦

在金斯理大樓的屋頂花園，雪德妮走到太陽下。天空湛藍，但空氣仍然很冷。這令她想起那座湖，她十三歲生日，水面的薄冰。她的手指抓緊手機。簡訊是先前她在打開行李的時候傳來，簡單的幾個字使她緊張起來

瓊恩：打給我。快。

雪德妮撥了號碼。

鈴聲響了又響，等瓊恩終於接聽時，雪德妮只聽到音樂，很大聲還有破音。瓊恩如歌的聲音插進來，叫她等一下，一秒鐘後音樂停了，代之而起的是引擎的低哼聲。

「雪德妮，」瓊恩說道，聲音高而清晰。「正是我要找的女孩。」

「嘿，」雪德妮說道：「我們剛到梅瑞特。怎麼了？妳在這裡嗎？」

「在回來的路上，」瓊恩說道：「在城外有一點工作。聽著，」她繼續說道：「我需要妳幫

我做一件事。」

瓊恩的語氣有一點緊張，是雪德妮未曾聽過的急切感。

「什麼事？」她問道。

很短的一聲吁氣，像線路上的靜電。「我需要妳告訴我維克多在哪裡。」

這句話像石頭卡在雪德妮的胃裡。「什麼？」

「聽我說，」那個女孩接著說下去。「他有麻煩了。梅瑞特有一些真正危險的人，他們知道他在這裡，而且在找他。我想保障他的安全，真的——而且我能夠——可是我需要妳幫忙。」

安全。雪德妮的心緒被這個詞絆住。如果維克多有麻煩——可是為什麼他會有麻煩，而且瓊恩怎麼會知道？誰在找他？特觀組嗎？

她正要問，卻又被瓊恩打斷。

瓊恩，講話從來不曾大聲的人。

「妳信不信任我？」

她信任。她想要信任。可是——

「他在哪裡，雪德妮？」

她喉頭乾嚥一下。「梅瑞特中央醫院。」

2

一天前

梅瑞特中央醫院

現在是五點十七分。

在醫院的停車場裡，維克多背靠在道蒙的灰色轎車上，瀏覽著老杜傳的訊息，一面等著那位醫生。每次他檢視最新的時間時，腦袋裡的嗡嗡聲似乎就升高一點。

三分四十九秒。

三分五十二秒。

三分五十六秒。

四分零四秒。

通往停車場樓梯間的門匡噹開了。

維克多抬起眼睛，看見黑膚灰髮的道蒙低頭看著平板電腦，一面朝他的車子走過來。朝維克多走過來。

維克多沒有動，只是等著醫生走向他。

「道蒙醫生？」

那個人抬頭看，皺起眉頭。維克多以為他看到醫生的臉上閃過一絲什麼。不盡然是驚訝，而是懼怕。「我能幫什麼忙嗎？」

維克多打量著他，手指伸縮著。「我當然希望能。」

道蒙環視一下停車場。「我下班了，」他說道：「但是你可以約一個時間——」

維克多沒有時間這樣——他連結到醫生的神經，把它扭動一下。道蒙驚喊一聲彎下腰，抓住胸口，額頭直冒冷汗。

意思到了，維克多放開他。

道蒙癱靠在他的車子上。「你是——特異人。」

「跟你一樣，」維克多說道。

「我不會——傷人，」道蒙說道。

「不會嗎？那麼你的能力是怎麼樣的呢？」

道蒙顫巍巍地吸一口氣。「我可以看見——一個人哪裡斷了。我可以——看見怎樣——把它們接回去。」

維克多感到一陣寬慰。終於，一個有希望的開始。

「很好，」他說著朝醫生走近。「做給我看。」

道蒙搖搖頭。維克多正要再連結醫生的神經，樓梯間的門開了，一小群護士走出來，一面熱烈交談著。附近一輛車按一下喇叭。維克多移動身子擋住他們的視線。

「不能在這裡，」道蒙低聲說道。

「那要在哪裡？」維克多問道。

醫生朝醫院點點頭。「我的辦公室在七樓——」

「不行，」維克多說道。太多人看。太多門。

道蒙揉著額頭。「五樓在改建，應該是空的。我只能盡量了。」

維克多猶豫著，但腦袋裡的嗡嗡聲已經傳到四肢。他沒有時間了。

「好吧，」他說道：「你帶路。」

✦

在此同時，城的另一頭……

雪德妮試著打電話給維克多，但每次都直接轉到語音信箱。

瓊恩說他有麻煩是什麼意思？

他們都很小心。他們向來都很小心。

妳信不信任我？

在這個時候，雪德妮信的。她希望自己沒有犯錯。

她後面響起腳步聲，雪德妮的手本能伸到外套內拿槍，拇指已經按在保險上。可是這時她認出那沉重的踏步聲，於是轉過身，看見米契穿過屋頂花園朝她走過來。

「找到妳了，」他愉快地說道。

她鬆開手槍。「嘿，」她說道：「只是在欣賞風景。」她試著讓語氣輕快，腦袋裡面卻仍昏亂，而她怕自己臉上會顯現出來，所以轉身背對著米契。「很奇怪，不是嗎？城市的變化，樓起樓塌，看起來都一樣——卻又不一樣。」

「就像妳，」米契撫弄一下她的粉紅色假髮說道。這個動作輕鬆自然，他的聲音卻帶著緊張意味，不講話時也一樣，而他的手放下時感覺很沉重。雪德妮心裡在想維克多，但她知道米契在想的是她的姊姊。

他們從來不曾談過賽蕊娜究竟發生了什麼事。發生得太快，然後就來不及了。傷口已經盡可能癒合了。

可是現在他們又回到梅瑞特，已經完工的「獵鷹展值」大樓在遠處燈光閃爍，空氣似乎凝重得充滿每句沒說出口的話。

「嘿，雪德妮——」米契先開口，可是被她打斷了。

「你有沒有希望過自己是特異人？」

米契皺起眉頭，這個問題出乎他意料之外。他沒有立即回答。他向來都這麼小心，先整理一下用字才說出口。

「我記得剛認識維克多的時候，」他終於說了。「那些傢伙在欺負我，而他只是……」米契的手在空中比畫一下。「他做得好容易。我猜對他而言大概是吧。可是看到那樣，讓我覺得……好渺小。」

雪德妮笑起來。「你是我見過塊頭最大的傢伙。」

他對她一笑，卻帶著一絲悲哀。「有時候好比說我在打架，我是赤手空拳，另外一個傢伙有刀子。可是那個有刀子的傢伙最後會面對一個有槍的人。而那個有槍的人又會碰到有炸彈的人。事實上，雪德妮，一山總比一山高。這個世界就是這樣。」他抬眼望著燈火燦爛的摩天大樓。「不管你是普通人對抗一個普通人，還是普通人對抗特異人，或者特異人對抗特異人，你都會盡自己所能，你跟人家打，你贏了，再一直打到贏不了為止。」

雪德妮乾嚥一下嗓子，轉回頭去看天際線。

「有沒有維克多的消息？」她問道，盡量讓自己的語氣輕快一點。

米契搖搖頭。「還沒有。可是別擔心。」他伸手按著她的肩膀。「他會自己照顧自己。」

✦

梅瑞特中央醫院

他們的腳步聲在樓梯上發出回音。

「這些發作到高峰時究竟的情形怎樣？」道蒙問道。

「神經損傷，肌肉痙攣。」維克多把症狀一個一個挑出來。「心房顫動。心搏停止。死亡。」

道蒙回頭看他。「死亡？」

維克多點點頭。

「你知道自己死過多少次嗎？我們是在說三到四次再發還是十幾次——」

「一百三十二次。」

醫生的臉垮下來。「那是……不可能的。」

維克多冷冷打量他。「我跟你保證，我都有紀錄。」

「可是那對你身體產生壓力。」道蒙搖搖頭。「你應該不會活的。」

「那正是我們問題的原因與關鍵，不是嗎？」

「你有沒有經驗過認知受損？」

維克多遲疑著。「緊接著發作之後會短暫迷失方向。而且時間越來越長。」

「你還能好好說話真是奇蹟。」

奇蹟。維克多一直很討厭這個詞。

他們走到五樓，道蒙推開兩扇門。他按一個開關，燈亮起來，一個一個發出一陣波動，照亮一片寬闊的地板，確實處於掀開再鋪回去的過程中。塑膠布掛著當臨時圍幔，所有的設備都蓋上白色防水布，一時之間維克多想像自己彷彿又回到蓋了一半的「獵鷹展值」大樓，講話聲在混凝土表面反彈開。

「這邊走過去有幾間檢查室，」道蒙說道，但維克多拒絕過去。

「這樣夠遠了。」

他們站在這片雜亂空間的中央。維克多比較喜歡可以一眼看到出口，但是有防水布就不可能了。

道蒙把東西放下，脫掉外套。

「你變成特異人有多久了？」維克多問道。

「兩年，」醫生說道。

兩年。而他才剛剛出現在他們的搜尋矩陣中。

「去坐下吧，」道蒙指著一張椅子說道。維克多繼續站著。

「告訴我一件事，醫生。你將死的時候，最後想到的是什麼？」

「我最後想什麼？」醫生重複一遍，然後考慮著。「我想到自己的家人……我會多麼想他們……我多麼不想離開……」他結結巴巴地回答著，彷彿想不起來了。也許他只是緊張，可是他結巴的時候，讓維克多聯想到忘記台詞的演員。

「而你說你的能力是診斷一個人的病痛？」

這不符合。

特異人的瀕死經驗最明顯的不僅是最後的時刻、最後的求生意志，也還有他們最極度最迫切的願望。道蒙最後的時刻、最後的想法應該能塑成他的異能，然而——

醫生擠出不安的笑容。「我以為是我要給你做診斷。」

維克多模仿他的笑容。「是的，當然。開始吧。」

但是道蒙猶豫著拍拍襯衫口袋。

「有什麼問題嗎？」維克多問道，手指移向槍套裡的槍。

「我沒帶眼鏡。」道蒙轉開身。「我一定是忘在樓下了。我去去就——」

但維克多已經來到他的背後。

他承擔不起使用自己的異能——疼痛會製造噪音，噪音就會引人注意——所以維克多只能把槍頂著醫生的脊柱底部，另一隻手摀住醫生的嘴。「傳統武器的麻煩是，」他湊在醫生的耳邊說道：「它們造成的損害是永久的。如果你發出一點聲音，你就再也無法走路。你明白嗎？」

道蒙點一下頭。

「你不是特異人，對吧？」

目光往旁邊閃一下。不是的。

「他們在等你的信號嗎？」

醫生搖頭想說話，但聲音被維克多的手掌壓住了。維克多將手縮回，讓醫生再說一遍。

「他們已經在這裡了。」

彷彿接到信號似地，維克多聽見門打開，還有腳步拖曳聲。

「對不起，」道蒙繼續說道：「他們派人去我家，監視我的家人。他們說如果我——」

維克多打斷他的話。「我不在意你的動機。我只需要知道怎樣出去。」他撥開手槍的保險。「出口。告訴我。」

「有一個員工用電梯——其他的這裡不停——還有兩個內部樓梯。」

當然，還有他們進來時走的那條路，最直接的路線——也是掩護最少的。

靴子在附近防水布上移動，上方的電燈在塑膠布上投下影子。維克多需要看見目標，但是不需要看得很清楚。

他對準離得最近的影子，對方喊一聲倒地，突襲的偽裝打破，槍聲四起，五樓陷入一片混亂。

✦

維克多的手抽動一下，又有兩名士兵尖叫著倒下，然後電燈關掉了。一秒鐘後，他聽見一聽即知的金屬扣聲音，空氣洩出的嘶嘶聲，接著是罐頭在地上滾動，空氣充滿煙霧。

「屏住氣，」他命令道，一面把道蒙拉到牆邊靠著，瞄準器的一道道紅光穿透滾滾白煙。煙霧使維克多的眼睛灼痛，抓耙著他的感官，而在其間爆發的能量傳遍他的四肢——警告著。

還不行，他想著。還不行。

員工用電梯發出聲響打開了，維克多及時看見一根槍管、一小部分黑色盔甲以及軍靴。他往旁邊一扭身，放開人質，閃避開士兵的一排槍火。

維克多抵達樓梯間時，道蒙舉起雙手。

「別開槍！」醫生喊道，一面因為肺部被煙嗆到而咳嗽著。

士兵衝過來把他擠開，維克多衝進樓梯間，開始奔下樓。

下方響起更多腳步聲，但維克多佔有居高臨下的優勢。等到第一批士兵看到他時，維克多已經抓住他們的神經，把轉盤調高，他們就像斷了線的布偶倒下去。

維克多繞過他們的身體，繼續往下跑。就要抵達三樓平台時，第一次發作襲來。

有一瞬間，他以為自己中彈了。

然後他駭然發覺，自己已經沒有時間了。電流劃過他全身，點亮神經，他低下頭，靠著欄杆穩住身體，然後再逼自己的身體繼續前進。

他撐到一樓，打開門，即時看到一個士兵舉槍直衝過來。維克多還未能聚集力氣與專注度把士兵扳倒，有人就已經搶先替他做了。

他眼前出現一支滅音器，接著是三個壓低的觸擊聲，槍彈直接射中士兵的腦袋側面。力道不足以穿透頭盔，但使他猝不及防，半秒鐘後開槍的人出現——一個女醫生——現身。她撞到士兵的雙臂，然後——幾乎是很優雅地——將一把刀從他的頭盔底下刺進去。

士兵像石頭重重倒下，女醫生轉頭看維克多。

「別只是站在那裡，」她警告道，聲音竟相當熟悉。上方與下面響起腳步聲。「再找一條路出去。」

維克多有問題，可是沒有時間問。

他轉身繼續下樓去醫院的地下層。衝進一道雙扇門之後是一條空蕩的走廊，盡頭標示上像嘲弄似的小字寫著太平間。可是在那後方——一個出口的牌子。走到半路，又一陣痙攣發作，維克多絆一下，重重撞上水泥牆壁。他雙膝一軟，倒了下去。

他努力想站起來，背後的門砰然打開。

「趴下！」一個士兵命令道，維克多癱倒在地板上。

「我們抓到他了，」一個聲音說道。

「他倒下了，」另外一個聲音說道。

他站不起來，無法逃開。但維克多仍有一個武器。電流變強，轉盤調高，他盡可能撐久一點，一秒一秒抓緊生命最後的痛苦一刻，直到靴子進入他的視線。

這時候，維克多放手了。

讓最後一波疼痛湧上來，把一切沖乾淨。

✦

維克多在黑暗中醒來。

一時之間他的視力斷斷續續，然後終於恢復對焦。他躺在活動擔架上，天花板比一般低得多。維克多測試一下四肢，以為會是綁起來的，卻發覺手腕或腳踝上什麼都沒有。他想坐起身，卻感到疼痛緊箍著胸部。摸起來他的兩根肋骨斷了，但他還能呼吸。

「我做了心肺復甦術，」一個聲音說道：「可是我擔心可能弊多於利。」

維克多轉過頭，看到黑暗中有一個人影。

道蒙。

那個醫生坐在幾步之外的長椅上，一半被暗影遮住。

維克多環視四周，發現自己是躺在救護車上。

發作前幾秒鐘的片段記憶恢復，卻無法說明他怎麼會從地下室跑到這裡來。

「我發現你，」醫生不需要他問就解釋道：「在太平間外面。好吧，我先發現那些士兵。」

「你沒有把我交給特觀組，」維克多說道：「為什麼？」

道蒙檢視著自己的手。「你在五樓可以殺死我。你沒有。」

那不是緊急行動。只是沒有意義。

「那些士兵呢？」維克多問道。

「他們已經死了。」

「我也是。」

道蒙點點頭。「行醫充滿風險估算以及瞬間的決定。我做了一個決定。」

「你可以走開的。」

「也許我不是特異人，」道蒙說道：「但我是醫生。而我立過誓。」

附近一陣警笛聲劃破空中，維克多一陣緊張，但那只是另外一輛救護車，駛出停車區。停車區……

「我們還在醫院裡？」維克多問道。

「確實，」道蒙說道：「我說我會幫你活下去，不是要幫你逃走。老實說，我開始懷疑這兩者的機會有多大。」

維克多皺起眉頭，摸摸口袋找手機。「我死了多久？」

「將近四分半鐘。」

維克多低咒一聲。難怪醫生沒有把車開走。

「我應該做一些測試，」道蒙繼續說道，同時掏出一支筆燈。「確定一下你的認知功能沒有——」

「那不必了，」維克多說道。道蒙現在無法給他做什麼——做什麼都不會有什麼差別。而死了四分半鐘雖然嫌久，卻不夠讓特觀組的兵力完全撤出。他們會仍然在場。要過多久才會有更多人加入他們？

維克多朝救護車前座點點頭。「我想你會開車吧？」

道蒙猶豫著。「我會，可是……」

「坐到駕駛座去。」

道蒙沒有動。

維克多沒有心情折磨他，所以只好說之以理。「你說他們在監視你的家人。如果你現在再回到裡面，他們會知道是你幫我逃跑了。」

道蒙皺起眉頭。「那開車送你離開會讓我像共犯。」

「你不是共犯，」維克多說道，同時從一個工具箱裡取出兩根束帶。「你是人質。我可以現在把你綁在方向盤上，或者稍後也可以。由你決定。」

醫生默默爬到方向盤前面。維克多坐上乘客座，打開警笛。

「我要去哪裡？」道蒙問道。

維克多思索著這個問題。「市區南邊有一個巴士站。開吧。」

道蒙踩下油門，救護車駛出停車區。

過了幾條街之後，維克多把警笛與警示燈關掉。他往椅背一靠，伸縮著手指。他可以感到醫生在斜眼看他。

「眼睛看路，」維克多說道。

十分鐘後，巴士站出現在眼前，維克多指向一處空蕩的人行道。

「那裡，」他說道。

道蒙把救護車向旁邊靠，維克多伸手過去抓住方向盤然後一轉，硬把車子開上人行道。

「別忘了，」他說道：「你現在是遇險人質。」道蒙還來不及抗議，維克多已經把他的兩隻手繫在方向盤上。「你帶著手機嗎？」道蒙朝自己的口袋點點頭。

維克多從醫生的外套口袋裡掏出手機，然後把它扔到窗外。

「好了，」他說著就爬下救護車。

現在他搶先了一步。

3

一天前
特觀組

史泰爾站在顯示幕區前面，雙臂抱胸，看著情況瓦解。桌上的無線電對講機傳出劈啪作響的對話聲。

「沒有目標跡象。」

「士兵倒下。」

「封鎖周邊。」

真是一場天殺的災難，史泰爾跌坐到椅子上想著。

艾里的圈套成功了，但他自己的探員卻失敗了。三個陣亡——兩個在地下室耳鼻流血，一個在一樓被刀子封喉——其餘的都他媽的完全無用。

無論維克多是否看穿誘餌而沒有上鉤，還是只是設法逃脫了，有一件事是可以肯定的——他不是獨自行動。

有幾名史泰爾的探員是被一個男性看護工、一個接待員以及一個女醫生射傷——但史泰爾有一種感覺他們都是同一人。有一個他的手下曾經反擊，射到那個女醫生的肩膀，而就在同時，隔了半所醫院之外，有一個完全符合描述的醫生流血倒地，當時她正在擦洗手臂準備動手術。

那個變形人——瑪賽拉的變形人——也在場。

而且她幫助了維克多脫逃。

史泰爾拿起手機撥號。

「約瑟夫，」那個柔滑的聲音說道。

「維克多．韋勒在哪裡？」史泰爾咬牙問道。

「你在騙人。」

「這不是在玩遊戲。妳同意要把他交出來，卻反而變成他仍在外面逍遙的原因。妳打算什麼時候完成妳那一方的約定？」

瑪賽拉嘆一口氣。「男人總是這麼沒有耐性。也許你這一輩子都是想要什麼就得到什麼。有時候呀，約瑟夫，你就是得等一等。」

「什麼時候？」

「明天，」瑪賽拉說道：「派對開始之前。」

史泰爾的胸口一緊。「什麼派對？」

「你沒有收到我的邀請函嗎？」史泰爾的辦公桌邊緣有一堆郵件遺忘在那裡。他開始翻看著。「我打算把他留到……」

史泰爾找到卡片，平挺的白色，前面一個浮雕的金字「M」。沒有貼郵票，是讓人親手遞送的。史泰爾拆開火漆。

「這樣確實能讓你別來礙事，」瑪賽拉還在說著：「可是話再說回來，我也不希望你錯過這場秀……」

瑪賽拉．摩根與同事……

史泰爾把邀請函看一遍，然後再看一遍——他無法相信自己在看什麼。他不想要相信。

……梅瑞特最特異的冒險。

「這根本是低調的相反，」他吼道。

「我能說什麼呢？我從來沒有低調過。」

「我們說好了。」

「我們是說好了，」瑪賽拉說道：「兩個星期。超過那時候，我們兩人都知道不會持續下去。但我很感激停火的機會，那給了我時間印請帖。」

「瑪賽拉——」

但是她已經掛斷了。

史泰爾揮手把桌上的一個杯子掃到地上。

杯子破掉，一滴滴的深色咖啡印染上地板。

幾秒鐘後，里歐斯出現了。

「長官？」她問道，同時打量著破杯子、他找卡片時弄亂的文件，以及他手上捏皺的白色請帖。

史泰爾癱靠到椅背上，腦子裡響起艾里的聲音。

你跟他們談交易？

有這麼強力量的人應該入土為安。

派我去。

史泰爾的視線移向理事會給他的薄型銀色手提箱，裡面是那個項圈。

里歐斯探員仍站在那裡默默等著。

史泰爾站起身。「準備一支運送隊明天用。」

里歐斯揚起一眉。「送哪一名囚犯？」

「卡戴爾。」

✦

史泰爾發現艾里坐在小床邊緣，手指交握，低著頭像在祈禱。

或者只是在等待。

聽見史泰爾走近，他緩緩抬起頭。「主任。我的陷阱收到什麼效果嗎？」

史泰爾猶豫一下。「還沒有，」他扯著謊。沒有理由讓艾里知道韋勒逃走，有十幾個理由不讓他知道。尤其是考慮到自己即將做什麼。「你在思考瑪賽拉的問題嗎？」

艾里站起來。「我的評估沒有改變。」

「我不是在問你如何判讀，」史泰爾說道：「我在問你有什麼辦法。你要怎樣打發她？」

「我要怎樣？」

「你真的仍相信自己最適合這個任務。」

一絲難以察覺的笑意。「真的。」

「讓我講清楚，」史泰爾說道：「我不信任你。」

「你不必相信我，」艾里說道。

史泰爾搖搖頭。他在想什麼？「我們還是不知道你是否能打敗瑪賽拉。」

艾里陰鬱地笑著。「哈維提花了一年的時間想找出我的再生能力限度。他一直沒有成功。」

「她的能力並不是唯一的問題，」史泰爾說道：「畢竟，瑪賽拉不是獨自行動。」

「我也不是，」艾里繼續說著，揮手朝牢房、朝特觀組比一下。「困難的不是殺死三個特異人，主任，而是把他們收到一個地方，然後把他們分開，讓他們不能一起工作。做到這個，你的探員就能處理另外兩個特異人，讓我應付瑪賽拉。我跟你保證，在適當的條件下，打敗他們不僅僅是可能而已。」

條件。

史泰爾把瑪賽拉的邀請卡塞進玻璃纖維窗孔。「這個有用嗎？」

艾里拿起卡片，目光掠過上面的字。

「有，」他說道：「我想會的。」

4

前一晚

梅瑞特

維克多需要喝一杯。

他看到一排低矮的建築，沒有什麼特色，很不顯眼，中間夾著一間酒吧，於是他過街走過去，一面掏出口袋裡的手機。

米契響第二聲就接了。

「我們都很擔心。跟道蒙怎麼樣了？」

「那是陷阱，」維克多坦白說道：「他只是普通人。」

米契咒一聲。「特觀組？」

「確實，」維克多說道：「我逃出來了，可是我不要冒險引他們去金斯理。」

「是他嗎？」在背景裡的雪德妮喊道。「怎麼了？」

「我們應該離開嗎？」米契問道。

是的，維克多想著。但是不行，現在不行。如果有行動只會更加引起特觀組注意。他們已經在醫院設下陷阱等著。他們騙維克多去找他們，表示他們還不能找到他。但那不表示不會找到。他們已經知道雪德妮的事了嗎？萬一他們找到她了會怎麼樣？

「留在公寓裡，」他說道：「別應門。別讓人進去。如果妳注意到外面有什麼動靜或者有什麼人就打電話給我。」

「你呢？」米契問道。

但維克多對這個問題還沒有答案，所以他只是掛斷電話，走進酒吧。這是一家廉價酒館，燈光幽暗，大半的位子是空的。他點了一杯威士忌，在後面牆邊找了一個雅座坐下，在等的時候他可以從那裡監視到酒吧唯一的一道門以及那寥寥幾個顧客。

先前在救護車上維克多曾從扶手靠墊底下拿了一本破舊的平裝書——此刻他把它掏出來，還有一支黑色簽字筆，然後把破書攤平。

舊習難改。筆劃出平穩的一條線，把第一行塗黑，然後是第二行。隨著每一行的消去，內文縮減為一道粗黑的線，他感到脈搏變緩。第一個字總是最難找到，他偶爾找到一個特別的字，把它周圍的內文抹去，但維克多即使對自己也很討厭承認，這種練習比較不像是身體的動作，而是一種抽象的行為。

他讓筆在書頁上滑過，等著一個字擋住去路。他畫過驕傲、墜落、改變，終於在找到這個詞上停下來。兩行之後，他的筆跳過一個，然後繼續往下走，直到他找到辦法。

維克多快沒有時間了，也沒有線索，可是他不要放棄。

雪德妮、米契、杜明尼——他們都表現得好像投降是一種風險，一個選項。可是不是的。維克多某一方面希望自己能停止嘗試，停止反抗，但他就是沒辦法。同樣是那種求生的頑強意志，正是那一開始讓他變成特異人的特性，現在在阻止他默許，阻止他認輸。

不管你是遭遇了什麼事，不管你是怎麼受傷的，那都是由你自己造成的。

那是坎貝爾說的，而那個特異人說得對。維克多向來是自己命運的主宰。他爬上那張不鏽鋼桌台，他迫使安姬打開開關。他五年前驅使艾里殺死他，心知雪德妮會把他救活。

每個行動都是他自己設計的，每一步都是他自己所為。

如果有辦法擺脫這一點，他要找到。

如果沒有，他要自己想辦法。

酒吧的唯一那道門打開，片刻之後維克多聽見一個聲音，說話內容被吵雜聲蓋過去，但那個腔調錯不了。

他抬起頭看。

一個嬌小的黑髮女子靠在吧檯前，她的容貌如狐狸般尖瘦。他從來沒見過那個人，但維克多知道是她——在脫衣舞俱樂部的那個女人。在巷子裡表示關切的善心人。還有，當然，最近的一次，幫助他逃脫特觀組追捕的那個醫生。維克多不只是認出那個口音，也還有那個女人的眼睛——真的，在她的眼底——她朝他這邊望過來的時候，臉上亮起的促狹笑意。如果那是她的臉的話。

那些都屬於一個特異人——毫無疑問。

他看著那個變形人拿起兩人的酒朝他走過來。

「這個位子有人坐嗎？」又是那個如歌的聲音。

「看情形，」維克多說道：「玻璃塔——我們第一次是在那裡見到的嗎？」

狐狸臉上綻開狡笑。「是的。」

「但不是最後一次。」

「不是，」這個特異人在他對面的椅子上坐下。「不是最後一次。」

維克多的手指握緊杯子。「妳是誰？」

「就把我當成某種守護天使吧。你可以叫我瓊恩。」

「這是妳的真名嗎？」

「啊，」瓊恩感傷地說道：「對像我這樣的人而言，真實是一個黑暗的東西。」

那個女人往前傾一點，也就在同時，她變了。沒有機關，沒有轉換點——那個黑髮女孩分解了，代之以一個赤褐色卷髮的女孩，有深藍色眼睛與心形臉龐。

「你喜歡嗎？」瓊恩問道，彷彿在問他對一件新衣服的看法，而不是維克多唯一愛過的女孩的變形影像。「我只能盡量做到這樣，畢竟真的人已經死了。」

「換掉，」維克多斷然說道。

「喔，」瓊恩懊惱地說道：「可是我是專為你才選她的。」

「換掉，」他命令道。

那雙藍眼睛平視著他，像在挑戰，在刺激他。維克多迎視著挑戰，手指揪動她的神經，轉動她胸腔內的轉盤——但即使那個女人感覺痛，她的臉上也沒顯示出來。她的異能——不知怎麼替她遮擋住了。

「抱歉，」瓊恩幽幽一笑。「你傷不了我。」

那最後一個字微微強調著。

維克多俯身向前。「我不需要傷得了妳。」

他的一隻手隔著破木桌伸過去，把她的身體釘在椅子上。

瓊恩的雙眼之間微微皺起，那是唯一一點跡象顯示她在反抗他。

「一個人的身體裡面有那麼多神經，」維克多說道：「疼痛只是一種可能的徵兆，像交響樂裡的一種樂器。」

女孩的口中擠出一聲假笑。「可是你想你能控制我多久呢？一個小時？一天？到你下次死亡？我懷疑我們之間哪一個會先放棄？」

出現僵局。

維克多鬆開手。

瓊恩吁一口氣，活動一下脖子。在這同時，那個草莓色卷髮女孩消失了，變回先前那個黑髮女孩。「這樣，沒問題了吧？」

「妳為什麼跟蹤我？」維克多問道。

「我有好處，」瓊恩說道：「而且也不是只有我一個。城裡有一個特異人很想見見你。或許你聽說過她。」

瑪賽拉．瑞金斯。

目前把梅瑞特當成私人遊樂場的那個特異人。

那個克服一切困難還沒有把她自己燒掉的特異人。

「我明白了，」維克多緩緩說道：「所以妳只是一個傳話的。」

瓊恩的臉上閃現一絲怒意。「才不是。」

「那麼為什麼，」他問道：「我會想見瑪賽拉？」

瓊恩聳聳肩。「好奇？反正你也沒什麼好損失的？又或者——也許你會看在雪德妮的份上。」

維克多臉色一暗。「這應該是在威脅嗎？」

「不是，」瓊恩說道，而就這一次，她的語氣沒有捉弄，不帶惡意。她的表情坦然，誠實。她沒有變臉，但其差異同樣驚人。「我真的關心那個女孩會怎麼樣。」

「妳根本不認識她。」

「每個人都有祕密，維克多。即使是我們親愛的雪德妮也有。你以為我今天怎麼會在梅瑞特中央醫院找到你的？她為你著想，你也應該為她做同樣的事。我知道你病了。我見過你死去。而且，我們兩人都知道雪德妮還有很長的一輩子要走。你不在旁邊保護她的時候怎麼辦？」那份真誠不見了，又變回嘴邊的狡意，眼底的狡猾光彩。「她是一個力量很強的女孩，我們的雪德妮。你死之後，她需要同盟，而我們兩人都知道你已經殺死了她的第一選擇。」

維克多低頭看自己的酒杯。「那麼，那就是瑪賽拉的用意？同盟？」

「瑪賽拉，」瓊恩意有所指地說道：「力量很強大。」

「她的異能究竟是什麼？」

「你自己來看吧。」

瓊恩把那本破書與筆抓過去。

「明天，」她說著，一面在封面裡寫下細節。「而且你要知道，」她站起身時又補上一句。「瑪賽拉提出邀請的時候，她只會說一次。」她把書推還給他。

「別浪費了。」

5

前一晚

第一白宮

電梯往上升時，瓊恩輕輕哼著歌。

到了最高層，她發現兩個穿深色西裝的人站在頂樓公寓門口。他們是新人，其中一人還不甚明理，她經過的時候竟想攔住她。

「妳以為妳要去哪裡？」

瓊恩低頭看抓住她肩膀的那隻手。她再抬頭看那個人的時候，她已經變成他，連長毛的指節以及青春痘疤痕都一樣。

「我愛去哪就去哪，」她說道，低沉的聲音裡露出她特有的腔調。

那個警衛像燙到一樣抽開手。

「我……對不起，」他說道，臉上閃現真正的懼色。那——可是令人愉快的改變。她見到過驚訝、震驚，甚至有一兩次敬畏，卻從來沒有這麼簡單的懼怕。他們不知道她是誰，但是知道是什麼。一個特異人。那很明顯地把他們嚇得屁滾尿流。

也許瑪賽拉說得對。也許應該躲躲藏藏的不是特異人。

「不必擔心，」瓊恩愉悅地說道，同時再變回深色頭髮的女孩。「只是個無心之過。」

他們慌忙把門打開，她走進寓所，有一點驚奇自己竟有一種回來了的奇特安慰感。

我們真的需要一隻狗，她想著。一個妳回家時會迎接妳的東西。

她走進寬敞的起居室，強納森癱坐在皮沙發上，雙手按著眼睛。

「強尼男孩，為什麼這麼悶悶不樂？」她放慢腳步，看到地板上有一大灘紅褐色的汙跡。

「好吧，那是新的。」

「是呀，」強納森抬眼說道：「她挺忙的。」

「我看得出來。我們這位大無畏的領導人今天晚上在哪裡呢？」

強納森沒有回答，沒有需要回答。瑪賽拉的聲音從辦公室裡傳出來。

「我為什麼要花？」

「是百合花，」一個男人說道：「我以為那是很高雅的桌上裝飾。」

「我就是很高雅的裝飾。」

「如果沒有東西讓空間軟化一點，恐怕看起來會太嚴肅。」

「這是一個新時代的開始，」瑪賽拉斷然說道：「不是他媽的甜蜜十六歲舞會。把它們拿掉。」

那個人遲疑著。「……如果妳確定……」

瓊恩聽見含意很清楚的鞋跟輕敲大理石地板聲。「好吧，也許你確實比較知道……」然後一陣腳步拖行聲，一個驚恐吸氣聲，瓊恩走進門，正看到那個人在瑪賽拉的手中變得粉碎。

「噢，我懷念這個，」瓊恩愉快地說道，此時那個人的殘骸落到地板上。她打量著那一堆灰渣，上面點綴著一點破絲布與一個銀袖扣。瑪賽拉燒得越來越熱，越來越快，而且——就瓊恩所知——她還沒有發現自己的極限。

瑪賽拉往後靠著辦公桌，拿起一塊布擦擦手。「我向來很討厭重複。」她抬起目光。「妳不是應該看著我們新來的人嗎？」

「當了整天保姆已經受夠了，」瓊恩說道：「我已經傳達了妳的訊息。」

「然後呢？」

「他是很難預測的人，但是我想他會來。」

「我當然希望如此，」瑪賽拉說道：「我真的很高興妳及時趕回來。」

「回來做什麼？」瓊恩問道。

瑪賽拉遞給她一張卡片。

瓊恩接過卡片翻過來看，目光飛快掠過上面。她搖搖頭，感到既困惑又有趣。「老天，瑪賽拉，有沒有人跟妳說過，妳已經完完全全瘋了？」

瑪賽拉噘起嘴。「有幾次，」她說道：「男人喜歡針對有野心的女人，那是一種侮辱。可是妳難道忘記了嗎，瓊恩——這可是妳的主意。」

「那是在說笑，妳也知道的。」瓊恩把卡片拋開。「妳把那個寄給了多少人？」

瑪賽拉用手指數著。「市長、警察局長、地方檢察官、特觀組主任。」她擺擺手。「還有本市幾百個最有權勢——好吧，從前最有權勢——的人。」

瓊恩難以置信地搖搖頭。「這麼引人注意可是非常糟的主意。妳把自己當成了槍靶。」

「那靶心早就存在了。妳沒有注意到嗎？他們不管怎麼樣都會找上我們，瓊恩，而如果我們躲起來，永遠都不會有人知道我們存在。所以讓他們看見我們吧。讓他們看看我們能做什麼。」瑪賽拉露出微笑，一個燦爛的誘惑性笑容。「承認吧，瓊恩。妳有一方面也想站在陽光下。不再逃跑，不再躲藏。」

瑪賽拉不明白瓊恩永遠都在躲藏。但那個女人說對一件事。

別人會試圖讓瓊恩屈服，試圖破壞她。試圖讓她覺得渺小。

或許應該是讓他們明白他們自己多渺小的時候了。瓊恩永遠無法做自己，不是從前的她，但她可以做某人。她可以讓人看見。

而當特觀組來的時候，好吧，他們逮不著她。

事實上，那只剩下一個問題。

她要變成誰呢？

6

最後一天早上

梅瑞特

雪德妮跪倒在冰上。

她試著跑開，但艾里抓住她的外套領子，把她往後拉。

「好吧，雪德妮，」他說道：「讓我們把事情做個了結。」

她坐起身，掙扎著吸氣。

雪德妮不記得自己睡著了。她半個夜裡都輾轉反側，很不安穩。不是因為金斯理——她五年來已經習慣換新地方。是因為維克多——或者應該說，因為他不在。

這個公寓沒有他就感覺起來不對勁，太空蕩。

他有一種佔據空間的本事，即使他開始動作像幽靈般，來來去去的，但從來不曾保持離開狀態。總會有一根線把他與雪德妮連結在一起，而每次他出去到很晚，她都會躺在床上感覺到那根線在線軸上抽開，等他回來時就收緊了。

但維克多昨天晚上沒有回來。

道蒙是一個陷阱，維克多差一點困住。他脫身了，要等到安全的時候才回來。他脫身了——

雪德妮知道他有幫手。她再檢視一下手機，看到昨天晚上的訊息。

雪德妮：謝謝妳。

瓊恩：應該的。;)

雪德妮下了床，晃到房間外面，發現米契在桌前把兩根電線扭在一起，然後放進一個小黑盒子裡。雪德妮總是很驚訝他那雙大手竟然能做這麼精巧的工作。

「那是什麼？」她問道。

米契微笑著。「只是預防，」他把那個裝置拿起來說道。她發覺自己從前看過，或者看過類似的東西，每次她與米契以及維克多玩遊戲屋時都會在門口的角落裡看到它們。

「他有沒有打電話來？」

米契點點頭。「今天早上，」他說道：「等他一回來，我們就離開。」

雪德妮的胸口一緊。她不能離開梅瑞特。還不行。不能在她試著——

她躲回自己的房間換衣服，穿上靴子與飛行員夾克，然後走到梳妝台前，那個小紅罐子就藏在那裡。她把罐子塞到夾克口袋裡，再走進客廳，繼續朝前門走去。

「走吧，度兒，」她喊道。

那隻狗懶洋洋地抬起頭。

「雪德妮，」米契說道：「我們得待在室內。」

「可是牠需要散步，」雪德妮抗議著。

度兒倒是似乎並不興奮。

「我稍早已經帶牠去過屋頂了，」米契說道：「這裡的園丁不會高興的，可是也只能這樣。很抱歉，孩子。我也不喜歡關在這裡，可是外面不安全——」

雪德妮搖搖頭。「如果特觀組知道我們在哪裡，就會已經來找我們了。」

米契嘆一口氣。「也許。可是我不願意冒險。」

他的語氣平穩，帶著嚴厲的決心。雪德妮咬著嘴唇，考慮著。米契從前從未阻止她離開，不曾動到手。她懷疑他會那樣。

她不想逼得他動手。她嘆一口氣，把外套脫掉。

「好吧。」

米契神情放鬆，可以明顯看出他鬆一口氣。「好吧。我開始做午飯。妳餓了嗎？」

雪德妮微笑著。「向來如此，」她說道：「我要先去沖一個澡。」

米契已經去廚房打開爐子，她溜到門口，又把外套穿上。她直接經過浴室，走進米契的房間，將窗戶拉開，度兒跟著她啪嗒啪嗒走進來。

「留下，」她細聲說道。

狗狗張開嘴彷彿要叫，但只是伸出舌頭。

「乖孩子，」她說道，一面把腿跨到窗台上。「保護米契。」

雪德妮正要爬下消防逃生梯，卻又猶豫起來，掏出總是隨身攜帶的那張撲克牌——維克多很久以前撿起來，然後偷偷塞到她的手裡。

黑桃國王。

那張紙牌已經舊了，塞在褲袋裡面五年，邊緣磨損，中間有一道摺痕。

他們玩的一種遊戲是人頭牌表示自由。

雪德妮告訴自己，她沒有犯規——而且就算有，好吧，也不是只有她一個。

她把那張撲克牌放在地板上，然後在背後關上窗戶。

7

最後一天早上
梅瑞特市區

維克多站在街上，偷來的那本平裝書在手上翻開拿著。

他在酒吧裡逗留到午夜過後，才去附近一家汽車旅館入住，是那種顯然不想引警察注意的地方。在吱喳作響的彈簧床上翻來覆去幾小時之後，他又爬起來，走了三十四條街口穿過梅瑞特市中心區，來到瓊恩在舊書封面裡寫的地址所在。

亞歷山大廣場119號。中午12時。

哪兒不好選，她選了一間畫廊。隔著人行道邊的大玻璃窗，可以瞥見裡面的畫作。現在將近中午，維克多還沒有決定要不要進去。

他在心裡衡量著選項，以及瓊恩說的話。

這很可能又是一種陷阱。也可能是一個機會。但最終還是純粹出於好奇心，驅使他走向前。想看看那個有辦法逃出特觀組羅網的特異人，那個堅守立場而不逃跑的女人。

維克多穿過馬路，爬上三級矮台階，走進白廳藝廊。

裡面比從外面街上看起來大——一列寬敞空蕩的房間，中間以拱門連接。牆上點綴著抽象畫作，白色上面襯著一塊塊色彩。維克多穿著黑衣，覺得自己像弄灑的墨水，在街上的人群間很容易混過去，可是在這種光禿禿的環境中就太過明顯。於是他也懶得嘗試融入，不必假裝在欣賞藝術，只是開始尋找瑪賽拉。

有稀稀落落幾個男女散布在房間哩，但都不是真正的顧客。維克多看見他們合身的西裝下露出槍套，手指按著手提包的開口處。雇來的槍手，他想著，不知道瓊恩是否藏在其間。他沒有看到有誰像是她。

但他倒是找到了瑪賽拉。

她在最大的那間展覽室，臉轉向別的地方，黑髮梳起來，兩邊肩胛骨中間的絲質襯衫領口低陷。然而，他知道那就是她。不是因為他看過她的照片，而是因為她的站姿，帶著獵食者才有的輕鬆優雅。維克多習慣當一個屋子裡最強的人，見到別人也有那種自信，令他感覺既熟悉又不安。

房間裡不是只有他們兩個人。

一個穿黑西裝的瘦子靠在兩幅畫之間的牆上，油亮的黑髮往後梳，眼睛被太陽眼鏡遮住。白色牆壁使得展覽室亮得很不自然，卻又沒亮得需要太陽眼鏡——表示眼鏡另有用途。

「我從來不懂藝術，」瑪賽拉若有所思地說道，聲音大得讓維克多知道她是在對他講話。

「我去過上百間藝廊，瞪著上千幅畫，等著讓自己受到啟發或者打動或者迷戀——但我真正只有一種感覺，就是無聊。」

就在維克多看的時候，她伸手用一隻金色指甲按著一幅畫的表面。在瑪賽拉的觸摸之下，帆布開始腐爛破碎，變成一片片飄落到地板上。

「別擔心，」她說著轉動一隻高跟鞋金屬跟讓身子轉過來。「這棟樓是我的，裡面的所有東西也是我的。」她揚起一眉。「除了你之外，當然。」她快速瞄他一眼。「你喜歡藝術嗎，韋勒先生？我丈夫喜歡。他一直喜歡漂亮東西。」瑪賽拉抬起下巴。「你認為我漂亮嗎？」

維克多打量著她──婀娜多姿的肢體，鮮紅的嘴唇，濃密的黑睫毛襯托著藍眼睛。他的目光轉向地板上毀損的畫作，再轉回來。「我認為妳很有力量。」

瑪賽拉笑起來，顯然很喜歡這個回答。

維克多感到背後有隱約的動作，他回頭望過去，看到又有一個男人進入展覽室，那個人留著山羊鬍，帶著促狹的笑容。

「我相信你已經見過瓊恩，」瑪賽拉說道：「和她的某一種身形。」

那個男人擠一下眼，眼中帶著一看即知的光彩。

「還有這位是強納森，」瑪賽拉說道，手指比一下那個靠牆站的瘦男人。

強納森沒有答話，只是微微點一下頭。

「所以，」維克多說道：「妳不蒐集藝術品，而是蒐集特異人。」

瑪賽拉的紅唇綻開笑容。「你知道我小時候的志願是什麼嗎？」

「總統？」

她的笑容綻得更開了。「擁有力量。」她朝他走過來，鋼鞋跟喀喀敲著大理石地板。「想想看，其實那是每個人都想要的。曾經，力量是由家系決定——血脈年代。然後是由金錢決定——黃金年代。可是我認為現在應該是一個新時代，維克多。由力量本身決定。」

「讓我猜猜看，」維克多說道：「我不是支持妳就是反對妳。」

瑪賽拉口中嘖嘖出聲。「真是黑白分明的想法。我發誓，男人都太忙著找敵人，很少記得要交朋友。」她搖搖頭。「我們為什麼不能一起工作？」

「我獨自工作。」

瑪賽拉了然地抬起眉毛。「這個嘛，我們兩人都知道那不是真的。」

維克多瞇起眼睛，可是沒有說話。瑪賽拉似乎很樂意主宰場面。

「金錢放在對的人手裡可以得到各種東西。知識。洞察力。艾里·艾偉與梅瑞特警方合作時期的檔案，也許。他與賽蕊娜·克拉克是天造地設的一對，但我想你跟她的妹妹雪德妮得到更好的交易。」

維克多姿態未變，但房間另一頭的瓊恩身體一僵，臉上血色盡失。「瑪賽拉——」

但那個女人舉起一隻手，金色指甲反映著光線。

「我聽說過你的能力，」她繼續說道：「我想親眼看看。」

「妳要我試鏡？」

她嘴唇一癟。「隨你怎麼說。我已經讓你見識過我的了。就此而言，還有強納森的。還有瓊恩的。我認為這才公平……」

維克多不需要進一步催促。他手指朝那個穿西裝的瘦男人彈一下，以為那個人會立刻彎下腰——沒想到反之他前方的空氣閃發藍光與白光，近乎放電一般。而除此之外，什麼都沒有發生。奇怪。維克多可以感覺到那個人的神經，就像先前他試著觸及一樣，可是就在那一瞬間，就彷彿出現短路，幾乎像閃電想襲擊卻轉入地下。

一片力場。

瑪賽拉笑起來。「噢，抱歉。我應該先說的，強納森碰不得。」她環視四周。「來幫忙吧？」

她才剛拉高聲音，房間就開始有人湧入。維克多稍早經過的六個男女走了進來。

瑪賽拉微笑著。

「我有獎賞，」她說道：「看誰能讓這個人跪下去。」

一時之間，沒有一個人動。

然後，每個人都動起來。

一排人朝他衝過來，維克多抓住他們的神經用力一揪。一個人尖叫著倒下，維克多又把跟著過來的另外兩個人擺平，然後轉向一個拔刀的女人。

維克多的手指像指揮家一樣動一下，她也倒下了。

他旁邊的第五個人痛得彎下腰，第六個人想伸手拿槍——維克多把他逼得手貼趴到大理石地上，繼續調高轉盤，直到六個人全都倒在地上扭曲抽搐。

他迎視瑪賽拉的目光，等著她說夠了，命令他住手。等著看到她有任何不安的跡象。但瑪賽拉只是看著場面展開，藍眼睛發亮，完全不為所動。

在這之前，她讓維克多聯想到賽蕊娜，彷彿期望全世界都臣服於她的意志。

可是就在此刻，她讓他聯想到艾里。她那雙熱切發亮的眼睛，盤繞起來的能量，還有那種信念。

維克多已經看夠了。

他把力量轉向瑪賽拉。這不是細微的施壓，而是突然的猛力一擊，強得足以激動神經，擺平身體。她應該當場倒下，像死屍蜷縮在冰冷的大理石地板上。反之，瑪賽拉驚訝地吸一口氣，強納森的頭幾乎無法察覺地朝她彈一下。也就在同時，空氣爆裂，瑪賽拉周圍的空氣充滿與先前防護住強納森一樣的藍白色火花。

維克多明白了自己的錯誤。瑪賽拉不只是如他所猜像艾里那樣。她那不尋常的自信是一種源於刀槍不入的傲慢。儘管那是借來的。

維克多鬆開對室內其他人的控制，任他們躺在地板上喘氣。

瑪賽拉噘起嘴，防護盾閃滅。「那可不太有運動精神。」

「請原諒我，」維克多冷冷答道。「我想我玩過頭了。」他看看地上的男男女女。「我猜我搞砸了妳的測試。」

「噢，我可不覺得。你的表現很……有啟發性。」

瑪賽拉取出一個硬硬的白信封。

瓊恩接過卡片，將它遞給維克多。

「這是什麼？」他問道。

「一張請帖。」

他們站在那裡一秒鐘，誰都不想背對著另一方。

最後瑪賽拉綻開笑容。「你可以自己出去，」她說道：「可是我真的希望我們會再見面。」

維克多最不想的就是這個，但他有種預感，他們還會再見。

✦

「好吧，」瑪賽拉說道，目送著維克多離開。「那可真讓人大開眼界。」

自從瑪賽拉提到雪德妮之後，瓊恩沒有說過一句話，無法確保自己會說出什麼。這時候她清一下嗓子。

「妳仍然覺得他可以派上用場嗎？」

「毫無疑問，」瑪賽拉說道，一面取出手機。

「我要跟蹤他嗎？」

「不需要。」瑪賽拉按下一個號碼。「我看夠了。」有人接了電話，瑪賽拉說道：「他住在金斯理，十五樓。可是現在，他在亞歷山大街上往西走。祝你狩獵愉快，約瑟夫。」

瓊恩的胃往下一沉。

瑪賽拉怎麼會已經知道他們住在哪裡？知道雪德妮住在哪裡？

她冷冷看一眼瓊恩。「妳不會以為只有妳會留意細節吧？」

瓊恩喉頭乾嚥一下。「妳想怎樣對付維克多都可以，但是雪德妮不包括在內。」

「也許她本來不會，」瑪賽拉意有所指地說道：「如果妳把那個女孩的能力真相告訴我，沒有自己保留的話。」她輕蔑地朝門口揮一下手指。「去吧。看看妳能不能趕在他們前面找到她。」

8

前一天早上
金斯理大樓

「雪德妮！」米契喊道，同時把平底鍋裡的烤乳酪翻一下。

她沒有回答。

那種不祥的感覺，在來梅瑞特的路上就有的感覺，開始具體化，從一般的恐懼感變成某種特定的東西。像是一種模糊的初步病徵突然惡化成流行感冒。

「雪德妮！」他又喊一遍，把平底鍋從爐子上移開以免燒焦。他朝浴室走去，然後腳步放慢，注意到門是開著的。雪德妮的房門也是開著的。

他自己的房門也是。

米契瞥見門口有一根黑尾巴心不在焉地搖著，然後發現度兒趴在他的房間地板上，臉朝窗外，嚼著一小張紙。

米契跪下去，把紙從吐著舌頭的狗嘴裡挖出來，看到上面的王冠，側臉的輪廓。那是一張人頭牌。

黑桃國王。

米契站起身，已經開始撥雪德妮的手機號碼。電話響了又響，可是沒有人接。他咒一聲，正要把電話扔到床上，它在他的手上響起來。

米契接起電話，心裡祈禱是雪德妮。

「打包，」維克多命令道：「我們要離開了。」

米契發出不安的聲音。

「什麼事？」維克多問道。

「雪德妮，」米契說道：「她不在這裡。」

一個短短的吐氣聲。「哪裡？」

「我不知道。我在做午飯，然後——」

維克多打斷他的話。「去找她就是。」

✦

雪德妮站在人行道上，仰頭看著。

五年前，「獵鷹展值」還是一個建築工地，夾板圍籬內處處是鋼筋水泥。現在，高聳在她眼前的是一棟閃亮的玻璃鋼塔。那天晚上所有的犯罪證據都已藏在新鋪好的水泥、石牆與灰泥底下。

她不知道自己期待找到什麼。或者期待感覺到什麼。一個鬼魂？她姊姊殘留的一點痕跡？但是此時雪德妮來到這裡，她只能看見賽蕊娜翻著白眼嘲笑這個念頭。

雪德妮跪下去，伸手往背包裡取出自己攜帶這麼久的祕密。她轉開紅色金屬罐的蓋子，掀開裡面的一塊布。這是五年來第一次，雪德妮讓自己的手指摸過這些覆著灰的碎骨。手指關節。一片肋骨。一小塊髖骨。這就是賽蕊娜・克拉克僅存的全部。僅存的全部——除了還可能留在這裡的什麼東西。

雪德妮把骨片放在裹布上面排好，留下缺失部分的空間，用想像的線條畫出其他骨頭應該在的位置。

她顫巍巍地深吸一口氣，正要將手放在殘骨上面時，她的手機響了，高尖的聲音劃破寂靜。真蠢。她應該把它關掉的。如果她已經開始了，如果她的手與心思已經突破殘骨的時候鈴聲響起，雪德妮可能就會失去那條線，可能錯失她唯一的機會。毀掉一切。

她從口袋裡掏出手機，看到顯示幕上米契的名字在閃爍。雪德妮關掉手機，把注意力轉回姊姊的骨頭上。

9

最後一天下午

特觀組

「你是什麼意思，運送計畫？」

杜明尼正在置物櫃室，扣著制服襯衫的釦子，何茲衝進來，面容發亮。他終於獲派出勤任務。或者應該說，運送任務。

「他們要把史泰爾的獵犬放出去了，」他說道。

老杜的胸口一緊。「什麼？」

「艾里．卡戴爾。他們要把他從籠子裡放出來——去追那個瘋狂的黑幫老婆，殺死巴拉的那個女人。」

老杜站起身。「他們不會的。」

「噢，他們要放，」何茲說道。

「什麼時候？」

「現在。主任下的命令。他要親自處理，可是城裡有一個大行動失敗了——另外一個特異人——史泰爾剛剛大發脾氣。他離開之前，叫我們要開始準備拔除……」

但老杜仍在驚訝先前聽到的話。「另外一個特異人？」

「是呀，」何茲說著從牆上取下一套黑色霧面盔甲。「那個神祕的傢伙，殺了很多其他特異人的那個人。」

老杜覺得口乾舌燥。

「這種機率有多高？」何茲若有所思地說道：「一天之內有這麼多讓人興奮的事。」

何茲繫好裝備，轉身要走，可是杜明尼抓住他的手臂。「等一下。」

那名士兵皺眉看著老杜抓住他袖子的地方。可是老杜能說什麼呢？他能做什麼呢？他無法阻止這個任務——他只能警告維克多。

老杜勉強放開手。

「只是要小心，」他說道：「別像巴拉一樣的下場。」

何茲綻開像狗一樣的開心笑容，然後離開了。

杜明尼數到十，然後是二十，等著何茲的腳步聲消失，等到周圍只聽到他自己的怦怦心跳。然後他走出置物櫃室，右轉走向史泰爾的辦公室——整棟建築裡面只有那裡有電話。

他的步伐保持平穩，腳步輕鬆——但是每往前走一步，老杜知道自己是往一條單行道走得更遠一步。他在主任的門口停下來。回頭的最後機會。

老杜推開門，走了進去。

維克多知道有人跟蹤。

他感覺到他們腳步的重量，感覺他們的注意像一種牽引力。一開始他以為是瓊恩，或者是瑪賽拉的普通人保鑣，可是他們的腳步變快，一個人的聲音變成兩個人，維克多開始懷疑另有出處。他本來是要直接走回金斯理，現在改往左轉，穿過梅瑞特城裡有很多餐廳與咖啡館的街區。

他口袋裡的電話響了。

他不認得那個號碼，但仍毫不放慢腳步地接聽電話。

「他們在找你，」杜明尼說道，聲音壓低，口氣急切。

「好，」維克多說道：「謝謝你警告。」

「還有更糟的，」老杜說道：「他們要放艾里出來。」

這句話像刀子精準地刺入維克多的肋骨之間。

「來抓我？」

「不是，」老杜說道：「我想實際上是要抓瑪賽拉。」

維克多暗咒一聲。「你不能讓那種事發生。」

「我要怎麼樣阻止？」

「想辦法，」維克多說完就掛斷電話。

他可以感到他們緊追在後。聽見汽車關門的聲音。

維克多過馬路走進附近一座公園，裡面步道縱橫，還有小販推車，寬敞的草坪，到處都是中午出來曬太陽的人。他沒有回頭看。他沒辦法在人群中挑出追捕他的人，還不行。人多對他們有利，但也可能對他有利。

維克多加快腳步，讓步伐透露出一絲急切感。

追上來吧，他想著。

他聽見一組腳步聲加快，顯然預期他會跑起來。維克多原地轉身。

他循原路穿過人群，又開始往反方向走，逼那些追捕的人不是要停步退開，就是繼續幻想朝他走過來。

沒有人停步。

沒有人退後。

通常別人都會讓路給維克多，注意力像水流繞過石頭似地轉向。可是此刻，在交集的慢跑者、慢走或漫步的人群中，有一個人仍然在直視著他。

那個人很年輕，穿著便服，可是步伐像軍人，而他們兩人目光一接觸，那個年輕人的臉上就一陣緊張。他拔出槍，可是武器剛舉起來，維克多就手指一彈，用力抽動一根隱形的繩子，那個人就雙膝跪地，槍從手中滑落。維克多繼續走著，人群紛紛轉向，半是擔心那個人在尖叫，半是害怕看到公園路上出現的武器。

一陣混亂爆發，維克多趁亂往左走上一條不同的路，對準公園靠街道的那邊。走到半路，又有一個人朝他急行過來，一個深色短髮的女人。

她沒有拔槍，但一隻手摀著耳朵，嘴唇在動。

一群自行車騎士從轉彎處衝出來，維克多搶在他們經過之前橫穿過去，疾行的自行車陣恰好給了他足夠時間從兩輛推車之間走過去，離開了公園。

維克多快速行動，穿過來往車子，走上一條小街，幾秒鐘後就有一輛沒有牌號的廂型車在另一頭路口轉彎，朝他直直開過來。他連結到掌方向盤的那個人，將轉盤調高，直到那個駕駛失控，廂型車急轉撞上一根消防栓。維克多聽見更多腳步聲，還有無線電的靜電雜音。他鑽進最近的地鐵站，跳過旋轉門，一步兩級跑下樓，奔向下方進站的列車。

他跑到月台盡頭，但並沒有上車，而是越過攔阻行人的柵欄，進入隧道口，身體貼著洞壁，列車鈴聲響起，車門嘶嘶關上。

一個男人來到月台，及時看見列車駛開。

維克多留在隧道內，看著那個人掃視車廂，兩手扠腰，黑色髮際帶著灰白。

史泰爾。

即使過了五年，維克多仍立即認出他。他看著那位前任警探終於轉開身，衝回樓梯上面。

維克多知道自己應該再試著回金斯理去——可是首先，他需要跟特觀組主任講幾句話。

下一班車進站，維克多溜進人群，跟在史泰爾的後面。

10

最後一天下午

特觀組

老杜瞪著史泰爾的那一排電腦顯示屏。

想辦法。

他的腦子像輪胎陷入泥濘，拚命想找起重裝置。他的注意力從辦公桌轉到門口，再轉到對面牆上的監視攝影畫面。那裡，在右上方，三名全副武裝的士兵走過一條白色廊道。另外一個窗口，艾里．卡戴爾的熟悉身形坐在那裡等著。

他媽的。

老杜轉回來看史泰爾桌上的三組顯示幕。他對駭入電腦的基本作法都不知道。

但是他知道有人知道。

電話鈴響第二聲米契就接了。「哪一位？」

「米契，我是杜明尼。」

一陣腳步移動聲。「現在不方便講話。」

史泰爾辦公室外面的廊道上響起腳步聲。老杜把手機貼在胸前，屏住呼吸。等聲音過去之後，他拿起電話快速講著。「抱歉，可是是維克多命令我的。」

「我們不都是嗎？」

「我需要駭進一部電腦。」

那一端響起拉拉鍊的聲音。「哪一種？」

「特觀組用的。」

線上安靜下來，老杜以為米契是在思考，然後他聽見開關聲，電腦啟動聲。「什麼樣的加密？」

「沒有概念。」他把電腦畫面叫出來。「只是一個密碼顯示幕。」

米契發出搗嘴的笑聲。「公務員哪。好吧，完全按照我跟你說的做……」

他開始說一種外國話——總之，聽起來像是——但老杜按照他說的做，經過痛苦的三分鐘後，顯示幕上出現綠色的「允許進入」字樣，他進去了。

老杜掛上電話，喚出檔案夾，每個上面都標示著一個牢房號碼。特觀組的其他每一部電腦也都有這樣的檔案，而其他每一個檔案名稱開始都是「一號牢房」。

但史泰爾的電腦上還有另外一個選項——「零號牢房」。

老杜打開驅動程式，艾里・艾偉——艾略特・卡戴爾——出現在顯示幕上，坐在牢房中央的一張桌子前面，翻閱著一個黑色檔案夾。老杜輸入密碼，他的目光變敏銳，注意力集中，就像出勤時那樣。時間似乎慢下來，所有事物都退開，只剩下顯示幕、指令，以及手指在鍵盤上移動的聲音。

第二個窗口出現，上面是牢房區封鎖控制、掃描光線與溫度紀錄，還有警衛、緊急狀態與封鎖。

杜明尼不能阻止特觀組把艾里放出去，但是可以讓他們速度變慢。他正要輸入米契給他的密碼把整個牢房封鎖的時候，背後有人輕咳一聲。

老杜猛然轉身，看見里歐斯探員站在那裡，面無表情。他沒有時間猜想她是從哪裡進來的，連跳出時間——進入安全的暗影中——的時間都沒有，里歐斯已經用電擊棒刺到他的胸部，老杜的世界變成一片空白。

✦

艾里越來越煩躁了。

在等著史泰爾的時候，他再把黑色檔案夾內的圖片掃視最後一遍。

主任已經把計畫講得很清楚——艾里將由人護送離開這座監獄，一路都有警衛監視，完成任務之後再回到他的牢房。如果他任何時候以任何方式不服命令，就會改送到實驗室，在那裡接受解剖度過餘生。

那是史泰爾的計畫。

艾里自有計畫。

牆外響起腳步聲，他把檔案放下，站起身，以為會像往常一樣見到史泰爾。反之，他看到一隊特觀組士兵，穿得一身黑，臉孔被光滑密封的面具遮住。即使面甲拉起來，也只看得見他們眼睛，一雙綠色，一雙藍色，一雙褐色。

「這麼小題大作，」綠眼睛打量著他，口中嘀咕道：「在我看來沒那麼危險。」

「噢，」艾里穿過牢房說道：「外面有的特異人比我危險得多。」

「可是他們殺了多少人？」藍眼睛問道：「我猜比你少。」

艾里聳聳肩。「看情況。」

「看什麼？」褐眼睛問道──聲音聽起來是一個女人。

「看你是不是把特異人當作人，」艾里說道。

「夠了，」藍眼睛說道，然後朝牆這邊走過來。「我們走吧。」

艾里站著不動。「史泰爾主任在哪裡？」

「正在忙。」

艾里懷疑史泰爾會把這麼一個需要小心處理的工作交給別人──除非真正有急事要處理。

或者是一個人。

史泰爾可能已經找到維克多了嗎？

擦身而過，艾里陰鬱地想著。但他此刻擔心不起維克多．韋勒的事。

「牢房裡的，」藍眼睛命令道。「來隔間這裡，把兩隻手伸進窗孔。」

艾里照做，感到沉重的金屬手銬扣住他的手腕。

「現在轉過身去，背對著窗孔，然後跪下。」

艾里遲疑著。那不合常規。他小心翼翼地照做，以為會有一個黑色頭套罩在他的頭上。反之，一個冰冷的金屬東西環繞著他的脖子套起來。艾里一陣緊張，強忍著退開的衝動，讓那鋼圈套住脖子。

「獵犬要有一個項圈，」藍眼睛說道。

艾里站起身，用手指摸著金屬圈。「這是什麼？」

褐眼睛舉起一個小遙控器。「別以為我們會不用鍊子就放你出去……」

她按下一個鈕，一個很高的聲音，像一聲警告，在艾里的耳中響起，然後一陣痛楚刺穿他的後頸。艾里的視野泛白，身體彎了下去。

「於是他就倒下去了，」他跌到地板上時，藍眼睛說道。

金屬刺插入他的脊椎之間，艾里不能動彈，什麼都感覺不到。

「好了，參孫，」綠眼睛說道：「我們得按行程走。」

那個聲音再度響起，金屬刺收回去。艾里喘著氣，胸口鼓起，脊椎癒合起來，四肢恢復感覺。他撐起身子趴跪在地上，然後站起來。只有地板上一小灘血可以顯示他們剛才做了什麼。

褐眼睛揮揮遙控器。「如果你想逃走，如果你想攻擊我們——見鬼，如果你惹毛我們——我就會把你擺平。」

艾里打量著那個士兵手上的小遙控器，猜想著是否只有那一支。

「我為什麼要那麼做？」他說道：「我們是同一邊的。」

「是哦，當然，」綠眼睛說道，然後把一個頭套從窗孔塞過來。「把這個戴上。」

艾里眼睛看不見，雙手綁著，手臂各被一名士兵抓住，讓他們帶著穿過門，走過廊道。他感到地面從水泥變成油布氈，然後又變成柏油。空氣也變了，微風吹過他的皮膚，他真希望摘下頭套，希望看見天空，呼吸新鮮空氣。但是沒有時間。又走了幾呎之後就停下來。他們讓艾里轉身，推過去背靠著一輛廂型車的金屬車身。

車門打開，他被半拖著進入廂型車的後面，然後被有點大力地推到靠著車壁的鐵凳上。一根皮帶繞過他的腿束起來，然後又一根束著他的胸部。他的手銬被鎖在他兩膝之間的凳子上。那些士兵爬上車，門關上，廂型車的引擎發動，離開了特觀組。

頭套底下的艾里露出笑容。

他戴著手銬與項圈——卻離自由更近一步。

11

最後一天下午

獵鷹展値

兩年前，米契曾教過雪德妮關於磁鐵的事情。

他們花了一整天測試磁鐵的作用，相吸與相斥。雪德妮原來一直以為磁鐵的力量就是吸引力，卻訝然發現還有排斥力量。即使是小小一片都能產生很大的排斥作用。

現在她感到那種同樣的排斥力，手指在姊姊的骨頭上懸浮著。

雪德妮想憑意志將手放下，心中卻有一股力量把它推回去。

她為什麼做不到？

雪德妮一定要讓賽蕊娜復活。

她是她的姊姊。

但家人並不一定有血緣關係。

瓊恩曾經那麼說過——瓊恩，她從未出賣過雪德妮。瓊恩，曾經保護過維克多。但她不是賽蕊娜。

而且如果特觀組現在在追他們，賽蕊娜就可以幫忙。賽蕊娜可以做到任何事情。可以讓別人做任何事。

那起初是很可怕的力量——可是萬一賽蕊娜復活的方式錯了，那會有多糟呢？萬一碎裂了，破了，那種力量會像什麼呢？

長久以來，雪德妮一直以為自己害怕失敗，害怕自己會失手，弄掉那些線絲，那樣也就失去了救活賽蕊娜的唯一一次機會。

可是雪德妮瞪著姊姊的骨頭越久，就越發覺——她也同樣害怕成功。

她為什麼等了這麼久？真的是因為她認為一定要在這裡做嗎？認為回到最初切斷的地方，連結才會最強嗎？

還是——因為那給她一個藉口等下去？

因為雪德妮害怕再見到姊姊。

因為雪德妮還沒準備好面對賽蕊娜。

因為即使能夠做到，雪德妮也不確定自己是否應該讓姊姊復活。

淚水模糊了她的視線。

她突然悟到，在每個噩夢中，賽蕊娜從來沒有一次救過她。她在那裡……在結冰的河岸，等著，看著艾里跟著雪德妮走過冰面。看著他把她摔到冰凍的河面。看著他雙手掐住雪德妮的脖子。

那天晚上賽蕊娜沒有開槍射雪德妮。

但是她也沒有阻止艾里對她開槍。

雪德妮想念姊姊。

但她想念的是賽蕊娜愛她保護她的那種版本，讓妹妹感覺安全與受到注意的版本。而那個賽蕊娜已經死在冰冷的河裡，不是火中。

雪德妮的手指終於落下，放在賽蕊娜的骨頭上。但她沒有伸到後面，沒有開始搜尋那根遊蕩的線。她只是把它們用那塊布裹起來，再放回紅色金屬罐內。

她撐起身子站起來，兩腿在發抖。

雪德妮把罐子塞到口袋最裡面，碰到槍的時候聽見金屬相碰的聲音。在另一個口袋裡，她的手指摸到手機。她離開「獵鷹展值」，往金斯理走回去，同時把手機掏出來，看著它在手掌上重新開機。她的靴子緩緩停下來。

上面有好多通未接電話。

一堆是維克多打來的。

然後有十幾通是米契打的。

然後是一封又一封瓊恩傳來的訊息。

雪德妮拔腿跑起來。

她試著打給米契，可是電話直接轉到語音信箱。

試著打給維克多，可是沒有人接聽。

終於，瓊恩接了電話。「雪德妮。」

「怎麼了？」她問道。

「妳在哪裡？」瓊恩問道，聽起來喘不過氣的樣子。

「我有好多電話沒有接聽，」雪德妮說道，同時放慢腳步走起來。「我也找不到任何人，而我——」

「妳在哪裡？」瓊恩又說一遍。

「在回金斯理的路上。」

「不行，」瓊恩說道：「妳不能回那裡。」

「我必須回去。」

「來不及了。」

來不及了。她是什麼意思？

「妳就待在原處，我去找妳。雪德妮，聽我說——」

「對不起，」雪德妮說完就掛斷電話。她花了二十五分鐘走到「獵鷹展值」，回來只用了十分鐘。金斯理終於出現在眼前，就在一條街口外的對面。雪德妮猛然停步，注意到兩輛黑色廂型車等在街角，一輛靠近入口處，另外一輛在停車場出入口外。它們都沒有標示牌號，但那些染色玻璃與沒有窗的車身，給人一種不祥的感覺。

一雙手臂抱住她的肩膀。

一隻手摀住她的嘴。

雪德妮扭著身子想尖叫，但耳邊響起一個熟悉的聲音。

「別反抗，是我。」

那雙手臂鬆開，雪德妮轉身看見瓊恩，或者至少是她的一種版本，鬆鬆的褐色卷髮與銳利的綠眼睛。雪德妮鬆一口氣，身體也放鬆下來，但瓊恩的注意力轉向雪德妮肩膀後面的某樣東西。

「走，」瓊恩抓住她的手說道。

雪德妮抗拒著。「我不能就這樣離開他們。」

「妳這樣也不能救他們。妳要怎麼辦？衝進去嗎？想想看。如果妳現在進去，只會讓自己被特觀組逮住，那樣又對誰有好處？」

瓊恩說得對，雪德妮很討厭這一點。討厭自己的力量不夠保護他們。

「我們需要一個計畫，」瓊恩說道：「所以我們會想出來的。我保證。」

她捏捏雪德妮的手。「走吧。」

這次，雪德妮讓她拉著走開了。

✦

維克多跟著史泰爾穿過梅瑞特的市區街道，雨開始落下。經過路口一個小攤時，他抓起一把黑傘，沒付錢就撐起傘走開，一朵黑色的花消失在幾十朵花之中。半條街前面，那名警探在一輛黑色廂型車與一輛轎車旁邊停下，跟一夥穿著濕透便服的士兵會合，他們的態度與姿勢完全沒有刻意掩飾。

維克多在附近晃著，混入公車站旁的人群中。他看著史泰爾用手穿梳著灰白的頭髮，一副挫敗的樣子，看著他指揮士兵上車，然後史泰爾自己走開。

維克多在後面跟著他的腳步。

史泰爾又走了十到十五分鐘，然後刷卡進入一棟住宅大樓。就在電梯門關上時，維克多抓住前門，看見電梯上了一樓，接著是二樓，然後停了下來。他選擇走樓梯，正好在史泰爾打開前門時到達。史泰爾注意到身後有人，身體一僵，意識到還有其他人。

史泰爾轉過身拔出公務槍，然後才看見維克多，他僵住了。

維克多微笑著。「哈囉，警探。」

史泰爾的手穩穩抓住槍。「有好一陣子了。」

「我很驚訝你花了這麼久。」

「容我辯解一下，」史泰爾說道：「我以為你死了。」

「你知道他們說的『以為』是什麼意思，」維克多冷冷說道：「我們特異人很難擺平的。」

他朝著那把槍點點頭。「說到擺平的話。」

史泰爾搖搖頭，把槍握緊。「我不能那麼做。」

維克多伸縮一下手。「你確定嗎？」他攤開手指，史泰爾滿臉震驚如遭雷擊，自己的手放開，槍落到地上。

「不是只有你一個人變強，」維克多說道，一面朝警探走近。史泰爾喉頭空氣卡住的聲音可以明顯聽見，他想退開卻沒有辦法。

「疼痛是特定的，可是相當簡單，」維克多繼續說道：「這樣，讓一個身體動，把它的關節連起來——那需要精準，刺激某些神經，牽扯特定的線繩。像木偶一樣。」

「你想要什麼？」史泰爾嘶嘶出聲說道。

我想要不再死去，維克多想著。

可是史泰爾幫不上忙。

「我想要你繼續把艾里關在他那該死的籠子裡。」

那名警探面露驚訝之色。「那不是你能決定的。」

「你怎麼會這麼蠢？」維克多吼道。

「我做我必須做的事，」史泰爾說道：「而且我當然不會聽——」

維克多的手握成拳，史泰爾痛得彎下腰。他靠到牆上，咬牙用力吹一聲口哨，一秒鐘後甬道上的其他每一扇門都霍然打開，士兵湧出來，高舉著武器。

「我要他活著，」史泰爾命令道。

太大意了，維克多罵著自己。那個警察把他自己當誘餌，而他竟走入陷阱。

「你向來喜歡當獵食者而不是獵物，」史泰爾評論道。

維克多氣得咬牙。「是艾里教你這一招的嗎？」

「給我一點嘉獎吧，」史泰爾說道：「不是只有你們這些傢伙才能看出一種模式。」

「現在怎麼樣呢？」維克多問道，同時試著感應周圍士兵的數目。他得用多少力量擺平那些看不見的人？

「現在，」史泰爾說道：「你跟我們走。大家不必動手，」他繼續說著。「跪下去然後——」

維克多不等他說完。他努力抓住每個能抓到的人。背後有兩個人倒地，他眼角看到的另外一個人也彎下腰。

這時候史泰爾射中維克多的胸口。

他踉蹌一下，抬手往肋間摸去。可是沒有血，只有一根紅色的鏢，插得很深。一根針管，已經空了。不管裡面裝的是什麼，效力都很強——維克多把鏢拔出來，但是四肢已經開始麻木。

他把自己的神經轉盤調高，想靠疼痛讓自己恢復專注。

維克多再讓兩名士兵跪倒，然後又有一根針刺到他的身側。第三根刺到腿，他感到自己往下滑。他努力想撐著牆壁，可是兩腿已經彎下去，視線閃爍不定，然後變暗。他看見士兵湧過來，然後——

什麼都沒有了。

12

最後一天下午

市區另一頭

距金斯理三條街口處，瓊恩在準備即溶可可，雪德妮坐在這家無名旅館房間的床緣。外面已經開始下雨。雪德妮試著再打電話給維克多，可是已經關機，就跟米契的一樣。她甚至還試著撥杜明尼的號碼，但是也沒有人接。

瓊恩把所有事情都告訴了她——特觀組的特遣小組，他們要抓維克多與雪德妮的任務，以及瓊恩必須迅速做選擇，因為知道自己只有時間找到一個人。她一直好擔心——等她抵達金斯理的時候，特觀組的士兵已經在那裡了。

那表示米契——

瓊恩似乎看穿了雪德妮的心思。

「那個大傢伙可以照顧自己的，」她說著拿了兩個杯子過來。「如果他不能，那麼妳在也不會比較好。我無意冒犯，雪德妮，可是妳的能力不能保護他——只會讓妳自己被抓，米契不會希望那樣的。」她停了一下。「把這個喝了，妳在發抖。」

雪德妮用手握住熱杯子。瓊恩跌坐到旁邊的一張椅子上。這感覺好奇怪，又看到她在眼前。雪德妮聽了那個女孩的聲音三年多，聽她講電話，可是只見過瓊恩的臉一次，而且當然了，那其實也不是她的臉。甚至不是此刻用的這張臉。

雪德妮喝了一大口滾燙的可可，神情微縮一下，不是因為燙，而是因為糖——瓊恩弄得太甜了。

「真正的妳是什麼樣子？」她問道，一面朝蒸氣吹著。

瓊恩擠一下眼。「對不起，孩子，一個女孩得有一點祕密。」

雪德妮低頭看著可可，搖著頭。「我現在要怎麼辦？」

「我們，」瓊恩說道：「要想一想。我們會撐過去的，妳跟我。我們只是得低調一點，等事情過去，然後——」

「等到什麼過去？」雪德妮問道：「維克多與米契有麻煩，我不能只是待在這裡。」

瓊恩俯身向前，一隻手搭在雪德妮的靴子上。「不是只有他們能保護妳。」

「不是保護的問題，」雪德妮抽開身說道：「他們是我的家人。」

瓊恩一僵，可是雪德妮已經站起身，把半空的杯子放在床邊。

瓊恩本來可以抓住她，但是沒有伸手。她只是看著她走開。

雪德妮就快走到門口，伸手要抓門把的時候，門把似乎飄開了。地板也開始傾斜。突然之間，雪德妮好不容易才沒讓自己倒下去。

她緊閉一下眼睛，情形卻反而更糟。

雪德妮再睜開眼睛時，瓊恩站在旁邊，伸手要扶住她。「沒事了，」她說道，語音輕柔如歌。「沒事了。」

但不是那樣。

雪德妮想問是怎麼一回事，舌頭卻感覺像鉛一樣重，她想抽開身子卻踉蹌一步，頭暈得天旋地轉。

「妳會明白的，」瓊恩說著。「等整個事情過去以後，妳就會……」

雪德妮的視線模糊起來，人倒下去時瓊恩張臂抱住了她。

✦

運送車駛向梅瑞特，艾里感覺腳下的路面跳動著。

車子開了五分鐘後，他的頭套取下來，黑色的布料變成無窗的廂型車黑暗內部。不算很大的改進，但當然也是往前進了一步。

褐眼睛士兵坐在艾里的長凳右邊。另外兩個坐在他對面。他們默默坐著，艾里腦子裡一方面試著估算距離，另一方面在回想他得到的計畫細節，思索著瑪賽拉與她所選同黨的問題。

他感到褐眼睛在瞪著他。

「妳有什麼問題嗎？」艾里問道。

「我在想像你這麼一個傢伙怎麼能殺死三十九個人。」

艾里揚起一眉。「你不能殺死已經死的人。你只能『處置』他們。」

「那對你也適用嗎？」

艾里考慮著。這麼久以來，艾里都認為自己是例外，不在規定內。現在他想清楚了。然而艾里得到了這種特殊的能力。他的腦子裡閃現一段記憶——跪在地板上，用刀子在手腕上一割再割，想看看究竟要多少次上帝才會讓他死。

「如果能的話，我會自己埋葬自己。」

「那一定很好，」綠眼睛說道：「殺不死的人。」

第二段記憶閃現——躺在那個實驗桌上，他的心臟在哈維提的手中。

艾里沒有說話。

幾分鐘後，廂型車停在一條熱鬧的街上——即使在後門打開，史泰爾爬上車之前，艾里都可以聽見外面的吵雜聲。「布瑞格，」他對那個女人點頭說道：「參孫。何茲。這裡有什麼麻煩嗎？」

「沒有，長官，」他們齊聲說道。

「你去哪裡了？」艾里問道。

「信不信由你，」史泰爾說道：「你並不是最優先的問題。」

他本意只是譏諷一下，但艾里只看出其中的真相，完全寫在這個主任臉上的皺紋之中。維克多。

廂型車又繼續開過幾條街口，然後轉進一條巷子，三名士兵下車——但史泰爾沒下。他轉頭看艾里。「他們先去檢查房間。一分鐘後你和我就離開這輛廂型車進那裡去。你如果惹事，那個項圈只會是你面對的第一個麻煩而已。」

艾里伸出帶銬的手腕。「如果你想保持低調，這個大概得取下來。」

史泰爾傾身向前，但只是將一件外套扔在艾里伸出的雙手上，遮住了手銬。艾里嘆一口氣，跟著主任下了車。他抬頭看看一片藍天，吸入五年來的第一口新鮮空氣。

史泰爾一隻手搭在艾里的肩膀上，他們穿過飯店前面的車陣時，他的手一直擱在那裡。

「記住你得到的指示，」史泰爾警告著，他們走進門，穿過大廳，來到電梯區。

那些士兵在五樓等著。

兩個在甬道上，一個還在檢查房間。

他們已經摘下頭盔以便混入人群，露出三個年輕俊美士兵。一個是三十出頭的女性，結實、強壯又堅忍的模樣。一個是年輕帥哥，金髮，頂多三十歲，看起來就像念書的時候必定是全校最受歡迎的人物。第二個男性，下巴方正體面，讓艾里想起大學兄弟會裡他最討厭的一個男孩，那種會拿啤酒罐自己砸頭表示自豪的人。

進到裡面之後，史泰爾終於除去艾里的手銬。

他揉揉手腕——那裡並不僵硬或者痠痛，只是積習難改，那種衝動，那種小小的動作使人變得普通。像人類。艾里打量整個房間。這是一間高雅的飯店套房，有一張大床，兩扇高高的窗戶。浴室門後掛了一個衣服袋，還有一個已經扔到床上。一扇大窗底下擺了一張椅子，另外一扇窗底下是一張矮辦公桌，上面擺著一本便條紙和一支筆。

艾里往那裡走過去。

「離窗戶遠一點，囚徒。」

艾里不理他，手擱在桌子上。「我們是因為這個窗子才在這裡。」他的手握住那支筆。「這個窗景。」

他俯在桌上，看著外面對街的舊法院大樓。

真是完美的選擇，艾里想著。畢竟，法院是個象徵審判與正義的地方。

他站直身子，把筆塞到袖子裡，然後往浴室走去。

「你以為你要去哪裡？」綠眼睛問道。

「去沖一下澡，」艾里說道：「我需要打扮一下才見得了人。」

士兵看看史泰爾，他瞪著艾里良久才點點頭。「去清理一下，」他命令道。

艾里等著那些士兵檢查浴室，確定沒有出口，移除任何即使只有一點點可能改裝成武器的東西。彷彿艾里本身並不是今天的武器選項。

那些士兵滿意之後，他把浴室門上掛的衣服袋拿下來，走了進去。他正要把門拉上，一名士兵拉住門。「讓它開著。」

「隨你，」艾里說道。

他保留一呎的距離以保隱私，把那套借來的衣服掛起來，然後打開水龍頭。

艾里背對著敞開的門，把偷來的筆從特觀組發的外套袖口裡抽出來，然後用牙齒咬著，脫下衣服堆在腳邊。

他走進淋浴間，把背後的霧面玻璃關上。他用手順著鋼項圈摸著，想找出一處弱點，一道凹槽或者鉤子，可是什麼都沒有。艾里氣惱地發出嘶嘶聲。

那麼，項圈只能再等一等了。

他把偷來的筆從嘴裡拿下來，在蓮蓬頭噴出來的水下把筆折成兩截。這樣並不理想，但是他可能弄到最接近刀子的東西。

艾里閉上眼睛，回想著黑色檔案夾裡的頁面。他已經徹底研究過，記住哈維提每次實驗所附的照片與掃描。

那些紀錄很恐怖，但是透露很多事情。

艾里第一次注意到一張圖像中自己的前臂有一處暗影，他推測那是當樣品用，只是用來標記X光照射的方向。可是後來在一張MRI顯影圖上又看到了。一小片金屬方塊，一個淡淡的格狀凹印。

於是他知道那究竟是什麼了。

艾里在脊柱下部也找到同樣的標記。還有他的左臂，腦殼底部，肋骨之間。他感覺作嘔至極，因為他發現——每次哈維提把他割開、撬開或者釘住之後，那個博士都會留下一個追蹤裝置，每個都是小小的，讓艾里的身體不致排斥，只是在它們周圍癒合起來。

現在是把它們取出來的時候了。

艾里把自己做的克難手術刀在前臂上按下去，皮膚裂開，參差的邊緣立即冒出血來，腦子裡一個熟悉的聲音提醒他熱度與濕度會有抗凝血作用，然後他又提醒那個聲音，自己的癒合能力讓那一點變成無關緊要。

他咬緊牙關，把那截塑膠刀插得更深。

哈維提向來懶得做淺傷口。每次他把艾里割開的時候，都是深可見骨。蓮蓬頭噴出的水有消音作用，但艾里根本沒有發出一點聲音。

然而，他的手指一滑，血流下排水孔，一陣殘餘的恐慌使艾里為之一顫，那是哈維提工作留下的唯一一點痕跡，看不見，卻隱伏在那裡。

終於，那個追蹤裝置取了出來，一小片暗色金屬捏在他染血的手指間。

艾里把它放在肥皂盤上，同時顫巍巍地吸一口氣。

解決一個了。

還有四個要解決。

✦

金斯理大樓

米契翻過身，吐一口血在硬木地板上。

他的一隻眼睛腫得睜不開，也不能用斷鼻子呼吸，但是他還活著。還能動。還能思考。

目前，這樣就應該夠了。

公寓裡是空的。那些士兵已經走了。

他們把米契丟下。

普通人類。

那個詞——一個評斷，一個宣判——救了他一命。特觀組的士兵沒有時間或者沒有精力在追捕過程中處理這麼一個無關緊要的人。

米契呻吟一聲，努力撐起身子趴跪著。他隱約記得一些動作，清醒時聽見那些士兵說話。

我們逮到他了。

米契瘀傷的腦袋過了很久才把那句話聽進去。

維克多。

他蹣跚地站起身環視四周，看到凌亂的室內，染血的地板，那隻狗躺在附近的地板上。

「抱歉，孩子，」他喃喃說道，真希望自己能再幫度兒做什麼。可是現在只有雪德妮能幫牠了，而米契完全不知道她在哪裡。他站在那裡，在這片屠殺現場，猶豫著是要等她還是去找維克多，一時間這兩股力量似乎撕裂著他。

但米契不能同時做兩件事，而他也知道，於是他自問，維克多會去哪裡？雪德妮會去那裡？兩個答案都一樣的時候，他知道了。

米契得離開。

問題是要去哪裡。

那些士兵把他的筆電拿走了，他的主要手機也摔壞了，但米契蹲下去——結果跟站起來一樣痛——往沙發的下緣摸著，取出一個小黑盒子，裡面是一支可拋式智慧手機。他的管家。

在他平素最愛看的黑白片裡，好管家總是讓人看不見也聽不見，直到需要的時候才現身。然而他們總是在那裡，無辜地躲在背景中，而且似乎總是知道屋子裡的各種動靜。

米契這個裝置的背後概念也是同樣的。

他啟動手機，看著那些士兵的電子追蹤資料湧進來。電話。簡訊。位置。

三通電話。都是同一個地方。

找到你了。

米契這一輩子，別人總是低估了他。他們看一眼他的體型，他的大塊頭，刺青的雙臂與光頭，就會立即做判斷：緩慢，愚蠢，無用。

特觀組也低估了他。

米契環視周遭，找到了雪德妮留下來的那張撲克牌。

他在背面草草寫下指示，把紙牌擱在那隻動也不動的狗身邊。

「抱歉，孩子，」他又說一遍。

然後米契抓起外套與鑰匙，出去救維克多了。

13

最後一天下午
特觀組

維克多睜開眼睛，只看見自己在回瞪著他。

他精瘦的四肢、蠟黃的皮膚與黑色的衣服映在光潔的天花板上。他躺在一張靠牆的窄床上，方正的空間讓人很快就認出是某種牢房。

恐慌感如維克多皮膚底下的針尖。他在這樣的地方待了四年——不對，不太像這樣，沒有這麼精巧，沒有這麼先進——但是同樣空蕩。他曾被活埋在那間禁閉的單人牢房裡，每天維克多都發誓一旦出去後再也不要讓自己再被關起來。

他伸手摸胸口，摸著肋骨之間的瘀傷，那是第一支鏢射進去擦到骨頭的地方。他坐起身，等了一下讓殘留的噁心感覺消退，然後站起來。這裡沒有鐘，沒辦法知道自己失去知覺有多久，只有自己的異能持續發出的嗡嗡聲，強度與音量每一分鐘都在增高。

維克多環視周遭，強忍著喊出來的衝動，不安地想到沒有人會回答，唯一的回應是自己的回音。於是他改而研究這個環境。那牆壁，他原來以為是石頭的，結果實際上是塑膠的，或者可能是纖維玻璃。他可以感到一股細微的電流運行其間——無疑是一種預防脫逃的制止裝置。

他抬起頭掃視天花板想找攝影監視器，可是被迴盪在牢房內的一個熟悉聲音打斷了動作。

「韋勒先生，」史泰爾說道：「我們經歷了這麼久，結果又回到了起點。當然，不同的是這次你出不去了。」

「我不會那麼肯定，」維克多說道，同時盡量壓下聲音裡的怒意。「但我必須承認，這可不太有運動精神。」

「那是因為這不是運動比賽。你是殺人凶手，逃獄犯，而這裡是監獄。」

「我的審判呢？」

「沒收了。」

「艾里呢？」

「他另有用處。」

「他在玩你，」維克多不屑地說道：「等你猜到的時候就已經太遲了。」

史泰爾不理會這個誘餌，默默離開了維克多。他快沒有耐心，也沒有時間了。他抬頭看那些攝影監視器。也許他是關在牢裡，但維克多仍已經準備好面對這種可能。他備有一份鑰匙。

問題是——杜明尼．魯許在哪裡？

✦

老杜扯著制式不鏽鋼手銬，但它是被釘在桌上的。

三年前，他只害怕一件事，就是醒來發現自己在特觀組的牢房裡。結果，他是在偵訊室裡醒來。

他坐在一張金屬椅子上，手被銬在鋼桌上，只有他一個人在，唯一的一扇門顯然是鎖起來的，牆上的控制盤有一條紅線標記。

老杜感到一陣恐慌，不得不提醒自己他們並不知道他是特異人。還不知道。

而他需要盡可能保持這樣越久越好。

老杜真的困住了——他可以溜出時間，但那沒有一點好處，因為即使沒有時間，他仍是被銬在一張他媽的桌子上。而且更糟的是，如果他再回到現實，他先前與現在之間就會出現空檔。也許那只是像結巴一下，電磁干擾一下，但是在特觀組這種地方是沒有干擾的，每個在用攝影監視器看他的人都會知道那是什麼意思。明白他是什麼。

所以老杜等著，在腦子裡數著時間，猜想著艾里此刻在哪裡，希望至少維克多已經脫身了。

終於，小鍵盤上那條線由紅色變成綠色。

門開了，兩名士兵走進來。

老杜原希望看到一張友善的面孔，卻又看到里歐斯，還有一個名叫漢考克的冷酷士兵。見到里歐斯背後的門關上，控制碼又變回紅色，老杜的一絲自由希望縮減下去。

可惡。

里歐斯走到桌旁，放下一個檔案夾。老杜的檔案夾。他瞄一眼那些紙頁上面，想找找看有沒有迴紋針、訂書針，任何可以派上用場的東西。

「魯許探員，」里歐斯說道：「你要告訴我們你在主任的辦公室裡做什麼嗎？」

老杜已經把剛才清醒後的短暫時間好好利用了，對這種訊問有所準備。「我在試著阻止一個殺人犯逃脫。」

里歐斯揚起一眉。「你怎麼知道的？」

老杜往前俯身。「妳知道艾里．艾偉嗎？或者是艾略特．卡戴爾，或者隨便他用什麼名字？妳知道他做了什麼嗎？」

「我看過他的檔案，」她說道：「我也看過你的。」

「那麼妳知道我曾經是他的一個目標。我還是不知道為什麼——可是我應該會死。應該已經死了，要是艾里找上我的話。所以我聽說史泰爾打算把他運送出去的時候，我不能讓那種事情發生，不能讓那個瘋子再在梅瑞特逍遙。」

「那不是由你決定，弟兄。」

「那就開除我吧，」老杜說道。

「那不是由我決定，」里歐斯說道：「你得關在這裡，等主任回來再做決定。」

里歐斯一面講話一面翻檔案，而就在老杜瞥見一個金屬釘書針的時候，漢考克的無線電對講機響起來。低低的靜電雜音蓋住了字句，但是有一個詞跳了出來。

韋勒。

老杜努力掩飾認出那個詞時自己的臉色，漢考克則把對講機舉到耳邊。

韋勒……醒了……

「在此同時，」里歐斯繼續說著。「我建議——」

「妳怎麼進史泰爾的辦公室的？」老杜改變話題，問道。她抬眼看過來，臉上閃過一絲陰影。老杜追問著。「這裡只有一扇門，而我是面對著門。可是妳在我的背後冒出來。」

里歐斯瞇起眼睛。「漢考克，」她說道：「去打電話給史泰爾，問他要我們接下來做什麼。」

杜明尼其實想聽里歐斯的解釋，但更需要脫身。他等著漢考克刷門禁卡，等著那條線轉成綠色，門喀嗒一聲打開。

「現在，魯許探員，」她繼續說道：「我們來討——」

他沒給她機會把話說完。老杜深吸一口氣，就像游泳的人潛水之前那樣，然後猛然往後抽身，周邊的世界分開，他溜出了時間，進入暗影中。

室內整個定住，像一幅灰色的畫——里歐斯僵在那裡，臉上神情無法解讀。要出門的漢考克走了一半。老杜仍被銬在桌子上。

他站起身，把有釘書針的紙頁拉過來，撬開那根金屬釘。他把那根金屬釘拉直，插入手銬的銬環與上鎖的機關。杜明尼試了幾次，暗影的重量像濕布掛在他的四肢上，手腕上面也被壓出一道紅腫的印子，但那鎖終於鬆開了。他撬開手銬，又重複一遍同樣的辛苦過程把另外一邊手銬打開，於是他自由了。

老杜把手銬套在里歐斯的手腕上，然後從漢考克定住的手臂底下鑽到甬道上。他走向最近的控制室，周圍的空氣像海潮牽引著他。那裡只有一個士兵，一個叫林菲爾德的女探員坐在操作台前面，也是手伸了一半定住。杜明尼取出她槍套裡的電擊棒，放在她的脖子底部，然後退回流動的時間中。

隨著一陣藍白色閃光與電流碎裂聲，林菲爾德往前趴倒。老杜把她的椅子推開，開始搜尋，雙手在鍵盤上飛快移動著。

他沒有太多時間。老杜在真實世界只暴露一秒鐘，一秒鐘他就可能被抓住，被逮捕，一秒鐘警報就會響起，一定會有士兵朝他攻過來。然而，儘管如此，他打字的時候世界彷彿變窄，心跳加速，但脈搏仍然很強，很穩。他向來很善於應付壓力。

老杜沒有時間猜想維克多是關在哪一間牢房，所以他做了最快的選擇。

他把所有牢房都打開了。

✦

前一分鐘維克多還在安靜的空牢房裡踱步，下一分鐘整個世界就陷入一團動作與聲音之中。

高尖的警鈴聲大作，牢房另一頭的牆壁分開，結實的玻璃纖維窗縮到地板下。上方白光暴閃，但整座監獄並沒有封鎖，反而像是開放了。解體了。維克多聽見每一邊的金屬封桿拉開，門鎖開啟。

也該是時候了。

他走出牢房，發現自己只是又進入一個較大的房間，不過是水泥而非塑膠材料打造。空間大約像是一座小型的飛機庫——他繞一圈，找到一扇門，維克多一碰就開了，露出一道白色廊道。

他才走三步，杜明尼引發的所有狀況突然逆轉。門砰然關上，鎖住，警鈴聲切斷又響起來，閃光不再是白色而是血紅色，像是在玩「老師說」的聽命遊戲。

但維克多並沒有停下來。附近一條廊道傳來遙遠的槍響，他沒有停步，聽見靴子踩在油布氈上他沒停，頭頂上的通風管開始冒出白煙時他也沒有停。

前方霍然冒出一道柵欄，維克多原路折回，屏氣繞過一個牆角，發現自己正面迎上兩名披甲戴盔的特觀組士兵。

他們舉起武器，維克多急急抓向他們的神經，但是慢了一步——他的異能還未接觸到他們，他們的手指已經觸動扳機。

隨著一陣槍響，槍火冒出，維克多往旁邊閃，但是廊道太窄，沒有逃避空間。

一顆子彈——這回不是鎮定劑，而是尖細的鋼彈——擦過他的右側，然後他的異能才使他們持槍的手轉向。但維克多自己也搖晃一下，對方的槍就乘虛而入，對準他的頭與心臟。

兩名士兵開槍射出，廊道充滿尖銳的迴響，維克多準備承受衝擊。

但是衝擊一直沒有來。

反之，一隻手臂攬住他的肩膀，杜明尼的身體像盾牌一樣轉到維克多前面，把兩人一起拉進暗影中。

整個世界突然變成絕對靜止。

他們站在同樣的地方，在同一條廊道上，但所有的暴力與緊急動作都被吸出空間，代之以沉默與寧靜。逼近的士兵停在那裡，定在時間中，懸浮在空中的槍彈劃出彈道線條。

維克多用力吸幾口氣讓自己穩住，可是他想說話的時候卻沒有聲音出來。這片暗影是完全空無，不僅吞噬了色彩與光亮，也吞噬了聲音。

杜明尼的臉像一個嚴肅的面具，離維克多自己的臉只有一呎。這名士兵抓緊他的袖子，微微點頭說出無聲的命令。

跟我走。

14

最後一天晚上

第一白宮

瑪賽拉再次選擇穿金色。

自從在國家大樓屋頂的關鍵之夜後，她已經有長足進展，不僅甩掉了老公，也擺脫了那第一件鱗片裝，換成淡金色光滑絲料。衣服像液態金屬與她的身材貼合，上方高至喉間然後在肩胛骨之間往下切，最後落在背後下腰處。

敬我的漂亮老婆。

在某種光線下，這件乳白色衣料看起來就像第二層皮膚，柔和的亮光輕撫肌膚，把她整個人變成金色。

如果你不把它們展示出來，美麗的東西有什麼意義？

瑪賽拉把一綹卷髮塞到耳後，欣賞著耳垂上如水流下的金耳環。一隻手腕上戴著手鐲，與指甲油顏色相配。

如果美麗是一種罪。

一道淡金色珠網像星星串成髮帶覆在她的頭髮上。

她有沒有配上警告標示？

她的鞋跟細如刀鋒，也同樣尖銳。

我老婆可是讀商的。

僅有的幾處色彩來自她的目光平穩的藍眼睛，以及帶著邪氣的鮮紅色嘴唇。

妳不會希望場面鬧大的。

她的手移向鏡子。

我向來認為妳是一個無恥的婊子。

玻璃鏡面被瑪賽拉一碰就變亮，然後像膠片一樣燒成黑色，腐蝕處蔓延開，吞噬了金色衣裳、藍眼睛，以及帶著完美笑容的紅唇。

強納森靠牆玩弄著他的槍，把彈匣退出來又裝回去，就像馬可斯從前煩躁時按著他的筆頭玩。

喀嗒，喀嗒，喀嗒，喀嗒，喀嗒，喀嗒，喀嗒。

「別玩了，」她轉頭看他，命令著。「我看起來怎麼樣？」

強納森對她打量良久。「危險。」

瑪賽拉微笑著。「來幫我拉拉鍊。」

他把槍收回槍套內。「妳的衣服沒有拉鍊。」

她指指高跟鞋。他走上前跪下，她抬起一隻腳擱在他等在那裡的膝蓋上。

「今天晚上不管發生什麼事，」她舉起他的下巴說道：「眼睛要一直看著我。」

✦

雪德妮在一個空澡盆裡醒過來。

她側身蜷縮在很深的白色澡盆裡，裹著一條大棉被，一時間她完全沒有概念身在何處。然後，她遲疑著，終於想起來了。

金斯理大樓。瓊恩。旅館，還有那杯太甜的巧克力。

雪德妮站起身，不知瓊恩在那杯飲料裡面放了什麼，使她的頭一陣陣發痛——她慶幸自己並沒有喝很多。她蹣跚爬出澡盆，然後試著打開浴室門，可是門把只能轉動一點點。

雪德妮敲敲門，然後改用捶的。她用肩膀撞門，感覺到阻力，不是有鎖，而是另外一邊有東西擋住。雪德妮轉身打量這個無窗的小房間，看到洗臉盆上有一張紙條。

等這結束之後我會跟妳解釋一切。

只要信任我就好。

～瓊

她感到自己在發抖，不是因為害怕，而是生氣。信任？瓊恩給她下藥，把她鎖在旅館的浴室裡。她原以為瓊恩不同，以為她把雪德妮當成朋友，當姊妹，當同類。可是說了一堆什麼信任、獨立、讓雪德妮自己選擇，瓊恩還是做了這種事。

雪德妮必須離開這裡。

必須去找維克多，還要救米契。

她摸索著手機，才想起來放在咖啡桌上。可是她伸到短夾克口袋時，摸到一個口袋裡裝賽蕊娜骨頭的小金屬罐，另外一個口袋裡面是冰冷的手槍鋼柄。瓊恩顯然沒想到要給她搜身。不管怎麼樣，她仍把雪德妮當成無知的小孩。

雪德妮掏出槍，瞄準門把，握住槍柄的手指伸縮一下，然後又重新考慮，把槍管對準另一邊的鉸鍊。

這一聲槍響震耳欲聾，打到瓷磚與大理石，堅硬的表面以同樣刺耳的效果把聲音反彈回來。雪德妮又射兩次，然後再用全身的重量去撞門，感到鉸鍊斷開，木門脫落了。

然後她出去了。

15

最後一天晚上
特觀組

這條白色廊道延伸出去，形成一幅奇怪的場面。

士兵跪在各個角落，腳舉在半空中僵住。一個女人在著火，火焰燒向試圖接近的一些士兵。一個男人雙膝跪地，兩臂被扭到背後。瓦斯霧氣映著緊急照明的紅色閃光燈。

而穿梭在這幕場景之間的，是維克多與老杜，正在設法走出特觀組。他們的動作很慢，慢得很辛苦，空氣像水一樣拖著他們的四肢，維克多像盲人般抓住老杜的衣袖——而從某方面而言，他確實是盲目的，看不出這片迷宮裡的路徑。

然後杜明尼倒了下去。

沒有預警。連腳步絆一下都沒有。

他只是癱到地板上。

維克多跪下去——要不就只能放手了——可是等老杜把背靠在牆上後，維克多看見他的制服前面，黑色的布料上閃著濕潤的光澤。

幾顆子彈射出很整齊的硬幣大小的洞。

剛才在廊道上開槍，在那短暫的一瞬間，老杜從暗影中衝出來再把他們拉回去之間的那段時間——「你這傻瓜，」維克多無聲地喃喃說著。

他用手按住傷口，感到襯衫已被血濕透。杜明尼怎麼能站著撐這麼久，維克多不知道。老杜打一個顫，彷彿覺得很冷，於是維克多切斷他的神經，然後說：「站起來。」

可是杜明尼聽不見。

「站起來，」他用嘴型再說一遍。

這次杜明尼試著站起來兩吋，結果只是又滑落到地板上。他的嘴巴在動，聲音聽不見，但維克多明白了。

對不起。

「對不起，」這位除役士兵說道——而維克多發覺自己這次能聽見杜明尼的聲音。他們周邊的暗影崩解，色彩與生命從縫隙間滲入。維克多緊張起來，抓緊杜明尼的手臂。可是往下滑的不是他的手。

是老杜的。

「你撐著，」維克多命令道，可是老杜的頭歪向一邊，然後時間之間的無色無聲空間縮退，露出一片混亂、噪音、瓦斯與槍火。

血染濕維克多的手掌，流到地板上，在他們背後留下一道鮮明的血路，像麵包屑留下的追蹤痕跡一般，襯著無菌的白色表面紅得駭人。

維克多想把杜明尼拉起來，可是這名除役士兵現在沉重無比，皮膚灰白如蠟，睜開的眼睛視而不見。維克多放開他，讓屍體背靠著牆，其他士兵繞過牆角快速逼近。

這次維克多的動作搶先一步。

沒有猶豫，沒有估計，只是直接的猛力攻出。

他讓他們像石頭落入深水般倒下。

維克多踩過他們癱軟的身體。

監獄的前門在望，一條空蕩的長廊介於他與自由之間。

然後一個士兵穿過牆站在他前方。

沒有滑門，沒有隱匿的廊道，她只是直接穿牆過來，彷彿真有一扇門在那裡。她站在他面前，沒有戴保護面罩，深色目光敏銳，一隻手上拎著一根電擊棒。

一個特異人，為特觀組工作。

維克多沒有時間驚訝。

那名士兵朝他衝過來，電擊棒頂端藍光爆裂。維克多往後跳開，同時探索著她的神經，可是還來不及抓住，她就往旁邊一閃，穿牆消失了。

轉眼之後，她又出現在他背後。

就在電擊棒碰到他露出的皮膚之前，維克多轉身抓住她的手腕。

「妳是麻煩人物，」他說道，字句被大響的警鈴蓋過。

他擰著她的神經，那名士兵痛吸一口氣，可是沒有倒下。

反之，她用靴子踢到維克多受傷的身側。

他重重倒在白色地板上，然後她就攻到他身上——或者說本來會的，要是他沒有在最後一秒鐘伸手把她的身體拉住的話。

那名士兵拚命想掙脫，即使他正逼著她把電擊棒轉回她自己身上。她集中意志力瞇起眼睛與他相抗，但艾里已經出去，雪德妮又不見了，這兩件事加在一起使維克多變得牢不可動。

他一隻手伸縮一下，把它推向自己的胸口，而那名士兵像照鏡子一般把電擊棒插向她自己。

藍光一閃，電力迸裂，那個特異人倒下去失去知覺。

維克多站起來，繞過她的身體，往大玻璃門那邊奔過去。可是門打不開。

無路可逃。

✦

米契不知道怎麼辦。

他的車未熄火停在特觀組建築高大的鐵門一百英尺外，本來的小雨變成傾盆大雨。

他坐在方向盤後面，那個應急的小黑盒「管家」現在不是在追蹤訊號，而是開始設法駭入大門的頻率。那樣可以讓他離建築更近，卻仍無法回答怎麼進去的問題，或者應該說，他要怎樣把維克多弄出來。或者甚至是要怎樣開始尋找他。

大門內警衛亭裡面有一名守衛，而且天知道建築裡面還有多少，又要花很大的功夫才能破解特觀組這種地方的保全系統，不能僅靠智慧手機與詭計而已。這表示，如果米契想進去，就得用蠻力才行。

他仍在絞盡腦汁想從幾個壞計畫裡面找出一個最好的，雨變小了一點，夠讓米契看清楚建築的前門——以及門後面站著一個明顯的身影。

維克多。

米契按下黑盒子上面的一個鈕，特觀組的大門就開始滑開。他發動引擎，換檔開動，輪胎在雨中穿過大門，直朝特觀組衝過去。

米契駕車衝向前門，維克多及時往旁邊跳開。強化玻璃沒有破，不過已經彎曲變形，米契開始倒車，維克多終於能夠把們撬開，從中間穿出去。

他跳上前座。

米契的腳已經踩上油門。

瞭望塔台上的警衛朝他們跑過來，但維克多的手一彈，彷彿那名士兵只是一隻蟲子，一個討厭東西，那個人就倒了下去。

米契的車前端變成一團爛鐵，仍直衝出敞開的大門開走了。

他檢視一下後照鏡——沒有人在後面追，還沒有。他斜瞄一眼維克多。

「那血還真不少。」

「大部分是杜明尼的，」維克多陰鬱地答道。

米契滿心困惑。他不想問。其實也沒有必要問。維克多迴避他的目光，但眼神已回答出只有一件重要的事。

「雪德妮在哪裡？」他問道。

「我不知道。」

「你放我下來，」維克多說道：「然後你去找她，然後你們離開這個他媽的城市。」

「在哪裡放你下車？」

維克多把後面口袋裡的請帖掏出來，已經變皺染血，但上面的金字仍很清楚。

「舊法院大樓。」

16

最後一天晚上
梅瑞特市區

瑪賽拉出門的時候，雨終於變小了。

三輛車未熄火停在前方的人行道上，一輛優雅的黑色禮車夾在兩輛休旅車中間。周圍是警衛小組，四個穿筆挺黑西裝的男人撐著傘遮住臉。

瑪賽拉不願意冒任何險。

史泰爾會開始心急，而心急的人就會鋌而走險。

他們走到禮車前，強納森為她撐著門。他沒在耽迷玩樂的時候，可能相當有紳士風度。

瑪賽拉坐上後座，注意到自己不是一個人。一個男人坐在她對面，黝黑高雅，穿著淺灰色西裝。他瞪著車窗外，神情極為惱怒。

「怎麼樣？」瑪賽拉問道：「你有沒有及時找到她？」

那個男人點點頭，說話時帶著那熟悉的輕快腔調。「很險，」瓊恩說道：「可是我找到了。」

「很好，」瑪賽拉迅速說道：「妳帶她來見我，當然啦，等這結束之後。」

瓊恩借用的眼睛轉向旁邊，可是她說話的時候語氣平穩。「當然。」

強納森從另一邊爬上車。瑪賽拉從瓊恩多種面貌中認出她毫無問題——但強納森看到一個陌生人就有一點嚇一跳。

「強尼男孩，」瓊恩哄道：「放心吧，好了，浪蕩的特異人回來了。」

瑪賽拉打量著瓊恩。「那就是妳現在借用的臉嗎？」

那個人的嘴露出狡笑。「我太好看了嗎？」說完，他就消失了，顴骨光滑明顯的臉換成一個鷹勾鼻拾荒婦。「這樣比較好嗎？」

瑪賽拉翻一下白眼，很高興看見瓊恩恢復慣有的幽默感。

「當然，」她說道：「總有個折衷方案吧。」

瓊恩誇張地嘆一口氣，又變成一個鬍鬚齊整的中年男人，臉孔迷人不過有一點讓人過目即忘。「好一點了嗎？」

「好多了，」瑪賽拉說道。

瓊恩掃視她一眼。「妳看起來像白雪公主殺死了王后然後偷走魔鏡。」

瑪賽拉閃現一絲冷冷的笑意。「我會把這話當成恭維。」

瓊恩往椅背一靠。「妳會的。」

艾里把頭髮往後順一下，扣好襯衫釦子。

他已經把斷筆丟到抽水馬桶的水箱裡，把追蹤器塞進西裝外套的口袋。

穿回現實世界的衣服感覺不錯，即使是這麼正式的樣子。他在工作期間換過上百件不同的服裝。現在他只缺一樣武器——一把刀，一截鐵線。但赤手空拳也可以將就，他從前就用過。

艾里正在繫上借來的領帶，聽見浴室門外一陣騷動，無線電雜音夾著史泰爾的粗魯聲音。艾里解開領結再打一遍，動作慢慢的，一面聽著外面。

「不行……天殺的……那是誰？不行……我們繼續按計畫……」

艾里等到已經很明顯沒有什麼可聽的了，這才走出來，看到外面的一幕。史泰爾面頰通紅。他的表情從未這麼豐富。只有一個人能引起這麼驚愕的反應。

維克多。

「一切都還好吧？」艾里問道。

「專心管這個任務就好，」史泰爾命令道，一面穿上他自己的西裝外套，用手梳理一下斑白的頭髮。白髮一天比一天多，艾里想著。有的人其實並不適合這一行。

並不是只有他一人盛裝打扮。

那個女人穿上一件黑色絲質連身衣褲，伸展台上穿的那種，不屬於外勤探員。

那個年輕的金髮男仍穿著制服，但那個方下巴的士兵穿了一件黑外套，裡面是硬挺的白襯衫，領口敞開。艾里若有所思地哼哼著。「邀請函只限兩人。」

史泰爾拿出第二張卡片表示回答。

「複製的？」艾里說出猜想。如果那是副本，倒也還完美無瑕。

「不是，」史泰爾說道：「這是瑪賽拉寄給地方檢察官的。我們運氣好，他出城了。」他把那張多的請帖遞給那名女兵。「何茲，」他對那個金髮男點頭說道：「會留在外面。」

「總是抽到壞籤，」那名士兵咕噥道。

史泰爾看看手錶。

「時間到了。」

✦

雪德妮回到金斯理的時候，那輛黑色廂型車已經不見了。

她發現寓所的門壞了，半掩著，她拔出槍，雙手握著走進去。

雪德妮看到的第一個東西是血，大滴大滴的，沿著甬道過去，然後硬木地板上又有一小灘，上面有一部分手印。

然後是一具屍體。

度兒。

雪德妮爬到狗的身邊，在牠動也不動的身軀旁跪下。她把牠胸口上的紙牌推開，手指撫摩著牠的毛。她閉上眼睛，感到狗的生命線在跳開，躲避著她的手。每次都更難一點。每次，她都得往更深處摸索。雪德妮努力著，一股可怕的寒意傳遍她身體，她感覺自己的肺部卡住，呼吸不順，然後終於，她抓到那根線，把度兒的生命拉回來。再一次。

狗的胸部開始起伏，雪德妮跌坐下去，喘著氣。

她的注意力轉到那張黑桃國王，此時已經翻了面，上面有米契留的細小字跡。去找維克多了。

雪德妮站起身，度兒也站起來，像甩掉雨水般甩掉身上死亡的氣息。牠緊貼著她的身側，彷彿在問，現在怎樣？

雪德妮環視周遭。她沒有電話。沒有一點頭緒每個人去哪裡了。

但是她還有一樣東西——連結她與她救活的人之間的那根無形的繫繩。

雪德妮不知道那夠不夠，但她必須試試。

她閉上眼睛，摸索另外一根線。感到它在手指間拉緊。

「走吧，」她對度兒說道，然後繞過那些血跡。

他們走到街上，雪德妮暫停腳步，再度閉上眼睛。

感到她的世界微微往左邊傾斜。彷彿在說，這邊。

她開始走起來。

「開快一點，」維克多說道，一面努力不去理會腦袋裡的嗡嗡聲，那是電能累積的初步警告。

要等一等。必須等。

「為什麼？」米契問道，即使他已經加速駛往梅瑞特了。「我們為什麼要往那亂局裡走，而不是走開呢？」

維克多在後座找到一卷紙巾，把紙巾按在肋間的淺傷口上。「艾里會在那裡。」

「那更有理由往另外一個方向走了。你們兩個可以永遠在繞圈子，可是最終只有一個方向，維克多，而那對你並不有利。」

「謝謝你對我的信心，」維克多譏諷道。

米契搖搖頭。「你和你的報復心……」

但這不是報復。

不管你是怎麼受傷的，那都是你自己造成的。

坎貝爾是對的。

維克多必須負起責任。為自己負責。也為他協助創造的怪物負責。艾里。

「你要這樣進去嗎？」米契在問著。

維克多翻轉著手上的卡片。「我有請帖。」

但是他低頭看自己。米契講的有道理。

他最喜歡的風衣不見了，在史泰爾的廊道衝突與在牢房醒來的過程中弄丟了。他的黑色T恤上面有一道裂口。他已經用一瓶水盡量洗掉手上的血，可是指甲底下還是有。

他沒有武器，沒有計畫。

只有知識──確信──艾里一有機會就會脫逃。

而維克多會在場阻止他。

17

最後一夜

舊法院大樓

艾里進門來到寬敞的門廳，同時把頭髮上的雨水抹掉。

整個地方到處都是人，穿著晚禮服的男男女女。似乎，梅瑞特的紅人都集中到這裡來了。再幾個人的前方，那兩名士兵已經進來，而且立即融入人群中。

艾里與史泰爾往前走去，然後被兩個拿著金屬探測器的警衛攔住。

「我是警察，」史泰爾唐突地說道，同時展示他的配槍。

「抱歉，先生，」警衛說道：「這個活動不能帶武器。」

真是諷刺，艾里想著，一面張開雙臂讓探測棒在身上游移。沒有嗶嗶聲。史泰爾很不情願地交出槍。他們經過一個衣帽間，艾里把外套脫下遞給職員，看著上面的追蹤器跟著離開。還剩下項圈的問題，但是在走出淋浴間穿上西裝之間的那段時間，艾里已經想出了一個計畫。

他們走進法院的大中庭，這是一個圓形空間，周圍都是柱子，上方一個圓頂。艾里抬頭欣賞著這個建築。這是古典建築的代表，天花板挑高，均分成高雅簡樸的中空部分。

鑄鐵燭台像金屬花束裝飾著每根柱子。光滑的大理石桌像直接從地板上冒出來，上面擺著銀色大碟——呼應著正義女神手上的天平。沿著圓頂的底部是一排觀景陽台，可以俯瞰下方的中庭，而在中庭中央的一座大理石基台上，正義女神的青銅雕像往上方天花板升起，將近兩層樓高。

還沒看到瑪賽拉蹤影，但那並不令艾里驚訝。她一定會華麗進場，這一點他可以預測到。他猜，強納森不會離她太遠，但瓊恩就不可能認出了，至少在她行動之前沒有辦法。

艾里看見那兩個特觀組士兵，正在越來越密的人群間慢慢穿行，做著安全掃描。大廳內迴響著笑聲，光線幽暗，香檳杯在空中觥籌交錯，珠寶與身體圍成一群群。旁觀者。移動的個人。令人分心的事。

史泰爾在他的肩旁。

「等時機到了，」艾里說道：「你能把旁觀者弄出去嗎？」

「我會盡量，」史泰爾說道：「要讓他們注意可能有點困難。」

艾里掃視著場地，心裡思索著。窗戶既高又窄，沒有用處，人群太密……但那可能對他們有利。驚慌是會傳染的。就像骨牌一樣，你只需要把第一個弄倒。

「我馬上回來。」

史泰爾抓住他的肩膀。「你要去哪裡？」

「去幫你弄一把槍。」艾里朝瑪賽拉的警衛點點頭，他們都穿著整齊的黑西裝。「你沒有注意到嗎？客人也許不准帶槍，可是她的手下當然可以。」

史泰爾沒有鬆手。

「在某一個時間點上，」艾里冷靜地說道：「你必須放鬆我的繩子。」

主任緊緊瞪著他良久，然後終於放開手。艾里轉身溜進人群，那些警衛散開，順著廊道走向洗手間，艾里跟在其中一人後面，看著他們進入一間廁所，等著另一人在洗手台洗完手離開。艾里緊跟著把門閂上，然後走向那間廁所門前。

門一打開，艾里抬腳踢向那名警衛的胸部，把他往後撞到牆上。艾里在他倒地之前抓住他的領帶，拔出他槍套裡的槍，按在他的胸口以消弱槍聲。

艾里把那具屍體放回馬桶座上。

他很久沒有殺人了。但現在不是求寬恕的時候。

他回到史泰爾身邊，把偷來的槍遞給主任，動作壓低且輕鬆，彷彿兩個朋友在握手。史泰爾訝然看著他。他們兩人都知道拿武器的是艾里，艾里的手指離扳機比較近，但他卻把槍在手上轉個方向，改讓史泰爾抓住槍柄。

史泰爾停了一下，把槍接過去，艾里轉身從經過旁邊的托盤上抓起一杯香檳。他不妨享受一下這個派對。

✦

「要改變主意的最後一次機會，」瓊恩喃喃說道：「或者是給最後想法的第二次機會。」
禮車在舊法院大樓外靠邊停下，雨點打在車頂上。
「別悶悶不樂，」瑪賽拉說道：「這是派對耶。」
「這是瘋狂之舉，」瓊恩駁道。
瑪賽拉癟起嘴。「還算有秩序，這是好事。」
當然，這是一場賭博。是冒險。是野心的表演。
但她曾告訴馬可斯，這個世界不是創造給膽小的人。
沒有冒險，就沒有收穫。
萬一瑪賽拉的計畫付之一炬，那好吧，她也是帶著整個他媽的城市一起走。
她下了車，大黑傘再度出現，引著她走向舊法院大樓等候著她的銅門。
瑪賽拉可以聽見裡面傳來冰塊與水晶杯相碰的聲音，急切的群眾交頭接耳的說話聲。她的手伸向擦得晶亮的金屬，手掌貼著表面，金色指甲閃閃發光，瓊恩與強納森在她身後就位。
瑪賽拉露出微笑。
「好戲登場。」

✦

米契的車子吱吱響著在舊法院大樓前面停下。

維克多下車時一陣刺痛穿透身側，但他不敢把痛覺調低，發作的能量在骨頭內累積時不能那麼做。

「維克多——」米契說著。

他回頭看一眼。「記住我說的。去找雪德妮，然後離開。」

維克多爬上矮石階，推開銅門，另外一隻手盡可能裝作不經意地橫在胸前。他把邀請卡遞給穿西裝的警衛，看見乳白的卡紙上染有血跡，那個人面露猶豫之色。

他看看維克多，維克多冷眼回瞪著，同時朝對方的神經施力，直到他臉上現出不安的神情。

那名警衛揮手讓他通過。

維克多走向中庭，看見衣帽間時又折返。他掃視那些已經收過去的外套與圍巾，視線落在左邊一件黑色高領鑲皮邊的羊毛風衣上。

維克多對那個職員示意。「我把號碼牌弄丟了，」他說道：「可是我要來領我的外套。」他朝那件風衣點點頭。

那個孩子——他真的只是一個孩子——猶豫著。「我……很抱歉……沒有有效的號碼牌，我就不能——」

維克多用力摀住那孩子的嘴巴，把他按在那裡動彈不得，看著他訝然睜大眼睛，神情困惑又害怕。「我連一根手指都不必抬就能讓你骨頭斷掉，」他聲音滑溜地說道：「你想要我做給你看嗎？」

那孩子驚恐得鼻孔掀動，猛搖著頭。

維克多鬆開手，那個職員踉蹌退開，大力喘著氣，用發抖的手指把那件風衣從架子上拿下來。

他穿上風衣，在口袋裡摸到一張二十元鈔票。「謝謝，」他說道，然後把錢塞進矮玻璃小費瓶內。

中庭裡面很擠，充滿人影與噪音。維克多在室內緩緩繞一圈，靠著外圍在賓客間穿梭，掃描著群眾。

然後，在大廳對面，隔著人群，有一張熟悉的面孔。

一張十五年未變的面孔。

艾里。

一時之間，整個會場似乎縮成背景，所有的細部與聲音都退開，直到只剩一個人突兀地站在那裡，身形清晰無比。

維克多的雙腳不自覺地開始移動，直到一隻手把他拉回去，往旁邊拖到最近的一根大理石柱後面。維克多已經準備去接這個攻擊者的神經，卻看見那個人粗壯的手臂上盤旋的熟悉刺青。

「我叫你開車走，」維克多說道，可是這才注意到米契眼底的狡意，奇怪的抿嘴以及米契不經意的招呼聲流露的旋律感。

瓊恩。

「別碰我，」維克多命令道。

瓊恩沒有鬆手。「你得阻止她。」

「我不是來找瑪賽拉的。」

「你應該要找她，」瓊恩說道：「她盯上了雪德妮。」

「都是因為妳。」

「不是，」瓊恩抗議著。「我從來沒告訴過她。可是她知道了，而現在她想要她。就我所見，瑪賽拉——」

彷彿聽到提示一般，人群分開，一個金色身影走上房間中央的石講台上。

維克多掙開瓊恩的手，朝剛才艾里站的地方看過去，但那個人已經不見了。可惡。他掃視群眾，在黑西裝人海中搜尋著，最後注意到一個動作。大部分男女都站著不動，注意力釘在台上的瑪賽拉。艾里則像鯊魚穿過其間，焦點明顯不過。

維克多依著艾里的方向前進，他們兩人劃出同樣的路線接近講台、雕像，以及那個穿金色衣服的女人。

然後，終於，艾里注意到了他。

那雙冰冷陰暗的眼睛掠過瑪賽拉，落在維克多身上。艾里的臉上閃過驚訝之色然後又消退，代之以陰鬱的笑容，而這時候一根槍管抵住維克多的背脊下，史泰爾粗啞的聲音在他耳邊響起。

「夠了，韋勒先生。」

✦

瑪賽拉一輩子都在展示。

可是今天晚上，她終於感覺有人看見了。

她走上講台時，每雙眼睛都在注意她，每雙眼睛都充滿好奇，都在發亮，等待著發表，因為他們知道還會有更多，不只是美麗，不只是魅力。無論知道與否，他們之所以在此，都是為了看清她的力量。

瑪賽拉開始講話，聲音傳開，漂浮在大理石廳堂內以及靜止的群眾間，他們的臉孔抬起，像花朵渴望陽光。

「我好高興，」她說道：「你們今天晚上能夠來參加。」

瑪賽拉說話的時候緩緩繞著講台走一圈，享受著自己能吸引住觀眾，這些梅瑞特最有權勢的人——或者自以為是最有權勢的。

「我知道我的邀請有一點神祕，可是我向你們保證，最好的東西值得等候，而我要給你們的是百聞不如一見……」

✦

瓊恩一步兩級跑上樓梯。

她把米契的大塊頭身形換成一個比較瘦的，這樣腳步加快，她奔上俯視中庭人海的陽台。人群的中央，瑪賽拉正繞著那座雕像緩緩繞行。

瓊恩發現強納森窩在暗處，看著表演。他雙肘撐著鑄鐵欄杆，全神貫注地看著瑪賽拉金亮的身形。

「你們有的有錢，」瑪賽拉的聲音迴響著。「有的有影響力。你們有的是生來就有權力，其他人則是白手起家。可是你們都來到這裡，因為你們令人欽佩。你們是律師、記者、執法人員。你們領導這個城市，你們塑造它，你們保護它。」

「你有沒有看見那個人？」瓊恩說道，手指著在人群間穿行的一個金髮男。

「維克多．韋勒，」強納森毫無表情地說道。

「對。」

如果維克多不願意幫助她，瓊恩就要逼他動手。

他是個以自我保護為本能的生物。

他們都是。

「如果他離瑪賽拉太近，」她說道：「開槍射他。」

強納森把外套底下的槍從槍套裡拔出來，眼睛始終未曾離開瑪賽拉。

「別殺死他，」瓊恩又補上一句：「除非必要。她不希望他死。」

強納森聳聳肩。他的自滿態度總讓她氣惱，但至少這一次瓊恩很高興他沒有多問。

「謝謝，強尼男孩，」她說道，然後又溜下樓去。

✦

「史泰爾。」維克多咬牙說道，而在對面的廊道上，艾里繼續有條不紊地緩緩接近講台，台上的瑪賽拉仍是全場焦點。

「你們知道力量的重要，」她在說著。「而你們還不明白的是，關於力量的那些概念已經過時了。」

史泰爾用槍頂著維克多的背。「我不會讓你礙事。」

「是嗎？」維克多掃瞄著群眾。

「那就是為什麼我在這裡，」瑪賽拉繼續說道：「要為你們打開眼界。」

艾里就快走到講台前了，她的一隻手抬起來擱在雕像的青銅袍子上。「讓你們看看真正的力量——」

維克多隨便挑了一個人，然後扭動他的神經。

一聲尖叫劃破空中，瑪賽拉的聲音立即被沖散，群眾的興趣轉移開。也在此同時，維克多轉過身，手肘往後用力撞擊史泰爾的頭側。史泰爾一槍射出，但維克多已經離開子彈的路徑，一心一意往講台走去，也就是往瑪賽拉與艾里走去。聽見開槍聲，密集的群眾驚慌四散。賓客紛紛湧開，一波波身體瘋狂地朝出口處推擠。只有維克多與艾里仍然往裡頭移動，朝向房間中央那個金色的身影移動。

維克多就差一點走到的時候，又有一下槍聲響起，子彈擊中一呎外的大理石地板激起火花。他抬頭看見強納森在陽台上，及時看見他舉槍要射第二槍，維克多明白了他的意圖。

子彈射穿維克多的肩膀，隨著一陣灼熱劇痛，鮮血立即冒出來。

他咒一聲，在強納森開第三槍之前抓住那個人的神經。

維克多抓住神經後轉動轉盤，就像先前在畫廊那裡一樣，而結果也正像在畫廊那裡一樣，強納森的力場冒出藍白色光，立即將他護住。維克多感到自己快抓不住了，但這次他沒有放開。

每樣東西都有一個擊破點，抗張強度有一個極限。

應用足夠的力量，那裡就會破裂。

18

最後一夜

舊法院大樓

五年來，維克多．韋勒一直活在艾里的腦子裡。先是一個鬼魂，然後像一個幽靈。但艾里此時發現，兩者都有嚴重瑕疵，他對手的那個版本是困在琥珀中，完全沒有改變——就像他自己一樣。真實的維克多在每一方面都顯現出這五年來的樣子，有些使他削瘦很多。他看起來一副病容——正如艾里所懷疑。但無所謂。

他會把事情改正過來。

但是首先——瑪賽拉。

她從雕像旁邊走下來，面容扭曲，不是由於恐懼，而是憤怒。她直朝艾里走過來。「是你幕後指使這場干擾嗎？」

「抱歉，」他說道：「我只是急著想見妳。」

「你會後悔的，」瑪賽拉諷道，同時走進接觸範圍內。艾里伸手要抓她，但那藍白色閃光亮起，擋在他們之間，把他的手彈開。拒絕他，可是沒拒絕她。瑪賽拉走進他的雙臂中間，抬手摸他的臉頰。

「你真應該跟其他人一起逃，」她說道，手開始發紅光。

一陣劇痛橫過艾里的臉上，一波痛苦隨之而來，他的皮膚液化，露出牙齒與下頷。但即使腐蝕擴散，他仍可感覺到它在反轉，肌肉與皮膚開始癒合。瑪賽拉含笑的眼神消退，代之以驚訝、震驚。

「我為什麼要跑？」艾里說道，臉頰又接合起來。「我是來殺妳的。」

瑪賽拉抽開身，突然不甚肯定了。

他懷念那樣——那些特異人在臨死前臉上的表情。就像天平在最後時刻顫抖，然後歸於平衡。彷彿那些特異人知道——他們本身就是錯誤的，他們所謂的「生命」其實是竊取而來的。是時候放手了。

附近一聲槍響，然後又是一槍，幾秒鐘後上方的空氣發出藍光與白光，能量爆發開來。維克多站在那裡仰頭看著，艾里順著他的視線望過去，看見強納森在這場風暴的中央。維克多張開雙手，空氣翻湧，上方那個特異人不見了。

瑪賽拉臉上的驚訝神情散開，露出懼色。

艾里有一個理論。他決定測試看看。

強納森心不在此，艾里一隻手伸過去抓住瑪賽拉的脖子。

這次沒有光圍繞著她，沒有力場震動，只有他手指底下白嫩的皮膚。

瑪賽拉迅速抬起雙手，抓住艾里的雙臂，他的衣袖很快就碎裂，下面的皮膚掀起，然後又癒合，接著再度掀起。

但艾里沒有鬆手。

在對面的廊道上，史泰爾與士兵在努力清除驚慌的人群，而在雕像的另一邊，維克多繼續對強納森施力，彷彿那個特異人只是一個線路，可以超載而中斷。

想到這一點，從某方面而言，他們兩人又在一起合作了。就像往日——或者像他們本來可以的那樣，或許吧。

這幾乎很具詩意，艾里想著，隨即看到維克多的背後出現一個特觀組士兵。

「不要！」艾里喊道。

但不是他們沒有聽到，就是他們不在乎。那個士兵走到維克多後面，一隻手臂圍住他的脖子把他往後拉，打斷了他的專注。

強納森力場的藍白光消失，又立即出現，這次落在瑪賽拉周圍保護著她。

隨著一個噪音——有如雷鳴——一陣猛烈的撞擊，艾里往後噴飛，撞到最近的一根柱子，落到幾呎之外的地上，他的背部劇痛。但是艾里沒有倒下，他低下頭，看見一根燭台的金屬支架從胸口穿出來。

艾里咬牙掙扎著把身子往前推，想使身體與鐵架分開。

瑪賽拉朝他走過去，一面揉著脖子。

「你一定是艾里．艾偉，」她聲音沙啞地說道：「偉大的特異人劊子手。我必須承認，」她說著把手按到他的腹部。「我佩服得五體投地。」

瑪賽拉把艾里再往鐵架推下去，他的後腰碰到柱子，鐵棍刮破他的體內。

他大吼一聲。

「你似乎沒有癒合，」瑪賽拉說著，舉起一隻發紅的手掌。「還打算殺我嗎？」

「是的，」艾里咬牙說道，齒縫間流出血。

瑪賽拉咂舌出聲。

「男人哪。」

她把指甲插入他受傷的腹部。疼痛傳遍艾里全身，皮膚與肌肉層層剝開，器官皺縮，他開始死去。

✦

艾里如掐住脖子的尖叫聲響遍大理石廳堂內，維克多被壓到地板上。

「眼睛看不見就不會痛，」那個特觀組士兵在他背後說道，這話不盡然真確。尤其是他竟傻得將手臂圍住他的脖子。

那個士兵喊出來，彷彿手臂斷掉了。感覺無疑會像那樣。維克多脖子上的手臂一鬆，他就跳起身，轉身面對那名士兵，用現在已成專家的手輕彈一下就把那個人擺平。

那名士兵失去知覺，癱倒在大理石地板上，維克多再轉回去看艾里，看見他被釘在一根金屬架上，離地面幾呎高。

法院大樓建築內槍聲迴響。史泰爾似乎猜出來強納森的特殊能力需要看得見才行，於是拚命往陽台上開槍射那個特異人。藍白色光狂閃，但史泰爾的槍喀嗒一響，彈匣已經空了，於是強納森開始報復，子彈如雨射出，逼得維克多與史泰爾躲到鄰近的石柱後面。

維克多真的陷入兩難。

如果他擺平強納森，艾里就可能殺死瑪賽拉。

如果他沒有，瑪賽拉就可能真的殺死艾里——那是維克多最渴望的事。

也是他仍希望自己動手的事。

結果，維克多有了決定，不是艾里，也不是瑪賽拉替他做的決定，而是瓊恩。

瓊恩——再度以米契的模樣出現在他面前，用一支槍抵住這個大塊頭的腦袋。「我好好拜託過你了，可是你不聽。」

瓊恩的手指碰到扳機。

「殺死瑪賽拉，」她命令道：「不然就失去他。」

瓊恩的每一方面，從平穩的手到平視的目光，在在告訴了維克多她會開槍殺米契，只是為了表明她的意思，更不用說為了得到她想要的了。

「等這裡結束，」維克多說道：「妳跟我得好好談一談。」

說完，他繞過石柱，已經開始接觸強納森的神經。防護盾又冒出來，一片抗拒的藍白色光，維克多的皮膚冒出汗珠。他從未對一個人釋放出這麼多電能，而他自己的神經已經吃力地破損呻吟，威脅著要斷然當機。

但是終於，那片力場開始碎裂。

✦

瑪賽拉的手挖得更深，艾里的視野開始旋轉暈眩。

但他仍看得見她後方陽台上迸裂的光。

艾里的嘴唇動著，彷彿在懇求，而瑪賽拉湊近了要聽的時候，他盡可能用力把自己的頭撞向她。沒有了強納森的保護，這一下撞了上去，瑪賽拉摔著臉頰踉蹌退開。她轉頭看見強納森自己的防護盾碎裂，就開始穿過房間朝維克多走去，留下艾里釘在石柱上。

那根鑄鐵棍仍從他的胸前插出來，不過瑪賽拉已經差不多把它弄毀了——連帶毀了他的肚子。艾里揮拳用力打那根生鏽的鐵棍，它就整個碎開了。

他站起身背靠著石柱，用力撐著把身體推離殘餘的鐵架，然後倒在地板上。艾里的腹部是一團血塊，但是穿透的鑄鐵沒了，傷口已經在癒合，器官封合，組織結成乾淨光滑的肌膚。

一陣震耳欲聾的碎裂聲響遍法院建築，強納森的力場終於瓦解。那個特異人往前倒，翻過欄杆跌落，撞到下方的地板上，身體碰到石板發出沉重的撞擊聲。

維克多搖搖晃晃地跌跪下去，因為用力過度而猛喘氣。他沒有看到瑪賽拉走過來，她的腳步加快，雙手開始發光。

艾里先趕上去，雙臂抱住她的肩膀，把她牢牢往後按在他身上。

「說真的，」她吼道：「你就識相一點吧。」

她的異能如火焰爆發，迅速且灼熱，使盡全力與艾里相抗，他的世界痛得變成白茫茫的一片。

從前在實驗室，哈維提測量過艾里的復原速率，也就是他癒合的速度，令他驚異的是從來沒有放慢過，像不會耗盡的電池。但哈維提的測試沒有一項曾把艾里的能力拉到極限，像瑪賽拉此刻做的這樣。

她把頭往後仰靠在他的肩膀上。「你玩夠了沒？」

她的意志力強得使空氣都在波動。

瑪賽拉的力量不再僅是來自雙手，還會放射出來包圍兩人，裹住最近的桌子，腳底下變薄的大理石綻開裂紋。那力量蝕掉他的西裝與她的禮服，融化、摧毀、消去每樣東西，直到他們站在脆弱的地板上一堆淺灰中，艾里的雙臂——處於不斷從皮膚到肌肉到骨骼的反覆變換過程中——緊按著瑪賽拉裸露的胸部。

「如果妳指望我會因為害羞而退縮，」艾里說道：「那妳該知道，我已經沒多少羞恥心可言了。」

艾里緊貼著她，像是一個奇異、幾近愛意的擁抱，直到他脖子上的鋼項圈終於鏽蝕，脫落下來。

艾里在痛苦中露出笑容，他的最後一條鎖鍊除掉了。

腳下的地面如今已經顯得岌岌可危。艾里收緊了他的手臂，身體在抗議般地尖叫。「我已經殺了五十個特異人，」他低吼：「而妳還遠不算是最強的那個。」

瑪賽拉的力量穿越空中。幾呎外的青銅雕像開始鏽蝕碎裂。石柱搖晃不穩，整個建築顫動崩壞，他們腳下的大理石一層一層磨損，就像艾里的身體一樣。

他們下面的大理石變成薄得像融冰，先是半透明，然後變成透明的。

「看來，」瑪賽拉說道：「我們是勢均力敵。」

「不對，」艾里說道，地板開始裂開，碎掉。「妳還可能死掉。」

艾里的腳用力踩向脆弱的大理石，地板在他們底下破裂開。

✦

維克多剛站起來一半，一隻手抓著受傷的肩膀，地板開始坍陷。他踉蹌退開，靴子搜尋著堅實的地面，猛烈的碰撞震撼了整棟建築。

維克多退到震波範圍之外，才看清楚剛才發生的事情全貌。

就像往裡面炸裂，內爆。

前一秒鐘艾里與瑪賽拉還糾纏在一起，在中庭的中央困在光團內，下一秒鐘他們就不見了，像隕石栽下穿透大理石地板。塌陷的力道激起連鎖反應，牆壁搖晃，石柱傾倒。玻璃圓頂破裂然後粉碎。

堅實的石地板上砸出的洞非常大，深約二十，也許三十英尺。

沒有瓊恩的影子，但維克多看到史泰爾在附近，失去知覺，一隻腳被斷石柱壓在下面。

建築停止晃動，維克多走到大洞邊緣往下看。瑪賽拉躺在洞窟底，四肢從斷石邊垂下，黑髮鬆散，頭歪成錯誤的角度。

碎石礫動了一下，艾里在她旁邊蹣跚爬起來，全身赤裸染血，就在他站起來的時候身上的斷骨也開始接合。他低頭看瑪賽拉的屍體，劃一個十字，然後抬頭看地板的破洞。

他與維克多目光相接，一時間沒有人移動。

快跑，維克多想著，他可以看見艾里扭曲的身形如何回應。來追我。

艾里赤裸的腳附近石塊鬆動，從石礫堆上面滑落，他們兩人同時開始行動。

艾里轉身爬上廢墟，維克多轉身想找有沒有別的路下去。最近的樓梯已經坍塌，電梯沒有反應。他終於找到一個樓梯間，三步併作兩步跑下去，到最後一層往下跳到廢墟與瑪賽拉・摩根的殘骸那裡。

等維克多到了那裡，艾里已經不見了。

19

最後一夜
舊法院大樓

建築全毀，堆集的石頭仍在移動歸位，艾里從殘骸中爬出來。他撬開一扇門，灰土與玻璃在周邊如雨落下，他找到一處還完整的黑暗樓梯間，於是往上爬。上方的門通往一座室內停車場。附近的警鈴大作，他光著身子穿過水泥地，朝旁邊的小街走去。

要離開維克多很難。

還會有時間再去找他。但是首先，艾里需要拉開自己與法院大樓——以及特觀組的距離。

「對不起，先生，」一名警衛走過來喊道：「你不能——」

艾里一拳打到那個人的下巴上。

警衛像石塊倒下，艾里剝下他的制服然後穿上，繞過停車護欄走進巷子裡。

艾里被捕已經五年，更久之前他便學會了如何從人們眼前消失。令人驚訝的是，記憶是如何迅速回到那些熟悉的舊路徑上的。艾里感到平靜，掌控一切，思緒條理分明地一一梳理著接下來的步驟。

現在，他只需要——

一陣劇痛刺入他的側腹。

艾里痛縮一下，低頭看見一支鏢插在肋間。他把鏢拔出來，舉到亮處瞇眼看著玻璃針管內殘餘的電光藍液體。一陣奇怪的寒顫傳遍他體內，他的胸口發緊。

他背後響起腳步聲，緩慢而沉穩，艾里轉過身，卻發現是一個鬼魂。

一個怪物。

一個穿白色實驗袍的魔鬼，深凹的眼睛從一副圓形眼鏡後面看出來。

哈維提博士。

艾里的嘴發乾。他回想起染血的鋼桌上，感到雙手在他敞開的胸腔內，但儘管喉頭苦汁直冒，艾里仍硬逼自己站穩腳步。

「我們在一起那麼久，」他把那支鏢扔開。「你真的還以為那種東西會有用？」

哈維提歪著頭，眼鏡玻璃發亮。「讓我們看看吧。」

博士舉起槍，又把一支鏢射到艾里的胸部。

艾里低頭看，以為會看到霓虹色的液體，但這支針管的內容物是清澈的。他將鏢拔出來。

「我不睡覺，」他說著把它扔掉。「但我還是會作夢。而我常常夢見殺死你。」

他朝哈維提走過去，可是走了一半他的膝蓋前面發軟，彎曲起來，彷彿要麻木了。世界開始往兩邊搖晃，艾里癱跪在小街上，四肢突然很遲鈍，頭暈目眩。

這樣不對。

這沒有一點是對的。

此刻他變成平躺，哈維提博士跪在旁邊，量著他的脈搏。艾里想掙脫，身體卻不聽話。

然後，十三年來第一次，艾里．艾偉昏了過去。

✦

維克多爬上樓梯進入室內停車場，鐵門在背後重重關上。他的肩膀仍在流血，在水泥地面留下明顯的追蹤痕跡。更甚的是，那嗡嗡聲已經蔓延到四肢，腦袋裡的音調升高為呻吟。他快沒有時間了。

他掃視著停車場——艾里會開車，還是走路？這裡沒有空位，在地面層沒有，而艾里浪費寶貴時間往樓上走的可能性很小。

那麼，就是步行了。

他朝出口走去，看見警衛倒在地上，身體靠著警衛亭，衣服脫得只剩內褲與襪子。維克多從他旁邊走過去，來到旁邊的小街上。

有太多巷子，太多路艾里可以走，每次維克多選錯路，便會讓艾里超前更多。

有一個東西在旁邊地上發亮，維克多跪下去撿起來。一支裝有鎮定劑的飛鏢。

他抬起頭看，注意到上方高處有兩台監視攝影機。

他摸摸偷來的外套口袋，發現有一支手機令他欣慰不已。他撥了米契的號碼，希望至少這一次那傢伙沒有聽他的命令。

響了兩次，三次，然後米契接起來。「法院大樓塌了！這是他媽的怎麼一回事？」

「你在哪裡？」維克多問道。

遲疑了片刻。「兩條路口外。」

他很欣慰聽到這句話。

「我還沒找到雪德妮。」

「好吧，既然你還在這裡，」維克多抬頭望著監視攝影機說道：「我需要你駭進一個東西。」

✦

史泰爾咬緊牙關，讓何茲與布瑞格撬開石頭把他的腿從廢墟裡抽出來。

他某個地方斷了，他知道，但他算運氣好。參孫跟著法院建築的大半個地板一起陷落，屍體埋在廢墟底下某處。這棟樓的其餘部分看起來也很不穩定。

「還有一輛救護車在路上，」布瑞格大聲說著以蓋過接近的警笛聲。

何茲本來一直在設法不讓群眾接近，盡可能縮小這次事件對外曝光範圍。可是現在緊急救護成員快速抵達，外面的群眾太好奇，太習慣有求必應，一直要求答覆、解釋與傷亡報告。

史泰爾的心思在轉，但他只有幾分鐘可以控制這裡的局面。

瑪賽拉・摩根的屍體掛在下方深處的斷裂大理石上，那足以證實她自己的毀滅性力量。

毀壞的樓層最遠處是另外一個特異人——強納森——像破布娃娃似地一隻手掛在深坑的邊緣。

瓊恩不見蹤影。

維克多也是。

艾里也是。

「叫出追蹤器。」

「我已經叫出來了，」布瑞格嚴肅地說道。

她一隻手把艾里的外套遞給史泰爾，另一隻手遞出五個小追蹤器。

史泰爾的胃往下一沉。

「還有更糟的，」何茲說著，拿出艾里的項圈殘餘部分，已經腐蝕破裂，完全無用。

史泰爾把何茲手上的破爛揮手掃開，碎渣散落到破地板上。

「把我們所有人找來，」他命令道。「要把卡戴爾找到。」

20

最後一夜
地點不確定

艾里最先注意到的是氣味。

實驗室的防腐劑氣味，可是在那之下還有一種噁心的甜味，像是腐爛東西，或者哥羅芳。他的其他感覺陸續恢復，注意到燈光太亮。鈍鈍的鋼鐵。他的腦袋像棉花，思路像糖漿。艾里不記得喝醉是什麼感覺——已經太久沒有東西能夠影響他了——但他想那一定比較舒服。這個——口乾舌燥，頭痛作嘔——可不舒服。

他試著坐起來。

沒有辦法。

他躺在一個鋪著塑膠布的條板箱上，手腕被束帶綁在下面的木板上。一根皮帶橫過嘴巴，把他的頭往下固定在箱子上。艾里的手指摸索著，想找一樣東西，任何東西都可以，但是只找到塑膠。

「我很清楚這裡不像我從前的實驗室那麼講究，」哈維提說道，他的影像漸漸變清晰。「可是也只能如此。一切以需要為重。」博士走出艾里的視界，但並未停止說話。「我在特觀組還是有一些朋友，你知道，他們告訴我你放出來了，好吧——我不知道你信不信命運，卡戴爾先生」——他聽見一些工具在一個金屬托盤上移動——「但你一定可以看出我們這次重逢的美妙之處。畢竟，你是我達成突破的原因。所以理所當然現在你要做我第一項真正測試的對象。」

哈維提再度出現在艾里的視線內，手裡拿著一根針管，裡面晃動著同樣的電光藍色液體。

「這個，」他說道：「你可能也猜到了，是能力抑制劑。」

哈維提把刀子拿到艾里的胸口然後往下壓。皮膚分開，血液湧出，可是等哈維提將刀子拔出後，艾里仍一直流血。疼痛也繼續著，像鈍鈍的抽痛，直到慢慢地，艾里感到傷口再結合起來。

「啊，我明白了，」哈維提若有所思地說道：「我一開始給的劑量太低了。上一個對象我給藥太多太快，結果他就那樣……破碎了。可是，你看，這就是為什麼你是這種試驗的完美候選人。」哈維提拿起注射器。「你一直都是。」他把針頭插入艾里的脖子。

很痛，像冰水快速流過他的血管。

但最奇怪的不是疼痛的感覺，而是記憶的零碎片段——澡盆裡裝滿碎冰。蒼白的手指摸過冰冷的水面。收音機裡的音樂。

維克多·韋勒，靠在臉盆邊。

你準備好了嗎？

「現在，」哈維提說著，把艾里拉回此刻。

「讓我們再試一次。」

21

最後一夜
倉儲區

維克多停在一棟呆板的灰色建築外面。這是一個倉儲場所。兩層樓高的控溫隔間，房間大小的儲物室裡面堆著不用的家具、藝術品或者裝箱的衣服。這是米契幫維克多破解攝影監視器後找到的地方，已經非常足夠。

根據米契的說法，還有另外一個人。戴眼鏡，穿白外套。後面拖著失去知覺的艾里。

這太奇怪。艾里變成特異人的那天晚上，維克多曾看著艾里試圖把自己灌醉以求遺忘。但酒精對他根本不起作用。

他死了之後，什麼都沒有用。

維克多穿過地面層的隔間，掃視著鐵捲門想找找看沒有上鎖的。他的肩膀已經停止流血，但仍然會痛——他沒有壓抑痛覺神經，因為他需要每種感官保持敏銳，尤其是此刻電能正在四肢裡面累積，威脅著要噴發出來。

維克多聽見一個男人的聲音——他不認得的人——從左邊一個儲物室傳出來。他跪下去，手指伸到鐵門底下，那個聲音像在輕鬆對話般繼續著。他把門一點一點抬高，一呎，兩呎，屏住氣準備發出難免的匡噹聲。但後面那個說話聲音並沒有停下來，似乎根本沒有注意到。

維克多從捲門底下鑽進去，然後站直身子。

瞬間，一股刺鼻的氣味撲面而來，帶著些許毒性，甜膩得過分，化學藥劑的味道。然而，當他注意到眼前的場景時，立刻忘了那股味道。

一個托盤擺著醫院等級的工具，一個穿白長袍的男人背對著維克多，白手套沾滿血，俯身對著一張克難的桌子。桌上，綁在上面的，是艾里。

十幾個淺傷口的血從他身側流下來。

他沒有癒合。

維克多清一下嗓子。

博士沒有嚇一跳，對維克多的光臨似乎一點也不驚訝。

他只是把手術刀放下，轉過身，露出一張瘦臉，圓眼鏡後面一雙深陷的眼睛。

「你一定是韋勒先生。」

「你他媽的又是誰？」

「我的名字，」那個人說道：「是哈維提博士。請進，找一個——」維克多手握成拳。那個博士應該彎腰倒地尖叫。他至少應該踉蹌一下，痛吸一口氣。但是他那些事一樣都沒有做。博士只是微笑著。「……位子坐下，」他把話說完。

維克多不明白。那個人是另外一類特異人，具有刀槍不入的異能嗎？但是不對——維克多能夠感受到瓊恩的神經，即使他不能影響他們。現在這個不同。他探索博士的身體時，維克多感覺到——什麼都沒有。他感覺不到那個人的神經。然後突然之間，維克多發現他也感覺不到自己的神經。

就連經過剛才大樓那件事之後，前一刻還幾乎要噴發的恐怖電能，現在也沒了。

他的身體感覺起來……像一具屍體。

沉沉的重量，笨拙的肌肉。再沒有別的。

「那應該是氣體的影響，」博士解釋道：「很了不起，是吧？當然，嚴格來說那不是氣體，只是一種壓縮氣體版的能力抑制血清，我目前正用在卡戴爾先生身上做測試。」

維克多留意到博士的肩膀後面有動作，但他的注意力一直放在哈維提身上。若是博士自己轉過身，就會注意到艾里伸出手指摸索桌緣——會注意到他摸到剛才哈維提傻傻地放下的手術刀。但哈維提的注意力在維克多身上，所以沒有注意到艾里鬆綁了。

「我看過你的檔案，」博士繼續說道：「聽說過所有關於你那神奇能力的事情。我很樂意親自見證，但是你也可以看到，我正在進行另一個——」

然後，哈維提終於轉身比著桌子上的艾里，但艾里已經不在上面了。此時他站在那裡，握著閃爍螢光的手術刀。

艾里攻擊下來，刀子劃開空氣——以及博士的喉嚨。

哈維提踉蹌倒退，手抓著脖子，但艾里的手向來靈巧。手術刀切得快又深，割開頸靜脈與氣管，博士跌跪下去，嘴巴像魚一般張合，身體下的水泥地上一灘血水。

「他總是講個不停，」艾里簡短說道。

維克多非常清楚艾里手上拿著刀，而他自己卻什麼武器都沒有。他的眼睛看向托盤上的工具，還有幾把手術刀，一把骨鋸，一支鉗子。

艾里一腳踩著哈維提的背，把博士的屍體翻過去。

「那個人該下地獄受火刑。」他陰暗的目光抬起來。「維克多。」停了一下。「你應該繼續長眠的。」

「結果沒有。」

艾里的臉上露出陰笑。「我必須說，你看起來很不妙。」他的手指握緊手術刀。「可是別擔心，我會讓你結束——」

維克多衝向工具托盤，但艾里把它推開。

工具散落一地，而就在維克多碰到任何一樣之前，艾里抱住他的腰，他們一起重重倒下，艾里的手術刀刺向維克多受傷的肩膀。就在最後一刻他把艾里的手擋開，刀子擦過水泥地，一路劃出火花。

現在艾里不能癒合，維克多不能引起疼痛——他們終於處於平等立場。

其實完全不平等。

艾里的身材仍然像一個二十二歲的足球四分衛。

維克多是憔悴的三十五歲要死之人。

轉眼之間，艾里的手肘就已經抵在維克多的喉頭，維克多得用盡全力阻擋另外一隻手刺下來割斷他的氣管。

「到頭來總是這樣，不是嗎？」艾里說道：「不管是我們。還是我們所做的——」

維克多抬起一邊膝蓋頂向艾里受傷的腹部，艾里仰身往旁邊滾。維克多蹣跚爬起來，鞋子踩到哈維提的血滑了一下。他拿起一樣散落地上的工具，一把細長的刀，艾里又朝他攻過來。維克多往後閃開半步，踢中艾里的膝蓋，艾里握刀的手碰到地上以求平衡，維克多把靴子往下一踩，將他的手與刀一起壓在地上，同時把自己的刀刺向艾里的胸口。

但艾里及時把手抬起來，刀子插入他的手腕，刺得很深，直直穿透過去。維克多喉頭發出尖叫，但是他試圖掙脫時，艾里如鐵鉗般抓住他的手，然後用力一扭。維克多失去平衡倒在地上，艾里壓在他身上，手裡握著刀往下一刺，維克多雙手抓住艾里的手腕，沾滿鮮血的刀懸在兩人之間。

艾里高聳在他身上，把全身重量往下壓。維克多的手臂吃力地發抖，但是一點一點地往下退縮，直到刀尖割開他喉間的皮膚。

每個結束也可能是一個新的開始，但每個開始必須結束。

俯瞰著自己的老朋友，艾里．艾偉明白這一點。

維克多．韋勒，已經疲倦，流血，破損，屬於地下。

讓他入土為安是慈悲之舉。

「我的時候未到，」刀劃破維克多的皮膚時他說道：「但你的時候就是現在，而這次，」他說道：「我會確定讓你——」

一個聲音響遍這個鐵房間，來得突然，而且震耳欲聾。

艾里握刀的手顫抖著，一陣劇痛，灼熱如熔岩，穿過他的背部——穿透皮膚與肌肉，以及更深的部位。

維克多躺在他下面不動，但是還活著，艾里想繼續完成已經開始的動作，可是刀掛在他的指間。他感覺不到。什麼都感覺不到，只有胸口的劇痛。

他低頭看，見到一大片紅色在他的皮膚上綻開。

他的呼吸變急，口中充滿銅味，然後他彷彿回到洛克蘭一間黑暗公寓的地板上，坐在一灘血中，在手臂上不停割劃著，要上帝告訴他為什麼，請上帝拿走他不再需要的力量。

現在，他把目光從胸口的大洞上抬起來，看到一個女孩，淡金色的頭髮與冰藍的眼睛，那麼熟悉，面前是一根槍管。

賽蕊娜？

但是艾里開始倒下——
他並沒有倒在地上。

22

最後一夜

安全

雪德妮一站在儲物室的入口，手裡仍握著槍。

度兒在她背後呻吟，不安地踱著步，但雪德妮一直將武器對準艾里，等著他爬起來轉身面對她，對著她的武器搖頭，笑她試圖阻止他只是徒勞。

艾里沒有站起來。

但維克多站起來了。他掙扎著站起身，一隻手摸著喉間的淺傷口，說道：「他死了。」

這句話好像錯了，不可能的。維克多似乎不相信，雪德妮也無法相信。

艾里是──永恆的。一個不死的鬼魂，一個年年在每個噩夢裡追逐雪德妮的怪物，一直糾纏著她，直到沒有人可讓她躲在身後，無處可逃。

艾里．艾偉不會死的。

不可能死。

但是現在他躺在地上──毫無氣息。

她對著他的背又開了兩槍，只是為求確定。然後維克多來了，把槍從她指節發白的手上輕輕移開，用緩慢沉穩的聲音再說一遍。

「他死了。」

雪德妮把目光從艾里的屍體上移開，打量著維克多。他的喉間一道鮮血流下來，肩膀上有一個洞，一隻手臂護著肋間。

「你受傷了。」

「是的，」維克多說道：「但我還活著。」

附近響起汽車關門聲，維克多緊張起來。「特觀組，」他低聲說道，腳步順著走道砰砰作響，他擋在雪德妮身前。但度兒只是看著，等著，捲門整個拉起來，不是士兵，是米契。

他的臉色變白，看清楚了儲藏室的整個景象，克難的手術台、地板上的屍體、維克多的傷勢，以及雪德妮手上的槍。「特觀組在我後面不遠，」他說道：「我們得走了。快。」

雪德妮開始往前走，但維克多沒有跟隨。她拉著他的手臂，看到他臉上閃現的痛苦神色她立即興起罪惡感，悟到這裡那麼多血一定是他的。

「你能走嗎？」她問道。

「你們先走，」他的聲音緊繃。

「不行，」雪德妮說道：「我們不要分散。」

維克多轉過身，神情痛縮著跪在她面前。

「有一件事我必須做。」雪德妮已經在搖頭，但維克多伸出一隻手撫著她的臉頰，這個動作好奇怪，好溫柔，使她心頭一寒。

「雪德妮，」他說：「看著我。」

她迎視他的眼睛。經過那麼多事情，那雙眼睛仍然感覺像家人，像安全港，像家。

「我必須做這個。可是我一做完就會跟你們會合。」

「在哪裡？」

「在我一開始發現妳的地方。」

那個地方已經牢牢刻印在雪德妮的記憶中。在城外州際公路那裡。路牌上面寫著「梅瑞特——23英里」。

「我午夜跟你們會合。」

「你保證？」

維克多直盯著她的眼睛。「我保證。」

雪德妮知道他在說謊。

他說謊的時候她都會知道。

而她也知道自己無法阻止他。不會阻止他。於是她點點頭，然後跟著米契走了出去。

維克多沒有太多時間。

他等到米契與雪德妮走不見了，才轉身回到那個儲藏室。他努力保持專注，拖著疼痛的四肢穿過房間，繞過艾里的屍體。

屍體像磁鐵一樣一直吸引著他的視線，但維克多逼自己不要停步去看。不要去想它表示什麼意義，表示艾里．卡戴爾真的，真正的死了。這個認知像重擊，維克多失去平衡。像一個秤錘終於移除了。

一個相反但均等的力量消除了。

維克多把注意力轉放在哈維提的工具上，開始工作起來。

離去

1

事後

史泰爾的寓所

維克多的手指滑過手機的表面。

下午十一點四十五分。

離半夜還有十五分鐘，而他還沒有出城。

維克多安坐在舊扶手椅上，調整著自己的神經轉盤，測試它們的強度。哈維提的血清幾個小時前已經失效了——就像四肢恢復感覺，神經先是有如針尖扎刺然後終於回復控制。

但是一旦維克多的能力恢復，腦袋裡的嗡嗡聲，那種靜電的滋滋聲又回來了。這又是另一次發作的開始，但只是開始。這是很奇怪的事——在踏進儲藏室之前，他的四肢一直在嗡嗡作響，電流可能幾分鐘後就會襲捲他。哈維提的血清壓抑了他的異能，也壓抑了那次發作。維克多的神經系統深處某樣東西重新啟動。

他從外套口袋裡取出一個小玻璃瓶——他在哈維提的儲藏室裡蒐集了六個。即使在這間黑暗的空寓所內，也看得見裡面的電光藍。

這種液體代表一種極端的解答，但也代表進步。

他必須小心——每次維克多使用這個血清，就是在跟死亡交換，給自己的弱點打開一個空窗期，一段時間沒有了異能——但他已經開始做筆記——其實是做計畫。

或許，如果劑量正確，他就能找到一個平衡點。也或許會比維克多得努力很長一段時間的結果好得多。

他的電話亮起來——他已經調成靜音，但仍會發出很亮的光，顯示幕上出現一個熟悉的名字。

雪德妮。

維克多沒有接。

他看著顯示幕，直到它再度變暗，這時門外響起腳步聲，他把手機塞回口袋裡。幾秒鐘後，鑰匙在門鎖中轉動，然後史泰爾一跛一跛地出現，一隻腳穿著復健靴套。他把鑰匙扔到一個碗裡，也懶得開燈，只是晃到廚房裡給自己倒一杯酒。

這位特觀組主任的酒正要入口，他才終於發覺屋子裡不是只有他一人。

他把酒杯放下。

「維克多。」

算他還行，史泰爾並未猶豫，直接就拔槍對準維克多的頭。或者至少他有心如此。但維克多讓那個人的手動彈不得。

史泰爾的臉擠在一起，努力反抗著手指上的隱形重量。

但這是一場意志力的鬥爭，而維克多向來比較強。

維克多抬起手，轉一下，然後史泰爾的手就像木偶一樣也跟著轉，直到他的槍頂在自己的頭上。

「不必這樣子結束，」史泰爾說道。

「你把我關在籠子裡兩次，」維克多說道：「我不打算再有第三次。」

「殺死我又有什麼用？」史泰爾斥道：「那也不會阻止特觀組興起。組織精神超越我個人，而且日益壯大。」

「我知道，」維克多說道，同時把史泰爾的手指導引到扳機的位置。

「可惡，聽著，如果你殺了我，會讓你自己成為特觀組的頭號敵人，他們的首要目標。他們絕對不會停止獵捕你。」

維克多陰鬱地笑著。

「我知道。」

他的手握成拳頭。

槍聲響徹室內，維克多的手垂落身側，史泰爾的身體倒在地板上。

維克多深吸一口氣，穩定自己的心神。

然後他從口袋裡掏出一張紙。從破舊平裝書上撕下來的一張紙，上面一行行的字都被塗黑，只剩下六個字。

有本事來抓我。

維克多離開的時候讓門開著。

他走到外面暗處，把手機從口袋裡掏出來。

手機又在嗡嗡作響，黑色背景上顯示一串白色的雪德妮名字。維克多關掉手機，讓它由指間滑落到最近的垃圾桶內。

然後他拉高領子，走開了。

2

事後
梅瑞特城外

雪德妮把手機貼在耳邊，聽著鈴聲變成靜默，語音信箱，然後是長長的嗶嗶聲。

現在是午夜過後十五分鐘，不見維克多的影子。車子就在「梅瑞特23英里」路牌後面的暗處讓引擎空轉等候著。米契緊張地坐在駕駛座，度兒在後面把頭伸到車窗外。

雪德妮在路肩的草地上踱步，試著再打最後一次電話給維克多。

直接轉到語音信箱。

雪德妮掛上電話，發現自己正要傳訊息給瓊恩——然後才想起來自己的手機已經沒了。那表示雪德妮不再有瓊恩的號碼。而且就算有……

雪德妮把拋棄式手機塞回口袋裡。她聽見車門打開，米契走過來時草地上的沉重腳步聲。

「嘿，孩子，」他說道，聲音好溫柔，彷彿害怕把真相告訴她。但雪德妮已經知道——維克多走了。她瞪著遠方梅瑞特的城市天際線，雙手插到口袋裡，摸到一個口袋裡是姊姊的骨頭，另外一個口袋裡是槍。

「該走了，」她說道，然後轉身走向車子。

米契發動引擎，把車子開回公路上。這條路一直通往前方，平坦且無盡頭，幾乎像夜裡結冰的湖面。

雪德妮抗拒著想回頭看的衝動。

也許維克多走了，但是仍然有線頭把他們的生命纏結在一起。那線頭從前曾引領雪德妮找到過他一次，也會再次帶她找到他。

不管她得找多久或者多遠。

遲早，她會找到他的。

如果說雪德妮有什麼，那就是時間。

3

事後
特觀組

何茲打一個顫，不是因為看到鐵桌上的屍體，而是由於冷。

這間儲藏室裡他媽的凍死人。

「現在不是那麼強悍了，」布瑞格咕噥道，呼出來一團霧氣。

這話不假。

躺在那裡，在冰冷的白光下，艾略特．卡戴爾看起來……很年輕。本來，他的年齡都封存於那雙眼睛裡，像鯊魚眼一樣呆板。但是現在眼睛閉著，卡戴爾看起來不像一個特異人連環殺手，倒比較像何茲的弟弟。

何茲一直很好奇人體與屍體之間的差距為何，一個人不再是他、她或者他們，而變成了它，其間的空間何在。艾略特．卡戴爾看起來仍然像一個人，儘管皮膚蒼白得嚇人，子彈傷口仍然發亮——小小黑黑，周圍參差的圓圈。

沒有人知道哈維提怎麼能夠把艾里變成普通人——或者至少變成會死的人。就如同他們不知道究竟是誰槍殺了這個特異人，或者誰殺死了那個特觀組前科學家——不過每個人似乎都認定是維克多・韋勒。

「何茲，」布瑞格斷然說道：「我快凍僵了，你卻兩眼迷濛瞪著屍體發呆。」

「對不起，」何茲說道，呼吸像冒煙。「只是在想。」

「好吧，不要再想了，」她說道：「幫我把這個東西裝好。」

他們合力把卡戴爾的屍體放進冷藏櫃，那基本上只是特觀組地下室一長排深深的抽屜，專門為無限期安放死去的特異人屍骸而設。

「一個好了，」她說著，一面在筆記夾板上寫下來。「還有一個要處理。」

何茲的目光轉向旁邊鐵桌上耐心等待的另一具屍體。

魯許。

何茲盡可能讓眼睛避開這位老朋友。

不只是因為槍傷在舊傷疤上加上青紫色的痕跡，而是因為他無法相信自己的眼睛——杜明尼熬過了那麼多。他們一起服役四年，又在這裡並肩工作三年。

里歐斯總是告訴他們不要做假設，說特異人不是鴨子——他們不必走得像一隻鴨子，看起來像，說起話來像，聞起來像，才真的是一隻鴨子。

但還是難以置信。

「很瘋狂，不是嗎？」他喃喃說道：「這讓你好奇外面到底還有多少，以及這裡。如果我是特異人，你最好相信這是我最不想待的地方。」

布瑞格沒在聽。

他不能怪她。

特觀組處於緊急狀態。他們相當快就把這個地方恢復封鎖，但過程中還是失去了四個特異人，三分之一的士兵在接受治療——五個死了。那場宴會則是一場大災難，特觀組最難殺死的特異人死了，大概是他們自己的前任員工所為，而主任今天根本懶得來上班。

何茲需要喝一杯。

布瑞格把冷藏室的門封好，然後他們回到建築的主要樓層。

何茲刷卡通過安檢，走到外面，很慶幸自己的值班工作終於結束。

他的車子在停車場旁邊的員工區。那是一輛流線型的黃色跑車，看起來像動物一般優雅——不僅僅是開車，而是咆哮，怒吼與輕聲呼嚕，別的特觀組士兵都笑他，但何茲自從入伍後就沒多大渴望——只有快車與美女——而他只願意花錢買其一。

他爬上駕駛座，發動引擎，調高暖氣，仍試圖擺脫冷藏庫的寒意，以及這二十四小時以來的震驚感。何茲駛出大門，打開收音機，想蓋過碎石路面的噪音。他搖搖頭——他猜想著，特觀組一定付得起給自用道路鋪設柏油，但顯然他們不希望鼓勵太多車流。所以如果你是平民，駛上這一區的碎石路面，就表示你走錯路了。

不過還是有些人不懂這個訊息——例如這個渾球，何茲想著，眼睛瞪著前方的路。

一輛車停在路肩，低矮的黑色雙門小轎車，尾燈閃著，車蓋掀起。何茲放慢車速，不知是否應該繼續，然後他看到那個女孩。她在低頭檢查引擎，他駛到她的車子旁邊時，她直起身抹抹額頭。

金髮，紅唇，緊身牛仔褲。

何茲搖下車窗。

「這裡是私有產業，」他說道：「恐怕妳不能停在這裡。」

「我也不想停，」她說道：「可是這個蠢東西掛了。」

何茲聽見一點口音，一種音樂性的腔調。老天，他就愛這種口音。

「當然啦，」女孩踢一下輪胎繼續說著：「我一點也不懂什麼狗屎車子。」

何茲瞄一眼那輛低矮的黑色怪獸。「對狗屁都不懂的人來說這可是相當不錯的一輛車。」

她聽了一笑，露出酒窩的燦爛一笑。「我能說什麼呢？」她用悅耳的口音說道：「我偏愛好東西。」她把在脖子上的髮絲撩開。「你想你能幫忙嗎？」

何茲對車子也是一竅——或者說狗屁——不通，卻不想承認。他下了車，捲起衣袖，走到引擎前面。這讓他聯想到在基礎訓練時必須給假炸彈拆除雷管的情景。

他這裡戳戳那裡碰碰，同時低聲哼著歌，女孩站在他的肩膀旁邊，散發著夏日陽光的氣息。

然後，奇蹟似地，他的手指擦過一根管子，何茲發覺只是管子鬆脫了，於是把它接好。

「試著發動看看，」他說道，一秒鐘後，車引擎隆隆作響，活了過來。女孩發出欣喜的聲音。

何茲把車蓋闔上，感覺很得意。

「我的英雄，」她假裝誠懇地說，但語氣中帶著真心的親切。她翻著皮包。「來，讓我付給你……」

「妳不必這樣，」他說道。

「你幫我脫困，」她說道：「我一定要做點什麼。」

何茲猶豫著。她對他而言有點高攀，可是——去他的。

「妳可以讓我請妳喝一杯。」

他準備面對無可避免的拒絕，看到女孩搖頭時並不驚訝。「不行，」她說道：「不行。是我要請你。」

何茲笑得像白痴一樣。

他本想當下就跟她走，把那輛黑轎車留在這條私有道路路邊，開車送她去哪裡都可以，但是她向他道歉——因為車子拋錨，她已經遲到太久——然後問他可不可以改期。

「明天晚上？」

他同意了。

她伸出手，手心向上。「有電話嗎？」

他遞出手機，她的手指在他的手上短暫停留一下時，他的臉微微紅起來。她的手摸起來像羽毛般輕軟，卻像觸電一般。她把自己的名字與電話號碼加入他的聯絡人一欄，然後把手機遞還。

「那麼，明天嘍？」她問著，一面轉身走向自己的車子。

「明天，那麼……」何茲低頭看手機上輸入的內容。「愛普若。」

她由濃密的睫毛底下回頭看他，擠一下眼睛，何茲爬上自己的黃色跑車，駛開時仍在用後視鏡看著光彩煥發的愛普若。他一直在等她消失，可是她沒有。人生很奇怪，有時候又好美妙。

而明天，他有一個約會。

✦

瓊恩看著那輛黃跑車在遠方越變越小。

白痴，她想著，然後開始上路，這次是步行。

走到特觀組的大門口的時候，她全心全意讓自己看起來就像班傑明．何茲，監視與封鎖區，二十七歲，愛弟弟，討厭繼父，仍會在噩夢裡夢見在海外服役時遭遇的事情。

「怎麼了？」亭子裡的警衛站起來問道。

「笨車子拋錨了，」她咕噥道，並盡量模仿何茲的東北腔。

「哈！」警衛說道：「這就是你買車只看外表不看品質的結果。」

「對啦對啦，」瓊恩說道。

「你需要的是一輛好的中等價位轎車——」

「你就讓我進去找一輛廂型車與纜線，好讓我的狗屁車再上路。」

大門開啟，瓊恩走了進去。輕而易舉。她穿過停車場，看到前門時吹一聲口哨。那裡看起來像有人開車撞了上去，裡面有一名士兵在某種掃描器旁邊抬頭看過來。

「這麼快就回來了？」他站起身問道。

「我的皮夾忘在某處了。」

「沒有那個可是走不遠。」

「還用你說。」

閒聊是一種藝術形式，能讓人的眼睛看不清狀況。如果不出聲，他們可能就會開始懷疑為什麼。可是讓他們談著什麼有的沒的，他們就會眼睛都不眨一下。

「你知道規矩，」士兵說道。

瓊恩不知道。這種完全屬於細節部分，很少會經由接觸一下就可以傳達。她只好用猜的，走進掃描器，然後等著。

「好啦，何茲，」那名士兵說道：「別找我麻煩。兩臂舉起來。」

她翻一下白眼，但是舉起雙臂。這就像站在影印機裡面，一道白光從頭移到腳，然後是一生鈴響。

「沒事了，」士兵說道。

瓊恩向他行禮，手指隨便擺一擺，然後沿廊道走下去。她需要找一部電腦。在這麼先進的建築裡應該很容易，可是每條廊道看起來都很像，甚至是一模一樣。而每個一模一樣的廊道上又都是一模一樣的門，幾乎沒有一扇門上面有標示，瓊恩在迷宮裡面越深入，出來的時候就得走越遠。於是她決定還是簡單為上，挑最近的一扇門走過去。走了一半，門突然開了，一個女兵走出來，看何茲一眼，兩眼一翻。

「忘東西了？」

「總是這樣，」瓊恩說道。她沒有加快腳步，但仍趕在門關上以前用手抓住。瓊恩溜進去，看見一個小房間裡面塞了四部電腦操作台，只有一部有人在用。

「終於，」那名士兵說道：「我想小便已經等一個小時了……」

他正要把椅子轉過來看瓊恩，但她已經走到那裡，一隻手臂勾住他的脖子。她把他按在椅子上，使他不能出聲求救。他拱起背拚命掙扎，由於震驚與缺氧而出拳笨拙無力。但班傑明・何茲並不弱，瓊恩也殺過不少男人。那名士兵終於設法抓起一支筆戳到瓊恩的大腿上，但是當然啦，那不是她的大腿。

對不起，小班，她想著，同時手勒得更緊。

很快地，那名士兵停止反抗，癱軟下去，她鬆開手，把他的椅子推開好讓自己使用他的電腦。瓊恩哼著歌，手指在鍵盤上滑動著。

她得誇讚一下特觀組。他們的系統對使用者非常友善，半分鐘後她就找到需要的東西，上面標示著：瓊恩。她瀏覽著，很好奇他們有什麼發現——結果並不多。但也值得她跑這一趟了。

「再見，」她細聲說著，一面把檔案——以及她自己——從系統中刪除。

瓊恩再循原路出去。

她走上原先的廊道，經過警衛與大門，回到等在路邊的黑轎車那裡。瓊恩打開車門，等她坐上駕駛座時，她又變回自己了。

不是那個長腿的黑髮女孩，不是十幾歲的瘦女孩，也不是她最近用過的十幾張面孔，而是一個精靈似的女孩，紅色小卷髮，高高的臉頰上一道雀斑。

瓊恩讓自己用這個身體在那裡坐一會兒，用自己的肺呼吸，用自己的眼睛看。只是要想起那種感覺是怎樣。然後她伸手發動引擎，再變成一個比較安全的模樣。那種你不會再看第二眼的人，會在人群中就不見的那種人。

瓊恩瞄一眼後視鏡，檢查一下自己的新臉孔，然後把車開走了。

還有更多

1

維克多・韋勒的訊息

維克多XXXXXXXX看著XXXXXXXX自己的XXXXXXXX能力XXXXXXXX

切斷XXXXXXXX電流XXXXXXXX在XXXXXXXX他的XXXXXXXX胸腔內

XXXXXXXX一隻手XXXXXXXX手指XXXXXXXX握著XXXXXXXX一

XXXXXXXX一把XXXXXXXX槍XXXXXXXX那種XXXXXXXX疼痛

XXXXXXXX一種XXXXXXXX殺人力量

請翻到下一頁

欣賞惡人宇宙中的額外故事

共同點

四年前

廢墟城市

這是一項例行性的任務。

無論如何，或者可說是像戰場上進行的任務那樣例行性。

里歐斯調整一下防彈背心，滑動一下步槍的拉柄，無線電裡傳來小隊其他成員的聲音。

「法隆，就位。」

「孟德茲，就位。」

「傑克森，就位。」

他們的聲音聽起來太大，夜裡太安靜。砲擊在幾個小時前已經停止，現在她的小隊派上場，不是要清除平民或者追蹤叛軍，而是突襲一座比較大的房子，那裡已知是恐怖分子的活動區，她的小隊要奪取所有能找到的東西，包括武器、情報。

「里歐斯，」她說道：「就位。」

就位，在這個情況下，是指房子的側面入口。

三層樓高，儘管猛轟一個星期，大部分仍然完好，不過裡面是空的。這天稍早，一架無人機已經偵察到叛軍撤退了。

她的步槍瞄準器穿透暗處，她把門推開，聽見另外三名士兵同步按既定路線進入屋內。

里歐斯負責一樓，走過一個又一個房間，頭盔上的攝影機記錄著釘在牆壁上的破地圖、矮木桌上的紙張。她就快繞屋搜尋完畢時，聽見了一個聲音。

一個哨音。

聲音劃破空中，越來越大聲。里歐斯知道那個聲音的意思，他們都知道。

「趴下！」就在砲彈擊中之前的瞬間她喊道。

整個世界搖晃起來，強大的力道把里歐斯往旁邊轟飛，她的耳朵嗚嗚響。她滾落地上躺著——爆炸把房子的頂樓轟碎，二樓的碎片也如雨灑落一樓。落在她的身上。

里歐斯爬起身，天花板砸下來，石頭與木板斷裂。她衝到一張桌子底下，感到木板破裂散開，所有石頭與磚塊的重量把她壓到地板上。這一秒鐘彷彿過了很久，整個世界都塌了。

然後一切都停了下來。

里歐斯想動，卻動不了。

她的面罩破了，四肢釘在桌子下面，桌子又被樓層殘骸壓住。

胸口的壓力使她的肋骨緊繃，里歐斯努力想吸氣，但空氣裡盡是塵埃與殘渣，令她咳嗽反胃。她的肺也是緊壓著。她感覺像要淹死了。

她的耳朵不再嗚嗚響，代之以靜電的平平雜音。

「法隆，請說話！」她喘著氣說道。

無聲。

「傑克森！」

無聲。

「孟德茲？」

無聲。

房子在呻吟，在震動。她得出去，得在整個地方塌下來之前離開。但是她動彈不得。不能呼吸。

隔著破面甲，她看到瓦礫在移動，石塊滑落，周圍的建築在搖晃。里歐斯閉緊眼睛用力推——推著桌子，拖著瓦礫，推著石塊，用念力讓它動，求它讓她出去。她努力試著，憑著最後一口氣，最後一點力氣。但是不夠，石塊沒有動，桌子沒有移開。她的肺在尖叫，然後疼痛消退，她感到自己在下降，感到黑暗包圍住她。

然後——

里歐斯在墜落。

五英尺，十——她撞到地面，力道猛得即使在震撼與意識模糊之餘也能感覺到。

一定是她底下的地板終於塌了。她舉起雙臂準備承受落下的石礫，可是什麼都沒有，里歐斯抬頭看，上方的天花板還是完整的。那麼她怎麼會在這裡？這裡是哪裡？里歐斯扭身看四周，發現自己是在地下室。

「站起來，」她告訴自己。

她站了起來，又痛得差一點倒下，但終究站了起來，她可不打算再倒下去。里歐斯硬逼著自己走向房間邊緣的木梯，連拖帶爬地來到上方的門前用力一推。

門移動了一吋就卡住，被破瓦殘礫擋住了。

里歐斯吼著用身體去撞門，或者至少本意是那樣。但是她遍體鱗傷的身軀並沒有撞到木頭，而是踉蹌著趴跪在一堆石塊上。她的背後，那扇木門仍然立在那裡，卡著不動。

「搞什麼——」

一陣喊聲響起，里歐斯直起身子，希望看見傑克森或者孟德茲或者法隆，但那些聲音來自建築外面。她回喊著，聲音嘶啞，肺部因用力而發痛。

他們花了兩天的時間清理廢墟。傑克森與孟德茲已經死了，法隆還活著，但仍然昏迷未醒。而里歐斯——里歐斯逃過一劫。渾身是傷，但還活著。

問題是，她不知道怎麼活過來的。

✦

好吧，她也不盡然是活著走出來的。

里歐斯有腦震盪，五根肋骨斷了，七處疲勞性骨折。身體一動就痛，呼吸會痛，太努力想也會痛，所以她盡量避免這三件事。大概是因為這個緣故，她過了好幾天才發覺有什麼地方不對勁。不是她自己——這一點她很快就想明白了——而是這所醫院本身。

她是被空運到一所陸軍醫院——至少她以為是的。但是等到強效止痛藥藥力消退之後，她的感覺恢復，才發現這個地方顯然是私立的。

醫生太多，病人太少。

我應該說謊的，她心裡想著。

「妳是在一樓，」她隊上的中士說道：「妳怎麼出來的？」

里歐斯痛得神智不清，又震驚得有點呆呆的，而儘管如此，她也曾考慮要說謊，因為知道那聽起來有多瘋狂。但她向來不善說謊，而且如果他們相信也沒關係——她可以做給他們看。

總之，她就是這個主意。

她其實不知道會不會再成功，不管那究竟是怎麼樣做的，也不知道如何開啟或者關上，如何知道什麼時候要讓一個東西表面變硬又什麼時候讓她穿過——但是到頭來，她不需要知道。不管那究竟是什麼——她知道就是了。

於是她做給他看，把手伸過去穿透旁邊的吉普車車身，看著中士睜大眼睛，嘴巴也合不攏。

然後的事她就記得不太多。

「里歐斯下士。」

她抬起頭，看見一個男人站在門口。他的頭髮斑白，眼神疲憊。「我是這個單位的主任，」他說道：「我的名字是約瑟夫．史泰爾。」

里歐斯掙扎著想坐起來。

他們把她的肋骨束得好緊，感覺好像還是有一棟房子壓在她身上。

「拜託，」史泰爾說道：「別用力。」他環視周遭，可是沒有椅子給訪客坐，於是他就在床邊站著。「妳能活著真是運氣，下士。」

「他們一直這麼說。」

他諒解地看她一眼。「妳覺得不僅僅是運氣？」

里歐斯沒有回答。這個問題另有其意。他不是在閒聊。他知道。知道她對長官說的話，做給他看的事。

「妳知道妳在哪裡嗎？」史泰爾追問道。

「我知道這不是普通的醫院，」里歐斯說道。史泰爾沒有否認。

他只是點點頭，環視一下周遭。「這是專為妳這種人設的地方。」

「給軍人？」

「給特異人。」

他講得好像這個詞應該有什麼意義。但是沒有。

她的困惑神情一定很明顯了，因為他繼續講下去。

「能力是一種武器，下士。妳知道那可能很危險。我的工作是確保那種武器不會傷害任何人。」

里歐斯搖搖頭。「聽著，我只是在做我的工作。我不知道當時在那裡是怎麼一回事——我碰到了什麼事——但我很高興那樣。那救了我一命，讓我變得更強。所以把我送回去，讓我——」

「我不能那麼做，」史泰爾打斷她的話。

「你打算把我留在這裡？」她問道。

「我不知道我們能不能，」他承認著。「更重要的是，我不知道我們是否需要那樣。我是希望，里歐斯下士，妳和我能夠達成一個協議。這還是一個未知領域。妳要知道，妳是第一個自首的特異人。」

「我應該怎麼做？」

「大多數像妳這樣的人都選擇逃亡。」

「為什麼？」里歐斯問道：「我又不是罪犯。」她忍痛挺直身子。「我一輩子都在迎戰。而現在我就應該住手？投降？因為我活下來了？不行，我不這麼想。」

令她驚訝的是，史泰爾微笑起來。「妳是對的。妳的能力讓妳變得更強，讓妳……具備能力面對一種不同程度的危險。如果妳仍希望為國家效力——」

「我一直都希望，」里歐斯打斷他的話。

「那麼也許，」史泰爾說道：「有一個辦法讓妳繼續。」

國家圖書館出版品預行編目(CIP)資料

超能生死鬥. II, 復仇 / V.E.舒瓦作 ; 全映玉譯. -- 初版. -- 臺北市 : 春天出版國際文化有限公司, 2025.01 面 ; 公分. -- (D小說 ; 41)
譯自 : Vengeful
ISBN 978-957-741-972-9(平裝)

874.57 113016167

D小說 41

超能生死鬥II 復仇 Vengeful

作　者　V. E.舒瓦
譯　者　全映玉
總編輯　莊宜勳
主　編　鍾靈
出版者　春天出版國際文化有限公司
地　址　台北市大安區忠孝東路四段303號4樓之1
電　話　02-7733-4070
傳　真　02-7733-4069
E-mail　frank.spring@msa.hinet.net
網　址　http://www.bookspring.com.tw
部落格　http://blog.pixnet.net/bookspring
郵政帳號　19705538
戶　名　春天出版國際文化有限公司
出版日期　二〇二五年一月初版
定　價　660元

總經銷　楨德圖書事業有限公司
地　址　新北市新店區中興路二段196號8樓
電　話　02-8919-3186
傳　真　02-8914-5524
香港總代理　一代匯集
地　址　九龍旺角塘尾道64號 龍駒企業大廈10 B&D室
電　話　852-2783-8102
傳　真　852-2396-0050

ISBN 978-957-741-972-9　Printed in Taiwan.